KB024787

Small Pleasures

스몰 플레저

SMALL PLEASURES

Small Pleasures
스몰 플레저

초판 1쇄 2022년 7월 20일
초판 2쇄 2022년 10월 12일

지은이 클레어 챔버스
옮긴이 허진
펴낸이 박혜진

펴낸곳 다람

출판등록 2012년 6월 29일 제2012-000034호
주소 서울시 광진구 아차산로 378, 3층
전화 02-447-0879 | **팩스** 02-6280-3748
전자우편 darambooks@gmail.com
홈페이지 www.darambooks.com
인스타그램 @darambooks

한국어판 출판권 ⓒ 다람 2022

이 책의 내용의 전부 또는 일부를 이용하려면
반드시 저작권자와 다람의 서면 동의를 받아야 합니다.

* 잘못 만들어진 책은 바꿔 드립니다.
* 책값은 뒤표지에 있습니다.

Small Pleasures

스몰 플레저

Clare Chambers

클레어 챔버스 · 허진 옮김

피터에게

철도 사고 발생

혼잡시간대 짙은 안개 속에서 기차 충돌
─ 사망자 다수 발생

12월 4일 저녁, 넌헤드 고가교차로 밑에서 짙은 안개로 인해 기차 두 대가 충돌하면서 퇴근길 직장인과 크리스마스 쇼핑객들이 참화를 당했다. 채링크로스발 헤이스행 5시 18분 열차와, 캐논 스트리트발 램스게이트행 4시 56분 증기기관차는 기상 악화 때문에 늦게 출발했다. 차량은 승객들로 빽빽했고 입석 승객도 많았다.

6시 20분에 램스게이트행 증기기관차가 세인트존 역사 바깥에서 신호 대기 중이던 헤이스행 열차의 뒤쪽 차량을 들이받았다. 이것은 사망자가 80명 이상에 부상자도 200명 넘게 발생한 재난의 시작일 뿐이었다.

증기기관차가 옆으로 쓰러져 넌헤드 고가교차로 철제 기둥에 부딪혀 교차로 교각이 붕괴하면서 바로 밑에 있던 두 차량을 덮쳤다. 바로 그때 홀본 고가교역에서 출발한 또 다른 기차가 붕괴된 교차로를 향해 접근하고 있었지만, 기관사의 급정거로 더 큰 재난을 막을 수 있었다. 차량은 탈선했지만 탑승객은 모두 무사했다.

소방관, 경찰관, 철도청 직원, 의사, 간호사 등 많은 이들이 피해자를 구조하기 위해 노력했지만, 안개와 어둠 때문에 쉽지 않았다. 게다가 자칫하면 무너진 교각이 추가 붕괴하여 열차에 갇힌 피해자와 구조요원을 덮칠 위험도 있었다.

이런 어려움 속에서도 밤이 깊어갈수록 자원봉사자는 계속 늘어났고 지역 주민들은 부상자를 돕기 위해 자택을 개방했다. 구급차 11대가 현장으로 달려왔지만 인근 병원만으로는 대응이 어려워지면서 부상자는 점차 더 먼 병원으로 이송되었다.

사고 소식이 전해지자 걱정된 가족과 친인척들이 한꺼번에 연락을 시도하면서 그 일대 전화선이 마비되기도 했다. 미드켄트 노선이 완전히 멈추면서 승객 수백 명이 하룻밤 동안 런던에 고립되었다.

사상자 대다수는 클록하우스역과 베케넘역에서 탑승한 것으로 밝혀졌다. 두 역에서 출발하는 승객은 출구와 가까운 뒤쪽 차량에 주로 탑승하기 때문으로 보인다. 결국 이들이 이번 충돌사고의 가장 큰 희생자가 되었다.

남부지역 당국은 즉시 조사에 착수했다.

『노스켄트 에코』 1957년 12월 6일 금요일

1

1957년 6월

모든 일의 발단이 된 기사는 1면에 실린 것도 아니었고 5면의 퍼트리샤 브릭시 댄스 스쿨 광고와 크로프턴 노스 자유당 연례 총회 기사 사이에 지면을 채우려고 끼워 넣은 단신에 불과했다. 기사는 성게와 개구리, 토끼의 처녀생식 연구에서 최근 발견된 사실을 다루었고 인간의 처녀생식도 불가능할 이유가 없다는 결론을 내렸다. '이제 번식에 남자는 필요 없다!'라는 과장된 제목이 아니었다면 《노스켄트 에코》의 독자 대부분은 이 무미건조한 기사를 읽지도 않고 넘겼을 것이다.

그 결과 평소보다 훨씬 큰 우편낭에 대부분 분개한 독자의 편지가 가득 담겨서 배달되었는데, 발신자가 모두 남성은 아니었다. 기사에 상처받은 세인트 폴스 크레이의 베릴 디플록 부인은 취지가 위험하고 그리스도교 정신에도 어긋나는 기사라고 한탄했다. 해당 기사가 교활한 남자들이 책임을 회피하는 구실이 될 수 있다고 지적한 여성 독자도 한 명은 아니었다.

그러나 나머지와 확연히 다른 편지가 한 통 있었다. 런던 남동부 시드컵 버넷 로드 7번지에 사는 그레천 틸버리 부인이 보낸 것이었는데, 내용은 단순했다.

편집장님께

지난주 신문에서 '이제 번식에 남자는 필요 없다'라는 기사를 흥미롭게 읽었습니다. 저는 (이제 열 살이 된) 제 딸이 남자와 아무런 관계없이 태어났다고 늘 믿었거든요. 더 자세히 알고 싶으시면 위의 주소로 편지를 보내 주세요.

다음 편집 회의—일주일간의 업무를 계획, 분장하고 지난 호의 실수와 부주의를 분석하는 보통 무척 지루한 회의—는 오래간만에 활기를 띠었다.

특집 기사 담당이자 칼럼니스트 겸 잔심부름꾼이며, 이 자리의 유일한 여성인 진 스위니는 동료들이 돌려보는 편지를 흘깃 보았다. 유럽 대륙 식으로 한쪽으로 기울어져 기묘한 고리를 그리는 필체를 보니 학창 시절 프랑스어 선생님이 떠올랐다. 그 선생님도 숫자 7을 쓸 때 중간에 선을 그었는데, 열세 살의 진에게는 세련됨의 극치로 보였기 때문에 따라 하기로 마음먹었지만, 어머니가 단박에 못하게 했다. 어머니는 진이 피로 글씨를 썼어도 그보다 더 노하지는 않았을 것이다. 스위니 부인에게 외국인이란 전부 독일인이었고 용납할 수 없는 존재였다.

어머니를 생각하자 퇴근길에 수선집에 들러서 구두를 찾아야 한다는 사실이 떠올랐다. 집에서 거의 나가지도 않는 사람한테 신발이 왜 그렇게 많이 필요한지 알 수 없었다. 또 담배, 럼지스 페퍼민트 오일, 귀찮음을 무릅쓰고 저녁에 먹을 파이를 만들 수 있다면 강낭콩과 라드[1]도 필요했다. 아니면 언제든지 한 끼를 때울 수 있는 '달걀 요리 아무거나'면 된다.

"시드컵의 성모님 인터뷰하고 싶은 사람?" 편집자 래리가 물었다.

다들 끼익 소리를 내며 의자를 뒤로 젖혔다. 싫다는 뜻이었다.

"내 분야는 아니잖아." 스포츠 연예 기자 빌이 말했다.

진이 천천히 손을 뻗어 편지를 집었다. 결국 그녀에게 오리란 것을 알고 있었다.

"잘 생각했어." 래리가 테이블 위로 담배 연기를 뿜으며 말했다. "어차피 여자들 관심사잖아."

"이 괴짜를 정말 부추길 생각이야?" 빌이 말했다.

"괴짜가 아닐지도 모르지." 편집장 로이 드레이크가 온화하게 말했다.

진은 젊은 나이에 여성의 몸으로 신문사에 처음 들어왔을 때 그가 얼마나 무서웠는지, 사무실로 부르기라도 하면 얼마나 벌벌 떨었는지 기억하며 미소를 지었다. 그녀는 로이가 부하직원을 공포로 떨게 만들면서 즐거워하는 남자가 아님을 금방 알아차렸다. 로이 드레이크는 딸 넷을 둔 아버지며 모든 여

---

[1] 요리에 쓰이는 돼지기름

11

자에게 친절했다. 게다가 양복이 저렇게 구깃구깃한 사람을 무서워하기는 힘들었다.

"어떻게 아닐 수가 있죠?" 빌이 물었다. "처녀잉태를 믿는 건 아니겠죠?"

"응. 하지만 틸버리 부인이라는 사람은 왜 그걸 믿는지 궁금하군."

"편지를 잘 쓰네." 래리가 말했다. "간결해."

"외국인이라서 간결한 거야." 진이 말했다.

모두의 시선이 진에게 쏠렸다.

"영국 여자가 배우는 필체가 아니야. 게다가 이름이 '그레천'이잖아?"

"음, 이번 인터뷰를 하려면 확실히 눈치가 빨라야 해." 로이가 말했다. "그러니 당연히 자네가 가야겠군, 진."

둘러앉은 사람들이 고개를 끄덕였다. 이 기사를 놓고 진과 다투려는 사람은 없다.

"어쨌든 우선은 찾아가서 확인해 봐. 사기꾼이면 금방 알 거야."

"그 여자랑 단둘이 5분만 보내게 해 줘—처녀인지 아닌지 내가 가르쳐 줄게." 래리가 이렇게 말하자 다들 웃음을 터뜨렸다. 그는 의자에 기대어 앉아서 머리 뒤로 양손을 깍지 끼고 팔꿈치를 내밀었기 때문에 셔츠 위로 조끼의 격자무늬 선이 확실하게 보였다.

"아직까지 처녀라고는 안 했어." 빌이 지적했다. "10년 전 일 이잖아. 실전 경험이 좀 생겼을지도 모르지."

"진이라면 자네의 전문 지식 없이도 분명 잘 해낼 거야." 이런 이야기를 좋아하지 않는 로이가 말했다.

진은 로이가 없었다면 대화가 급격히 천박해졌으리라 생각했다. 신기하게도 기자들은 야한 것을 싫어하는 로이에게는 말을 조심하면서도 막상 진은 자기들과 '한패'로 취급했다. 진은 이 말을 대체로 칭찬으로 받아들였다. 그들이 더 젊고 예쁜 여자—예를 들면 비서—앞에서는 추근거림과 정중함을 서툴게 뒤섞는다는 사실을 깨닫는 암울한 순간에는 그다지 확신할 수 없었지만 말이다.

진은 남은 오후 시간을 나누어서 〈살림 비법〉 칼럼과 〈결혼 증명서〉 코너—지난주에 치러진 결혼식들에 대한 논평 기사—를 썼다.

....

플로니시 부부는 세인트 폴스 크레이 커뮤니티 센터에서 열린 피로연이 끝난 다음 세인트 레너즈로 신혼여행을 떠났다. 신부는 청록색 외투에 검은색 액세서리를 착용하였고……

....

〈살림 비법〉 칼럼은 충성스러운 독자들이 정보를 보내주기 때문에 비교적 쓰기 수월했다. 초기에는 신문에 싣기 전에 몇 가지 비법을 직접 시험해 보기도 했다. 최근에는 가장 색다른 비법을 선정하는 것이 오히려 더 즐거워졌다.

기사 작성을 끝낸 진은 그레천 틸버리에게 그녀와 딸을 만나러 직접 찾아가도 되는지 묻는 짧은 편지를 썼다. 그레천이 전화번호를 알려주지 않았기 때문에 편지로 약속을 잡아야 했다. 오후 5시가 되자 진은 타자기 뚜껑을 덮고 우편실에 편지를 맡긴 다음 신문사 건물을 나섰다.

진의 자전거—그녀의 물건이 거의 다 그렇듯이 스위니 가문에서 대대로 물려받은 단단하고 프레임이 무거운 자전거—가 난간에 기대어 세워져 있었다. 그 앞에 타자수 여직원 한 명이 인쇄실 남자 직원의 품에 폭 안겨 있었는데, 너무 방해되는 위치라서 무시할 수도 없었다. 진은 그녀의 얼굴은 알았지만 이름은 몰랐다. 기자는 다른 부서와 교류가 별로 없었다.

진이 어쩔 수 없이 바보가 된 기분으로 옆을 빙 돌아가서 자전거를 꺼내려고 하자 결국 두 사람이 눈치를 채고 키득키득 사과하며 비켜 주었다. 진은 두 사람이 잔인하리만큼 서로에게만 열중한 것은 자신을 겨냥한 것이 아니라, 사랑이라는 병의 보편적인 증상일 뿐이라고 다시 상기했다. 그 병에 걸린 사람은 비난이 아니라 동정을 해야 했다.

진은 자전거를 탈 때 머리카락이 바람에 날려 얼굴을 가리지 않도록 주머니에서 실크 스카프를 꺼내서 머리에 두르고 턱 밑에 단단히 묶었다. 그러고 나서 핸들에 달린 바구니에 가방을 밀어 넣고 자전거를 연석으로 끌고 가서 안장에 올라탄 다음 치마를 매만졌는데, 이 모든 과정이 숙련된 한 번의 동작으로 매끈하게 이루어졌다.

페츠우드에 있는 《노스켄트 에코》 사무실에서 헤이스의 집까지는 자전거로 20분밖에 안 걸렸다. 이런 시간인데도 통행량이 거의 없었다. 태양이 아직 하늘 높이 떠 있었고 해가 지려면 아직 몇 시간은 남아 있었다. 어머니를 돌보고 나서 정원을 가꿀 시간이 날지도 몰랐다. 옆집 울타리 밑에서부터 그라운드 엘더[2]가 침범하기 시작해서 몇 이랑 심어 놓은 콩을 위협하고 있었기 때문에 감시를 게을리할 수 없었다.

여름 저녁에 텃밭에서 어슬렁거릴 생각을 하니 마음이 한없이 차분해졌다. 앞마당과 뒷마당의 잔디를 깎는 일은 힘든 작업이므로 주말까지 기다려야 했다. 나이 많은 이웃의 잔디까지 깎아야 해서 더 힘들었다. 충동적으로 인심을 베풀어 호의로 시작했다가 의무가 되어 버린 일이었는데, 이쪽의 열정은 줄어들고 저쪽의 고마운 마음은 퇴색된 채 계속 이어졌다.

진은 역에서부터 내리막길을 따라 곡선을 그리며 늘어선 상점가 앞에 도착하자 잡다한 볼일을 보기 위해 자전거를 세웠다. 스테이크와 강낭콩 요리는 너무 오래 걸리지만, 또다시 차

---

2 미나리과의 잡초

와 달걀을 먹을 생각을 하니 기운이 빠져서 정육점에서 양 간을 조금 샀다. 텃밭에서 수확한 누에콩이랑 햇감자를 곁들여 먹으면 된다. 나머지 볼일은 신속하게 끝냈다—상점가는 정확히 5시 30분에 문을 닫는데, 신발도 약도 없이 집으로 돌아가면 기다리던 사람이 실망할 것이고, 담배가 떨어지면 자신이 너무 괴롭다.

공원 앞에 위치한 수수한 1930년대 2세대 주택[3]에 도착하자 쾌활한 기분은 모두 증발해 버렸다. 아까 밀랍 종이로 싼 간을 타탄 무늬 장바구니에 넣다가 옅은 다갈색 울 치마 앞쪽에 피를 두 방울 흘린 걸 발견했다. 진은 자신에게 화가 났다. 세탁한 지 얼마 안 된 치마였고 경험상 피 얼룩이 제일 빼기 힘들었다.

"진, 너니?" 늘 그렇듯 열쇠로 문을 여는 소리가 들리자 어머니의—불안하고 나무라는 듯한—목소리가 위층에서 내려왔다.

"네, 어머니. 저예요." 진이 늘 그렇듯 대답했다. 그날 하루가 어땠는지에 따라서 말투에 묻어나는 짜증의 정도가 조금씩 달랐다.

어머니가 층계참에 모습을 드러내고 난간 너머로 파란색 항공우편 편지를 팔랑거렸다.

---

3   한쪽 벽면이 이웃집과 붙어 있는 형태의 주택

"도리한테서 편지 왔다. 읽을래?"

"나중에요." 진이 말했다. 아직 스카프를 벗고 각종 짐을 내려놓는 중이었다.

진의 여동생 도리는 커피 농장 주인과 결혼해서 케냐에 살고 있는데, 진의 입장에서 케냐는 금성과 다를 게 없었다. 도리의 새로운 삶은 너무나 멀고 상상 불가였다. 도리는 잡일꾼과 요리사, 정원사, 침입자로부터 가족을 보호해 줄 야간 경비원까지 두었고 침대 밑에는 야간 경비원으로부터 그들을 보호할 총이 있었다. 어렸을 때는 자매끼리 친했었고, 진도 처음에는 도리가 정말로 보고 싶었지만, 세월이 흐르자 어머니와 달리 진은 도리와 조카들을 못 만나는 것에 익숙해졌다.

"괜찮은 저녁거리가 좀 있니?" 어머니가 수선한 구두를 넣은 종이가방을 알아보고 주춤주춤 계단을 내려오기 시작했다.

"간이에요." 진이 말했다.

"아, 잘됐다. 굶주렸거든. 종일 아무것도 못 먹었다."

"왜 안 드셨어요? 식품 저장실에 먹을 게 많은데."

어머니가 진의 말투를 감지하고 말을 살짝 물렀다. "늦게 일어났어. 그래서 점심 대신 포리지[4]를 먹었다."

"그럼 뭘 드시긴 한 거네요?"

"아, 그걸 먹었다고 할 순 없지."

---

4 오트밀에 물이나 우유를 넣고 걸쭉하게 끓인 음식

진은 아무런 대꾸 없이 장을 본 짐을 부엌으로 가져가서 식탁에 올렸다. 서향이라 이른 저녁 햇살을 받아 집이 따뜻하고 환했다. 파리 한 마리가 윙윙 날아다니다 창유리에 부딪혔는데, 진은 파리를 밖으로 내보내려다가 유리에 묻은 얼룩과 때를 발견했다. 주말에 할 일이 또 생겼다. 목요일 아침마다 청소부가 왔지만, 진이 보기에 그녀는 근무 시간에 어머니와 잡담을 나누는 것 말고는 하는 일이 거의 없었다. 그러나 그것도 일이거니 싶어서 그녀에게 주는 5실링이 아깝지 않았다. 정말로.

어머니가 수선한 신발을 신어 보는 동안 진은 치마를 벗고 블라우스와 슬립 차림으로 싱크대에 서서 말라붙은 피 얼룩을 살폈다. 그런 다음 커튼으로 가린 찬장에서 넝마—못 입게 된 옷들의 유해—상자를 찾아서 예전에 무척 좋아했던 면 잠옷에서 잘라낸 소매를 꺼내고 세제를 묻힌 다음 얼룩을 톡톡 닦아내기 시작했다.

"뭐 하니?" 어머니가 어깨너머로 보며 말했다.

"피가 묻었어요." 진이 녹아서 퍼지는 적갈색 얼룩을 보고 얼굴을 찌푸리며 말했다. "제 피는 아니에요. 간 때문에요."

"칠칠치 못하긴." 어머니가 나뭇가지처럼 가냘픈 발목을 뻗고서 구두를 보며 감탄했다. 쿠반 힐[5]이 달린 베이지색 새끼염소 가죽 펌프스였다. "이걸 다시 신을 일은 아마 없겠지." 어머

---

5 여성용 펌프스 등에 붙이는 3~5cm 정도의 굵고 안정적인 수직 힐

니가 한숨을 쉬며 말했다. "그래도."

얼룩은 이제 약간 흐릿해졌지만, 더 커졌고 천이 잿빛이라 눈에 잘 띄었다.

"아까워라." 진이 말했다. "자전거 탈 때 아주 편한 치마였는데."

진은 치마를 들고 옷을 갈아입으러 위층으로 올라갔다. 입을 수는 없지만 차마 넝마 상자에 넣을 수도 없었다. 그녀는 언젠가 못 입는 치마의 다른 용처가 저절로 나타나기라도 할 것처럼 치마를 개서 옷장 바닥에 넣어 놓았다.

저녁을 먹은 다음—진이 만든 간과 양파 요리에 무가당 연유와 통조림 배 푸딩을 곁들였다—진은 텃밭에서 잡초를 뽑고 물을 주었고, 어머니는 도서관에서 빌린 책을 들고 일광욕 의자에 앉아 있었지만 딱히 읽지는 않았다. 아무리 날씨가 좋아도 어머니 혼자서는 밖에 앉아 있는 법이 없고 동행이 있어야만 나온다는 사실을 진은 잘 알고 있었다. 공원에서 노는 아이들이 활기차고 새된 소리를 질렀고 이따금 사람이 지나가면 거리의 개들이 길게 짖었으며 그보다 더 드물게 자동차가 웅웅거리며 지나갔다. 땅거미가 내릴 때쯤이면 전부 조용해질 것이다.

진과 어머니가 집 앞쪽 거실로 자리를 옮겨서 커튼을 치고 램프를 켜자 갈색 갓 속의 램프가 노란빛을 인색하게 비추었다. 두 사람은 작은 카드 테이블에서 진러미 게임을 두 판 했고, 그런 다음 진은 고쳐야 할 옷을 넣기만 하고 몇 주 동안 무시했던 수선 바구니를 열의 없이 뒤적거렸다. 그동안 어머니는 도리에게 답장을 쓰려고 편지지와 필기도구가 든 가죽 케이스를 꺼냈다. 어머니는 답장을 쓰기 전에 받은 편지를 다시 소리 내어 읽었는데, 이미 내용을 잘 알고 있을 게 분명했으므로 진은 자기한테 들으라고 읽는 거라고 생각할 수밖에 없었다. 어머니는 일요일 오후의 정적을 견딜 수 없을 때면 신문이나 잡지 기사도 이런 식으로 소리 내어 읽곤 했다.

사랑하는 어머니께

편지 감사해요. 헤이스는 즐겁고 평화로운 것 같네요. 저도 그렇다고 말하고 싶지만 여기는 쉴 새 없이 바빴어요. 케네스는 농장에서 지내요—드디어 새로운 관리인을 들여서 '길들여야' 하거든요. 오래 버티기를 바랄 뿐이에요, 지난번 관리인보다는요—우리끼리는 이제 '버려지 버논'이라고 불러요. (스위니 부인은 이 부분에서 킥킥 웃었다.)

저는 키탈레[6] 클럽에 가입해서 케네스가 없는 동안 클럽이 저의 두 번째 집이 되었어요. 상상이 가겠지만 클럽에는 진짜 '괜찮은 사람'이 좀 있어요. 금요일 밤에는 키탈레 연극 모임이 공연하는《현재의 웃음》을 보러 갔어요. 프루 캘더웰—이

---

6 케냐 북부의 농업지역

곳 사교계의 절대적인 여왕이죠—이 리즈 에센다인 역할을
정말 잘했어요. 나머지 배우들은 좀 어색했지만요. 이 정도
수준이라면 다음 공연 때는 저도 오디션을 볼까 봐요!

응도푸라는 검정색 셰퍼드 강아지를 한 마리 새로 들였어
요. 다들 강아지한테 푹 빠졌지 뭐예요. 저 혼자 있을 때를 대
비해서 집 지키는 훈련을 제가 직접 시켜야 하는데, 앤 마음
이 너무 약해서 누구든 간질여주면 배를 드러내고 누워요.

아이들이 방학을 맞아 돌아오기 전까지 마지막 남은 자유
시간 몇 주 동안은 테니스를 좀 더 칠 생각이에요. 그동안 레
슨도 좀 받았고, 내일은 스탠리 해리스라는 남자랑 혼합 복식
대회에 나가요. 해리스는 예순 살쯤 되었지만, 승부욕이 정말
강해서 코트에 들어가면 제 구역까지 몸을 던지면서 '내 공!
내 공!'하고 외치기 때문에 전 할 일이 별로 없어요.

이제 얼른 가서 편지를 부쳐야겠어요. 건강하세요. 어머니
와 언니에게 크나큰 사랑을 보내며.

도리

"도리는 편지를 참 잘 써." 어머니가 말했다.

"음, 잘 살아서 편지에 쓸 이야기가 많은가 보죠." 진이 받아
쳤다.

진은 이렇게 쾌활하고 짤막한 편지를 읽고 나면 늘 약간 언
짢았다. 두 사람의 대조적인 운명에 대한 분노가 친했던 어린

시절의 다정한 기억에 먹구름을 드리웠다.

8시 반이 되자 어머니가 의자에서 힘겹게 일어나더니 문득 생각났다는 듯이 말했다. "목욕을 해야겠다."

진은 가끔 두 사람의 반복된 일상에 대해 회의를 느끼고 다른 사람들은 다르게, 더 자유롭게 시간을 보낼 거라고 생각하면서도, 어머니의 밤 목욕이라는 의식만큼은 적극적으로 지지했다. 일주인에 두 번, 화요일과 금요일 저녁 8시 반부터 9시까지, 진은 이 집의 주인이 되어 하고 싶은 대로 했다. 라디오를 들으면서 어머니가 불쑥 내뱉는 평을 듣지 않아도 되고, 부엌에 서서 음식을 먹고, 완벽한 정적 속에서 책을 읽고, 원한다면 알몸으로 집 안을 뛰어다닐 수도 있었다.

누릴 수 있는 모든 자유 중에서 진이 가장 좋아하는 것은 거들을 풀고 소파에 누워서 배에 재떨이를 올려놓고 담배를 두 대 연달아 피우는 것이었다. 어머니가 있을 때 그렇게 못할 이유는 없었지만—낮에 누워 있으면 몸이 안 좋으냐고 묻겠지만 그뿐이다—옆에 누가 있으면 혼자일 때만큼 즐겁지 않았다. 여름에는 약간 변화를 주어서 맨발로 정원에 나가서 시원한 풀밭에 누워 담배를 피웠다.

그런데 오늘 밤에는 진이 퀴퀴한 냄새가 나는 스타킹을 벗어서 구두 코 쪽으로 밀어 넣을 때 뒤쪽 거실에서 난로 타일이 한꺼번에 떨어지는 것 같은 엄청난 소리가 났다. 가서 살펴보니 검은지빠귀 한 마리가 굴뚝으로 들어오면서 검댕과 부스러기를 눈사태처럼 떨어뜨려 놓았다. 새는 깜짝 놀라서 텅 빈 난로 받침쇠에 잠시 누워 있다가 진이 다가가자 난로 창살에 몸을 부딪치며 퍼덕퍼덕 몸부림을 쳤다.

진은 뒷걸음쳤다. 무서워서 심장이 벌렁거렸다. 그녀는 다친 새를 구할 수도, 죽일 수도 없었다. 다시 보니 검은지빠귀가 아니라 검댕이 까맣게 묻은 새끼 비둘기였고, 다쳤다기보다는 겁을 먹은 것 같았다. 새가 날개를 펄럭이며 받침쇠에서 날아오르더니 불안하게 돌아다니며 장식품을 건드리고 벽지에 검은 선을 그렸다.

진은 정원으로 통하는 문을 활짝 열고서 새를 복도로 내보내려고 교통정리에 더 어울릴 법한 동작으로 팔을 뻣뻣하게 휘둘렀다. 마침내 자유를 감지한 새가 밖으로 날아가더니 잔디 위를 낮게 가로질러 벚나무 가지에 앉았다. 진이 가만히 서서 지켜보고 있는데 옆집 황갈색 고양이가 눈에 살기를 띠고 관목에서 살금살금 나왔다.

난로에서 나온 꺼끌꺼끌한 찌꺼기를 빗자루로 쓸고, 벽에 묻은 심한 얼룩을 닦아내고, 축축한 지하실 같은 검댕 냄새가 나지 않도록 문을 닫자, 바깥 배수관으로 목욕물이 내려가는 우레 같은 소리가 들렸다. 진은 어머니의 앨런버리스 다이어트[7]를 만들려고 우유가 끓기를 기다리면서 가스레인지 앞에

---

7 제약회사 앨런 & 핸버리스(Allen & Hanburys)에서 만든 환자와 노인을 위한 건강보조식품

서서 담배를 피웠다.

심장 박동이 정상으로 돌아오자 다른 사람에게 도움을 청하지 않고 집안의 위기를 다시 한번 해결했다는 뿌듯함이 느껴졌다─부를 사람도 없었지만 말이다.

카펫 청소에는 톱밥이 아주 좋다. 톱밥을 물에 적셔서 카펫에 살짝 뿌린 다음 뻣뻣한 솔로 쓸어낸다. 색이 아주 연한 카펫에도 흔적이 전혀 남지 않는다.

2

시드컴 버넷 로드 7번지는 진의 집보다 상태가 아주 약산 나은 1930년대 2세대 주택이었다. 앞마당의 깔끔한 직사각형 잔디 주변으로 잡초 하나 없이 매리골드와 베고니아가 피어 있었다. 집 앞 낮은 담 양쪽 끝으로는 잘 어울리는 개량 수국 한 쌍이 꽃을 피웠다. 황동 우편함과 도어 노커가 반짝반짝 닦여 있었다. 진은 현관 앞 계단에 서서 초인종을 누르기 전에 잠시 마음을 가다듬으면서 퇴근길에 브라소 광택제를 사야겠다고 생각했다. 어머니의 시선이 닿지 않는 부분의 자질구레한 집안일은 소홀하기 십상이었다.

잠시 후 스테인드글라스 뒤로 형체가 어른거리더니 짙은 갈색 고수머리를 틀어 올려 거북이 등딱지 무늬 집게로 고정한 서른 살 정도의 날씬한 여자가 현관문을 열었다. 동그랗게 뭉친 먼짓덩어리와 고무장갑 한 켤레를 들고 있었는데, 어떻게 해야 할지 모르겠다는 듯이 이쪽 손에서 저쪽 손으로 옮기다가 결국 옆에 놓인 홀스탠드[8]에 내려놓았다.

"틸버리 부인이신가요? 저는 《노스켄트 에코》의 진 스위니라고 해요."

"네, 들어오세요, 들어와요." 틸버리 부인이 말했다. 그녀가
악수하려고 손을 내밀었지만 동시에 진이 안으로 들어올 수
있도록 비켜서느라 오히려 손이 닿지 않게 멀어졌다.

두 사람이 어설픈 첫인사를 그럭저럭 넘긴 다음 진이 안내
받은 곳은—왁스광택제 냄새와 특별한 일이 아니면 잘 쓰지
않는 방 특유의 깔끔하고 침체된 느낌이 나는—집 앞쪽 응접
실이었다.

틸버리 부인은 창가의 작은 테이블을 사이에 두고 마주보는
두 의자 중에서 더 편한 의자를 진에게 권했다.

"메모하실지도 모르겠다 싶어서요." 그녀가 말했다. 억양보다
는 스타카토로 살짝 끊어지는 말투 때문에 외국인 티가 났다.

"감사합니다—보통은 메모를 해요." 진이 가방에서 스프링
노트와 연필을 꺼내서 테이블에 올려놓으며 말했다.

"차를 좀 끓였어요. 가져올게요."

틸버리 부인이 재빨리 나가고 부엌에서 달그락거리는 소리
가 들려왔다. 진은 주인이 잠시 자리를 비운 틈을 타서 주변을
둘러보며 노련한 시선으로 평가했다. 아무것도 깔지 않은 바
닥널, 낡아 보이는 깔개, 타일을 붙인 난로, 깨끗하게 쓸어 놓
은 난로 받침쇠. 벽이 움푹 들어간 부분에 놓인 피아노 위에는

---

8   거울이나 모자걸이가 달려 있는 문 옆에 두는 가구

은테 액자 여섯 개가 늘어서 있었다. 그중 하나는 에드워드 시대[9]의 사진처럼 웃음기 없이 뻣뻣하게 포즈를 취한 가족사진이었다. 가장은 서 있고, 세례복 차림의 아기를 무릎에 앉힌 아내는 의자에 앉아 있고, 피나포어[10] 차림의 소녀는 카메라를 무표정하게 쳐다보았다. 또 하나는 스튜디오에서 찍은 사진으로 검은 고수머리를 치렁치렁 늘어뜨린 아홉 살, 열 살 정도의 소녀―아마도 틸버리 부인―가 사진에 찍히시 않은 뭔가를 놀란 표정으로 올려다보고 있었다. 창틀에는 아프리카 제비꽃과 크리스마스 선인장이 놓여 있고, 벽에는 꼭대기에 눈이 덮인 산과 야생화에 둘러싸인 목조 오두막이 그려진 알프스 풍경 태피스트리[11]가 걸려 있고, '홈 스위트 홈'이라고 적힌 자수 작품도 있었다.

틸버리 부인이 세련된 사기 찻잔 두 개, 밀크 저그, 설탕 그릇, 코바늘뜨기 티코지[12]를 씌운 찻주전자를 쟁반에 담아 돌아왔다. 차를 따르면서 손을 약간 떠는 바람에 찻주전자 주둥이가 찻잔 가장자리에 닿아서 챙 울렸다. 긴장했나 보군, 진이 생각했다. 아니면 가장 좋은 찻잔과 주전자라서 손이 떨리는지도.

진이 이제야 제대로 보니, 틸버리 부인은 타고난 미녀였다.

---

9 에드워드 7세(재위 1901년 – 1910년) 시대를 말한다.
10 소매 없는 원피스 형태의 앞치마
11 여러 가지 색실로 그림을 짜 넣은 직물
12 차가 식지 않도록 찻주전자에 씌우는 덮개

맑고 매끈한 피부, 작고 곧게 뻗은 코와 약간 처진 푸른 눈 때문에 영국 미녀와는 얼굴 유형이 달랐다. 딱 맞는 치마에 둥근 옷깃이 달린 웃옷을 안으로 넣어 입었다.

진은 감탄과 질투의 중간쯤 되는 감정을 느꼈다. 그녀도 허리가 쏙 들어가는 옷을 입고 싶었지만 들어갈 허리가 없었다. 진은 소녀 시절부터 이미 건장했다. 정확히 뚱뚱하다고 할 수는 없었지만—먹을 것이 그 정도로 넉넉하지는 않았다—밋밋한 일자 체형 때문에 모래시계보다는 괘종시계에 가까웠다.

"영국인이 아니신가 봐요?" 진이 비난처럼 들리지 않도록 애쓰며 말했다.

"네. 스위스인이에요. 정확히는 독일어를 쓰는 지역 출신이죠. 하지만 아홉 살부터 여기서 살았어요."

두 사람은 찻잔을 사이에 두고 미소를 주고받았고, 진이 틸버리 부인의 배경에 대한 일반적인 대화를 이어 나갈지 본론을 곧장 꺼낼지 고민하는 동안 침묵이 내려앉았다.

"저희 신문사 사람들 모두 당신 편지에 무척 관심이 많았어요." 마침내 진이 말했다. "자세한 이야기는 별로 없었지만 정말 흥미롭더군요."

"묻고 싶은 게 많겠지요. 뭐든 물어보세요. 전 괜찮아요."

"음, 우선 따님의 출생에 관해서 얘기해 주시겠어요?"

틸버리 부인이 무릎 위에서 손을 맞잡고 결혼반지를 만지작거렸다. "먼저 제가 어렸을 때 무척 순진했지만, 아기가 어떻

29

게 태어나는지 정도는 알고 있었다는 말씀부터 드려야 할 것 같아요. 어머니는 무척 엄하셨고—신앙심이 무척 깊었죠—물론 남자 친구 같은 건 없었지만 아무것도 모르진 않았어요. 그래서 열아홉 살 생일이 얼마 남지 않았을 때 너무 피곤하고 가슴이 아파서 병원에 갔다가 임신이라는 말을 들었을 때, 믿을 수가 없었죠. 불가능하다는 걸 알았거든요—저는 남자랑 키스도 안 해 봤었어요."

"정말 크게 놀랐겠군요."

"네, 그랬어요." 틸버리 부인이 말했다. "그럴 리가 없다고 진심으로 생각했죠. 병원에서 자기들 실수를 곧 깨달을 거라고 말이에요."

"진료했던 의사한테도 다 설명하셨겠죠?"

"네, 물론이죠. 의사가 수정 방식은 자기 소관이 아니라고, 내가 아무리 놀랐어도 곧 아기를 낳는다는 사실은 아주 확실하고 바뀌지 않는다고 했어요."

"다시 말해서 당신 말을 믿지 않았군요."

"그런 것 같아요. 저와 같은 상태로 찾아와서 임신 사실을 알고 똑같이 당황하는 여자애들을 수없이 봤다고 했어요. 아무리 부인해도 결과가 달라지지 않는다는 사실을 깨달으면 금방 인정한다고, 저도 그러기를 바란다고 했죠."

"정말 기분 나쁜 사람이네요." 진이 의도했던 것보다 더 강하게 말했다. "저는 의사가 정말 싫어요."

틸버리 부인이 이 말에 놀랐을지도 모르지만, 워낙 고상한 사람이라 티를 내지 않았다.

"하지만 의사 말이 맞았어요. 결국 그 선생님이 저를 돌봐 주셨죠." 그녀가 인정했다.

"병원의 실수가 아니라고 밝혀졌을 때 임신 사실을 어떻게 납득했나요? 제 말은, 무슨 일이 *있었다*고 생각하셨어요? 성령이 찾아왔다고? 아니면 과학으로 설명할 수 없는 의학적 현상이라고? 뭐라고 생각하셨어요?"

틸버리 부인이 자기도 모른다는 듯 양손을 벌렸다. "모르겠어요. 저는 과학자가 아니에요. 어머니처럼 신앙심이 깊지도 않고요. 다만 무슨 일이 *없었는지*는 알 뿐이죠."

"그 소식을 듣고 부모님은 뭐라고 하시던가요? 말씀을 드려야 했겠지요."

"아버지는 돌아가시고 어머니밖에 없었어요."

"어머니가 당신 말을 믿었나요?"

"그럼요."

"모든 어머니가 그렇게 순순하지는 않아요." 진은 자기 어머니를 생각하면서 불쑥 치미는 미움을 가라앉혀야 했다.

"하지만 어머니는 제가 어떤 남자와도 관계를 할 수 없었다는 걸 아셨어요. 수태가 되었을 시기에 저는 심한 관절 류머티즘 때문에 사설 요양원에 입원 중이었거든요. 4개월 동안 여자 환자 세 명과 한 병실에서 누워만 지냈죠."

31

"아."

진은 이 말을 듣고 놀라움을 숨기지 못했다. 틸버리 부인의 주장에 생각지도 못한 신빙성이 생긴 것 같았다. 갑자기 그녀의 주장을 일축해 버리기가 더욱 어려워졌고, 놀랍게도 진은 그래서 기뻤다. 좋은 기삿감에 대한 기자로서의 갈증과는 상관없는 이유로 진은 틸버리 부인의 말이 사실이기를 바랐다.

"제가 날짜 같은 것들을 확인하는 게 더 편하시겠죠?" 진이 말했다.

"오, 그럼요. 저는 1946년 6월 초부터 9월 말까지 세인트 서실리아 요양원에 있었어요. 임신 사실을 안 건 11월 1일이고, 마거릿은 1947년 4월 30일에 태어났어요."

"미숙아였다거나 그렇진 않았고요?"

"네. 사실은 예정일보다 늦게 나왔죠. 제가 혈압이 너무 올라서 유도 분만을 할 수밖에 없었어요."

"틸버리 부인, 개인적인 질문을 드려도 괜찮을까요? 이 이야기가 기사화되면 앞으로 개인적인 질문을 많이 받게 될 거예요."

"이해해요." 틸버리 부인이 뺨을 약간 붉히며 대답했다.

"진료받으러 갈 때 생리가 끊긴 걸 몰랐나요? 생리가 끊기면 이상하다는 생각이 들지 않았을까요?"

"음, 생리가 끊긴 게 그때가 처음은 아니었어요. 전혀 규칙적이지 않았거든요. 가끔 몇 달씩 안 할 때도 있었고요."

두 사람은 여자의 시련을 떠올리며 다 안다는 듯한 미소를 교환했다. 진으로서는 처음 만난 사람과 고급스러운 찻잔을 사이에 두고 이토록 친밀한 이야기를 세세하게 나누는 것이 무척 낯설었다. 서먹함이 사라지자 진은 또 다른 민감한 문제를 파고들기로 했다.

"아기를 포기하지 않은 것은 정말 용감한 결정이었어요." 물론 산모가 더 고생할 수밖에 없는 다른 방법이 더 용기가 필요한 일이라고 생각했지만, 진은 이렇게 말했다. "생각은 해 봤어요? 입양을 보내거나…… 아니면……." 다른 단어는 차마 입밖에 낼 수가 없었다.

"오, 아뇨." 틸버리 부인이 말했다. "절대 아니에요. 어머니는 독실한 가톨릭 신자였어요. 아기는 하느님께서 주신 선물이라고 믿으셨죠."

"이웃 사람들이 미혼모를 어떻게 생각할까 걱정하지는 않으시던가요? 사람들은 성급하게 판단하기도 하잖아요."

"어차피 우린 외부인이었어요." 그녀가 말을 뚝 멈췄다. "마거릿이 왔네요." 틸버리 부인이 항상 경계를 늦추지 않는 엄마 특유의 귀로 진에게는 들리지 않는 소리를 듣고 말했다.

진은 대문이 철컹 닫히는 소리와 신발이 정원 길에 닿는 소리를 이제야 들었다. 잠시 후 뒷문이 열렸다.

"우리 여기 있어." 틸버리 부인이 외쳤다. "와서 인사드리렴."

밀짚모자를 쓰고 녹색 깅엄[13] 원피스 교복을 입은 소녀가 더워서 빨개진 얼굴로 숨을 헐떡이며 들어왔다.

"리지네 집에 놀러 가도 돼요?" 아이가 물었다. "새끼 고양이 가 있대요." 소녀가 진의 존재를 알아차리고 딱 멈췄다.

"얘가 마거릿이에요." 틸버리 부인이 자기 피조물에 대한 자부심으로 얼굴을 빛내며 말했다. "이분은 스위니 양이셔." 스위스 억양 때문에 '스비니 양'이라고 들렸다. "신문사에서 일하신단다."

"안녕하세요." 마거릿이 모자를 벗고 머리카락을 흔들어 정리하며 말했다. 그런 다음 의심스럽다는 듯이 진을 말끄러미 보았다. "엘리자베스 여왕님 만나 보셨어요?"

"아니." 진이 솔직히 인정했다. "하지만 해럴드 맥밀런은 브롬리의 하원 의원으로 선출되었을 때 만나 봤어."

마거릿은 별 감흥이 없는 표정이었다. 해럴드 맥밀런은 들어본 적 없나 봐, 진이 생각했다. 하기야 겨우 열 살이니 어디서 들어봤을까? 진은 기분 좋게 닮은 엄마와 딸을 보고 미소를 짓지 않을 수 없었다. 쌍둥이도 아니면서 이렇게 헷갈릴 만큼 닮은 두 사람은 본 적이 없었다. 마거릿의 치렁치렁한 고수머리와 우아한 이목구비에서 틸버리 부인의 20년 전 모습이었을 예쁜 아이가 그대로 보였다. 두 사람이 온전히 서로에게 속해있다는 걸 믿기는 어렵지 않았다. 만약 누군가가 마거릿의

---

13 체크무늬 면직물

잉태에 어떤 역할을 했다고 해도 눈에 보이는 흔적은 전혀 남기지 않았다.

"음, 딸인 줄 한눈에 알겠어요." 진이 말했다. "쏙 빼닮았네요."

틸버리 부인과 마거릿이 마주 보고 기분 좋게 웃었다. 아이는 아직 엄마와 비교당하는 것을 기뻐할 만큼 어렸다. 몇 년만 지나면 기분 나빠하겠지, 진이 생각했다.

틸버리 부인이 피아노로 가서 진이 아까 봤던 사진을 집어들었다.

"제가 지금 마거릿보다 조금 더 컸을 때예요." 그녀가 사진을 들고 말했다.

마거릿이 사진과 똑같이 눈을 치켜뜨고 생각에 잠긴 표정을 지어 보였다. 피사체를 둘러싼 낡은 사진 특유의 구슬픈 분위기만 빼면 둘을 구분할 수 없었다.

"이 사진 좀 빌려 가도 될까요?" 신문에 두 사진을 나란히 실으면 어떨까 상상하며 진이 물었다. "마거릿도 똑같은 포즈로 사진을 찍으면 되겠어요, 괜찮으시면요."

"네, 물론이죠. 가져가세요." 틸버리 부인이 말했다.

진짜 솔직한 사람이네, 정말 진실을 말하고 있다고 믿지 않을 수가 없겠어, 진이 생각했다.

"이제 리지네 집에 가도 돼요?" 마거릿이 졸랐다.

틸버리 부인이 아이의 머리를 헝클어뜨렸다. "그래, 가도 돼. 30분 만이야. 그 대신 오자마자 피아노 연습해야 한다."

마거릿은 열심히 고개를 끄덕이고 진에게 예의 바르게 인사한 다음 서둘러 나갔다.

정말 귀엽네, 진이 갑작스럽게 밀려드는 갈망을 느끼며 생각했다. 하지만 입으로는 이렇게 말했다. "정말 운이 좋으시네요."

"그러게요." 틸버리 부인이 말했다. "마거릿은 천사예요."

차가 다 식었지만 새로 끓여 오겠다는 제안을 진은 거절했다. 이제 마거릿이 나갔으니 다시 자유롭게 이야기를 나눌 수 있었고, 해야 할 이야기가 너무 많았다.

"거기서 완치되었나요?"

"어디서요?"

"세인트 서실리아요. 4개월 동안 침대에 누워서 꼼짝 못 했다고 하셨죠."

"의사들이 치료해 줬다고 말하진 않겠어요. 하지만 퇴원할 때쯤에는 확실히 많이 좋아졌고, 가끔 재발하지만 어릴 때랑은 전혀 달라요. 사실 마거릿을 낳고 증상이 거의 사라진 것 같아요." 그녀가 양손을 흔들었다. "손바느질을 많이 하면 가끔 예전처럼 손목이 뻣뻣해지는데, 그러면 나을 때까지 우스꽝스러운 붕대를 감고 다녀요."

"옷을 만드세요?"

"네—고치거나 디자인을 바꾸기도 하고 맞춤옷도 만들어요. 웨딩드레스 같은 거요."

"세상에. 정말 대단하시네요." 진은 바느질이 미숙했고 꼭 필요한 것만 고쳤다. 터진 밑단, 덜렁거리는 단추. 짜깁기는 특히나 끔찍해서 어찌나 지저분한지 어머니가 어쩔 수 없이 나서서 다시 할 정도였다. "저는 옷은 절대 못 만들어요."

"정말 간단해요." 틸버리 부인이 말했다. "제가 가르쳐 줄게요."

"전 못 가르칠 거예요." 진이 말했다. "학교 성적표를 보면 알죠."

두 사람이 마주 보고 미소를 지었다.

"마거릿도 자기의…… 출생에 대해서 아나요?" 진이 적절한 표현을 찾으려고 애쓰며 물었다. '부모'라고 말하면 의심하는 것처럼 들릴 것 같았다.

"특별하게 태어났다는 건 알아요. 제 남편을 아빠라고 부르지만 진짜 아빠가 아닌 건 알죠. 가장 중요한 의미에서는 남편이 진짜 아빠예요. 지금까지 마거릿을 키웠고 자기 딸처럼 사랑하니까요."

"이번 조사를 통해서 뭘 얻고 싶은지 물어도 될까요? 악명을 얻고 싶은 사람 같지는 않아서요."

바로 이거였다—이것이 무엇보다도 진을 괴롭힌 질문이었다. 그레천 틸버리가 철저하고 공개적인 조사에 가족을 노출함으로써 무엇을 얻을 수 있을까? 처녀잉태라는 주장이 사실로 판명되면 그녀는 하나의 현상이 되고 의학계의 탐욕스럽고 주제넘은 호기심의 대상이 될 것이다. 만약 사기꾼으로 판명

나면 그녀의 평판은, 그리고 아마 결혼생활까지도 산산조각 날 것이다.

"그냥 신문 기사를 보면서 맞아! 내 이야기야! 라고 생각한 것 같아요. 내가 항상 알고 있던 사실을 누가 증명해 주기를 바랐어요."

"하지만 우리—저와 신문사, 과학자, 대중—는 지극히 의심하는 입장에 설 수밖에 없다는 사실을 아셔야 해요. 법정과는 달라요—당신 말이 진실로 증명될 때까지 의심받을 거예요. 전 무엇 하나 빠뜨림 없이 샅샅이 조사할 거고요."

"알아요. 하지만 숨길 게 없으니 걱정할 것도 없어요."

"남편분은요? 동의하셨나요?"

"네, 물론이에요."

"당신에게…… 증명하라고 압력을 넣거나 그런 건 아니겠죠?"

"아니, 아니에요. 이미 제 말을 전적으로 믿고 있어요."

"그래도 남편분과 이야기를 나누고 싶어요. 괜찮으시면요. 안 괜찮으셔도 어쩔 수 없고요." 샅샅이 조사해야 한다는 사실을 상기하고 진이 덧붙였다.

틸버리 부인이 손목시계를 보았다. "남편은 6시 반이나 되어야 와요. 코벤트가든 근처에서—베드포드 스트리트에서 보석 가게를 하거든요. 가게에 전화가 있어요. 집에는 없지만요."

진이 노트를 돌려서 내밀자 틸버리 부인이 독특한 대륙식 필체—중간에 선을 그은 7과 알파벳 지(g)처럼 생긴 9—로 남편의 이름과 전화번호를 적었다.

"감사합니다." 진은 이렇게 말했지만 전화할 생각은 없었다. 사전 연락 없이 가게에 불쑥 찾아갈 생각이었다. 그녀는 인터뷰가 끝났다는 뜻으로 노트를 덮었다.

"이제 어떻게 되죠?" 틸버리 부인이 물었다.

"원 논문을 쓴 유전학자에게 연락해서 당신과 마거릿을 검사하면 처녀생식 여부를 확인할 수 있냐고 문의할 거예요. 아마 런던으로 와야 할 거예요. 문제없겠죠?"

"같이 가 주실 건가요?"

진은 거기까지 생각해 보지는 않았지만 아주 잠시 망설였을 뿐 금방 대답했다. "네, 물론이죠."

신문사가 감수할 일이다. 이제 진의 기사니까 진의 방식대로 할 것이다. 업무가 너무 많아지면 〈금주의 정원〉 코너를 다른 사람에게 맡기면 된다. 장미 가지치기에 대해서 아는 사람이 신문사에 진 하나만은 아닐 것이다.

"아, 좋아요."

틸버리 부인은 진이 처음부터 끝까지 변호인 겸 보호자가 되어 주리라 믿으며 안심하는 눈치였다.

진도 우정과 비슷한 어떤 친밀감을 느꼈지만 떨쳐버려야 했다. 적절한 때에 반갑지 않은 소식을 전해야 할 경우를 대비해서 전문가답고 분별력 있게 거리를 유지하는 것이 중요했다.

3

"그 여자 말을 믿는디는 거야?"

"안 믿을 이유를 찾지 못했다는 거예요. 아직은요." 진은 로이 드레이크의 사무실에 앉아서 창틀 선반의 시든 화분에 물을 주는 그를 바라보았다. 로이가 잠시 놓아둔 담배에서 연기가 한 줄기 곧게 피어오르더니 천장 아래 이미 자욱한 연기구름 속으로 물결치며 들어갔다. 로이가 등을 돌린 사이 진이 담배를 몰래 한 모금 피우고 재떨이에 돌려놓았다.

"아, 미안하군. 내 거 하나 피워." 그가 돌아보지도 않고 말했다.

진이 깜짝 놀라 고개를 들자 창에 비친 두 사람의 눈이 마주쳤다.

"아무것도 놓치지 않는군요, 그렇죠?" 진이 한숨을 쉬며 책상에 놓인 담뱃갑에서 캡스탠 한 개비를 꺼냈다.

로이가 만족스럽게 고개를 저었다. 진은 여러 해 전 인생 최악의 시기를 보내고 있을 때 일과가 끝나고 우편실에서 울다가 로이에게 우연히 들킨 적이 있다. 로이는 이유도 묻지 않고

40

싫은 기색도 없이 아버지처럼 (그 정도로 나이가 많지는 않았지만) 그녀를 안아 주면서 "힘을 내야지"라고 말했다. 달리 위로해 주는 사람이 없었기 때문에 진은 그의 친절에 깊이 감동했다. 두 사람은 그때 일을 절대 입에 올리지 않았지만, 그 일은 가느다란 실처럼 항상 두 사람을 이어 주었다.

"하지만 정말 진짜일 수는 없잖아, 안 그래?" 로이가 말했다.

"포유류는 아니지만, 어류와 무척추동물 중에서는 자연발생적인 처녀생식 사례가 있어요. 토끼로 실험한 결과 인공적으로 처녀생식을 유도할 수 있음이 증명되었고요."

로이가 눈썹을 치켜올렸다. "토끼? 포유류 한 종이 되면 다른 종은 안 될 이유가 뭐지?" 그가 화분에 물을 다 주고 돌아서서 자기 가죽 의자에 앉은 진을 마주 보았다.

"개입 수준이 무척 높고—난관을 얼리거든요—실패율도 아주 높아요."

"토끼가 불쌍하군." 로이가 얼굴을 구겼다. "그런 건 다 어떻게 알아?"

"이 일의 발단이 된 논문을 쓴 의사—힐러리 엔디콧—에게 연락했더니 연구 논문을 몇 편 보내줬어요. 쉽게 읽히지는 않아서 그녀에게 개인적으로 처녀생식이 과학적으로 가능하다고 생각하는지 '네', '아니오'로 대답해 달라고 했죠. 그랬더니 과학은 무엇의 가능성이나 불가능성을 단언하는 일이 아니라고 아주 거만하게 얘기하더군요. 지금까지 포유류에서 자연발생적인 처녀생식 사례를 확인할 수 없었다는 말밖에 못 한대요."

"나한테는 '아니오'라는 말로 들리는데."

"음, 엔디콧은 가능성이 아주 희박하다고 생각하지만 수많은 과학적 발견도 한때는 불가능하게 여겨졌다고, 시험 결과가 어떻게 나올지 흥미롭다고 인정했어요."

"그런데 그 사람보다 틸버리 부인의 말에 더 믿음이 간다는 거야?"

"네. 아니요. 모르겠어요. 두 가지 모순적인 생각을 동시에 가질 수 있다고 생각해요?"

"물론이지. 신앙심 깊은 사람들은 늘 그렇잖아."

"그렇다면 틸버리 부인이 사실을 말하고 있다고 생각하지만, 처녀잉태는 믿지 않는다고, 그 간극을 메우는 게 기자로서 제 임무인 것 같다고 해 두죠."

"이제부터 어떻게 진행할 생각이지?"

"신중하게 진행해야죠. 검사 결과가 다 나올 때까지는 아무 기사도 싣고 싶지 않아요. 사실로 밝혀지면 엄청난 기사가 될 거고, 전부 우리 성과예요. 기삿감인지 아닌지 확실히 파악하기도 전에 전국지에 빼앗기기는 싫어요. 서두를 필요는 없죠?"

"전혀 없어."

"편집장님이 틸버리 부인을 만나 보시면 좋겠네요. 배우 디애나 더빈이랑 약간 닮았어요."

로이가 심장 부근을 움켜쥐었다. "이제 정말로 흥미가 생기는데?"

"게다가 딸이 정말 귀여워요." 진이 가방에서 은테 액자를 꺼내 책상에 세웠다.

"딸인가?"

"아뇨—엄마예요. 하지만 둘이 똑같아요."

"엔디콧이라는 여자도 참여하고 싶대?"

"싶은 정도가 아니에요. 채링크로스 병원에 팀을 하나 꾸려 놓았는데, 다들 수술용 장갑을 끼고 싶어서 안달이에요."

"멋지군."

"그쪽에서 의학적 검사를 하는 동안 저는 틸버리 부인의 이야기에 허점이 없는지 배경 조사를 조금 더 할 거예요."

"원래 업무를 하면서 이 일까지 할 수 있겠어? 아니면 뭔가를 그만둘 생각인가?"

로이의 말투는 중립적이었지만 진은 그가 어떤 대답을 기대하는지 알았다.

"아뇨. 다 할 생각이에요."

"좋은 자세야. 셰 스위니[14]에는 별일 없고? 어머니는 어떠셔?"

로이는 그녀의 어머니를 만난 적은 없지만 자주 안부를 물었다. 진이 여러 해에 걸쳐서 어머니의 별난 점들을 이야기했기 때문에 이제 로이의 머리에는 진의 어머니가 '특이한 사람'

---

14 chez Swinney: 프랑스어로 '스위니 가(家)'라는 뜻

이라는 생각이 굳어져 있었다. 실제로 만나면 실망할 것이다. 진은 자신이 이야기하는 '어머니'는 허구 작품에 가깝다고, 어린 시절 상상 속 친구와 다르지 않다고 정당화함으로써 양심의 가책을 잠재울 수 있었다.

"따뜻한 날씨 때문에 괴로워하고 계세요."

"추운 날씨를 싫어하시는 줄 알았는데?"

"맞아요. 그리고 바람 부는 날도 싫어하시고요. 집 안에 틀어박혀 지내는 사람치고는 날씨에 대해서 아주 확고한 생각을 갖고 계시죠."

로이가 즐거워하며 웃었다. "난초 같으시군."

"하지만 오늘 밤에는 차에 곁들일 딸기가 있으니 기분이 좋으실 거예요."

"음, 안부 전해 줘." 로이가 말했다.

4

'H. R. 틸버리 귀금속(중고품 및 골동품—수리—최고가 매입)' 가게는 스트랜드 북쪽 좁은 골목길에, 담배 가게와 희귀본 고서 및 악보를 파는 가게 사이에 있었다. 유리병 같은 진녹색 페인트칠 바탕에 우아한 금색으로 적힌 상호가 두드러졌다.

출입문의 납유리 너머로 손님 한 명이 카운터 뒤의 남자와 대화를 나누고 있었다. 손님은 손목시계를 사든지 시계 줄을 조정하러 온 것이 분명했다. 몇 분 뒤 가게에서 나온 여자는 손목을 이리저리 돌리며 감상했다. 그녀가 멀어지기를 기다렸다가 진이 가게로 들어가자 문 위쪽에 달린 종이 딸랑거렸다.

가게 주인은 작업실로 들어갔지만 문이 열려 있어서 작업대 앞에 앉은 모습이 보였는데, 작업대 위 연장 선반이 깔끔하게 정리되어 있었다. 종소리에 그가 고개를 들더니 손에 쥐고 있던 줄칼을 내려놓았다.

가게 내부는 작았다. 세 면에 유리 진열장이 놓여 있어서 진이 남는 공간을 전부 차지하는 바람에 갑자기 움직였다가는 뭔가를 깨뜨릴 것 같은 느낌이 들었다.

"하워드 털버리 씨를 찾고 있는데요." 진이 말했다. 지금 자기 앞에 선 남자가 쏙 들어간 허리에 디나 더빈 같은 머리 모양을 한 젊고 예쁜 여자의 남편인지 확신이 서지 않았다.

마르고 구부정한 남자는 머리가 조금 벗겨진 데다가 남은 머리카락마저 희끗희끗했다. 올해 들어 가장 더운 날이었지만 트위드 재킷과 플란넬 바지, 손으로 짠 스웨터, 셔츠, 타이 차림이었고 속에도 긴팔 내복을 입고 있을 것이 분명했다. 그러나 진이 자신을 소개했을 때 그가 등을 약간 펴고 미소를 짓자 순간적으로 그렇게 늙어 보이지는 않았다.

"아, 네. 아내가 얘기했던 분이군요." 두 사람이 카운터를 사이에 두고 악수를 나눈 뒤에, 그가 걱정스레 얼굴을 찌푸리며 덧붙였다. "오늘 오시기로 했었나요?"

"아니에요. 지나가는 길에 잠시 들렀어요. 손님이 오실 때까지 잠시 시간을 내 주실 수 있을까요?"

진은 비꼬는 투로 말할 생각이 아니었지만 남자는 경계하는 표정을 지었다.

"화요일은 손님이 별로 없습니다. 이유는 저도 모르겠어요. 그래서 대체로 수리를 해요. 작업실로 들어가서 앉으시죠." 진이 들어갈 수 있도록 그가 두 진열장 사이 카운터 상판의 빗장을 열었다.

"괜찮으시면 그럴게요." 진은 진열대에 방치된 귀금속을 흘끔거리며 그의 안내에 따라 작업장으로 들어갔는데, 가게보다

넓다고 하기는 힘든 곳이었다.

"누가 들어오면 종이 울릴 거고 작업실 문도 열어 놓을 겁니다."

그는 불편한 곳이라 죄송하다고 계속 사과하면서 한쪽 구석에 놓인 푹 꺼진 녹색 안락의자를 권했다. 진이 앉으니 팔걸이가 귀 끝까지 올라왔고 좌석은 바닥보다 겨우 몇 센티미터 높았다. 두 사람 사이 바닥에 진의 길쭉한 다리가 쓰러진 말처럼 보기 흉하게 퍼질러졌다. 다른 자리는 틸버리 씨가 지금 앉은 곳밖에 없었는데, 그가 조금 전까지 일하던 작업대 앞에 놓인 등받이 없는 회전의자였다. 안락의자 옆 낮은 테이블에는 전기 핫플레이트, 주전자, 컵, 방수 종이로 싼 먹다 남긴 샌드위치, 가느다란 사과 심이 있었다. 그가 서둘러 쓰레기를 거둬서 작업대 아래 쓰레기통에 넣었다.

"차 한 잔 드릴까요, 스위니 양?" 그가 물었다.

괜찮다고 거절하자 안도하는 모습을 보면서 진은 옆에 놓인 씻지도 않은 컵이 이곳의 유일한 컵이고 그가 작업실에 들인 손님은 그녀가 처음이라는 것을 직감했다.

"《노스켄트 에코》에서 아내분의 이야기에 관심이 있다는 이야기는 들으셨겠지요." 진이 한참 낮은 불리한 위치에서 그를 올려다보며 말을 시작했다. "남편분도 이의가 없는지 확인하고 싶어서요."

"사려 깊으시군요." 그가 대답했다. "하지만 이 일은 아내의 소관이기 때문에 아내의 뜻에 따르겠습니다. 마거릿에게 나쁜 영향만 없다면요."

"그렇죠. 마거릿." 진은 눈높이를 다만 몇 센티미터라도 높이려고 딱딱한 좌석 끄트머리를 향해 몸을 살짝 움직였다. 무릎이 엉덩이보다 높은 상태에서는 당당해 보이기 힘들었다.

"만나 보셨어요?" 마거릿의 이름이 나오자 그의 걱정스럽던 표정이 환해졌다.

"잠깐 봤어요. 아주 귀엽더군요."

"네." 그가 얼굴을 빛냈다. "그렇지요. 지금까지 저에게 일어난 최고의 사건입니다."

진이 노트를 팔랑팔랑 넘겨서 지난주에 시드컵의 집으로 찾아갔을 때 속기로 휘갈겨 쓴 부분을 펼쳤다.

"아내분을 처음 만나셨을 때 마거릿은 몇 살이었죠?"

"6개월 정도였어요. 윔블던에서 아내가 살던 집에 제가 세입자로 들어갔죠. 그레천의 어머니인 프라우 에델은 방을 세놓아서 돈을 벌었거든요. 세입자 한 명이 미혼모랑 살기 싫다고 이사를 나가면서 제가 들어갔습니다. 물론 저는 아무렇지 않았어요. 그러다가 에델 모녀와 가까워졌고, 그레천의 사연을 들었습니다." 진이 이끄는 대로 그가 털어놓는 자세한 설명은 틸버리 부인의 이야기와 일치했다.

"그 이야기를 한 번도 의심하지 않았나요?"

"네, 압니다. 외부인에게는 억지스럽게 들리겠지요. 하지만

48

에델 모녀를 알면 안 그래요. 저는 아내의 정직함을 의심할 이유가 전혀 없었습니다. 제 생각에 아내는 거짓말을 못 해요."

"하지만 미혼 여성이라면 임신 정황에 대해 거짓말할 이유가 충분하죠. 사회가 냉혹하니까요."

"사람들은 성급하게 판단하죠, 그건 사실이에요. 아내가 제게 거짓말할 이유가 없었다는 말씀밖에는 드릴 수가 없군요. 전 마거릿이 어떻게 해서 생겼든 전혀 상관없다고 분명히 말했거든요."

"아내의 말이 한 번도 흔들린 적은 없었나요?"

"전혀요. 아내를 믿을 수밖에 없었습니다."

"아내의 말이 과학적으로 증명되면 기쁘시겠군요?"

"증명이 필요하다는 생각은 한 번도 안 해봤습니다. 하지만 저 외에 어떤 남자도 마거릿과 상관없다는 사실을 확인해서 기쁘겠냐고 물으신다면, 모든 사항을 고려했을 때 그렇다고 할 수 있겠죠."

"그리고 의심하던 사람들이 영영 입을 다무는 것도 기쁘시겠지요?"

"그건 잘 모르겠습니다." 틸버리 씨가 한 손으로 뒷머리를 가다듬며 말했다. 초조함을 보여주는 버릇이었다. 몇 분마다 팔꿈치를 내밀며 손을 올려서 뒷목을 꼭 쥐었다. "우리를 의심하며 괴롭히는 사람이 있을 것 같지는 않군요. 그레천과 제가 결혼한 직후에 프라우 에델이 세상을 떠났고, 우리는 시드컵으로 이사해서 아기를 하나 둔 평범한 부부처럼 새로 시작했습니다. 이웃 사람들은 우리의 과거를 전혀 몰라요."

바로 그거야, 진이 생각했다. 그런데 도대체 왜 이제 와서 본인들의 사생활을 위험에 빠뜨리려는 거죠? 하지만 진은 그 대신 이렇게 말했다. "신앙심이 깊으신가요, 틸버리 씨?"

"대부분의 사람보다 모자라지도 넘치지도 않는다고 생각합니다. 결혼식이나 장례식 외에는 교회에 잘 안 가지만, 교회가 있어서 좋아요."

"교회에서 결혼하셨나요?"

"아닙니다. 당시 상황에서는 교회에서 안 하는 게 더 편했어요. 프라우 에델이 다니던 성당 신부님이 썩 우호적이지는 않았거든요."

"다른 사람도 아니고 사제라면 처녀잉태라는 개념에 열린 자세를 취할 거라고 생각하기 쉬운데요."

틸버리 씨가 진과 처음으로 눈을 맞추었다. "기적을 독점하고 싶어 한다는 사실을 알게 되었지요."

"구애 기간이 길었나요?"

"4개월 정도였습니다. 물론 같은 집에 살았기 때문에 속도가 좀 붙었죠. 그리고 사실 프라우 에델은 이미 건강이 좋지 않았기 때문에 그레천이 무사히 결혼하는 모습을 빨리 보고 싶어 했습니다." 잠시 침묵이 흘렀다. "무슨 생각을 하시는지 압니다." 그가 조용히 말했다.

진이 얼굴을 붉혔다. "아, 절대 모르실 거예요." 그녀가 대답했다.

진은 사실 담배를 피워도 될까, 연기에 민감한 소재나 장비가 작업실에 있을까 생각하고 있었다. 재떨이는 보이지 않았다.

"애가 없었다면 그레천 같은 여자가 나 같은 남자를 거들떠보지도 않았을 거라고 생각하시겠죠."

"아니에요. 정말로요."

"음, 당신 생각이 맞습니다. 거들떠보지도 않았을 거예요. 압니다. 그레천 같은 여자라면 누구든 가질 수 있었을 거고, 저는 하나도 특별하지 않으니까요."

"부인은 분명 당신을 만나서 정말 다행이라고 생각하실 거예요." 진은 이런 식으로 그가 열등감을 드러내는 것이 당황스럽고 부적절하다고 생각했다.

진이 생각했을 때 그레천은 불평할 처지가 아니었다. 어머니와 맹목적인 사랑을 주는 남편이 그녀의 정절을 굳게 믿으니 이미 갑절의 축복을 받았다. 게다가 마거릿도 있다. 더 이상 뭐가 필요할까?

가게 종이 울리자 틸버리 씨가 일어섰다. "실례하겠습니다." 그가 말했다. "편히 계세요."

이런 의자에 편히 있으라니, 말은 쉽지. 진이 이렇게 생각하며 힘겹게 일어나자 감각이 사라진 다리와 발에 피가 찌릿찌릿 통했다. 문 너머에서 남자와 여자가 중얼거리는 소리가 들려왔다. 진은 다른 사람이 자리를 비우면 늘 그러듯 주변을 살펴보기 시작했다. 그녀는 평생 주의 깊게 주변을 살핀 결과 진실은 사람들이 기꺼이 인정하는 것에 있지 않다고 생각하게 되었다. 항상 표면이 아니라 그 밑에 더 많은 것이 있었다.

그녀는 서랍장 맨 위의 넓고 얇은 서랍을 열었다. 수십 개로 나뉜 작은 나무 칸에 수리를 기다리는 귀금속이 각각 들어 있었다. 카메오 브로치, 약혼반지, 팔찌, 로켓, 전부 걸쇠가 망가지거나 보석이 빠져 있고 작은 글씨로 숫자와 날짜가 적힌 갈색 종이 라벨이 달려 있었다. 아래 서랍에는 수리용 부품 때문에 난도질당한 손목시계 사체가 무수히 들어 있었다.

진이 우아한 D자 모양 실톱을 들고 머리카락처럼 가느다란 톱날에 손끝을 댔다. 살갗이 베여 피가 차오르자 움찔했다. 그녀가 손수건으로 피를 닦고 있을 때 틸버리 씨가 사파이어 브로치를 가지고 돌아와서 라벨을 달고 얇은 서랍에 넣었다.

그가 예의 바르게도 진이 염탐한 것을 모른 척했기 때문에 진은 오히려 사실대로 말하고 싶은 뒤틀린 충동을 느꼈다.

"사실은 제가 작은 톱을 건드렸어요." 그녀가 손을 내밀어 보여주면서 말했다. 약간 바보 같은 기분이 들었다. "얼마나 날카로운지 궁금해서요."

그는 무척 재미있다고 생각하는 것 같았다.

"음, 스위니 양, 납땜인두가 얼마나 뜨거운지 궁금해서 손을 대 보기 전에 제가 돌아와서 다행이군요."

"죄송하지만 제가 호기심이 많아서요." 진이 말했다. "직업이 직업이다 보니."

그가 선반에서 낡은 구급상자를 내리고 반창고를 꺼내서 진의 손가락에 감아 주었다.

"손이 정말 작군요." 그가 치료를 끝내며 말했다. 다른 남자가 이런 말을 했다면 진은 정말 시시한 칭찬이라고, 외모에서 칭찬할 부분을 그것밖에 못 찾았다는 뜻이라고 생각했을 것이다. 그러나 틸버리 씨는 이렇게 말을 이었다. "손가락이 이렇게 섬세하니 뛰어난 세공인이 될 수 있겠어요." 그가 두꺼운 자기 손을 들어 비교했다. "가끔 권투 글러브를 낀 곰이 된 기분이죠."

"정말 만족스러운 직업이겠구나, 생각하고 있었어요." 진이 다시 자리에 앉으며 대답했다. "다른 사람들의 보물을 만들거나 고치잖아요. 전 너무 서툴러서 그런 일은 못 해요."

"결혼반지 사이즈를 재거나 시계 줄을 바꾸는 정도지 대단한 일도 아니에요." 그가 말했다. "하지만 그걸로 먹고 사니 불평할 순 없죠."

"종일 타자나 치다 보면 자기 손으로 직접 뭔가를 만들어낸다는 것 자체가 아주 매력적으로 느껴져요."

"사람들은 대부분 당신 세계가 더 신난다고 생각할 겁니다, 분명." 그가 대답했다.

진이 고개를 저었다. "플리트 스트리트[15]라면 그럴지도 모르죠. 하지만 《노스켄트 에코》는 아주 정적이에요. 누가 재향군인회에 침입해서 진 한 병만 훔쳐도 1면 기삿감이죠."

진은 그날 아침 전국 샐러드 주간을 기념하여 단숨에 쓴 기사를 떠올렸다.

....

특별할 것 없는 양상추도 제대로 된 드레싱만 있으면 영양 가득한 가족 식사의 기본 재료가 될 수 있다. 굽거나 튀긴 미트볼을 곁들여서 바삭한 느낌을 더해 보자……

....

"보석류를 안 하셨네요." 그가 말했다.

진의 손과 손목, 목에는 늘 그렇듯 아무것도 없었다.

"네. 무슨 원칙이 있어서 그런 건 아니에요. 그냥 가진 게 없어요. 본인이 직접 사는 물건은 아니잖아요." 진은 이야기가 업무의 영역이 아닌 개인적인 영역으로 샜음을 의식하고 말을 멈추었다.

"그렇겠죠. 직접 사면 안 될 이유도 없지만요."

"아마 사도 안 하고 다닐 거예요. 상자에 넣어 두고 가끔 들여다보기나 하겠죠." 진은 자신에 대해서 그 정도는 알았다.

---

15 영국의 주요 신문사, 잡지사, 출판사가 모여 있는 런던의 거리

"그건 너무 아깝죠. 보석도 숨을 쉬어야 하거든요."

진은 숨이 조여드는 느낌이었다. 몇 년 만에 남자와 나눈 가장 친밀한 대화였다.

가게 종이 다시 울렸다. 진은 이것을 이제 그만 가야 한다는 신호로 받아들였다. 부부의 온전한 합의로 틸버리 부인이 《노스켄트 에코》에 연락했고, 남편이 아내에게 어떤 압력도 넣지 않았다고 납득했다. 물론 그 깔끔한 돌출창 너머의 결혼생활이 어떤 모습인지 알 방법은 없지만, 진은 직장 안팎에서 폭력적인 남자들을 만나봤다. 틸버리 씨는 그들과 달랐다.

"이제 그만 봐 드려야겠네요." 진이 말했다.

틸버리 씨가 벌떡 일어나 진이 의자에서 일어나는 것을 거들었다. 진이 그의 손을 잡고 몸을 힘겹게 일으키다가 순간적으로 균형이 흔들리는 바람에 하마터면 뒤로 넘어지고 틸버리 씨까지 쓰러뜨릴 뻔했다. 두 사람은 겁에 질린 표정을 주고받았고 틸버리 씨가 발에 더욱 힘을 주고 버티면서 손을 꽉 잡고 진을 똑바로 일으켰다.

"세상에, 큰일 날 뻔했네요." 진이 웃었다. "제가 서툴다고 말씀드렸잖아요."

"저도 큰 도움이 된 것 같지는 않은데요." 틸버리 씨가 말했다. "하지만 대화는 즐거웠습니다."

"마지막으로 질문이 하나 있어요." 진이 문득 생각나서 말했다. "아내분은 마거릿이 태어나기 전에 병원인지 요양원에 있었다고 하셨는데요. 당시 친구들과 아직도 연락하는지 궁금해요. 아니면 어린 시절 아내분을 아는 사람이라도 있을까요?"

틸버리 씨가 고개를 갸웃거리며 잠시 생각했지만, 아무 것도 떠오르지 않는 듯했다.

"음, 떠오르는 사람이 없네요. 병원은 해안 근처였어요—아마 브로드스테어스였을 겁니다. 그전에는 포크스턴에서 학교에 다녔고요. 친구라면 아마 그쪽에 살았을 거예요. 저는 에넬 모녀가 윔블던에 살고 있을 때 처음 만났고 당시 두 사람의 몇 안 되는 지인은 별로 오래된 사이가 아니었으니, 모르겠습니다. 물론 아내는 지금 시드컵에도 친구가 있어요. 마거릿 친구 엄마나 뭐 그런 사람들이죠. 예전 일은 아내한테 물어보셔야 할 겁니다."

진이 틸버리 씨를 따라서 가게로 들어가자 젊은 커플이 기다리고 있었다. 신혼부부구나, 남자의 팔에 매달려 아주 사랑스럽다는 듯 바라보는 여자를 보고 진이 생각했다. 아니면 얼마 전 약혼을 해서 크고 비싼 반지를 사러 왔을지도 모르지. 진은 틸버리 씨를 위해서 그랬으면 좋겠다고 생각했다. 그녀가 좁은 가게에서 손님들과 닿을락 말락 빠져나갈 때 두 사람이 풍기는 행복이 느껴졌다.

진은 저녁 식사로 다진 고기와 감자 요리를 만들고, 설거지를 하고, 텃밭에 물을 준 다음 틸버리 씨와 만났을 때 속기한 메모를 정리하면서 브로드스테어스라는 단어에 밑줄을 그었다. 그런 다음 그레천 틸버리와 인터뷰했던 부분으로 노트를 넘겨 세인트 서실리아에 대한 언급을 찾아서 거기에도 동그라미를 쳤다. 다음번 취재는 여기에 집중해야 한다.

물론 급할 것은 없다. 틸버리 부인과 마거릿은 곧 첫 번째 검사를 받으러 채링크로스 병원에 갈 예정이다. 그 결과에 따라 진이 더 이상 취재할 필요가 없어질지도 몰랐다. 그러나 진은 벌써 취재가 기대되었다. 해변에 못 간 지 정말 오래되었다. 물론 1946년에 워딩에 간 적이 있지만, 그 뒤에 있었던 일 때문에 그때는 계산에 넣지 않았다.

진은 브로드스테어스에만 생각을 집중하면서 하룻밤 묵고 다음 날 차를 몰고 돌아올까도 생각했다. 아침에 끼룩거리는 갈매기 소리와 모래 해변을 쓰는 파도 소리를 들으며 일어날 생각을 하면 무척 매혹적이었지만, 그 가능성은 금방 포기해 버렸다. 불가능하다. 어머니를 단 하룻밤도 혼자 놔둘 수 없었다. 그런 말을 슬쩍 내비치기만 해도 워낙에 힘없는 어머니가 더욱 힘이 빠질 것이다.

스위니 씨가 연금도 저축도 남기지 않아서 두 사람은 진의 월급으로 먹고살았으므로 어머니는 진이 일하러 간 동안은 견뎠지만, 그 이상의 부재는 견디지 못했다. 오전 9시부터 오후 5시 반 사이에 억눌려 있던 위기가 그 외의 시간에 고개를 들어 진을 당황하게 하곤 했다. 진은 이성적인 여성이었으므로

57

이 원칙에 도전해야겠다고 항상 생각했지만 그렇게 하지 못한 채 시간이 흘렀고, 이제는 습관으로 굳어졌다.

예전에는 후회할 때도 있었다. 금요일 저녁이면 빌, 래리, 사진 편집자 던컨과 편집 보조원 몇 명이서 일을 마치고 페츠우드의 블랙호스 펍에서 술을 마셨다. 어쨌거나 진 역시 한패였으므로 한두 번 초대를 받았지만, 어머니에게 미리 말하지 않았기 때문에 거절했고, 이제 그들도 더 이상 부르지 않았다.

스위니 부인은 응접실의 윙백 안락의자에 앉아서 진이 털실 감는 것을 도와주러 오기를 기다리고 있었다. 어머니는 도리에게 크리스마스 선물로 보낼 스웨터를 만들고 있었는데 뜨면서 점점 커지고 늘어지더니 도리가 두 명이나 들어갈 만한 스웨터가 완성되었다. 진은 털실이 이렇게 많이 필요할 만큼 키탈레가 추워지기는 할까 속으로 의심했지만 어머니는 요지부동이었다. 스웨터를 다 풀어서 털실을 씻어 말린 다음 새로 시작하는 수밖에 없었다.

그러나 진은 가만히 있지를 못했다. 자리에 앉자마자 안경이 필요하다거나 아직 끝내지 못한 급한 집안일이 생각났다며 벌떡 일어났다. 그녀는 따분해서 가만히 못 있겠다는 듯이 이 방 저 방 돌아다니다가 결국 찾던 것—진주 손잡이가 달린 오래된 가죽 매니큐어 세트—을 발견해 집안일 때문에 거칠어진 손톱을 깎고 다듬기 시작했다. 그러더니 손톱 손질이 끝나자마자 다시 벌떡 일어나 서둘러 나갔다.

"또 어디 가니?" 어머니의 구슬픈 목소리가 위층까지 따라왔다.

진은 침실 화장대 서랍 하나에 너무 귀해서 쓰지 않는 물건들을 모아 두었다. 비누, 화장품, 향수, 편지지—대부분 선물받거나 가끔 경솔하게 산 것들—가 여러 해 동안 쌓이고 모였다. 진은 포장된 상태 그대로 쓰지 않은 보물을 보는 것이 실제로 쓰는 것보다 훨씬 만족스러웠다. 면지가 대리석 문양이고 책장 끝에 금박을 칠한 가죽 노트는 안에 아무것도 쓰지 않아야만 아름다웠다. 립스틱은 그녀의 입술에 닿는 순간 망쳐졌지만 쓰지 않으면 그 잠재력은 무한했다.

하지만 오늘 밤 진이 진한 핸드크림을 따자 장미향이 휙 풍겼고 손가락으로 표면을 그을 때도 후회의 전율은 아주 희미할 뿐이었다. 양손을 문지르자 쭈글쭈글한 피부가 부드럽게 펴지는 것 같았다. 진은 이 변화가 순간적인 착각일 뿐임을 알았지만 이런 데 신경을 쓰면서 즐거움을 얻는 수많은 여자와 드문 동질감을 잠시나마 느꼈다.

"무슨 냄새냐?" 진이 돌아오자 어머니가 물었다. 빠르게 쇠퇴하는 청각의 영역을 후각이 차지하는 건지 어머니는 최근 냄새에 더 예민해졌다.

"분홍 장미요."

"그럴 줄 알았다. 평소에는 너한테서 사무실 냄새가 나는데." 어머니의 얼굴이 찌푸려졌다. "담배랑 신문이랑 일 냄새

말이다. 장미 냄새가 더 좋구나."

"음, 오늘 오후에는 사무실에 없었어요. 코벤트가든 근처 귀금속 가게에 갔었거든요."

"유대인이냐?"

"모르겠어요. 안 물어봤어요."

"아마 그럴 거다. 보통 유대인이니까."

"이름이 틸버리에요. 귀금속을 수리하는 작업실을 보여줬어요. 아주 재미있던데요."

"그랬겠구나. 그 사람이 이걸 고칠 수 있을까 모르겠네." 어머니가 중지에 끼고 있던 진주알로 둘러싸인 가넷 반지를 잡아당기더니 툭 튀어나온 마디를 억지로 넘겼다. "알이 하나 빠졌어."

"알을 교체하는 건 비쌀걸요."

"음. 귀한 거잖니. 언젠가는 너한테 물려 줄 거고."

자기 거라면 거위도 전부 백조인 줄 알겠지, 진이 생각했다.

"지금 빼지 마세요—그러다 잃어버려요. 한동안 만날 일이 없을지도 몰라요. 아예 안 만날 수도 있고." 하지만 진은 이렇게 말하면서도 분명히, 그것도 곧 다시 만날 거라는 확신이 들었다.

"그럼 이제 털실 감을까?" 어머니가 둘이 마주 보도록 의자를 끌어당겨 앉자 무릎이 거의 닿을 것 같았다.

어머니가 뜨개질 가방에서 도리의 스웨터 앞판을 꺼내서 코

막음 핀을 뺐다. 가볍게 잡아당겼을 뿐인데 몇 달 동안 힘들게 짠 작품이 풀리기 시작했다. 진은 양팔을 내밀어 작고 섬세한 손에 거칠거칠한 털실이 감기고 또 감기는 것을 바라보며 남몰래 흡족함을 느꼈다.

희고 부드러운 손을 유지하려면 부엌 싱크대에서 지저분한 일을 한 다음 오래된 레몬 껍질의 히안 부분에 손톱을 찔러 넣는다.

5

브로드스테어스 세인트 서실리아 요양원에서 당시 근무했던 수간호사는 앨리스 하프야드였다. 특이하고 기억에 남는 이름 덕분에 그녀를 찾는 일이 상당히 쉬워졌기 때문에 진은 무척 고마웠다. 진은 직접 찾아가기 전에 사전 조사를 하다가 세인트 서실리아 건물이 더 이상 회복기 환자들의 요양원이 아니라 도시 남쪽 램스게이트 로드에 위치한 사립 남학교의 소유가 되었다는 사실을 알게 되었다.

그레천 에델의 퇴원 후 1년도 지나지 않아 근처 남학교가 새로운 부지로 확장하기 위해 커다란 에드워드 시대 빌라 건물을 사겠다고 제안했다. 환자들은 집으로 돌아가거나 해안가의 다른 요양원으로 이송되었고, 한때 병실이나 치료실이었던 곳에 지금은 책상과 걸상, 칠판과 외투걸이가 갖춰져 있었다.

이제 안셀름 하우스가 된 이 시설의 교장은 한쪽 다리가 나무 의족이라 흑단 지팡이를 짚고 다녔다. 그는 진에게 세인트 서실리아의 옛 기록을 보여주기 전에 건물을 먼저 안내해 주겠다고 했다. 수업 시간이라서 학교는 조용했다. 날씨가 더워서 교실 문이 전부 열려 있었는데, 두 사람이 복도를 따라 걸어가자 교장이 발을 끌고 지팡이를 짚는 소리가 울리면서 교실 안에서 중얼거리던 소리가 잠잠해졌다.

교장이 마지막 교실 앞에 멈춰 섰다. 남자아이들이 의자를 육중하게 끌며 일사불란하게 일어섰다. 예고도 없이 방해받는 것에 익숙해 보이는 교사가 칠판에 그림을 그리다가 멈추었다. 진이 보기에는 끔찍한 괴물 같았지만, 사실은 크게 확대한 벼룩 그림이었다.

"이분은 런던에서 오신 훌륭한 신문 기자 스위니 양입니다." 교장이 사실을 마음대로 해석하며 말했다. 브로드스테어스 주민에게 런던이란 메드웨이[16]까지 확장되는 개념일지도 몰랐다. "그러니 우리 학교에 대해 좋은 인상을 가지고 떠나시기를 바라야겠죠."

진은 학생들을 향해 가장 따뜻하고 안심시키는 미소를 지어 보였다. 그녀는 수업이 어떻게 진행되는지 보고 싶었다.

"굉장히 재미있을 것 같던데요." 두 사람이 복도를 다시 걸어갈 때 진이 속삭이다시피 말했다. "존 던[17]의 시를 소개하는 수업인가 싶었어요."

"아니었기를 진심으로 바랍니다." 교장이 얼굴을 찌푸리며 말했다.

---

16 영국 남동부 켄트 지방
17 영국의 시인으로 《벼룩》이라는 작품이 있다.

진은 교장이 통증 때문에 유머 감각을 잃었구나 결론 내리고 가엾게 여기기로 했다.

그녀는 브롬리 사우스역에서 이른 아침 기차를 타고 왔다. 승강장은 수학여행을 가는 교복 차림의 아이들로 붐볐다. 클립보드를 든 교사 두 명이 아이들을 줄 세우려 애썼지만, 남자아이들 몇 무리는 반대편 승강장의 증기기관차를 보려고 돌아다니고 있었다.

진은 브레이크 실에 자전거를 싣고 기차 앞쪽 칸막이 좌석으로 갔다. 다른 승객은 여자 한 명밖에 없었다. 문이 열리자 그녀가 읽던 책에서 시선을 들더니 다행이라는 듯 미소를 지었고, 진 역시 어떤 마음인지 알았기 때문에 똑같은 미소를 돌려주었다. 진은 두 사람이 최대한 넓은 공간을 차지할 수 있도록 대각선 맞은편 자리에 앉았다. 가방에는 점심 도시락, 기차에서 읽을 애거사 크리스티의 책, 필수품인 공책이 들어 있었고 시간이 나서 해변에 갈 경우를 대비해 수영복과 수건도 챙겨 왔다.

그 부분이 오늘 하루 중에서 가장 기대되었다. 수영을 잘하는 진은 바다에 들어가면 힘세고 우아해진 기분이 들었는데, 소독약 냄새가 나고 타일이 차가운 베케넘 공공 수영장이나 마른 땅에서는 느낄 수 없는 감각이었다. 원래 책을 읽을 생각이었지만 창밖으로 교외 마을이 점점 작아지다가 햇볕을 담뿍 받은 켄트 북부 들판이 펼쳐지자 풍경을 보는 것이 더 좋아서 책을 펼치지도 않았다.

교장은 진에게 교실을 잠깐 보여준 다음 거의 10년 동안 아무도 건드리지 않은 세인트 서실리아의 문서를 보여주려고 교장실로 데려갔다. 그가 나무 캐비닛 잠금장치를 풀고 각종 원부와 사진첩 하나를 진이 살펴볼 수 있도록 자기 책상에 늘어놓았다. 요양원이 이사를 나가면서 두고 갔지만 아무도 찾으러 오지 않은 물건들—콩팥 모양의 스테인리스스틸 그릇, 환자용 변기, 기도문 카드, 가죽 골무, 집게 한 세트—도 있었다.

진이 기도문 카드를 집어 들고 읽었다.

아무것도 너를 슬프게 하지 말며
아무것도 너를 혼란케 하지 말지니
모든 것은 다 지나가는 것
하느님은 불변하시니 인내함이 다 이기느니라
하느님을 소유한 사람은 모든 것을 소유한 것이니
하느님만으로 만족하도다.

아빌라의 성녀 데레사

"제가 가져도 될까요?" 진이 물었다.

"다 가져가셔도 됩니다." 교장이 대답했다. "저한테는 아무 쓸모가 없어요."

"수녀님이 환자에게 주시던 건가 봐요." 진이 이렇게 말하고 사진첩을 넘기다가 요양원 앞 자갈길 진입로에 여자들이 단체로 서 있는 직원 사진을 보고 멈췄다.

몇몇은 간호사복, 몇몇은 수녀복 차림이었다. 다들 햇살 때문에 눈을 찌푸린 채 미소를 짓고 있었다. 몇몇은 사진기 앞에서 포즈를 취하는 것이 익숙하지 않은지 한 손을 들어 눈가를 가렸다.

"그렇겠지요." 교장이 말했다.

진은 교장이 종교를 싫어하는 걸까, 로마 가톨릭교회만 싫어하는 걸까 생각했다.

"이곳에서 기적이 일어났다고 하면 놀라시겠어요?" 진이 그에게 물었다.

"우리 직원들은 자기가 여기서 매일 기적을 행하고 있다고 생각할 겁니다." 그가 허깨비 같은 미소를 지으며 말했다.

뭐야, 유머 감각 있잖아, 진이 생각했다. 그녀는 세인트 서실리아에 흥미를 갖는 이유를 필요 이상 자세히 말할 생각이 없었지만, 교장이 전혀 궁금해하지 않았기 때문에 오히려 말이 많아졌다.

"어떤 환자가 여기서 아이를 잉태했대요. 자연발생적으로 말이죠."

드디어 교장이 관심을 보였다.

"말도 안 되는군요. 제 머릿속에는 다른 설명이 떠오르는데요."

"예를 들면요?"

"그 여자가 속았거나 거짓말을 하는 거겠지요."

사람들은 만난 적도 없는 여자를 아주 쉽게 거짓말쟁이로 속단한다니까, 진이 생각했다.

"하지만 진짜인 것 같아요."

"정직하지 못 한 사람들은 종종 진짜처럼 보이지요. 그 여자의 거짓말을 밝힐 증거를 찾는 겁니까?"

"있다면 물론이죠."

"음, 찾으시면 좋겠네요. 우리 학교가 성지가 되는 건 싫습니다."

진이 웃었다. "정말이지, 그런 부작용은 생각을 못 했네요."

"처녀들한테 포위당할 거예요." 그가 몸서리를 치며 말했다.

저도 그중 하나라고 생각하시겠죠, 진이 속으로 생각했다.

"여기 이 사람 말이에요." 진이 연한 색 제복과 풀 먹인 앞치마 차림의 간호사들 가운데 짙은 색 원피스와 흰 보닛 차림으로 앉아 있는 중년 여성을 가리키며 말했다. "분명 수간호사일 거예요." 비슷한 옷차림으로 다른 사진에도 여러 번 등장했다. "실례할게요."

진이 화장지처럼 얇고 약한 모서리의 고정부에서 사진을 조심스럽게 빼서 뒤집었다. 그녀가 바란 대로 기록에 충실한 어떤 사람이 뒷면에 갈색을 띤 잉크로 이렇게 써 놓았다. 왼쪽에서 오른쪽으로 J. 솜스, R. 포브스, M. 콕스, A. 하프야드, M.

스미스, D. 베이커, V. (펙스) 오스틴, 1946년.

"A. 하프야드." 진이 말했다. "그 사람이 틀림없어요."

"잘 됐군요." 교장이 사진을 받아서 다시 사진첩에 꽂으며 말했다. "전화번호부에 똑같은 이름이 많지는 않겠네요. 트레버 양 사무실에 전화번호부가 하나 있을 겁니다."

진이 열린 문을 두드렸을 때 트레버 양은 전화 통화를 하면서 동시에 게스테트너 복사기 손잡이를 맹렬하게 돌리고 있었다. 그녀는 손을 멈추지도 않고 진에게 들어오라고 턱짓을 했다.

"어느 정도의 비용은 지불할 수 있을 것 같아요." 그녀가 전화기에 대고 말했다. "하지만 다른 지원자들은 더 멀리서 오는데도 요청하지 않았거든요."

유기용제 냄새 때문에 공기가 묵직해서 눈이 따가웠다. 트레버 양은 흐릿한 보라색 인쇄물 마지막 장이 트레이에 떨어질 때까지 복사기를 한참 돌렸다. 그녀의 책상에 온갖 물건들 —책, 원부, 마닐라 봉투, 파일 상자—이 쌓여서 절벽을 이루고 있었다. 그럼에도 불구하고 그녀가 "네, 좋아요. 메모 좀 할게요"라는 말과 함께 적을 종이나 펜을 찾아서 무력하게 팔을 계속 휘저었기 때문에 진은 자기 노트와 펜을 줘야 할 것 같은 기분이 들었다.

그녀가 전화를 끊고 열심히 움직이느라 돌아간 치마를 되돌린 다음 진에게 주의를 집중했다.

"전화번호부 있을까요?" 진이 물었다.

"어딘가 있을 거예요." 트레버 양이 물건으로 넘쳐나는 책상을 불길하게 바라보며 대답했다. "평소에는 이렇지 않아요." 그녀가 목소리를 낮춰 털어놓았다. "내일 인터뷰할 사람들이 잔뜩 오는데 제가 사무실을 옮겼거든요. 아주 엉망진창이에요."

"방해 안 할게요." 진이 약속했다. "이 시설이 사립 요양원이었을 때 여기서 일하던 사람을 찾고 있어요. 아직 이 동네에 살고 있으면 좋겠네요."

트레버 양이 책상 밑으로 몸을 숙이더니 얇고 노란 책자를 들고 당당하게 몸을 일으켰다.

"어딘가 있을 줄 알았다니까요. 찾는 이름이 뭐예요? 세상에, 글씨가 너무 작잖아."

진은 아주 간단한 일에도 자신 없어 하는 그녀의 모습을 보자 마음이 약간 부드러워졌다.

"하프야드." 진이 말했다. "똑같은 이름이 많지는 않을 거예요."

트레버 양이 페이지를 넘기다가 뚝 멈췄다. "앨리스 하프야드요? 음, 어디 사시는지 제가 알려드릴 수 있어요."

"아는 분이세요?"

"저희 엄마 친구분이에요. 윅필드 드라이브에 사세요ㅡ모퉁이 집이죠. 여기서 걸어갈 수 있어요ㅡ1.5킬로미터 정도밖에 안 돼요."

"그분이 세인트 서실리아의 수간호사였나요?"

"네, 맞아요. 전쟁 때부터 세인트 서실리아가 문을 닫을 때까지 여기서 일하셨어요."

"혹시 전쟁 직후에 여기서 일했던 사람 중에서 또 아는 분은 없겠죠?"

트레버 양이 고개를 저었다. "몰라요. 학교가 이 건물을 매입할 때까지 저는 이곳과 아무런 연결 고리도 없었어요. 앨리스 아주머니는 어머니 친구라서 아는 거고요. 어머니가 돌아가시고 나서 제가 가끔 찾아갔었지만 이제 안 가게 됐어요. 찾아가면 아주 좋아하실 거예요. 정말 힘들게 사셨지만, 저를 보면 늘 반가워하셨죠."

트레버 양은 앨리스 하프야드의 힘든 삶에 대해서 무척 이야기하고 싶은 듯했지만, 전화가 다시 울리기 시작했기 때문에 진은 자세히 듣지 않고 빠져나올 수 있었다.

한낮이었다. 진은 수간호사였던 사람이라면 분명 방문 시간에 엄격할 것이라는 생각이 들어서 윅필드 드라이브 방문을 오후로 미뤘다. 그녀는 자전거를 타고 시내로 돌아가서 해변이 내려다보이는 벤치에 앉아 샌드위치—체다 치즈와 마지막으로 남은 작년 그린토마토 처트니[18]—를 먹었다. 샌드위치를 만들

---

18 과일, 설탕, 향신료와 식초로 만드는 걸쭉한 소스

어야 했고 만들었으니 먹어야 했지만, 전혀 즐겁지 않았다. 난 마치 내 삶을 커피 스푼이 아니라 큰 냄비로 마구 퍼내 버린 것 같아, 진은 가끔 이렇게 생각했다.

저 아래 모래사장에 일광욕 의자와 바람막이가 갖춰진 야영지가 몇 군데 있었다. 꼬마 아이들은 파도 속에서 아장아장 걸어 다니고 부모들은 일광욕을 하고 노인들은 바지를 무릎까지 걷어 올렸고, 개중 용감한 이들은 파도를 뛰어넘었다. 진도 내려가고 싶었지만 아직은 때가 아니었다.

한여름의 짙은 파란색 하늘에 구름 한 점 없고 시원한 바람이 딱 적당하게 불었다. 진이 카디건을 벗고 한겨울처럼 새하얀 팔을 햇볕에 드러냈다. 저녁이면 분홍색으로 물들어 따끔거릴 테고 블라우스 맨 위 단추를 풀어서 V자로 드러난 목이 활활 타는 것처럼 빨개지겠지만 지금 당장은 열기가 너무나 달콤하고 안락했다.

진은 샌드위치를 다 먹고 나서 언덕 위 카페에서 아이스크림을 샀다. 그녀는 워낙에 뭘 먹으면서 잘 흘렸는데 직사각형 웨이퍼 사이에 바닐라 아이스크림을 끼운 이 간식은 녹는 속도가 빠를 뿐만 아니라 사방이 다 녹아내렸기 때문에 너무나 큰 도전이었다. 블라우스에 아이스크림이 직격으로 떨어졌다. 뚝뚝 떨어지는 아이스크림 때문에 진은 휴지통 위로 몸을 숙이고 미끌미끌 엉망이 된 나머지를 마저 먹어야 했다. 어머니는 집 밖에 나간다고 해도 공공장소에서는 절대 아무것도 먹지 않을 것이므로, 진은 용감하고 반항적인 기분이 들었고 그래서 무척 즐거워졌다.

워필드 드라이브 1번지는 커다란 모퉁이 부지에 세워진 단층 주택으로, 깔끔한 잔디밭이 울타리 없이 인도와 바로 이어지는 이웃집들과는 달리 웃자란 월계수와 키 큰 나무가 거리에서 보이지 않도록 집을 가리고 있었다. 진의 경험상 나뭇잎 장벽은 보통 그 뒤쪽이 다소 황폐할 것이라는 예고였지만 놀랍게도 잘 가꾼 정원과 새것처럼 깔끔한 주택이 숨겨져 있었다. 현관 앞 붉은 타일 계단은 먼지 하나 없고 윤이 났다. 하얀 그물 커튼이 걸린 창문은 구석구석 깨끗했고 밝은색 페인트도 새로 칠한 것이었다.

진은 카디건 단추를 채워 아이스크림 얼룩을 가리고 머리를 감싼 스카프를 풀고 납작 눌린 머리카락을 손으로 빗어 넘긴 다음 초인종을 눌렀다. 집 안 어딘가에서 초인종 소리가 희미하게 울렸고 잠시 후 한겨울처럼 양모 원피스에 실내용 외투, 두꺼운 스타킹, 양가죽 슬리퍼를 신은 백발 여성이 문을 열었다. 세인트 서실리아의 사진에서 봤기 때문에 바로 알아볼 수 있었다. 게다가 진에게 흔들림 없이 고정된 시선에는 수간호사답게 권위적이면서도 마음을 진정시키는 무언가가 있었다.

"들어오세요, 기다리고 있었어요." 앨리스가 이렇게 말했다가 진의 깜짝 놀란 표정을 보고 덧붙였다. "천리안은 아니에요. 수전 트레버가 전화해서 당신이 찾아올 거라고 말해 줬어요."

따라서 소개는 필요 없었고, 진은 도자기 인형 장식장이 압도적인 분위기를 자아내는 뒷방으로 안내받았다. 서른 개에서 마흔 개쯤 되는 도자기 인형이 유리 같은 눈으로 진을 내려다보았고, 테이블 위에는 온갖 천과 스펀지 사이에 한창 닦고 있던 도자기 인형이 몇 개 놓여 있었다. 주인이 잠시 자리를 비운 틈을 타 뚱뚱한 얼룩 고양이가 테이블 위로 올라가서 잔디를 납작하게 밟듯이 섬세한 레이스 드레스를 밟고 다녔다.

"내려가, 퍼디. 이 장난꾸러기야." 앨리스가 고양이를 찰싹 때려서 쫓으며 말했다. "우리 애들을 대대적으로 닦고 있었어요." 그녀가 말했다. "먼지가 정말 잘 쌓이거든요."

"그럴 것 같네요." 진이 말했다. 도자기 얼굴과 축 늘어진 몸, 죽은 머리카락이 대량으로 있으니 약간 기분이 나빴고 성인 여자가 도자기 인형을 수집하다니 측은한 취미라는 생각이 들었다. 그러나 예의상, 그리고 어쩌면 본능적인 반감에 대한 과잉 보상으로 진은 테이블에 놓인 도자기 인형 위로 몸을 숙이고 중얼중얼 찬탄을 늘어놓았고, 그나마 덜 귀신같은 양치기 차림의 인형을 가리키며 이렇게 말했다. "참 예쁘네요. 얼굴이 정말 귀여워요." 마거릿 틸버리와 아주 약간 비슷한 짙은 색 고수머리와 파란 눈 때문에 손이 그쪽으로 향했을까? 진이 나중에 생각했다.

앨리스 하프야드가 기뻐하며 말했다. "아, 애가 마음에 드세요? 내가 정말 좋아하는 아이예요. 표정이 정말 지적이죠—양치기 소녀치고는 말이에요."

"게다가 정말 섬세해요." 진이 보디스[19]의 작은 스모킹[20]과 자그마한 싸개단추를 보고 고작 인형 옷에 이렇게까지 수고를 들이다니 놀랍다고 생각하며 덧붙였다. 진한테도 이 정도로 공이 많이 드는 옷은 없었다.

"분명 어리석은 노인네라고 생각하시겠죠, 인형을 가지고 놀다니." 앨리스가 말했다.

"전혀 아니에요." 진은 사실 그렇게 생각했지만, 아니라고 말했다. "대단한 수집품이네요―박물관을 열어도 되겠어요."

"이제 그만 사야지, 항상 생각하지만 중고가게 앞을 지나가다가 방치된 인형을 보면 참지를 못해요. 뭐 수집하는 거 있어요?"

"아니요." 진은 이렇게 대답했지만 쓰지도 않는 '보물'이 잔뜩 든 서랍이 떠올라 문득 동요했다.

"음, 신문 기자라면 이야기를 수집하겠군요." 앨리스가 말했다.

"좋게 말하자면 그렇죠." 진이 말했다.

진은 다음 '치안판사 법원'의 기사를 쓸 땐 자신을 사람들의 이야기를 수집하는 큐레이터라고 생각하기로 마음먹었다. 시드컵 프랜트애비뉴의 베아트리스 케이스모어가 도슨 포목점에

---

19 드레스의 상체 부분
20 천에 잔주름을 잡고 장식 스티치를 하여 무늬를 나타내는 자수 기법

서 2파운드 11페니짜리 장갑 한 켤레를 절도했다고 시인함. 롤 랜드 크랩이 무허가로 개를 키워 벌금 10파운드를 선고받음. 이 사람들이 진의 인형이다.

"제가 지금 수집 중인 이야기 말인데요." 대화가 목적지에 깔끔하게 도착했다고 느끼며 진이 덧붙였다. "세인트 서실리 아에서 수간호사로 근무하실 때 입원했던 환자 이야기예요. 만약 사실이라면 정말 엄청난 이야기죠."

앨리스가 인형을 내려놓더니 주의 깊게 살피는 듯한 눈빛으로 진을 보았다. 흰자위가 인형의 사기 얼굴과 비슷하게 약간 노란 빛을 띠어서 파란 눈동자가 더욱 밝아 보였다.

"계속하세요."

"그레천 틸버리라는 아이를 기억하시는지 궁금해요. 아니, 그때는 성이 에델이었죠."

"저는 모든 환자를 기억해요." 앨리스가 말했다. "그러니까 네, 그레천도 또렷하게 기억나요. 사랑스러운 아이였죠. 관절 류머티즘이 아주 심했어요. 불쌍하게도 끊임없는 통증에 시달렸죠."

"그레천이 진실한 사람이라고 평가하시나요?"

앨리스는 생각할 시간이 필요 없었다. "네, 그래요. 세인트 서실리아에서 제가 담당했던 모든 아이들에 대해서 그렇게 말할 수는 없지만, 그레천은 사람들이 착하다고 할 만한 아이였어요."

"입원 기간 중에 무슨 이유에서든 요양원 밖으로 나간 적이 있나요?"

"아, 전혀 없어요. 그레천은 침대에서 일어나지도 못했거든요. 변기에 앉히려면 간호사 두 명이 일으켜야 했어요. 거의 못 움직였죠."

"그레천이 입원했던 날짜를 말씀드리면 맞는지 확인해 줄 수 있으시겠죠?"

"기억은 못 해요." 앨리스가 대답했다. "하지만 거기서 일하는 동안 쓴 일기가 있어요."

희망적이었다—진의 예상보다도 좋았다.

"거기에서 일하는 동안 일기를 계속 쓰셨어요?"

"개인적인 일기는 아니에요. 그냥 근무 기록이죠—누가 입원하고 퇴원했는지, 누가 어떤 치료를 받았는지. 보일러가 고장 났는지. 뭐 그런 거요."

"정말 큰 도움이 될 거예요—제가 읽어도 된다면요." 진이 말했다.

그녀는 벌써 보일러 수리공이 출장 수리를 왔다가 그레천을 임신시켰을 가능성이 얼마나 될까 생각하고 있었다.

"정말 수수께끼 같은 분이군요." 앨리스가 말했다. "그레천한테 무슨 일이 생겼다고 말하려는 건 아니겠죠."

"오, 아니에요. 건강하게 살아 있어요."

"그렇다면 다행이네요."

"그리고 작은 여자아이의 엄마가 되었죠. 세인트 서실리아에 있을 때 임신한 것 같아요."

앨리스 하프야드의 양손이 목 근처로 휙 올라와 금 십자가에 내려앉았다. "아니! 불가능해요. 도대체 누가 그런 말을 했죠?"

"음, 그레천한테 직접 들었어요. 그녀도 당신만큼 말문이 막힐 정도로 놀랐고요. 그레천은 처녀잉태였다고 단호하게 주장하고 있어요."

진은 앨리스의 창백한 얼굴에서 감정의 변화―충격, 불신, 실망―가 보인다고 생각했다. 앨리스는 잠시 후에야 목소리를 되찾았다.

"뭐라 말해야 할지 모르겠군요. 그럴 리가 없는데." 그녀가 고개를 저었다. "그 아이는 어린 양처럼 순수했어요. 그레천은 남자를 전혀 몰랐을 거예요. 세인트 서실리아에 얼쩡거리는 남자도 없었고요. 수녀님들이 절대 들이지 않았을 거예요. 저도 절대 허락하지 않았을 거고요."

"의사는요? 몇 명은 남자였겠지요?"

"리어든 선생님은 여자였고 아주 뛰어났어요. 게다가 그레천은 여자애 세 명과 병실을 같이 썼어요. 한 명은 류머티즘이었는데, 이름이 뭐였더라? 아, 마사. 그리고 브렌다―다른 애들이 그 애를 썩 좋아하지는 않았죠―랑 철제 보조호흡기[21]

안에서 지내던 불쌍한 키티. 그 아이들은 단 한 순간도 혼자였던 적이 없어요. 기침만 해도 수녀님들이 다 알았죠."

"방문객은요? 아버지, 남자 형제, 잡부라든지?"

"잡부는 없었어요. 아주 노련한 수녀님들이 있었으니까요. 가족 면회는 토요일 오후였고요. 환자 대부분 집이 멀었기 때문에 부모님은 일주일에 한 번만 왔어요. 아이들이 면회 온 손님과 단둘이 만나는 일은 없었어요—한 병실에 다 같이 들어갔으니까요. 그리고 수녀님 한 분이 같이 들어가서 환자들을 위해 조용하고 차분한 분위기를 유도했죠."

"그레천을 찾아오는 남자가 있었나요?"

"아뇨—어머니밖에 없었어요. 모녀가 무척 가까웠고요."

"그렇다면 전문가의 입장에서 그레천이 평범한 방식으로 아이를 잉태하기는 불가능했다고 생각하시나요?"

"불가능해요." 앨리스가 단호하게 말했다.

물론 그렇게 말씀하시겠죠, 진이 생각했다. 그녀는 증인으로서 앨리스를 어떻게 평가할지 아직 생각 중이었다. 지적인 여성 같지만, 저 인형들 때문에 저울이 크게 기울었다. 앨리스는 자기가 보살피던 연약하고 병든 여자애가 임신하는 것이 충분히 가능했다고 절대 인정하지 않겠지만, 정말로 비양심적인 사람이라면 남의 탓으로 돌릴 방법을 찾을 것이다. 진은 그녀를 시험해 보기로 했다.

"가장 그럴 듯한 설명은 그레천이 입원 당시 이미 임신 중이었는데 거짓말을 하고 있고, 무슨 방법으로든 날짜를 속였다는 거죠."

앨리스가 고개를 저었다. "절대 인정할 수 없어요. 그레천은 그런 아이가 아니었어요."

"하지만 논리적인 해답은 그것뿐인데요."

"그렇다면 비논리적인 해답을 고려해 보셔야죠."

"당신은 의학 교육을 받았어요. 설마 처녀잉태를 믿지는 않으시겠죠?"

"여기 브로드스테어스에서는 상상하기 힘들죠." 앨리스가 진을 향해 희미한 미소를 지었다. "하지만 저는 평생 이 일을 하면서 이상한 현상을—기적이 아니라면 절대 설명할 수 없는 현상을—너무나 많이 보았기 때문에 인간의 이해력에는 한계가 있다고 인정할 수밖에 없어요. 적어도 저의 이해력에는 말이죠."

"저는 해답이 어딘가에 있다고, 노력하면 찾을 수 있다고 생각하는 편이 좋은데요." 진이 자신도 처음으로 이렇게 깨달으며 말했다.

"아, 아직 젊어서 그래요." 앨리스가 말했다. "아직 시간이 많죠."

진이 웃었다. 이제 서른아홉 살, 젊다는 말을 들은 지 벌써 몇 년 되었다. 은둔자를 만나서 시간을 보내는 것에도 장점은 있었다.

"일기장을 드려야겠군요." 앨리스가 약간 힘들게 일어섰다. "조금 도와주셔야 할지도 몰라요."

진은 앨리스를 따라서 복도를 지나 정원이 내려다보이고 가구가 거의 없는 방으로 갔다. 싱글 침대, 책상, 태피스트리 좌석의 나무 의자, 한쪽 벽면 전체를 어둡게 만드는 거대한 빅토리아풍 옷장이 있었다. 깔끔하긴 했지만 잘 들어가지 않는 방특유의 퀴퀴하고 방치된 냄새가 났다. 난로 위에는—통통한 고수머리 아기부터 안락의자에 앉은 백발 여성까지—아마도 4대에 걸친 하프야드 집안 여성들로 보이는 사진 액자가 걸려 있었다. 진은 그중에서 앨리스가 누구인지 알 것 같았다.

"우리 가족이에요." 앨리스가 진의 시선이 향한 곳을 알아차리고 말했다. "전쟁 전이죠."

진이 미소를 지었다. 그녀의 가족이 마지막으로 다 같이 사진을 찍은 것도 아마 그즈음이었을 것이다. 물론 걸어 놓지는 않았다.

"일기장은 저 안에 있어요." 앨리스가 노끈 손잡이와 금속 잠금장치가 달린 초록색 여행 가방을 가리키며 말했다. 옷장 위 조각이 새겨진 돌림띠와 천장 사이에 끼어 있었다. "의자에 올라가실 수 있으면요."

진은 시키는 대로 했지만 가냘픈 의자가 그녀의 무게 때문에 끼익 소리를 내며 흔들리자 잠시 불안했다. 그녀가 여행 가방을 끌어 내려서 가슴으로 받친 다음 침대를 향해서, 앨리스

81

의 떨리는 손 쪽으로 부드럽게 내렸다.

여행 가방 안에는 그보다 작은 상자가 들어 있고 그 안에 또 다른 상자가 있었다. 마지막 상자는 온갖 신기한 기념품을 넣어 두는 곳으로, 진의 보물 서랍의 초라하고 먼지 쌓인 버전 같았다. 앨리스가 내용물을 뒤적이자 보청기, 레이스 장갑, 아기 보닛, 하모니카, 돌돌 말아서 리본으로 묶어 둔 갈색 머리카락, 크리켓 공, 오르골 상자, 뒤얽힌 진주 목걸이와 사슴 목걸이 뭉치가 보였다. 그녀가 가운데에서 판지 상자를 꺼내더니 그 안에서 똑같이 생긴 여러 권의 일기장 중 하나를 꺼냈고, 그레천 에델에 대한 내용을 금방 찾았다.

"1946년 6월 2일 입원. 같은 해 9월 28일 퇴원."

진이 고개를 끄덕였다. 틸버리 부인이 말한 그대로라는 사실이 전혀 놀랍지 않았다. 이렇게 쉽게 확인할 수 있는 사실에 대해서 거짓말을 하는 사람은 바보밖에 없다.

"그레천의 입원 기간에 여기 계시던 수녀님들은요? 아직도 이 근처에서 사시나요?"

"세인트 서실리아가 팔리자 아일랜드로 돌아가셨어요. 골웨이였던 것 같군요."

"아쉽네요." 진이 그쪽 취재는 포기하며 말했다.

"캠킨!" 앨리스가 여전히 일기장을 보면서 외쳤다. "그 이름이었어요. 마사 캠킨. 둘이 정말 친했죠. 가만히 놔두면 밤새 수다를 떨었어요. 같은 병실에 틀어박혀 지내다 보면 그런 경

82

우가 많아요—같은 병을 앓으면 더욱 그렇죠."

진은 평생 딱 일주일간 입원해 봤다. 옆 침대 환자가 친절하다니, 그럴 수만 있다면 전 재산을 내놓았을 것이다.

"그레천은 그 친구에 대해서 한마디도 안 했어요." 진이 말했다. "틸버리 씨에게 부인이 그 당시 친구와 아직도 연락하느냐고 물었더니 아니라더군요."

"음, 그런 우정이 바깥에 나간 뒤에도 항상 이어지는 건 아니니까요." 앨리스가 말했다. "마사 가족은 채텀에 살았을 거예요. 에델 모녀는 런던 어딘가에 살았고요."

"윔블던이었죠." 진이 말했다.

"다들 계속 연락하자고 약속하죠." 앨리스가 말했다. "하지만 진짜 그러는 경우는 드물어요." 깊은 생각에 잠긴 듯한 목소리였다. "저한테 지금까지 크리스마스카드를 보내는 사람은 브렌다밖에 없는데, 지금은 남아프리카에 살고 있어요."

"주소 가지고 계세요?"

"있어요. 제 주소로 편지를 보내 주시면 제가 부쳐 드릴게요."

"마사 캠킨과도 얘기해 봐야겠어요." 진이 말했다. "찾을 수 있으면 말이에요."

"도움이 될지 모르겠지만, 마사의 아버지는 목사님이었어요."

"도움이 되겠네요."

"그레천처럼 유순하지는 않았어요. 무슨 말인지 아실지 모르겠지만, 더 뾰족뾰족했죠. 그래도 착한 아이였어요." 앨리스

83

가 충실하게 덧붙였다. "그리고 아주 용감했죠. 우리가 무슨 치료를 해 봐도 마사에게는 효과가 없었어요." 그녀가 작은 일기장을 내밀었다. "필요하면 빌려 가서도 돼요. 하지만 나중에 돌려주시면 좋겠네요. 왠지 모르겠지만."

"당연히 돌려드려야죠." 진은 이 말이 이제 그만 가 보라는 신호임을 깨달았다. 앨리스의 피곤한 표정을 이제야 알아차렸다. "이제 그만 놓아드려야겠네요. 정말 큰 도움을 주셨어요."

"대화를 나눠서 즐거웠어요. 이름이……"

"스위니요. 진 스위니."

"괜찮으면 언젠가 다시 와서 취재 결과를 알려 주세요. 여기선 《노스켄트 에코》를 구할 수 없을 테니까."

"꼭 그럴게요."

"그리고 그레천에게 안부 전해 주세요." 두 사람이 현관문에 도착했을 때 앨리스가 말했다. "전 그레천을 정말 좋아했답니다. 마사를 찾으면 그 애한테도 안부 전해 주시고요."

진은 월계수 산울타리에 넘어져 있던 자전거를 일으켜 세우고 스카프를 머리에 쓴 다음 마지막으로 정원 길을 돌아보았다. 약간 벌어진 거실 그물 커튼 사이로 앨리스가 서서 창문을 향해 양치기 소녀 인형을 들고 있었다. 진이 손을 흔들어 작별 인사를 하면 앨리스가 인형의 손을 흔들 것만 같은 끔찍한 느낌이 들었다. 그것만큼은 정말 견딜 수 없었기 때문에 진은 미소만 짓고 얼른 돌아섰다.

6

틸버리 부인과 마거릿은 약속대로 10시에 채링크로스역 매표소 옆에서 기다리고 있었다. 이번 약속에 관한 연락은 전부 틸버리 씨의 가게를 통해서 주고받았다. 진이 오후 수업에 맞춰서 돌아갈 수 있다고 장담했기 때문에 마거릿은 교복을 입고 모자를 쓰고 사첼 가방을 메고 왔다. 틸버리 부인은 칙칙한 병원의 병리 검사실이 아니라 여름 결혼식에 참석하러 가는 사람처럼 데이지가 수 놓인 녹색 면 원피스와 작은 흰색 재킷 차림이었다.

스트랩 샌들을 신은 그레천이 중앙 로비를 가로지르자 미모에 감탄해서인지 똑같이 닮은 모녀에게 매료되어서인지 사람들의 고개가 저절로 돌아갔다. 진은 혼자 미소를 지었다. 흰옷을 입고 이런 용건을 보러 오는 사람이 어디 있을까?

"원피스가 참 예쁘네요." 진이 말했다. 경적 소리, 기차가 칙칙거리고 삐익거리는 소리, 탄노이 스피커에서 끝없이 흘러나오는 안내방송 때문에 고함치다시피 말해야 했다. "아마 직접 만들었다고 하시겠죠."

"그럼요." 틸버리 부인이 대답했다. "제 옷은 전부 직접 만들어요."

세 사람은 어마어마한 소음의 교향곡에 시달리며 서둘러 출구로 향했다.

"가게에서 샀다기에는 몸에 너무 잘 맞네요."

진은 입고 있던 갈색 페이즐리 무늬의 축 늘어진 옷을 잡아당겨 허리 부분에 한 줌이나 남는 천을 모아 쥐었다. 피할 수 없는 도시의 먼지와 검댕에 강한 옷으로, 다른 부분은 포기하고 어깨만 딱 맞춰서 샀다.

"원하시면 한 벌 만들어 드릴게요." 검은 택시가 먼저 지나가도록 셋이서 연석에 멈춰 섰을 때 틸버리 부인이 말했다. "제가 가진 패턴 북에서 옷본을 고르고 옷감만 선택하면 돼요. 저라면 2분도 안 걸릴 거예요."

"이미 할 일이 많을 텐데요." 진이 말했다.

"아, 하지만 제가 하고 싶어요. 당신에게 고마움을 표하는 방법이죠."

"뭐가 고마워요? 아직 아무것도 안 했잖아요. 앞으로도 안 할지도 모르고요."

"해 주셨어요. 제 편지를 읽고 제 말을 진지하게 받아들여 줬잖아요."

과학자들이 뭘 알아낼지 보자고요. 진이 스트랜드에서 신호를 기다리며 생각했다. 그때 당신이 얼마나 고마울지 봐요. 진은 처녀생식에 대한 원 논문의 저자 힐러리 엔디콧과 연락을 주고받았고, 모녀를 만나서 평가하고 시험하고 분석하고 싶어서 안달이 난 조예 깊은 의사 한 팀이 지금 채링크로스 병원에서 기다리고 있었다.

엔디콧 박사는 자기 동료가 정말 철저한 사람들이라며 연구를 진행할 때 6개월 정도는 눈 깜빡할 새 지나간다고 했다. 연말 전에 결과가 나온다면 정말로 운이 좋다고 할 수 있었다. 진이 이런 말을 아직 전하지 않았기 때문에 틸버리 부인은 몇 시간 안에 결론이 나온다고 생각하는 모양이었다.

"그럼 이렇게 하죠." 진이 말했다. "원래 가격대로 받는다고 하면 옷을 맞출게요. 하지만 디자인이랑 옷감은 당신이 골라줘요. 그런 건 전혀 모르거든요."

"그렇게 해요. 치수를 재고 옷본을 같이 골라야 하니까 집으로 한 번 오세요. 몸에 딱 맞는 걸로. 너무 요란하지 않은 게 좋겠어요." 그레천이 벌써부터 사이즈를 재는 것처럼 눈을 가늘게 뜨고 진을 보며 말했다.

"아, 세상에." 굴욕이 기다리고 있음을 느끼며 진이 말했다.

"오늘 주사 맞아요?" 사람들이 몰려드는 바람에 거의 실려가듯이 길을 건널 때 마거릿이 물었다. 이곳 스트랜드는 공회전하는 버스들 때문에 디젤 배기가스 냄새가 지독했다. 진은 혀에서 배기가스 맛이 느껴졌다.

"주사기가 등장할지도 모른다고 말해 두었거든요." 틸버리 부인이 말했다.

"아니—그 반대야." 진이 마거릿에게 대답했다. "주사를 놓는 건 너한테 뭔가를 집어넣는 거고 혈액 검사를 받는 건 뭔가를 빼내는 거야. 안 아플 거야."

"나 안 무서워요." 마거릿이 우겼다. "말벌을 밟았을 때도 안 울었어요. 일곱 살 때 이후로는 한 번도 안 울었어요."

"일곱 살 때 무슨 일이 있었는데?" 물어봐 주기 바라는 것 같아서 진이 말했다.

"성탄 연극제에서 마리아 역을 하기로 했는데 수두에 걸리는 바람에 못 해서 울었어요."

"맞아." 그레천이 말했다. "내가 파란색 의상을 만들어 줬는데 다른 애가 입었었지."

마거릿의 얼굴이 잠시 어두워졌지만 역시나 갑작스럽게 밝아졌다. "기운 내라고 벨린다 인형 사 주셨잖아요." 마거릿이 말했다.

마거릿은 진짜 감정과 겉으로 드러나는 표정이 거의 비슷해서 좋구나, 진이 생각했다.

"참." 진은 인형 얘기가 나오자 문득 어떤 생각이 떠올라서 그레천에게 말했다. "당신한테 안부 전해 달라는 사람을 만났어요. 누군지 알겠어요?"

틸버리 부인의 얼굴에 망설임이 스치더니 뺨이 살짝 달아올랐다. 하지만 금방 자신을 다잡고 이렇게 말했다. "아니, 모르

88

겠어요. 말해 주세요."

진은 원래 브로드스테어스에 갔었다고 말할 생각이 아니었다. 그녀의 말이 사실인지 조사 중이라고 상기시키는 것은 좀 무심한 행동 같았다. 그러나 진은 틸버리 부인이 잠시 침착함을 잃는 모습을 흥미롭게 포착했다. 그렇다면 염두에 둔 사람이 있다는 뜻이었다.

"앨리스 하프야드. 세인트 서실리아에 있던 분 말이에요. 안부를 전해 달래요."

"아!" 틸버리 부인이 웃으며 고수머리를 살짝 흔들었다.

실망한 걸까, 안심한 걸까? 진은 알 수 없었다. 틸버리 부인의 얼굴은 다시 가면이 되었다.

"수간호사셨죠. 이름이 앨리스인 줄은 몰랐어요. 전혀 앨리스처럼 안 생겼는데. 우리에게는 항상 그냥 수간호사님이었죠."

"당신을 아주 좋게 기억하시던데요."

"그래요? 전 약간 무서워했는데."

"정말요? 그렇게 무서워 보이지는 않던데요. 무척…… 어머니 같았어요."

"당시 저는 거의 모든 사람이 무서웠던 것 같아요. 아주 소심했거든요. 그분이 불친절했던 건 아니에요. 수간호사였고 쓸데없는 행동을 참지 못하셨을 뿐이죠. 조용히 해야 하는 시간에 수다를 떨었다고 야단맞은 적이 있는데, 그 뒤로 약간 무서워하게 됐어요."

"마사라는 환자랑 무척 친했다면서요."

"아, 맞아요. 마사. 걘 어떻게 됐을까요? 브렌다도 그렇고."

"요양원에서 나온 뒤에는 연락 안 했어요?"

"별로 안 했어요. 항상 연락해야지, 생각은 했지만요. 마사는 채텀까지 찾아가서 만났었어요. 하지만 채텀은 너무 멀고, 바깥 세상으로 돌아오면 시간을 잡아먹는 다른 일들이 생기니까요."

"예를 들면 마거릿이라든지 밀이죠."

"네. 아기를 낳으면 모든 것이 변해요."

자기 이름이 들리자 마거릿이 고개를 들었다. "여기가 스트랜드예요?"

"맞아."

"시간 되면 심슨스에서 점심 먹어도 돼요?"

틸버리 부인이 웃음을 터뜨리더니 딸의 뒷목을 꽉 잡았다. "당연히 안 되지. 엄마가 샌드위치도 만들어 줬고 학교에도 가야 하잖아." 그녀가 진을 향해 고개를 들었다. "작년에 마거릿의 피아노 시험이 있어서 런던에 왔었는데, 시험이 끝난 다음 남편 가게에 들렀더니 특별히 심슨스에서 점심을 사 줬거든요. 마거릿은 런던에 오면 꼭 심슨스에 가야 하는 줄 알아요."

"스트랜드의 심슨스에 가 보셨어요?" 마거릿이 물었다.

"아니, 안 가 봤어." 진이 솔직하게 말했다. 외식은 다른 사람들이나 하는 것이었다. 진은 그런 일에 신경 쓰지 않도록 여러 해에 걸쳐 자신을 단련했다.

"나는 로스트 비프랑 셰리트라이플[22]을 먹었어요. 하지만 취하진 않았어요."

"다 끝나면 축하의 뜻으로 심슨스에 데려가 줄게." 진이 충동적으로 말했다가 곧바로 후회했다.

'이 모든 일'이 얼마나 빨리 끝날지, 어떤 식으로 끝날지, 또 끝났을 때 축하할 일이 있을지 없을지 누가 알까. 게다가 아이에게 지키지 못할지도 모를 약속을 하는 것은 경솔하다. 애들은 절대 까먹지 않는다.

"아빠 가게가 여기서 별로 안 멀어." 틸버리 부인이 진을 구해 주려고 이렇게 말하면서 왼쪽을 대충 가리켰다. "끝나고 시간 되면 잠깐 들러서 놀라게 해 주자."

"정말 갈 거죠?" 마거릿이 졸랐다. "우리 아빠 가게 보셨어요?" 아이가 진에게 물었다.

"응, 사실은 봤어."

"진열창에 4백 파운드짜리 반지가 있어요."

"세상에. 어디 넣고 잠가 두시면 좋겠다."

진은 아가 스트리트에 도착하자 짧은 돌계단을 올라 평범한 나무 문 안으로 두 사람을 이끌었다. 밖에서 보면 외국 대사관이나 출판사처럼 보이는 건물이지만 안으로 들어가면 대리석 로비에서 진이 가본 모든 병원의 공통점이었던 뚜렷한 냄새

---

22 스펀지 케이크를 셰리 주로 적시고 그 위에 커스터드 크림, 과일 등을 얹은 디저트

가, 강렬한 소독약 냄새가 났다.

안내판이 방문객들을 채혈과, 병리과, 엑스레이과, 대기실로 안내했다. 청소부가 소독약이 담긴 양철 양동이에 대걸레를 담갔다가 구석에 대고 비틀어 짠 다음 모든 단을 두 번씩 닦으면서 넓은 계단을 천천히 내려왔다. 청소부의 율동적인 움직임과 땡, 착, 휙 하는 양동이와 대걸레 소리가 왠지 최면을 거는 듯했다. 밑창이 부드러운 신발을 신은 간호사와 잡역부가 조용히, 하지만 목적의식을 가지고 무척 긴박하게 드나들 때마다 복도 양 끝의 스윙도어가 압축된 공기 속에서 '탁' 소리를 내며 여닫혔다. 진 일행을 비롯한 환자들의 움직임에는 그 정도의 확고함이 없었다.

두 여직원이 안내 데스크 앞에 앉아서 낮은 목소리로 잡담을 나누며 인덱스카드를 정리하고 있었다. 두 사람은 대화가 자연스럽게 끊긴 다음에야—나름대로 환자를 위해 일하고 있음을 보여주려고 완벽하게 조율된 간격이었다—방문객의 존재를 알아차렸다.

"시드니 로이드 존스 선생님을 만나러 왔는데요." 진이 고개를 들고 턱을 당기며 말했다.

의사의 이름을 말하자마자 두 사람의 태도가 정중해졌다.

"아, 네. 스위니 양이시죠? 복도 끝 진료실로 바로 들어오시래요."

"우리를 기다리고 계시네요." 진이 틸버리 부인에게 속삭였다. "시작이 좋아요."

로이드 존스 박사는 키가 크고 학자처럼 근엄하며 머리 모양이 어수선한 50대 후반의 남자로, 눈앞에 등장한 인간 여성의 처녀생식 사례에 압도당한 것처럼 눈을 깜빡이며 얼룩덜룩한 안경 너머로 그들을 보았다. 그는 마거릿까지 세 사람 모두와 악수를 한 다음 모녀가 얼마나 닮았는지 판단하려고 옆방의 동료를 불렀다.

"이쪽은 병리과의 뱀버 박사입니다." 다섯 사람이 셰리 파티에 참석한 손님들처럼 진료실에 어색하게 서 있으려니 로이드 존스가 이렇게 말했다. "혈액 검사 분석을 담당할 겁니다. 혈액형 분야의 대단한 권위자니까 결과를 절대적으로 믿으셔도 됩니다." 그가 뱀버 박사를 돌아보았다. "시작이 좋아, 안 그런가?"

"이보다 좋기도 힘들죠."

두 사람이 얼굴을 빛내며 마주 본 다음 틸버리 부인을 보았다. 진은 두 사람이 틸버리 부인을 저미서 현미경 슬라이드에 넣으려고 메스를 갈고 있는 듯한 느낌이 들었다.

"환자를 보러 가지 않아도 되니까 기분 전환 삼아 좋으시겠어요." 진이 말했다.

"이 일이 훨씬 재미있죠." 뱀버 박사가 동의했다. 로이드 존스 박사보다 젊고 키가 작고 잘생긴 남자였다. "당연한 일이지만 우리는 무척 흥분했습니다. 자주 오는 기회는 아니니까요. 우리에게 맡기다니 정말 잘하셨습니다."

진이 그의 손을 보았다. 육체노동 때문에 생긴 흠도 없고 너무 매끈해서 남자 손으로 보이지 않을 정도였다.

"자." 로이드 존스 박사가 말했다. "두 사람을 채혈과로 데려가서 혈액 검사도 하고 궁금하신 부분도 알려 드리도록 하게. 그동안 나는 스위니 양과 이야기를 나눌 테니까."

문이 닫히자마자 진이 말했다. "검사에 몇 명이나 참가할 예정이죠? 이야기가 새어나갈까 봐 걱정이네요."

"아, 그건 걱정하지 마세요." 대답이 바로 튀어나왔다. "철저한 기밀입니다. 음, 환자의 의료 기록은 원래 기밀이지만 이번 사례는 특히 전부 자물쇠를 채워서 보관할 겁니다. '어머니 A'와 '딸'이라고 부를 거고요. 간호사는 채혈만 할 겁니다— 우리가 무슨 검사를 하는지 전혀 몰라요. 뱀버 박사가 전부 직접 분석합니다."

"못 믿겠다는 뜻은 아니었어요." 진이 말했다. "하지만 우리로서는 대형 기삿거리라서요."

"우리도 마찬가집니다."

"일간지에서 너무 일찍 냄새를 맡으면 절대 안 돼요."

"그럼요. 솔직히 처음 이야기를 들었을 때는 좀 걱정스러웠습니다. 하지만 틸버리 부인은 분별 있는 사람 같고 이야기도 설득력이 있네요."

"전 아직 조사 중이에요." 진이 말했다. "본능적인 직감은 틸버리 부인의 말을 믿는 거였어요. 하지만 두 번째 직감은 내

직감을 믿지 말라는 거였죠."

"혈액 검사 결과가 예상과 다르면 타격이 크겠군요."

"네, 제가 이 일에 너무 몰두했나 봐요. 하지만 그레천은 충격이 더 클 거예요. 아, 틸버리 부인 말이에요."

"동기가 궁금할 수밖에 없군요. 사례금을 제안하셨나요?"

"전혀 아니에요."

"그렇다면 진실이 궁금한가 보군요. 우리처럼요. 틸버리 부인이 너무 실망하지 않으면 좋겠습니다."

"틸버리 부인의 말이 진실로 판명될 거로 생각하지는 않으세요?"

"가능성을 말하자면, 그렇습니다. 하지만 결과를 예단하지는 말기로 하죠."

책상 위의 전화가 울렸다. 로이드 존스 박사가 전화를 받고 아무 말 없이 잠시 귀를 기울였다. 반대편에서 웅얼거리는 남자 목소리가 진에게도 흐릿하게 들렸다.

"응, 그러면 되겠군." 그가 이렇게 말하고 끊었다.

"뱀버 박사였습니다. 잠시 어머니와 단둘이 이야기하고 싶다는군요. 기자님이 딸을 돌봐 주시면 되겠네요."

"그럴게요." 진이 말했다.

"드디어 만나서 반가웠습니다, 스위니 양. 그럼, 이제—긍정적이라는 말은 좀 그러니 관련된 모두에게 흥미롭다고 하는게 좋겠군요—흥미로운 결과가 나오길 바랍시다." 그가 책상 너머로 팔을 내밀었고 진은 자기 손이 끌려가도록 놔두었다.

마거릿은 채혈과 대기실의 딱딱한 나무 의자에 앉아서 다리를 달랑달랑 흔들며 〈위즈덤 가족의 모험〉이라는 금연 홍보물을 읽고 있었다. 팔꿈치 안쪽에 의료 테이프로 탈지면이 고정되어 있었다. T자형 샌들에 문질러져서 파란색으로 물든 흰색 발목 양말을 보자 진은 가슴이 아팠다. 일요일 저녁마다 어머니가 구둣솔 상자와 구두약을 꺼내서 진과 도리의 등교용 구두를 닦던 기억이 떠오르자 자신은 그 엄숙한 의식을 치를 일이 절대 없겠지 생각하며 잠시 절망했다.

"만화인 줄 알았는데." 마거릿이 홍보물을 치우며 말했다. "아니었어요."

"만화 보고 싶으면 신문 가판대에 가 보자." 진이 제안했다. 아까 스트랜드에서 가판대를 한 군데 지나쳤다.

"사람들은 왜 담배를 피워요?" 둘이서 아가 스트리트를 걸어갈 때 마거릿이 물었다. "무슨 맛이에요?"

"이상하게 들리겠지만 맛이랑 냄새가 완전히 똑같아. 타는 나뭇잎 맛. 처음에는 설탕도 없이 차를 마실 때처럼 불쾌하지만 계속 피우다 보면 맛이 괜찮아져. 그러면 또 한동안 끊을 수가 없단다."

"난 절대 담배 안 피울래요. 몽유병에 걸린 적 있어요? 난 있어요."

"아니, 난 없는 것 같아. 그래서 어디 갔는데?"

96

"그냥 엄마 방이요. 몽유병에 걸려서 걸어 다니는 사람은 깨우면 안 돼요."

"나도 그렇다고 들었어."

"죽을 수도 있대요. 애완동물 키우세요?"

"아니. 너는?"

"나는 토끼를 진짜 진짜 키우고 싶어요. 아니면 새끼 고양이나. 하지만 새끼 고양이는 자라서 자동차에 치여요."

진은 웃지 않을 수가 없었다. 산탄총처럼 아무 이야기나 늘어놓는 마거릿의 대화법과 기괴한 상상력이 정말 재미있었다. 진은 그레천에게 소소한 질투 이상의 감정을 느꼈다. 이런 딸에게서 무의식적인 사랑을 받다니, 매일 아이가 자라는 것을 보면서 그 애가 완전히 자기 것임을 느끼다니, 얼마나 좋을까.

마거릿은 가판대에 도착해서 진이 여러 번 권한 뒤에야 부끄러워하며 《걸》을 가리켰다. 마침내 잡지를 손에 넣었을 때 마거릿이 얼마나 고마워했는지, 진이 베푼 친절의 크기에 어울리지 않을 정도였다. 마거릿은 몸이 떨릴 정도로 흥분했다.

즉흥적으로 친절을 베푸는 것은 진에게도 새로운 경험이었다―지금까지 그런 기회가 거의 없었고 아마 있었어도 알아차리지 못했을 것이다. 물론 크리스마스에 어머니와 작고 실용적인 선물을 주고받았지만, 더욱 본격적으로 주는 행위는 낯설었다. 도리는 벌써 한참 전부터 키탈레에 사는 자신과 아이들에게 아무것도 못 보내게 했다. 우편료가 터무니없이 비

썼고 세관에 압수당하거나 분실될 때가 너무 많았다.

진은 가게 진열창 앞을 지나가다가 조카들이 좋아할 만한 장난감이나 작은 장신구를 보면 가슴이 아팠고, 한동안은 도리의 말을 무시하고 선물을 보냈다. 그러나 받았다는 말도 없고 진도 감히 물어볼 수가 없어서 점차 그만두었다. 이제 와서 돌이켜보니 자신이 부끄러워졌다.

옆에서 마거릿이 재잘거렸다. 진은 아이가 "보신 적 있어요?"라고 말했을 때야 정신을 차렸다.

"뭐 말이야?"

"천사요."

"아니." 진이 단호하게 대답했다가 말투를 약간 누그러뜨렸다. "하지만 중력도 본 적 없지만 존재하잖아."

마거릿은 이 말이 무척 인상 깊은 것 같았다. "나도 천사를 본 적은 없는데 소리는 들어 봤어요."

예상치 못한 말이 당연하다는 듯 돌아오자 머리 가죽이 따끔거리는 느낌이었다. "뭐라고 하던데?" 진이 초조하게 물었다.

"말은 안 해요. 노래를 하죠. 그래서 천사의 목소리인 줄 아는 거예요."

"아. 성가를 부르니?"

"아니요. 그냥 이상한 단어를 반복해요. 개버딘 같은 거요."

진은 웃음을 터뜨렸다. 얼마나 실용적인 천사이기에 레인코트용 직물에 관심을 가질까? 천사의 엄마가 양재사인가?

마거릿도 유치와 이가 빠진 부분, 새로 난 깔쭉깔쭉한 앞니를 드러내며 반쯤 미소를 지었다. "목소리 들은 적 있어요?" 마거릿이 물었다.

"뭐, 비슷해." 진이 조심스럽게 말했다. 초자연적인 허풍을 부추길 생각은 없었지만 '상식'을 커다란 파리채처럼 휘두르며 뭐라 할 필요는 없었다. "하지만 나한테 들리는 목소리는 '케이크는 그 정도 먹었으면 됐어'라든지 '동생한테 편지 쓸 때가 되지 않았니?' 같은 말만 해."

마거릿은 쉽게 넘어가지 않았다. "아, 그런 목소리는 나도 들리지만 좀 달라요. 그건 내가 생각하는 소리잖아요. 천사의 목소리는 다른 거예요."

"걱정할 필요 없어." 마거릿은 이미 신경 쓰지 않는 듯했지만 진이 이렇게 말했다.

"걱정 안 해요"라는 대답이 돌아왔다. "난 천사의 목소리가 좋아요. 내가 모르는 말을 할 때만 빼면요—그럴 때는 짜증나요."

"'모르는 단어'라면 들어본 적은 있지만 뜻을 모른다는 거니?"

"아니요. 한 번도 못 들어본 단어 말이에요. 린덴바움처럼요. 아니면 방진(方陣)이나."

이런 이야기를 나누다 보니 진은 키보다 깊은 진흙탕에 깊숙이 끌려 들어가는 느낌이 들었다. 머릿속 목소리가 어떻게 머리에 존재하지도 않는 단어를 말할 수가 있지?

"넌 내가 감당 못할 만큼 똑똑하구나." 진은 이렇게 말하다가 문득 소름이 끼쳤다. 어린 시절에 말다툼이 평소와 다르게 흘러가려고 하면 어머니가 대화를 끝내려고 그녀와 도리에게 종종 했던 말이었다. 당시에는 칭찬인 줄 알았지만 사실 코앞에서 문을 쾅 닫는 것과 마찬가지였는데, 자기도 어머니와 똑같은 말을 하고 있었다. "난 너랑 얘기하는 게 정말 좋아, 마거릿." 진이 말했다. "내가 아는 어른들보다 훨씬 재미있거든."

"엄마는 내가 질문이 너무 많대요."

"질문은 괜찮아. 네가 지적이라는 뜻이니까. 질문을 안 하면 어떻게 새로운 사실을 알 수 있겠니?"

외로워서 그런 걸지도 몰라, 진이 생각했다. 토끼나 새끼 고양이가 필요한 거야. 그녀는 자기가 아는 다른 외동아이들을 떠올려 보았다. 어른들과 너무 많은 시간을 보내고 형제자매들에게 시달리지 않아서 조숙하거나 별난 아이들이 많았다.

마거릿이 눈을 가늘게 뜨고 긴 속눈썹 사이로 진을 올려다보았다. "참 착하시네요." 아이가 결론을 내리듯 말하자 칭찬에 익숙하지 않은 진은 놀랍고 기뻐서 얼굴이 붉어졌다.

두 사람이 병원 로비에 도착하자 눈가가 약간 빨개진 틸버리 부인이 혼란스러운 표정으로 여성용 탈의실에서 나왔다. 코에 파우더를 다시 발랐지만, 그 아래 피부가 반들반들하고 긴장돼 보였다. 진은 마거릿이 어디로 갔는지 몰라서 초조하게 걱정하며 불안에 떨었을지도 모른다는 생각이 들어서 잠시 긴장했다.

"미안해요—우리가 어디 갔는지 몰라서 걱정했죠."

"아니에요—방금 나왔어요."

"이거 보세요, 잡지를 사 주셨어요." 마거릿이 《걸》을 들어 엄마에게 보여주었다.

"정말 친절하시구나."

"기분 나쁜 일 있었어요?" 진이 목소리를 낮춰 말했다. "괜찮아요?"

"아무것도 아니에요." 틸버리 부인이 자제력을 발휘하며 밝은 목소리를 냈다. "괜찮아요."

"정말이에요? 아프게 하거나 그런 건 아니죠?"

"아니, 전혀 아니에요. 하나도 안 아팠어요. 전 그냥……." 그녀가 눈을 몇 번 깜빡이더니 고개를 저었다. "정말 바보 같죠. 지금쯤이면 결과가 나오고 다 끝나는 줄 알았어요."

"아, 저런." 진이 말했다.

"그런데 뱀버 박사님 말씀이 이제 시작일 뿐이고 수많은 검사를 받아야 한대요. 몇 주, 몇 달도 걸릴 수 있대요."

"제가 좀 더 자세히 설명했어야 하는 건데." 진이 일렬로 늘어선 의자 쪽으로 그레천을 데려가며 말했다. "그렇게 급한지 몰랐어요."

"오늘로 결정이 나고 그걸로 끝인 줄 알았어요."

"아뇨, 사실은 그보다 복잡해요. 실망했다면 미안해요."

틸버리 부인이 우아한 손수건으로 눈가를 톡톡 두드려 닦았다.

"런던까지 오는 게 힘들어서 그래요? 차비는 당연히 드릴 거예요."

그러려면 재무회계부의 심술궂은 뮤리얼에게 굽실거려야 한다. 뮤리얼은 아주 작은 푼돈도 절대 쉽게 내주지 않았다.

"아, 그런 게 아니에요." 틸버리 부인이 침을 꿀꺽 삼켰다. "런던에 오는 건 괜찮아요."

"난 엄마랑 런던에 오는 거 좋아요, 엄마." 마거릿이 엄마의 손을 꼭 잡으며 말했다. "학교 빠지는 것도 괜찮아요."

"뱀버 선생님 말씀으로는 혈액형 결과가 일치해도 아무 증명도 안 된대요. 그럼 검사를 왜 하는 거죠?"

"음, 혈액형 검사 자체로는 처녀잉태를 증명할 수 없어요. 하지만 부정적인 결과—불일치—가 나오면 확실한 반증이 되죠. 첫걸음일 뿐이에요."

"당신이 절 믿지 않는 것 같아요."

"제가 당신을 믿느냐 믿지 않느냐는 중요하지 않아요." 진이 말했다. 틸버리 부인이 이번 일 자체를 다시 생각하고 있다는—사실은 그만둘 핑계를 찾고 있다는—불편한 느낌이 들었다.

"저한텐 중요해요." 비난하는 듯한 대답이 돌아왔다.

"당신을 안 믿는 게 아니에요." 이중 부정이 곧 긍정은 아니었지만 그래도 진은 애초 의도보다 더 멀리 갔다.

틸버리 부인이 고개를 끄덕이더니 자신을 추스르는 듯했다. "미안해요. 당신 말이 맞아요. 의사 선생님들이 할 일을 하시게 돼야죠. 병원이라서 감정이 북받쳐 올랐나 봐요. 모른 척하세요."

"그럴 수도 있죠." 진이 말했다. 세 사람은 스트랜드로 돌아가서 헤어졌다. 엄마와 딸은 틸버리 씨 가게에 들르러 베드포드 스트리트로, 진은 채링크로스로 향했다.

작별 인사를 할 때쯤에는 거북한 분위기가 많이 나아졌지만, 진은 집으로 돌아가면서 자기도 모르게 그레천과의 대화를 복기해 보았다. 자신이 틸버리 부인의 묘한 안달을 과연 제대로 이해한 건지 확신이 서지 않았다.

7

브렌다 반 링언 귀하

　이렇게 간접적으로 연락을 드려서 기분이 상하지 않으셨
기를 바랍니다.

　공통의 지인인 앨리스 하프야드가 친절하게도 편지를 전달
해 주겠다고 하셨어요. 세인트 서실리아 요양원에서 지내셨
던 1946년 6월부터 9월까지를 어떻게 기억하시는지 궁금합니
다. 같은 환자였던 그레천 에델을 어떻게 기억하시는지 특히
궁금해요. 그레천 에델은 입원 기간 중에 아이를 가졌습니다.
당신 코앞에서 일어났다고 하기에는 정말 이상한 일이지요.

　이 일과 관련해서 알려 주실 정보가 있거나 중요하게 생각
되는 일이 떠오른다면 무척 듣고 싶습니다. 위의 주소로 편지
를 보내시거나 근무 시간에 수신자 부담으로 전화를 주셔도
좋습니다.

　진은 타자기로 이 부분을 칠 때 회계부 뮤리얼에게 이 비용
을 어떻게 설명해야 할까 싶어서 얼굴이 창백해졌다.

참고로 저는 그레천 에델의 전적인 동의를 받아 이 일을 조사
하고 있습니다.

《노스켄트 에코》기자

진 스위니 드림

8

"긴장 풀어요. 숨을 너무 참지 마요, 그러면 치수가 정확하시
않아요."

진은 십자가에 못 박힌 사람처럼 양팔을 넓게 벌리고 서 있
고 줄자를 든 그레천이 그 주변을 바쁘게 돌아다니며 여러 개
의 선이 그어진 여자의 신체 그림에 숫자를 적었다. 몸에 잘
맞는 옷을 만들려면 가슴둘레와 허리둘레, 엉덩이둘레뿐 아니
라 다른 치수—목덜미부터 무릎까지 길이 (뒤쪽), 겨드랑이부
터 팔꿈치까지 길이, 허리부터 무릎까지 길이 (앞쪽), 어깨부터
어깨까지 길이 (뒤쪽), 겨드랑이부터 허리까지 길이 (측면), 상
박 (둘레)—도 반드시 기록해야 하는 듯했다.

진은 만일을 대비해서 제일 덜 오래된 슬립—다 별로였지
만 그나마 나았다—과 뻣뻣한 속옷을 입고 와서 다행이라고
생각했다. 슬립과 속옷이 물렁한 뱃살을 코르셋처럼 잡아주고
허벅지 살을 꽉 눌러주었다.

"너무 간지러워서 긴장을 풀 수가 없어요." 줄자가 실크 같
은 나일론 옷감 위에서 미끄러지자 진이 몸을 움찔거리며 말

했다.

"다 됐어요. 사이즈 14인데 몇 군데는 조정해야 해요."

"그렇게 말할 수도 있겠군요." 진이 치마와 블라우스로 손을 뻗으며 말했다. 그레천의 서툰 영어에 제일 먼저 희생되는 것은 조심스러운 화법일 때가 많았다.

두 사람은 그레천의 작업실에 올라와 있었다. 한쪽 구석의 마네킹이 걸친 회색 새틴 이브닝가운은 안팎이 뒤집힌 채 시침질과 핀으로 고정되어 있었다. 한쪽 끝에 싱어 재봉틀이 놓인 커다란 재단용 탁자에는 어마어마하게 큰 프린트 면직물이 펼쳐져 있고 화장지처럼 얇고 모양을 알아보기 힘든─기이하고 추상적이어서 인간의 체형과 전혀 상관없어 보였다─옷본이 핀으로 고정되어 있었다. 진은 그레천을 새삼 존경의 눈빛으로 보았다. 지겨운 단순노동보다 예술적인 기교와 기술이 더 많은 부분을 차지하는 일이었다.

그러자고 얘기한 것도 아니었지만 어쩌다 보니 두 사람은 서로 이름을 부르고 있었다. 옷 벗은 모습까지 보여줄 정도로 가까워졌는데 무슨 양이니 무슨 부인이라고 부르기가 너무 어색했다. 진은 '스비니 양'을 그만 보내주는 것이 전혀 아쉽지 않았다.

진이 초대를 받은 것은 직장에서였다. 그레천의 성화에 하워드가 신문사로 전화를 걸었던 것이다. 아득하고 주저하는 듯한 목소리였다. 진은 그가 얼마나 내키지 않았을지 상상이 됐다.

"일요일에 저희 집으로 차를 마시러 오시지 않겠냐고 아내가 묻네요. 옷을 만들어야 한다고 했나, 뭐 그러던데요. 저희 부부랑 마거릿뿐입니다— 딱딱한 자리는 아니에요."

진은 그레천과 함께 병원에 다녀온 이후 업무상으로만 대하면서 철저한 거리를 두자고, 판단이 흐려지고 나중에 까다로운 대화가 더 까다로워지지 않도록 우정의 제안 같은 것은 피하자고 혼자 다짐했다. 그러나 막상 하워드가 우물쭈물 초대하자 그녀는 바로 받아들이고 말았다.

사실 마음이 잘 맞는 사람을 새로 사귈 기회가 너무 드물었기 때문에 그냥 저버리기 아까웠다. 신문사 동료들은 충분히 즐거운 상대였지만 근무 시간 한정이었다. 회사 밖에서 어울릴 시간은 금요일 저녁 술자리밖에 없었는데 진은 이미 자진해서 빠져 버렸다. 학창 시절 친구들은 결혼해서 뿔뿔이 흩어졌고 가족과 주말을 보내야 했다. 미혼 여성이 같이 어울리기는 어색했다. 그러나 틸버리 가족은 진을 좋아할 뿐만 아니라 중요하고 영향력 있는 사람으로 우러러보는 것 같았다.

틸버리 가족의 관심에 우쭐해지고 혹하지 않기란, 함께 있을 때 얼굴을 환하게 밝히고 마음을 터놓고 그들이 생각하는 흥미로운 여자가 되지 않기란 불가능했다. 게다가 마거릿도 있었다. 마거릿은 지극히 평범한 아이거나 독특하고 기적처럼 특별한 아이거나 둘 중 하나였다. 어느 쪽이든 마거릿은 진이 안전하게 묻어 두었다고 생각했던 갈망을 일깨웠다.

108

초대를 받아들이자 두 가지 문제가 새로 생겼다. 일요일 한창 시간대에 어떻게 어머니를 두고 나가야 할까, 또 초대에 무엇으로 보답해야 할까. 첫 번째 문제의 해결책은 어느 날 저녁 진이 자전거를 타고 병원에 갔다 올 때 천우신조처럼 찾아왔다. 앞에서 엄청나게 큰 쇼핑백을 여러 개 들고 언덕을 힘겹게 올라가는 사람이 있어서 자세히 봤더니 어머니가 교회에 다닐 때 알고 지내던 위니 멜섬이었다.

교회에서는 매년 교구의 가난한 아이들에게 줄 크리스마스 선물을 모았는데, 이것 때문에 분쟁이 생겼다. 직접 뜨개질을 하고 나일론 스타킹을 잘게 잘라서 속을 채워 넣은 장난감이 위생적이지 않다는 말이 나왔던 것이다. 뜨개질로 작은 인형을 만들기 좋아했던 스위니 부인은 기분이 상해서 교회에 발길을 끊었다. 딱히 신앙이 깊지도 않고 미사를 썩 좋아하지도 않았으므로 그렇게 힘든 일은 아니었다.

진이 페달을 빨리 밟아 다가가자 멜섬 부인이 겁에 질린 표정으로 고개를 들었다.

"안녕하세요. 제가 좀 도와드릴까요?" 진은 이렇게 말하고 자전거에서 내려서 끙끙대는 부인의 짐을 빼앗아 하나는 짐바구니에 넣고 나머지 두 개는 핸들에 걸었다.

"아, 친절하기도 하지." 멜섬 부인이 말했다. 그녀는 잠시 후에야 진을 알아보고서 대낮에 강도를 당하는 게 아닐까 하는 걱정에서 벗어날 수 있었다. "어쩌다 보니 혼자 못 들고 갈 만큼 샀지 뭐야. 네가 지나가서 다행이다."

진은 자전거를 밀면서 멜섬 부인과 함께 언덕을 걸어 올라 갔다. 멜섬 부인은 케스턴 로드의 작은 빅토리아풍 주택에 살 았기 때문에 진의 집보다 조금 더 가야 했다. 진은 멜섬 부인 의 딸 앤이 도리처럼 해외에 살고 있음을 기억해냈다. 한때는 두 어머니 사이에 자식과 떨어져 사는 슬픔이라는 유대감이 형성되었다— 어느 정도까지는 말이다. 앤은 도리와 날리 부 모님 집에 정기적으로 왔다.

"앤은 어때요?" 진이 물었다.

"아, 아주 잘 지내. 마침 어제 편지를 받았어. 2주일에 한 번 씩 보내거든."

"도리도 그래요." 진은 도리보다는 어머니를 위해서 잘 지내 는 척해야겠다고 생각하고 이렇게 대답했다.

한때는 이 말이 사실이었지만 이제는 2주에 한 번 편지를 쓰는 아주 작은 희생도 지나친 요구 같았다. 키탈레의 사교 생 활—테니스, 칵테일, 희곡 낭독—이 아주 소소한 자식의 도리 조차 밀어냈다. 익숙하게 소용돌이치는 분노가 치밀어 오르자 진이 힘겹게 억눌렀다. 그래봤자 소화불량에 걸릴 뿐이다.

"네 어머니를 한 번 찾아가려고 했었는데. 요즘 외출을 잘 안 한다는 얘기는 들었어, 누구한테 들었는지 기억은 안 나지만."

"네. 다리에 힘이 없으시대요. 자신감을 잃으셨나 봐요."

그게 전부는 아니었지만, 이 정도는 남에게 말해도 곤혹스럽지 않았다.

"찾아가면 어머니가 좋아하시려나?"

"네, 그러실 거예요." 말투에 절박함이 스며들지 않도록 애써야 했다. "저밖에 없어서 조금 외로우신 것 같아요."

"주말에 잠깐 가도 될까?"

멜섬 부인이 일요일 오후가 제일 좋겠다고 결론을 내리도록 크게 유도할 필요조차 없었다. 이제 남은 문제는 아이를 맡기듯이 다른 사람에게 맡기겠다고 하면 크게 화를 낼 어머니에게 잘 설명하는 것뿐이었다. 진은 멜섬 부인의 방문이 기정사실이 될 때까지 약속이 있다는 말은 하지 않기로 했다.

이런 대화를 하기 가장 좋은 날은 머리를 감는 목요일이었다. 어머니는 진이 머리를 손질해 줄 때 제일 유순해졌고 고마워했다. 어머니가 개수대에 머리를 숙이면 진이 선실크 샴푸로 문지르고 입구가 넓은 병의 물을 부어서 거품을 씻어낸 다음 어머니를 식탁 앞에 앉히고, 어깨에 수건을 둘러 주고, 무릎에 헤어롤 한 봉지를 놓았다. 머리가 젖은 어머니는 늙고 연약해 보였고 여자라고 알아보기도 힘들었다. 진은 거의 맨살에 가까운 어머니의 정수리를 빗다 보니 마음이 약해지고 눈물이 차올랐다. 그래서 조금만 더 다정하게 대하자고 다짐했다.

"저번에 멜섬 부인을 만났어요." 진이 머리카락을 한 움큼 빗어 올려 분홍색 나일론 롤에 감으며 말했다. "핀 주세요."

어머니가 핀을 건넸고, 진이 너무 세게 조이자 약간 움찔했다.

"일요일에 어머니를 만나러 오신대요."

"그래? 원하는 게 뭘까."

"그런 거 없어요. 롤 주세요. 그냥 어떻게 지내는지 보러 오시는 거예요."

"음, 대화는 네가 해라. 난 할 말이 없어."

상황은 진이 바라는 대로 흘러가지 않았다.

"할 말이야 많죠. 핀 주세요. 멜섬 부인이 절 만나러 오시는 건 아니잖아요."

"음, 왜 오는지 모르겠다. 못 본 지 몇 년은 됐는데. 아야."

"죄송해요. 이제 노란색 롤 주세요."

진의 어머니가 봉지를 뒤져 노란색 롤을 건넸다. 모가 길어서 아주 잘 말렸다.

"꽤 친하긴 했지."

"그러니까요. 손님이 오면 어머니한테도 좋을 거예요. 핀 주세요."

"아마 안 올 거다."

"당연히 오실 거예요. 약속했어요. 두 분을 위해서 맛있는 스펀지케이크 만들어 둘게요." 진이 움찔했다. 무심코 '두 분'이라고 말하자 진의 어머니가 놓치지 않고 달려들었다.

"넌 어디 가는데?"

"저는…… 틸버리 가족과 차를 마실 거예요. 노란색 롤 주세요."

"처음 듣는 이름인데."

"말씀드렸잖아요. 그 스위스 여자요. 그 여자에 대한 기사를 쓰고 있어요."

"일요일에? 주말에는 회사에서 일을 안 시키지 않았니?"

"네. 이번에는 개인적으로 만나는 거예요."

"아. 음, 그럼 멜섬 부인은 나 혼자 대접해야겠구나."

진은 설득에 성공해서 남몰래 기뻐하고 어머니는 딸의 책략에 넘어간 게 아닐까 의심하느라 두 사람 모두 침묵에 빠졌다. 머리를 말리고 브러시로 빗어서 평소처럼 희고 깔끔한 구름 같은 모양으로 돌아가니 어머니도 기분이 좋아졌다.

"아주 좋구나, 고맙다." 진이 앞뒤로 손거울을 하나씩 들고 평가를 기다리자 어머니가 고개를 이리저리 돌려서 살펴보며 말했다.

그레천이 치수표를 채운 다음 단순한 옷본을 모아둔 무거운 카탈로그를 꺼내서 원피스 부분을 펼치더니 진에게 둘러보라고 했다. 수채화 삽화 속 괴상한 여자들은 말도 안 되게 키가 크고 날씬한 데다가 쏙 들어간 허리, 아주 작은 몸통, 뾰족한 발가락 끝까지 길쭉하게 늘린 다리를 가지고 있었다. 진은 만화 속 미녀들 앞에서 의기소침해질 뿐 다른 감정을 느끼기 힘들어서 별로 열의도 없이 페이지를 넘겼다.

"패션은 잘 몰라요." 결국 진이 말했다. "당신이 골라 봐요—

너무 어렵지 않은 걸로."

"난 어려워도 괜찮아요. 만들 때는 그런 게 더 재미있으니까. 하지만 당신한테는 단순한 스타일이 더 어울릴 것 같아요." 그레천이 모서리를 접어둔 페이지를 펼쳤다. "이게 우아하게 어울릴 것 같은데."

몸에 딱 맞는 시프트 드레스[23]로, 둥근 옷깃은 흰 파이핑 처리가 되어 있고 소매는 7부였다. 화가의 그림만 보면 확실히 우아했지만 '사이즈 14인데 몇 군데는 조정해야 하는' 진이 입으면 그만큼 우아하지 않을 것이다. 하지만 미리 의논한 것도 아니고 진의 취향도 모르는 그레천이 이 방대한 옷본 중에서 진이 기분 좋게 입을 만한 디자인을 딱 짚어냈기 때문에 진은 좋은 인상을 받았다.

"응, 예쁘네요."

"하지만 검은색은 안 돼요. 너무 수수해. 암청색이나 녹색이 좋겠어요."

"좋아요. 파란색으로 해요."

"딱 어울릴 거예요." 그레천이 묵직한 책을 탕 덮으며 말했다.

하지만 이걸 언제 입지? 진이 생각했다.

진은 아래층으로 내려가는 길에 유혹을 이기지 못하고 문 열린 침실을 흘깃 들여다보았다가 싱글 침대 두 개가 나란히

---

23 어깨에서 일자로 떨어지면서 가슴 밑에 다트가 들어가는 형태의 원피스

놓인 것을 보고 깜짝 놀랐다. 잘 어울리는 분홍색과 녹색 깃털 이불이 깔끔하게 정리되어 있고 그 사이에 사람이 들어가 설 수 있을 정도는 아니었지만 어쨌거나 간격이 있었다. 진은 이런 구조의 부부 침실을 본 적이 없었다. 이혼하는 대신 어쩔 수 없이 같이 사는 게 아니라면 말이다. 진의 조부모는 죽음으로써 해방될 때까지 수십 년 동안 아무 즐거움도 없이 같이 살았지만, 틸버리 부부의 결혼생활은 조부모의 냉랭한 대치 상황과 비슷한 점이 하나도 없었다.

정원으로 나가자 울타리와 자두나무에 걸쳐진 망가진 네트를 사이에 두고 마거릿이 친구 리지와 배드민턴을 치고 있었다. 양옆의 암석정원과 텃밭이 코트의 경계였다.

하워드는 콩밭에서 양동이에 든 비눗물과 스프레이 펌프로 먹파리를 잡는 중이었다. 재킷은 땅에 꽂은 삽에 걸어 놓았다. 그는 출근하는 사무직 직원처럼 셔츠와 타이 차림이었다. 진과 그레천이 테이블과 캔버스 의자 세 개가 놓인 작은 파티오로 차를 마시러 나오자 하워드가 두 사람에게 손을 흔들었다.

"정말 완벽한 정원이에요." 진이 말했다. "부끄러워지네요."

예의상 하는 말이 아니었다. 길쭉하고 나란하게 만든 꽃밭의 무른 흙에는 색과 질감, 높이가 다양한 관목이 심겨 있고 깔끔한 1년생 덤불이 무성했다. 잔디밭 가장자리는 깔끔하게 손질되어 있고 텃밭의 리크와 양배추는 완벽한 간격을 두고 곧게 자랐다.

진은 이 고된 과업 내지는 질서가 어쩐지 아름답다고 생각했다. 그녀도 정원을 성실하게 가꾸었지만, 일주일에 고작 몇 시간 투자해서는 절대 이런 결과를 얻을 수 없었다. 진은 이렇게 세련된 정원을 만들기보다 혼란을 막는 데만 시간을 다 쓰는 것 같았다.

"전부 하워드 솜씨예요." 그레천이 말했다. "우리는 일을 아주 철저하게 나누거든요. 나는 집 안, 하워드는 정원 담당이에요."

"음, 난 둘 다 해요." 진이 말했다. "양쪽 다 수준이 썩 높진 않지만."

진은 자기 집안 상황을 이야기했었는지, 했다면 어디까지 했는지 기억이 나지 않아서 멜섬 부인을 우연히 만난 덕분에 차를 마시러 올 수 있었다고 말했다.

그레천이 당황했다. "오기 힘든 줄 몰랐어요." 그녀가 말했다. "물론 어머니가 같이 오셔도 대환영인데."

"정말 친절한 말이지만, 가끔은 혼자 외출하는 것도 좋아요."

"그거야 그렇겠죠. 어머니가 집에 혼자 못 계실 정도로 몸이 많이 약해요?"

"정확히 말하자면 몸이 약한 건 아니지만 외출을 거의 안 해요. 내가 출근할 때는 어쩔 수 없다는 걸 아니까 괜찮으시죠. 하지만 그 외에는……. '날 두고 나가면 안 돼'라고 확실하게 말씀하시는 건 아니에요. 그보다 미묘하죠. 어머니는 집에 계신 데 나 혼자 나와서 즐기면 죄책감이 들어요."

"하지만 어머니도 진이 즐겁게 시간을 보내는 걸 막고 싶진 않으실 거예요."

"어머니가 '즐거운 시간'이라는 걸 아는지 모르겠어요. 아버지가 돌아가신 이후로는 모르시는 것 같아요." 말을 너무 많이 했다. 차를 마시며 나눌 이야기는 아니었다. 진이 꾸역꾸역 얘기했다. "나이가 너무 많으시니까 이제 와서 바꿀 순 없죠. 요즘은 정해진 일과를 따르면서 편안하게 쉬고 사소하지만 특별한 일에서 즐거움을 느끼세요." 순간적으로 진 본인의 이야기 같아서 섬뜩했다.

"정해진 일과를 따르는 건 아주 유용하죠." 그레천이 말했다. "집안일을 돌볼 때는 특히 그래요. 하지만 그래도"—그녀가 양손을 벌렸다—"엘라스티쉬[24] 해야 돼요."

진이 웃었다. "옷 만드는 사람다운 은유네요." 이런 이야기를 하다 보니 무언가 떠올랐다. 아, 개버딘. 진이 목소리를 낮췄다. "저번에 마거릿한테서 천사의 목소리가 들린다는 이야기를 들었어요. 어떻게 이해해야 할지 모르겠더라고요."

그레천이 미소를 지었다. "그리 드문 일은 아닐 거예요. 아이들은 상상력이 풍부하니까."

"난 안 그랬지만요." 진이 말했다.

"하지만 나에게 마거릿은 이미 기적이에요. 천사의 목소리

---

24 독일어로 '탄력(신축성) 있는'이라는 뜻

117

를 듣는 게 가장 특별한 점은 아니죠."

"그렇겠죠. 그냥 마거릿이 당신한테도 말했는지 확인하고
싶었어요."

"아, 그럼요. 걱정할 일은 아니라고 생각했어요. 해가 될 것
같지는 않아요."

"마거릿 본인이 천사의 목소리라고 생각한 건가요, 아니면
당신이 그렇게 말한 건가요?"

"내가 그렇게 말했어요." 그레천이 인정했다. "목소리가 하
늘에서 들려온다고 상상하면 더 안심될 것 같아서요."

"수호천사라는 게 매력적이긴 하죠." 진이 동의했다. 마음을
편안하게 해주는 허튼소리를 믿을 수 있는 사람을 보면 질투
에 가까운 감정이 들었다.

"상상 속 친구랑 다를 거 없어요. 누구나 상상 속 친구 하나
쯤은 있었잖아요. 마거릿이 그것 때문에 힘들어하지 않는 한
걱정 안 할래요." 말벌이 그레천의 팔에 앉자 그녀가 잘 다듬
어진 분홍색 손톱으로 튕겨냈다.

"무척 침착하군요." 진이 말했다.

"크면 안 들리겠지만, 아무튼 얘기해 줘서 고마워요. 마거릿
이 나한테 비밀이 없으면 좋겠어요."

"부모 노릇이란 지뢰밭을 걷는 것과 같죠"

"난 아직 잘 모르겠어요." 그레천이 말했다. "앞으로 어려워
진다고들 하더군요."

두 사람은 정원에서 바람을 타고 날아가는 셔틀콕과 그것을 쫓아다니는 마거릿과 리지를 내려다보았다. 아이들의 새된 웃음소리가 종소리처럼 울렸다. 잠시 후 녹초가 된 아이들이 그만 포기하고 풀밭에 대자로 누워 숨을 헐떡였다. 저 순진한 얼굴에 질풍노도 같은 감정이 먹구름을 드리운다는 건 상상하기 힘들었다.

그레천이 잠시 실례한다며 차를 가지러 안으로 들어갔다. 진이 잠시 혼자 남겨지자 하워드가 밭일을 멈추더니 갓 딴 루바브, 비트, 양상추를 바구니에 담아서 들고 왔다. 그는 일상복을 입지 않은 대신 맨 위 단추를 풀고 타이를 느슨하게 매고 있었는데, 서둘러 단추를 채우고 타이를 조이는 바람에 옷깃에 진흙이 묻었다.

"집에 좀 가져가실래요?" 그가 바구니를 진의 발치에 내려놓고 보여주며 물었다. "솎을 부분이 있어서요."

"좋죠." 진이 말했다. "루바브 정말 좋아하거든요." 루바브는 상스러워 보일 정도로 실했다. 짙은 선홍색에 진의 손목만큼 두꺼운 줄기도 있었다. 장난기가 발동한 진이 말했다. "셔츠에 타이까지 매고 잡초 뽑는 사람은 처음 봐요."

그가 잠시 난처한 표정을 짓다가 빙긋 웃었다. "아, 옷을 차려입으면 민달팽이랑 먹파리를 상대로 기선을 제압할 수 있을 것 같아서요."

그레천이 뭔가 잔뜩 담긴 쟁반을 들고나오다가 이 말을 들었다.

"내가 아는 사람 중에서 재킷에 타이 차림으로 해변에 가는 사람은 하워드밖에 없어요." 그녀가 이렇게 말했다. 하워드가 얼른 다가가 위험하게 미끄러지는 찻주전자를 잡아서 들었다.

그는 점잖게 어깨를 으쓱하며 여자들의 웃음을 참아냈다.

"쓸데없는 고민을 방지하는 거죠." 그가 말했다.

그레천이 쟁반을 내려놓고 찻수건을 착 펼치더니 턱 아래에 대고 상체를 가렸다. "자, 오늘 내 블라우스가 무슨 색이죠?"

하워드는 고민하는 표정이었다. "분홍색? 흰색? 무슨 색이든 예쁜 건 확실해."

그레천이 찻수건을 치우고 달맞이꽃 같은 노란색 블라우스를 드러냈다.

"이제야 기억나네." 하워드가 부끄러운 얼굴로 말했다. "스위니 양은 내가 괴물인 줄 알겠군."

"이제 진이라고 불러요." 그레천이 말했다. "형식을 차리지 않기로 했거든요."

마거릿과 리지도 식탁 앞으로 왔다. 의자가 세 개뿐이었기 때문에 두 아이는 계단 위 쿠션에 앉아서 접시를 무릎에 올려놓았다.

"찻주전자 새로 샀어요?" 마거릿이 물었다.

"아니, 새것 아니야. 오히려 오래됐을 걸—사실은 너보다 나이 많아." 그레천이 차를 따르며 말했다.

"으음, 난 처음 보는데요."

"손님이 오셨을 때만 쓰는 거야." 그레천이 말했다.

그렇다면 형식을 전혀 안 차리는 건 아니군, 진이 생각했다.

"하지만 이디 대고모님 말고는 손님도 없는데, 대고모님이 오시면 갈색 찻주전자를 쓰잖아요."

"넌 종일 학교에 있으면서 엄마한테 손님이 있는지 없는지 어떻게 아니?"

그러자 마거릿이 갑자기 말을 멈추었다. 자기가 안 볼 때 엄마한테 재미있는 일이 생길 가능성에 대해서 한 번도 생각한 적 없는 것이 분명했다.

"네가 없는 동안 엄마는 온갖 재미있는 일을 한단다." 하워드가 말했다. "학교 가는 너를 손 흔들며 배웅하자마자 달려가서 제일 좋은 찻주전자를 꺼내지."

"장난치지 마세요." 마거릿이 말했다. "내가 학교에 있는 동안 엄마는 아무것도 안 해요."

이 말에 격분한 두 여자가 빠르게 뭐라 중얼거리자 하워드가 껄껄 웃었다.

"음, 내가 종일 아무것도 안 하면 이 자허토르테[25]도 못 만들었을 테니까 넌 안 먹고 싶겠네?" 그레천이 케이크를 크게 잘라서 진과 리지에게 한 조각씩 준 다음 한숨을 쉬며 옆으로 치

---

25 가운데 살구 잼을 바른 오스트리아식 초콜릿케이크

웠다. "어머, 안타까워라."

"엄마가 재밌는 일을 안 한다는 뜻이었어요." 마거릿이 긴 속눈썹을 팔랑거리며 말했다. "영국에서 제일 맛있는 자허토르테를 만드느라 너무 바빠서요."

"더 그럴듯하군." 하워드가 케이크를 세 조각 더 자르며 말했다. 모두가 케이크를 음미하며 먹느라 침묵이 흘렀다.

마침내 진이 말했다. "이렇게 맛있는 건 처음 먹어 봐요."

그녀는 복잡한 베이킹을 할 시간도 재능도 없었기 때문에 달달한 것이 먹고 싶으면 방에 비축해 둔 토피를 먹거나 아침 식사로 포리지를 먹을 때 노란 시럽을 한 숟가락 넣어 갈망을 달랬다. 하지만 이 케이크는 특별했다—카스텔라보다 진하고 묵직했고 케이크보다 입자가 거칠었으며 맛있는 견과류의 달콤함과 다크 초콜릿의 쌉쌀함이 느껴졌다. 그뿐만 아니라 잘게 부순 헤이즐넛과 커피 크림을 넣은 작은 머랭, 색이 짙고 바삭하고 버터를 얇게 바른 빵도 있었다. 빵은 입에 썩 맞지 않았지만 그래도 진은 꾸역꾸역 먹었다.

차를 다 마신 뒤 아이들이 다시 배드민턴을 치러 가면서 어른들도 껴서 넷이서 치자고 졸랐다. 이제 바람이 잠잠해져서 잎사귀 하나 흔들리지 않았다. 오후의 열기 속에서 정원이 어른거렸다.

"난 칠게." 어릴 적 말괄량이답게 모든 스포츠를 사랑하는 진이 말했다.

그녀는 잔디를 망치지 않으려고 신발을 벗었지만 이미 여름이 지나면서 잔디가 많이 상했고 네트 양쪽은 너덜너덜했다.

"하워드, 당신이랑 리지가 한 팀이 되어서 진이랑 마거릿을 상대하면 어때요?" 그레천이 제안했다. "내가 얼마나 못 치는지 잘 알잖아요. 나랑 같은 편을 하고 싶은 사람은 없을 거야."

"이리 오렴, 리지." 하워드가 남는 라켓 중 하나를 집어 들고 손바닥 끝으로 라켓 네트를 튕기며 말했다. "손님이라고 봐주지 않을 겁니다." 그런 다음 네트 밑으로 몸을 숙여 반대편으로 갔다. "우리 집에서는 이기는 게 제일 중요하거든요."

"봐주실 필요 없어요, 그렇지 마거릿?" 진이 대답하자 꼬마마거릿이 진지하게 고개를 끄덕였다.

진은 말할 수 없을 만큼 마음이 가벼웠다. 배드민턴을 안 친지 한참 됐지만 라켓 스포츠를 잘하는 사람은 절대 그 기술을 잊지 않았고, 랠리가 몇 번 지나자 타격의 리듬과 셔틀콕을 네트 바로 너머로 가볍게 넘길 때 필요한 섬세한 터치가 기억났다.

여전히 셔츠와 타이 차림이라 전혀 뛰어난 스포츠 선수로 보이지 않던 하워드는 놀랍게도 무척 능숙하고 민첩했고, 리지가 네트를 수비하는 동안 코트 뒤쪽에서 진이 날린 최고의 샷을 쉽게 받아쳤다. 진은 그가 신사답게 경기하고 있음을 알아차렸다. 파트너를 밀거나 셔틀콕을 가로채지도 않았고, 넷 중에서 가장 약한 마거릿 쪽으로 셔틀콕을 재빨리 날려 점수를 쉽게 따지도 않았다. 그러면서도 마거릿을 봐주려고 일부러 못 치지도 않고 힘들게 점수를 따도록 만들었다.

그레천은 빈 의자에 발을 올리고 잡지를 읽으면서 가끔 고개를 들어 응원하거나 선을 넘었는지 아닌지 논쟁이 생기면 판정을 내렸다.

"텃밭으로 나가면 아웃이야!"

"잔디 위로 아주 약간 튀어나온 루바브 잎에 떨어지면요?"

"그래도 아웃이야."

"불공평해요!"

가끔 진이 안개처럼 배어 나오는 땀 속에서 고개를 들면 하워드가 애쓰는 그녀를 비웃으며 반대쪽 구석으로 몰았고, 그러면 진은 반드시 이기겠다고 더욱 굳게 다짐했다. 두 팀이 각각 한 게임씩 이겼다. 하지만 마지막 게임을 시작하기 전에 리지가 원래 5시까지 집으로 돌아가 벡슬리히스의 할아버지 댁에 가기로 했는데 벌써 10분이나 지났음을 깨달았다.

"한 게임만 더 해요." 마거릿이 재미있게 놀 때는 절대 지치지 않는 어린아이 특유의 체력을 뽐내며 졸랐다.

"마지막 게임은 다음에 해야겠구나." 하워드가 말했고, 네 사람은 네트 너머로 악수를 나누었다. "하지만 무승부가 딱 맞는 것 같아." 그의 악수는 사무적이고 짧았지만 그래도 진은 정신이 번쩍 들었다. "잘 치시네요." 하워드가 그녀에게 말했다. "연습 많이 하셨나 봅니다."

"학교를 졸업한 후에는 안 쳤어요." 진이 대답했다. "얼마나 재미있는지 잊고 있었네요. 얼마나 힘든지도요."

진은 타는 듯이 새빨간 얼굴과 땀으로 번득이는 이마가 신경 쓰였다. 축축하게 젖은 면 블라우스가 등에 들러붙었다. 진이 얼굴에 달라붙은 끈적한 머리카락을 손등으로 초조하게 밀어냈다. 저 위 파티오에서 시원하고 우아한 노란 옷을 입은 그레천이 목마른 선수들을 위해서 크리스털 물병에서—역시 손님용으로 꺼내 온 것이 분명했다—물을 따르고 있었다

"언젠가 재시합을 꼭 해야겠네요." 하워드가 말했다.

진은 예의상 하는 말임을 알았지만, 마거릿이 득달같이 반응했다.

"맞아요, 내일 해요. 학교 끝나고."

두 어른이 깔깔 웃으면서 무모하고 즉흥적인 생각만 따라 살 수는 없다고 말해 주었다.

"스위니 양도 내일 너랑 놀아 주려고 여기까지 또 오고 싶지는 않을 거다!" 하워드가 마거릿의 머리카락을 헝클어뜨리며 말했다.

"어떻게 알아요? 물어보지도 않았으면서!"

"스위니 양에게도 자기 삶이 있으니까."

사실 진은 하워드랑 마거릿과 배드민턴을 치는 것보다 더하고 싶은 일이 떠오르지 않았다.

"하지만 두 사람은 어른이잖아요. 하고 싶은 건 뭐든 할 수

125

있잖아요."

"어른은 하고 싶은 대로 다 한다고 누가 그러든?" 마거릿의
아빠가 믿을 수 없다는 표정으로 물었다. "나도 엄마도 분명히
안 그랬는데."

"어른은 항상 옆에서 이래라저래라하는 사람이 없잖아요."
마거릿이 말했다. "자기들이 늘 이래라저래라하지."

마거릿의 주장을 완벽하게 증명하듯 옆문이 덜컹 열리더니
초조하게 신경을 곤두세운 리지의 어머니가 약속을 어긴 딸을
찾아 나났다.

"5시까지 오기로 했잖아, 리지." 그녀가 손목시계 문자반을
톡톡 두드리며 말하자 리지가 정원을 슬금슬금 가로질러 자기
엄마에게 갔다.

"내 말 무슨 뜻인지 알겠죠?" 손을 흔들어 손님들과 작별 인
사를 한 다음 마거릿이 씩씩거리며 말했다.

"타이밍이 참 공교롭구나." 진이 웃었다. "하지만 어른이라도
항상 하고 싶은 대로 하는 건 아니야, 안 그럴 때가 더 많아."

"의무라는 게 있거든." 하워드가 설명했다.

진은 '의무'를 사람의 모습으로 상상할 때마다 긴 머리카락
을 뒤로 모아서 동그랗게 올리고 축 늘어진 회색 옷을 입은 키
크고 여윈 여자가 떠올랐다. 또 왠지 모르지만 끈이 달린 남자
신발을 신고 있었는데, 아마 우리를 더 확실하게 걷어차려고
그런 것 같았다.

"보통 하기 싫지만 해야만 하는 일을 한다는 뜻이지." 진이 말했다.

"피아노 연습처럼요?"

"맞아. 음, 내 경우에는 볼랜드 부인 댁 잔디를 깎는 거야." 진은 이렇게 말하면서 가련한 볼랜드 부인을 배신한 듯한 죄책감을 느꼈다. 자기네 잔디밭이 강제 노동의 상징이 되었다는 사실을 알면 볼랜드 부인이 크게 당황할지도 모른다.

"아니면 울슬리²⁶ 수리라든지." 하워드가 얼굴을 찡그리며 말했다.

"엄마는요?"

세 사람이 고개를 돌리고 기대에 찬 표정으로 그레천을 보자 그녀도 세 사람을 보며 얼굴을 빛냈다.

"난 정말 이기적이거나 아주 똑똑하거나 둘 중 하나인가 봐. 하고 싶지 않은 일은 안 해도 되게 손을 다 써 놨거든."

진은 병원에서 처음으로 느꼈던 거북함을 또다시 느꼈다. 아까 하워드랑 마거릿과 대화를 하다가 정원 쪽을 무심코 올려다보았을 때, 마침 아무도 자신을 안 본다고 생각한 그레천이 너무나도 쓸쓸한 표정을 짓고 있었기 때문이었다. 갑작스러운 우울함인지 뭔지는 몇 초 만에 사라졌다. 마거릿이 엄마를 부르자마자 그레천은 정신을 차리고 표정을 싹 바꿔 더없

---

26 1901년 설립된 영국 클래식 자동차 브랜드. 1975년까지 존속했음.

이 환한 미소를 지었다.

리지가 돌아가고 잠시 소강상태가 되자 진도 이제 그만 가 봐
야겠다고 말했다. 틸버리 가족은 조금만 더 있다가 가라고 만
류했고 급하게 돌아갈 이유가 있는 것도 아니었다. 그러나 진
은 티파티에 초대받아 놓고 저녁 6시가 넘도록 눌러앉아 있는
것은 문명에 대한 모욕이라는 생각이 뼛속 깊이 새겨져 있었
기 때문에 거절했다.

　진은 틸버리 가족이 이런 원칙을 중요하게 여기며 관습을
따르는 사람들인지 아닌지 판단이 서지 않았다. 그레천이 외
국인이라서 파악하기 어려웠다. 진은 자기가 가고 나면 셋이
서 저녁 시간을 어떻게 보낼지 상상해 보았다. 마거릿이 옆방
에서 피아노를 치는 동안 라디오를 듣거나 조용히 일요 신문
을 읽을지도 모른다. 하워드는 베드포드 스트리트에서 가져온
서류를 정리할지도 모르고 그레천은 작업실에 틀어박혀 재단
을 마저 할지도 모른다. 하지만 가능성 있는 온갖 상상 중에서
딱 이거다 싶은 것은 없었다. 진은 틸버리 가족을 더 잘 파악
해야 했다.

　"자전거 타고 왔어요?" 진이 핸드백과 신발, 카디건을 챙겨
서 차례차례 다시 걸치자 그레천이 물었다.

　"아뇨. 버스 타고 왔어요."

　사실 버스를 한 번 갈아탔고, 기다리는 시간까지 합쳐서 50

분은 족히 걸렸다.

"음, 하워드가 집까지 태워 줄 거예요. 일요일에는 버스가 별로 없잖아요."

"정말 괜찮아요." 진이 이렇게 말할 때 하워드가 부엌에서 시장 가방을 들고 나와 바구니의 내용물—루바브, 양상추, 비트—을 옮겨 담기 시작했다. "버스 타고 가도 충분해요."

"그래도 꼭 데려다주고 싶어요. 그렇죠, 하워드?"

"그래요, 시장 짐꾼처럼 이걸 다 들고 갈 순 없잖아요."

두 사람이 같이 고집을 부리면서 진의 사양을 들은 척도 하지 않았다.

"가봉 하러 조만간 또 오세요." 그레천이 마거릿과 대문 앞에 서서 배웅하며 말했다.

"배드민턴 경기도 끝내야죠." 마거릿이 상기시켜 주었다.

마거릿이 끌어안고 있는 《걸》 이번 호는 진이 사 와서 리지가 갈 때까지 기다렸다가 슬쩍 준 것이었다. 마거릿은 고마움의 표시로 부끄러워하며 진을 안아 주었다.

어머니를 어떻게 할지 방법을 찾기 전까지는 답례로 초대를 할 수 없었기 때문에 진은 이렇게만 말했다. "로이드 존스 박사한테 연락이 오면 바로 연락할게요."

진은 이 말을 하자마자 순전히 사적으로 어울리는 자리에 업무—더군다나 병원과 관련된 일—를 끌어들이다니 음정을 틀린 것과 같다고 생각했지만 그레천은 알아차리지 못한 것 같았다.

 울슬리에 오르자 휘발유와 가죽 냄새 때문에 진은 지금까지 타본 모든 자동차의 기억이 떠올랐다. 새 차 같은 내부, 반질반질하게 닦은 크롬 내장, 반짝이는 호두나무 대시보드, 먼지 하나 없는 바닥, 하워드가 조수석 문을 열고 닫아 줄 때 조심하는 태도를 보니 그레천이 단정한 집을 자랑스러워하듯 하워드도 자기 차를 자랑스러워하는 것이 느껴졌다.

 "운전하세요?" 텅 빈 교외 도로를 따라 출발했을 때 하워드가 물었다.

 "사실은 해요." 진이 대답했다. "차는 없지만요. 전쟁 때는 여군 의용대 운전병이었어요. 한동안 운전 강습도 했고요."

 "정말요?" 하워드는 그녀가 새롭게 보인다는 듯 재빠르게 곁눈질했다. "저도 그레천에게 가르쳐 주려고 했지만, 운전대만 잡으면 너무 긴장을 해서요. 조수석에 타는 게 더 좋은가 봅니다."

 "남편들은 대부분 그걸 선호하죠." 진이 말했다.

 "전 진심으로 권하려고 했어요. 하지만 충분하지는 않았나 봅니다." 하워드가 시인했다.

 그가 클러치를 밟은 채 모퉁이를 돌았다. 진이 운전 강습을 할 때 차를 완전히 제어하지 못하고 있다는 뜻이므로 절대 하지 말라고 가르치던 행동이었다.

 "남자들은 자동차를 독차지하고 싶어서 운전이 어려운 일

130

인 척하는 것 같아요. 일단 배워 보면 어려울 것도 없는데 말이에요."

"그런 면이 있을지도 모르겠네요." 하워드가 인정했다.

모퉁이를 돌고 나서 기어를 바꿀 때 그의 손이 진의 옆 무릎을 스쳤지만, 하워드가 알아차리지 못한 것 같았기에 진 역시 알아차리지 못하기로 했다.

"자동차는 정말 놀라운 물건이에요. 안 그렇습니까?" 그가 말했다. "공학적인 면을 떠나서도요. 자동차가 대표하는 자유 말입니다."

"은밀함도 그렇죠."

진은 남녀가 한정된 공간에서 단둘이 만날 기회를 제공하는 자동차가 없었다면 인간 구애의 역사 자체가 크게 달라졌을 거라고 생각하는 중이었다. 하지만 이 상황에서 적절한 화제는 아니었다.

"이 근처에서 일하시죠?" 오핑턴 전쟁 기념관이 가까워지자 하워드가 물었다.

"네, 별로 안 멀어요." 진이 대답했다. "페츠우드예요. 정원에서 쉬어도 될 텐데 집까지 데려다주다니 정말 친절하시군요."

"정원에서는 절대 못 쉬어요." 하워드가 말했다. "주변을 둘러보면 일거리밖에 안 보이거든요. 그래도 즐겁지만요. 다음에 또 오세요. 그레천에게 친구가 생겨서 정말 다행이네요."

진은 이 칭찬에 깜짝 놀라고 약간 당황했다. 진이야말로 외로운 사람이라는 사실이 투명하게 다 보인다고 생각했기 때문이다.

"그레천은 친구가 부족한 사람 같지 않던데요." 진이 말했다.

"우리 둘 다 딱히 싹싹한 성격은 아니거든요." 하워드가 대답했다. "이디 고모님 외에 다른 사람이 차를 마시러 온 건 정말 오랜만입니다."

"저희도 즐기면서 사는 편은 아니에요. 사실은 아예 못 즐기는 것 같아요. 그래서 오늘은 정말 기분 좋고 특별했어요." 진이 말했다.

"저희도 마찬가집니다."

앞으로 나왔다가 뒤로 물러나고 솔직함에 가까워졌다가 다시 멀어지는 장엄한 춤 같은 대화—진에게는 그런 느낌이었다—를 나누다 보니 어느새 진이 사는 거리에 접어들었다. 진이 빨간 대문 집이라고 말하며 가리키는 순간 문이 열리고 멜섬 부인이 밖으로 나와서 문 앞에 선 스위니 부인과 작별 인사를 나누었다. 두 사람은 호기심을 굳이 감추지도 않고 울슬리를 빤히 바라보았고, 하워드가 얼른 내려서 진의 짐을 내려주었다.

제길, 진은 영문 모를 짜증을 느꼈다.

"음, 그럼 잘 가요…… 하워드." 진은 그의 이름이 어떻게 들리는지 처음으로 소리 내어 보았다.

"잘 있어요…… 진."

금주의 정원

래디시와 비트를 수확한다. 양상추를 파종한다. 양배추에 소금물을 뿌려서 애벌레를 쫓는다. 케일, 사보이, 브로콜리 같은 겨울 채소는 실외로 옮겨 심는다. 제철 감자를 캔다. 베리류에 액체 비료를 준다. 과실수에 솜진디가 없는지 살펴보고 모든 밭에 데리스 살충제를 뿌린다.

9

진은 항상 첼시가 비싼 부티크와 카페로 가득한 고급 지역이라고 생각했기 때문에 우아한 광장들 사이에서 슬럼가보다 썩 나을 것 없는 허름하고 방치된 거리를 발견하고 깜짝 놀랐다.

십 대 시절 진은 캐도건 광장의 맨션아파트에 사는 나이 많은 대모님에게 점심 초대를 받은 적이 있었다. 친척은 아니고 벨기에 실업가 가문의 후손이었지만 예의상 '로사 이모'라고 부르던 대모님은 어린 진을 택시에 태우고 나이츠브리지의 영국-벨기에 클럽에 데려가서 점심 식사를 대접했다. 두 사람은 비시수아즈[27]와 토끼고기 프리카세[28]를 먹었는데, 진은 끔찍하고 낯선 음식을 억지로 먹느라 눈물이 고이고 목이 막혔지만 정말 특별한 대접이라고, 초대받지 못한 도리가 정말 부러워한다는 생각만 계속했다. 얼마 지나지 않아 로사 이모가 악성 종양으로 세상을 떠났고 고급 레스토랑과 택시는 그것으로 끝이었다.

---

27 감자와 리크 등으로 만드는 차가운 수프
28 닭고기나 송아지 고기, 토끼 고기를 갈색이 나도록 구운 다음 각종 야채를 넣고 끓이는 스튜

진이 펌프스를 신고 모피 칼라가 달린 회색 양모 정장을 말끔하게 차려입은 것은—지금은 후회하고 있지만—아마 그때의 외출이 떠올라서였을 것이다. 슬론 광장의 피터존스 백화점에 잠깐 들러서 어머니의 잠옷과 플로렌틴 쿠키[29]를 살 때는 복장이 부적절해 보이지 않았지만, 루나 스트리트에는 전혀 어울리지 않았다.

길모퉁이에 창문이 깨지고 타이어 네 개가 전부 펑크 난 채 버려진 포드 파퓰러가 한 대 서 있고 웃통을 벗은 남자애 셋이서 쇠 파이프를 휘둘러 북을 치듯이 차를 때리고 있었다. 조금 더 걸어가니 텅 빈 도로에서 아이들이 축구를 하고 있고 털이 뻣뻣한 테리어가 왈왈 짖으며 아이들 다리 사이로 공을 쫓아 달렸다. 진은 목요일 오후인데 왜 아무도 학교에 안 갔냐고 묻고 싶은 기분이 들었지만, 아이들은 그녀가 끼어들면 욕을 퍼부을 만큼 거칠어 보였고 진은 주일에나 입는 제일 좋은 옷차림이라 불리한 기분이 들었다.

진은 마사 캠킨이 로사 이모처럼 부유하고 고상한 첼시 주민일 거라고 예상했지만 그녀가 1층에 세 들어 사는 루나 스트리트의 검댕투성이 빌라는 다른 말을 하는 것 같았다. 진이 작은 다이어리에 적힌 주소를 확인하며 보도에서 머뭇거릴 때 지하실 그늘에서 어떤 형체가 움직이더니 쓰레기가 넘치는 철

---

29 견과류와 말린 과일에 버터와 꿀을 넣고 오븐에 구워서 한쪽 면에 초콜릿을 입힌 쿠키

제 휴지통 뒤에서 쥐 한 마리가 살금살금 기어 나왔다. 쥐는 딱히 겁을 먹거나 서두르는 것 같지 않았다—진은 쥐가 오히려 거들먹거리며 걷는 것 같다고 생각하며 쥐처럼 계단을 허둥지둥 올라가 문 앞에서 초인종을 눌렀다.

앨리스 하프야드로부터 마사의 아버지가 목사라는 유용한 정보를 얻었기 때문에 《크록포드 성직자 인명록》에서 그를 찾는 데 1분도 걸리지 않았다. 캠킨, 윌리엄 세프턴, 채텀 성 요한 사제관, 1903년생, 옥스퍼드 키블칼리지 학사, 웰스 신학대학 석사.

진은 일요일 오후, 점심 식사 시간도 저녁 기도 시간도 확실히 아닐 듯한 시간에 사제관으로 전화를 걸었다. 전화를 받은 것은 강론단에서 들려올 것 같은 목소리가 아니라 부드럽고 자신 없는 목소리였기 때문에 그가 자신을 캠킨 목사라고 소개하자 진은 깜짝 놀랐다. 그는 마사의 행방을 묻는 진에게 미안하다고 사과하며 이제 딸과 연락하지 않는다고 말했는데, 성직자로서는 무척 충격적인 고백이었다.

"예전 주소밖에 없지만 거기 사는 사람은 마사가 어디로 이사했는지 알지도 모르겠군요. 우리는 모릅니다. 마사한테 무슨 일이 생긴 건 아니겠지요?"

진은 약간 당혹스러웠다. "오, 아니에요." 그녀가 말했다. "음, 제가 아는 한은요. 저는 전쟁 직후 세인트 서실리아 요양원에 입원했던 환자들을 조사하는 것뿐입니다."

"아, 그렇군요. 음, 확실히 마사는 그 요양원에 들어갔었지요. 혹시 찾으시면 안부 좀 전해 주시겠습니까? 애 엄마가 건강이 썩 좋지 않거든요."

진은 전혀 모르는 사람의 기묘한 부탁을 받아들이기로 하고 마사가 포리스트힐에 살 당시에 마지막으로 알려진 전화번호를 적었다.

진은 정확히 두 군데 더 전화한 끝에 마사가 현재 살고 있는 루나 스트리트의 주소를 알아낼 수 있었다. 주소가 정말 몇 번 바뀌지 않았기 때문에 진은 마사의 아버지가 딸을 찾으려고 도대체 얼마나 애를 쓴 걸까, 애를 쓰긴 했을까, 무슨 일 때문에 절연했을까 궁금했다.

드디어 마사와 통화가 성사되었을 때—아마 그녀의 교양 있고 자신감 넘치는 목소리 역시 진의 과한 옷차림에 영향을 주었을 것이다—진은 그레천을 언급하지 않고 세인트 서실리아에 관심이 있다고만 했다. 완전한 진실은 아니지만, 진실은 진실이었다.

"그래요, 세인트 서실리아. 거기 입원했었어요. 또렷하게 기억나요. 특히 천장이요."

"천장의 어떤 점이 특별했죠?"

"아니요, 전혀 특별하지 않았어요. 누워서 천장을 바라보며 엄청나게 많은 시간을 보냈을 뿐이에요."

"아, 그렇군요. 죄송해요. 오늘따라 제가 머리가 잘 안 돌아가서요."

"그런데 저를 어떻게 찾으셨죠?"

"기자로서 끈질기게 예비조사를 했죠. 제가 찾아가서 이야
기를 좀 나눌 수 있을까요? 공용 전화기라서 혼자 오래 차지
할 수 없거든요."

"좋아요. 수요일이랑 금요일만 빼면 괜찮아요. 그날은 수업
이 있어서."

"그럼 목요일로 할까요?"

"전 오후가 더 좋아요. 3시 어때요?"

"3시로 하죠."

루나 스트리트 16번지의 문을 연 사람은 키가 크고 인상적인
여자로, 물감 묻은 작업복과 넓고 헐렁한 치마 차림에 진홍색
립스틱을 바르고 있었다. 머리카락은 짙은 색이고 머릿수건을
두르고 있었는데, 진을 포함한 평범한 사람들처럼 턱 밑에서
묶은 것이 아니라 이마에 스카프를 둘러 앞쪽에서 매듭을 지
었다. 그녀가 진의 재킷을 평가하듯 바라보더니 이렇게 물었
다. "모피 칼라인가요?"

"네." 진이 괴상한 환영 인사에 놀라며 인정했다. "여우 털인
것 같은데, 정확히는 몰라요. 중고라서."

"음, 미안하지만 그건 벗어 놓고 들어오셔야겠네요— 알레
르기가 아주 심하거든요. 귀찮게 해서 미안해요."

마사가 공동 복도를 지나 외투걸이 앞으로 진을 안내할 때 빨간 가죽 슬리퍼가 타일 바닥에 탁탁 소리를 내며 부딪쳤다. 그러나 가장 눈에 띄는 점—진이 문제의 재킷을 힘겹게 벗어 걸면서 애써 시선을 주지 않았던 부분—은 그녀가 지팡이를 짚는다는 사실이었다. 게다가 손과 손목에 찬 신기한 가죽 보호대 때문에 손가락밖에 움직이지 못했다.

"차 드실래요? 블랙밖에 안 되지만요. 우유가 떨어져서." 마사가 이렇게 말하며 1층 안쪽 아파트 문을 열고서 진을 크고 천장이 높은 방으로 안내했다.

화가의 작업실처럼 꾸며져 있었지만 침대가 한쪽 벽에 붙어 있고 창가에 소파와 커피 테이블이 있었다. 전체 공간을 지배하는 이젤에는 희미한 선이 그려진 캔버스가 놓여 있었다. 가대식 탁자는 죔쇠가 달린 물감 튜브, 붓이 꽂힌 잼 병, 물감 묻은 헝겊과 말라붙은 팔레트로 뒤덮여 있고 한쪽 구석에 캔버스 여러 개가 거대한 토스트처럼 쌓여 있었다. 갖가지 냄새—테레빈유, 빨랫감, 가득 찬 재떨이와 먹다 남은 점심—가 경쟁하듯 풍겼지만 좋은 냄새는 하나도 없었다.

진이 어려운 형편을 눈치채고 피터존스 쇼핑백에서 플로렌틴 쿠키를 꺼내서 약간 쭈뼛거리며 마사에게 내밀었다. "선물을 사 왔어요."

마사의 야윈 얼굴에 커다란 미소가 천천히 번졌고 웃는 동안은 무척 아름다워 보였다.

"정말요? 아, 고마워요. 이런 간식은 정말 오랜만이에요. 지금 먹어요." 진이 자리에 앉기도 전에 마사가 상자를 뜯기 시작했다. "같이 마실 커피를 만들게요. 우유도 없이 차를 마시기는 싫어서. 부엌으로 가죠."

마사가 지팡이로 상당히 어지러운 길고 좁은 방을 가리키며 진을 앞세웠다. 개수대와 식기 건조대에 더러운 접시가 쌓여 있고 작은 탁자를 덮은 노란 유포는 뜨거운 팬 때문에 군데군데 녹거나 탔으며 그 위에 가죽 부츠 한 켤레와 방수 기름 한 통이 놓여 있었다. 기름이 튄 자국과 농축된 기름때가 타일 벽에 줄무늬를 그리고 있었는데, 가스레인지에 가까워질수록 더 심해졌다. 기울어진 선반에는 이 나간 도자기 그릇, 조리도구가 꽂힌 먼지투성이 병, 입맛 떨어지는 각종 꾸러미와 양철통이 빽빽하게 놓여 있었다.

진이 끈적거리는 바닥을 조심스럽게 걸어가자 쏟아진 소금인지 설탕이 발밑에서 부스럭거렸다. 목조 빨래 건조대를 지나치며 보니 보통 보이지 않게 숨겨 두는 여자 속옷— 뻣뻣한 검정 속바지, 골이 진 러닝셔츠, 삐삐 마른 다리 같은 살색 스타킹—이 걸려 있었다. 집안일을 할 때 보이는 부분만 겨우 치우는 진조차도 아연실색했다. 마사는 어지러운 부엌이 부끄럽지 않거나 어지러운 것도 모르는 듯 흥겹게 콧노래를 부르며 잡동사니 사이에서 깨끗한 머그잔 두 개를 찾아서 작업복 밑단으로 재빨리 닦았다.

두 사람이 커피를 들고 스튜디오로 돌아와 플로렌틴 상자를 사이에 놓고 앉았을 때 진이 말했다. "세인트 서실리아에서 지낼 때가 기억나세요?"

"네." 마사가 입 안 가득 쿠키를 넣은 채 말했다. "전부 기억나요, 물론 진정제를 잔뜩 맞았을 때만 빼고요. 저한테 아무것도 못 해 줬죠. 입원할 때보다 조금도 나아지지 않은 상태로 퇴원했어요. 하지만 그 사람들의 목적은 저를 치료하는 게 아니었을 거예요—부모님을 한숨 돌리게 해 주는 거였겠죠. 그때는 그런 생각을 못 했지만, 나중에야 문득 떠올랐어요."

"이제 부모님을 안 만나신다고 들었는데요." 진이 이 미묘한 주제를 신중하게 언급하려고 애쓰며 말했다.

"어떻게 알아요? 우리 부모님한테 연락했어요?" 마사가 플로렌틴을 하나 더 집었다.

"당신 주소를 알아보다가 그렇게 됐어요. 아버님이 잘 지내고 있기를 바란다고, 안부를 전해 달라고 하셨어요." 그 비슷한 말이었다. 정확한 표현은 떠오르지 않았지만, 부모답지도 기독교인답지도 않게 무심했다는 인상만 남아 있었다.

마사가 눈썹을 치켜올리며 말했다. "음. 그거참 뜻밖이네요."

"어머니가 건강이 별로 안 좋으시대요. 그게 요점이었어요."

"이런. 연락을 해 봐야겠군요."

"안 하면 아마 후회할 거예요." 진이 말했다. 이상하게도 그녀는 전혀 모르는 사람들 사이에서 화해를 주선하고 있었다.

원치도 않은 책임을 떠맡았으니 어느 정도는 캐물을 권리가 있다는 느낌이 들었다.

"사이가 틀어졌나요?"

"부모님이 항상 못마땅하게 여기시는 데 질렸어요." 마사가 작업복에 묻은 파란 물감 딱지를 멍하니 뗐다.

"믿음이 달라서요?"

굳은 물감 아래쪽은 아직 말랑했기 때문에 마사는 몇 초 사이에 커피잔, 치마, 얼굴에까지 파란 얼룩을 만들었다.

"완곡하게 표현하자면 그렇죠. 우린 모든 것에 대해서 생각이 달랐어요. 종교, 정치, 예술, 삶. 어쨌거나 제 삶에 대해서는요. 부모님은 본질적으로 에드워드 시대의 사람이고, 요즘 세상에 전혀 적응을 못 해요. 어쩔 도리가 없죠."

"부모님이 젊으셨을 때 이후로 세상이 너무 많이 바뀌었지요." 진이 말했다. 그녀는 마사가 여기저기 얼룩을 만드는 것이 신경 쓰여서 말해 줘야 하는 걸까 생각했다.

"제가 보기에는 충분히 변하지 않았지만요." 마사가 소매에 손가락을 닦으며 말했다. "아무튼, 세인트 서실리아의 어떤 점이 궁금하신 거죠?"

진이 펜과 노트를 꺼내서 깨끗한 페이지를 찾아 넘겼다.

"같은 병실에 입원했던 여자애들을 기억하시나요?"

"네. 그레천, 브렌다, 그리고 불쌍한 키티."

"다들 '불쌍한 키티'라고 부르네요." 진이 말했다.

"음, 걘 하루 23시간 보조호흡기 안에 들어가 있었으니까요. 그게 정말 사는 걸까요. 그런데도 신앙심이 정말 깊었어요. 걜 보면 소아마비를 만든 신을 어떻게 좋아할 수 있을까 싶다니까요."

"아버님께 물어봤다면 고통에 대한 기독교의 가르침을 설명해 주셨을 텐데요." 진이 대답했다.

그녀는 재킷을 벗고 들어와야 했던 것 때문에 점점 화가 나기 시작했다. 바깥 날씨는 따뜻했지만, 아파트 안은 이상하게 으스스했고 등에 닿는 소파가 축축하게 느껴졌다.

"고맙지만 사양할래요. 키티가 아직 거기 있을까 궁금하네요."

"세인트 서실리아에는 없어요. 남학교로 바뀌었거든요."

"대단한 반전이군요. 거기서 지내는 내내 남자는 코빼기도 본 적 없는데."

"그렇게 말씀하시니 흥미롭군요." 진이 말했다. "제가 여기 온 건 그레천 때문이거든요. 두 분이 친구였죠?"

"네, 잠깐이었지만요. 걔 아니면 무시무시한 브렌다 중에서 골라야 했거든요. 키티는 논외였고요."

"불쌍한 키티."

진은 마주 보는 시선을 떼지 않은 채 노트에 낙서를 하기 시작했다. 항상 같은 그림—빤히 바라보는 눈 하나—이었다.

"정말 그렇다니까요. 그레천은 왜요? 걘 괜찮아요?"

"엄청난 주장을 내놓았어요. 그래서 제가 그것을 입증하려고 최선을 다하는 중이고요. 세인트 서실리아에 있을 때 처녀인 상태로 임신을 했다더군요."

마사가 깜짝 놀라 커피잔을 내려놓고 진을 빤히 보았다.

"진심이래요?" 그녀가 말했다.

"아주 진심이에요. 증명하기 위해서 온갖 검사를 기꺼이 받겠대요."

"세상에, 세월이 이렇게나 지났는데 아직도 그러고 다니다니 믿을 수가 없네요."

진의 펜이 죽 미끄러졌다. "알고 계셨어요?"

"네—그 당시에 저한테 말했어요. 제가 퇴원하고 얼마 안 됐을 때 그레천이 채텀으로 찾아왔었거든요. 그때 임신했다고, '기적'이라고 말했어요."

"당신은 어떻게 생각했어요? 제 말은, 그 일이 일어났을 때 바로 그 자리에 있었을 거 아니에요."

"날짜를 속였다고 생각했죠."

"왜 그렇게 생각했어요? 뭐 하러 당신한테 거짓말을 하겠어요? 친구였잖아요."

"여자가 왜 거짓말을 할까요? 당연히 자기 자신을 지키기 위해서죠."

이 말에 진은 충격을 받았다.

"그거 아세요? 제가 대화를 나눈 그레천의 지인들 중에서 거짓말일지도 모른다고 말한 사람은 당신밖에 없어요."

마사가 짧게 웃었다. "착한 사람만 만나서 그렇겠죠. 나쁜 년한테 바로 왔어야죠."

현관문을 쾅쾅 두드리는 소리가 들리는 동시에 건물의 모든 초인종이 울려서 두 사람을 방해했다.

"아, 세상에. 데니스일 거예요. 집에서 쫓겨났는데 부인이 출근한 사이에 다른 사람이 들여보내 주지 않을까 싶어서 계속 찾아와요. 잠시만요." 그녀가 의자에서 일어나 절뚝절뚝 복도로 나가더니 문을 닫았다.

진은 마사한테 지팡이가 있든 없든 데니스가 마사를 이길 수 있으리라 생각하지 않았다. 멀리서 한껏 높아진 목소리가 들려왔다. 진은 집주인이 자리를 비운 틈을 타 벽에 세워진 캔버스를 보았다. 진은 자기가 기웃거려도 마사가 신경 쓰지 않을 거라고, 심지어는 이미 예상하리라고 자신했다.

그림은 주로 폭파당한 건물, 버려진 교회, 불모의 땅을 그린 도시 풍경이었기 때문에 진은 깜짝 놀랐다. 그녀는 국립미술관에 갔을 때 주워들은 것을 제외하면 예술을 전혀 몰랐고, 마사의 스타일은 대담하고 추상적이고 이해하기 힘들 거라고 생각했다. 그러나 마사의 그림들은, 적어도 전문가가 아닌 진이 보기에는, 고풍스럽고 자연주의적이고 흡족했다. 그림마다 아주 소소한 디테일—벽의 갈라진 틈에서 자라는 가냘픈 꽃, 기름 웅덩이에 뜬 무지개, 무너진 굴뚝에 둥지를 튼 새—이 우중충한 풍경에 아름다움이나 낙관주의를 더했다.

그림을 둘러보는 내내 그레천이 거짓말을 했다는 마사의 남다른 주장이 계속 떠올랐다. 말이 되지 않았다. 그레천이 친구이자 자신을 마음대로 판단하거나 못마땅하게 여기지 않을 마사에게 왜 거짓말을 했겠는가?

복도의 소동이 절정에 이르자 진은 나가서 살펴봐야겠다고 생각했다. 밖으로 나갔더니 마사와 침입자가 우편함을 통해 줄다리기를 하고 있었는데, 마사의 지팡이가 바로 그 줄이었다. 마사가 지원군을 보고 힘이 났는지 손잡이를 갑자기 놓아 버렸고, 지팡이가 휙 끌려가서 우편함 입구에 걸리면서 공격자는 계단으로 굴러떨어졌다. 마사가 얼른 지팡이를 끌어당겨 바닥에 내려놓았고 남자는 계속 소리치며 욕했다.

이제 다른 주민들이 어떻게 됐나 보려고 내려오기 시작했는데, 이런 싸움은 자주 일어나는 별것 아닌 소동 같았다. 주민들은 '데니스일 뿐'임을 알고 어깨를 으쓱하더니 아파트 앞 보도에서 발광하는 그를 남겨둔 채 각자의 집으로 돌아갔다.

"미안해요." 마사가 난투를 벌이느라 헝클어진 머릿수건을 고쳐 쓰며 경쾌하게 말했다. "별일 아니에요."

마사는 데니스와 싸우면서 활기를 얻은 것 같았다. 진은 정적을 깨뜨리는 것이라고는 웅웅거리는 예초기 소리나 달그락거리는 우유배달 자동차 소리밖에 없는 조용한 교외 동네에 대한 애정이 샘솟았다.

"당신 그림을 보고 있었어요." 진이 말했다. 더 자세히 설명하려 했지만, 마사의 표정이 어두워지자 용기가 사라졌다. "마음에 들어요." 진이 별 설득력 없이 말을 맺었다.

"제발 그 이상은 말하지 말아요." 마사가 날아오는 주먹을 막는 것처럼 한 손을 들고 말했다. "사람들이 내 작품을 칭찬하는 거 정말 싫어요."

"비판하는 것보다는 낫지 않아요?" 진이 자신을 변호해야 할 것 같아서 이렇게 말했다. 그녀는 칭찬을 이렇게까지 거부하는 사람을 만난 적이 없었다.

"칭찬은 받아들이면서 신랄한 비평은 모른 척하면 안 되죠. 두 부류의 사기꾼을 똑같이 대해야 해요. 전 정신 건강을 위해서 둘 다 무시하기로 했어요." 마사가 초조하게 손목 보호대를 풀었다가 끈을 조였다가 하면서 말했다.

"전시회도 열어요? 갤러리나 뭐 그런 데서?" 진은 살얼음 위를 걷는 것 같은 기분이었지만 멈출 수가 없었다.

"전 스스로 만족스러운 작품들을 만들어 나가려고 노력 중이에요." 마사의 말투가 불안정했다. "이쪽 세계는 침투하기 힘들거든요."

"그렇겠죠." 진이 단단한 땅으로 물러서며 중얼거렸다.

"다행히 일주일에 두 번 수업을 해서 먹고 살 만큼은 벌어요."

"두 가지 일을 하려면 힘들겠어요."

"수업에는 시간과 에너지가 많이 들죠. 하지만 저 잘 가르쳐요." 마사가 약간 방어적으로 말했다. "수업이 없는 날에는 그림을 그리고요."

"음, 더 이상 시간을 빼앗으면 안 되겠군요." 진이 말했다. "그림 그리는 귀한 시간을 빼앗고 싶지는 않아요."

"괜찮아요. 어차피 오후에는 빛이 엉망이에요. 그래서…… 그레천 말이에요." 마사가 자리에 다시 앉아 쿠키 상자를 뒤적이다가 텅 빈 것을 깨닫고 이상하다는 표정을 지었다. "지금은 결혼했겠죠?"

"네, 하워드라는 좋은 남자와 결혼했어요. 물론 아이의 아빠는 아니죠. 아이의 이름은 마거릿이에요."

"마거릿. 이런, 이런. 그레천 말을 안 믿은 게 미안해지네요. 하지만 처녀잉태라는 허튼소리에 장단을 맞춰 줄 순 없잖아요, 안 그래요?"

"저는 마음을 열어 두고 있어요." 진이 말했다. "아니, 과학자들이 진실을 밝혀 줄 거라고 굳게 믿어요. 하지만 당신이 그레천을 어떻게 생각하는지 듣고 싶군요."

"그레천이 일상적으로 거짓말을 한다고 생각하지는 않았어요. 전혀요. 하지만 전 초자연적인 현상을 믿지 않아요. 그리고 그레천이 세인트 서실리아에서 임신하는 것은 불가능했어요. 항상 누군가가 같이 있었거든요. 빌어먹을 브렌다 몰래 사탕 껍질을 까는 것도 불가능했어요."

"하프야드의 생각과 비슷하네요. 브렌다에 대해서 그렇게

148

가혹하진 않았지만요."

"수간호사." 마사가 기억을 떠올리고 고개를 저으며 말했다.
"그분은 저를 별로 좋아하지 않았어요. 제 기억에는 몇 번 싸
운 적도 있고."

"사실은, 당신한테 안부를 전해 달라고 하셨어요." 진은 이
렇게 말하면서 마사가 부끄러운 마음이 들어 조금 누그러지
기를 바랐다. 진의 경험에 따르면 '누구누구는 날 좋아하지 않
아'라고 말할 때 사실은 그 방향이 반대인 경우가 많았다.

"다들 저한테 안부를 전하는군요." 마사가 외쳤다. "감동이
라도 받아야겠어요."

진은 마사가 '뾰족뾰족'하다던 앨리스의 말이 떠올랐다. 마
사가 조심스럽고 예의 바른 그레천과 사이좋은 친구라니, 확
실히 상상이 잘 안됐다.

"그 당시 지인들 중에서 아직 연락하는 사람은 없겠죠?"

마사가 코웃음을 쳤다. "없어요."

"음, 그레천의 안부는 전할 수가 없네요. 제가 당신을 만나
러 온 걸 모르거든요." 진이 말했다.

"그레천이랑 또 연락할 건가요?"

"아, 네. 검사가 진행 중이에요."

"작은 선물을 하나 전해 줄 수 있을까요?" 마사가 작업대 서
랍에서 폴더를 꺼내며 말했다.

폴더 안에는 새와 과일, 꽃을 그린 엽서 크기의 실크스크린

프린트가 여러 장 들어 있었다. 대담하고 사실적이고 색채가 다양했고, 우중충한 도시 풍경화와는 스타일이 무척 달랐다.

마사가 보호대를 감은 손으로 잠시 그림을 뒤적이면서 몇 장을 들었다 놨다 하더니 그릇에 담긴 귤 그림을 선택했다.

"그건…… 어……." 진이 입을 열었다가 칭찬은 싫다는 말을 떠올렸다. "그레천이 분명 좋아할 거예요."

다행히도 마사는 그림을 넣을 봉투를 찾는 데 신경이 쏠려서 진의 말을 듣지 못했다. 마사가 잠시 작업실 밖으로 나간 사이에 진은 재킷 단추를 채우고 가방을 챙겼다. 집으로 가는 길에 플로렌틴 쿠키를 다시 살까 그냥 갈까 생각하고 있을 때 마사가 뒷면이 빳빳한 봉투를 들고 돌아왔다.

"그레천이 저를 떠올리게 해줄 선물이에요." 그녀가 말했다.

"정말 친절하시군요." 진은 틸버리 가 거실 벽의 산 풍경화와 자수 샘플러 사이에 걸린 귤 그림을 상상해 보았다. 그러다가 문득 생각나서 이렇게 말했다. "궁금한 게 있어요. 세인트 서실리아의 구조를 자세히 기억하세요? 평면도를 그릴 수 있을 만큼 말이에요."

"네— 적어도 우리가 지내던 1층은 기억나요. 위층에는 안 올라가 봤고요."

진은 노트의 새 페이지를 펼쳐서 건넨 다음 마사가 집중하느라 얼굴을 찌푸리고서 빠르고 자신 있게 펜을 놀려 깔끔한 설계도를 그리고 얄궂게도 화려한 장식체로 서명하는 모습을 지켜보았다.

"고마워요." 진이 보답으로 미소를 지으며 말했다. "이젠 정말 그만 방해하고 가 볼게요."

진은 지금 나가도 괜찮을까, 데니스가 문을 열자마자 달려들 태세로 숨어 있지는 않을까 걱정했지만, 루나 스트리트는 조용했다.

"음, 기대하던 것보다 훨씬 재미있었어요." 두 사람이 작별 인사를 나눌 때 마사가 말했다. "확실히 당신이 과거를 뒤흔들어 놓았네요. 세인트 서실리아와 부모님까지—그것도 단 하루 만에요!"

실내용 슬리퍼 바닥이 닳았다면? 나는 낡은 칼라를 안쪽에 꿰매어 붙여서 지금까지 여러 켤레를 수선했다. 남성용 셔츠 칼라가 가장 좋고 슬리퍼의 수명도 연장된다.

10

채링크로스에서 무슨 사고가 있었는지 역이 혼란스러웠다. 혼
잡시간대 역 중앙 로비에 모인 승객들이 승강장 번호가 표시
되지 않은 발차 안내판을 멍하니 바라보며 스피커에서 안내
방송이 나오기를 기다렸지만, 이상하게 아무 방송도 나오지
않았다. 사람들이 점점 인내심을 잃으면서 바깥 택시 승강장
에 줄이 생겼다. 몇 분마다 지하가 토해내는 새로운 승객들이
더해졌다. 런던교에서 누가 철로에 떨어져서 들어오는 열차들
이 지연되고 있다는 수군거림이 퍼졌다.

"누가 열차에 뛰어들면 기관사는 하루 쉰대." 진의 앞에 서
있던 여자가 아주 거만한 말투로 동행인에게 말하고 있었다.

"그건 몰랐네." 대답이 돌아왔다.

"떠벌리고 다니기는 싫겠지." 첫 번째 여자가 말했고, 그 바
람에 탁탁 소리를 내며 되살아난 스피커 소리가 묻혔다.

멍청하기는, 진이 이를 악물며 생각했다. 이런 식으로 쓰레
기 같은 말을 잘난 척 늘어놓는 사람을 보면 화가 났다. 게다
가 안내방송까지 놓쳤다. "뭔데요?" "뭐라는 겁니까?" 사람들

이 왼쪽 오른쪽으로 고개를 돌리며 서로 묻고 있었다. 발차 안내판이 파닥거리자—램스게이트행 4번 승강장—사람들이 앞쪽으로 몰려들었고, 램스게이트에 갈 생각이 없는 사람들까지 그 기세에 떠밀렸다.

진이 사람들의 흐름을 피해 몇 걸음 물러서서 어머니가 어제 먹고 남은 콜리플라워 치즈 반 접시를 데워 먹으려고 할지, 아니면 쫄쫄 굶으면서 힘없이 자신을 기다리고 있을지 생각하는데 앞에서 익숙한 형체가 어른거렸다. 그는 서류 가방과 노란 장미 한 다발을 들고 담배에 불을 붙이려 애쓰고 있었다.

"하워드." 진이 사람들을 헤치고 다가가며 그를 불렀다.

"안녕하세요." 하워드가 라이터를 쥔 손으로 모자를 들어 인사하려다가 하마터면 모자 테를 태울 뻔했다.

그는 발 사이에 서류 가방을 내려놓고 한쪽 겨드랑이에 꽃다발을 끼우고서 입에 물고 있던 담배를 구해낸 다음에야 눈물이 흐르는 눈을 깜빡여 연기를 몰아냈다.

진이 웃었다. 그의 서툰 몸짓에는 마음이 놓이는, 심지어 기분이 좋아지는 뭔가가 있었다.

"저기요." 하워드가 '지연'이라고 또렷하게 뜬 발차 안내판을 고갯짓으로 가리키며 말했다. "무슨 일인지 아세요?"

"공식적인 설명은 못 들었어요. 사람들 말로는 누가 철로에 떨어졌다는데, 아마 아닐 거예요."

"모든 철로에 사람이 떨어졌을 리는 없으니까요." 하워드가 논리적으로 말했다. "만약 사람이 떨어졌으면 일부 노선이라도 운영이 되어야죠. 헤이스행 열차를 타시죠?"

"네. 오핑턴으로 가서 버스를 타도 되지만, 그러면 많이 늦을 거예요. 어머니가 미친 듯이 걱정하시겠죠."

"여기서 기다려요, 가서 직원을 찾아볼게요." 하워드가 이렇게 말하고 화가 잔뜩 난 통근자들에게 이미 포위된 매표소로 향했다.

진은 굽 높은 구두 때문에 발이 아팠다. 그녀는 마사 캠킨의 빨간 가죽 슬리퍼를 부러운 마음으로 떠올리며 자기도 그런 차림으로 다닐 수 있을까 생각해 보았다. 허름한 아파트에 혼자 살면서 자랑스러운 예술 작품을 만들려고 열심히 노력하는 마사 캠킨에게는 감탄할 만한 면이 있었다. 마사는 말을 아꼈지만, 진은 그녀가 그림을 한 장도 팔거나 전시하지 못했다고 확신했다.

드디어 방송 설비에서 기침 소리와 함께 아주 작은 목소리가 흘러나와 연착된 시드컵행 열차가 2번 승강장에서 출발한다고 알렸다. 그러자 운 좋은 사람들은 중앙 로비에서 발소리를 쿵쿵 울리며 서둘러 기차를 타러 갔고 남은 사람들은 어깨가 축 처졌다. 진은 하워드가 방송을 들었을까 싶어서 주변을 둘러보았지만, 그는 흔적도 보이지 않았다. 매표소로 찾아가서 기차를 놓칠지도 모른다고 말해 줘야 하나 말아야 하나 고민하고 있을 때 하워드가 시야에 들어왔다. 그는 팔꿈치로 찌르거나 꽃다발을 치는 사람들에게 사과를 하며 흐름을 거슬러 진을 향해 다가오고 있었다.

"당신이 탈 열차가 들어온대요." 하워드가 약간 기진맥진한 표정으로 옆에 서자 진이 말했다. "서두르는 게 좋을 거예요."

"당신을 여기 두고 갈 순 없어요." 그가 항변했다. "몇 시간 동안 발이 묶일지도 모릅니다. 런던교와 레이디웰 사이 선로에 사람이 떨어졌대요. 헤이스 노선이 완전히 멈췄답니다."

"전 괜찮을 거예요." 진이 말했다. "기다렸다가 오핑턴행 열차를 타고 가서 버스로 갈아타면 돼요."

빙 돌아서 가느라 시간이 두 배나 걸릴 생각을 하니 심장이 쿵 떨어졌다. 미리 어머니에게 전화를 해야 하는 상황이었다.

"시드컵행 열차를 같이 탑시다. 차로 집까지 태워 드릴게요. 역에 차를 세워 놨어요." 하워드가 말했다.

"아, 정말 괜찮아요."

"갑시다." 하워드가 재촉했다. "당신을 여기 버리고 갈 순 없어요. 그레천이 절대로 용서 안 할 겁니다."

진은 가정일 뿐이었지만 그레천이 허락했다고 생각하니 어쩔 수 없다는 느낌이 들어서 하워드를 따라 사람들을 헤치며 2번 승강장으로 최대한 빨리 걸어갔다. 안전요원이 벌써 기차를 따라 걸어가며 문을 닫고 있었다. 뒤쪽 차량은 대부분 입석 승객이 창문에 짓눌릴 정도로 가득 찼다. 역장이 하워드와 진을 위해서 문을 잡아 주고 승객들에게 안으로 더 들어가라고 하자 사람들이 투덜투덜 시키는 대로 했다.

하워드가 진을 먼저 태운 다음 뒤따라 올라탔다. 경적이 높다랗게 울리더니 기차가 고무줄에 끌려가듯 움찔움찔 요동치며 출발했다. 두 사람은 축 늘어지고 두들겨 맞아서 구제할 길 없어진 장미 꽃다발을 보았고, 곧 웃음을 터뜨렸다.

"아, 세상에." 진이 깔깔대는 웃음을 억누르지 못하고 말했다. "전혀 안 괜찮아 보이네요. 특별한 일이 있어서 산 거예요?"

"아뇨, 아닙니다. 오늘 아침에 코벤트가든에서 충동적으로 샀어요. 이건 못쓰게 되었으니 내일 다시 충동적으로 사야겠네요."

목요일 밤에 아무 이유도 없이 꽃을 사 오는 남편이라니, 그레천은 정말 운이 좋구나, 진이 생각했다.

주변 승객들은 돌멩이처럼 무표정했다. 서서 가는 사람들은 기분이 언짢았고 자리에 앉은 사람들은 주변에 우뚝 선 이들 때문에 미안하고 눈치가 보여서 편안함을 즐기지도 못했다.

"저한테 좌석이 있었으면 양보했을 텐데 말입니다." 하워드가 약간 큰 소리로, 아니 딱 맞는 소리로 말하자 가운데 자리에 앉아 있던 청년이 단념하듯 자리에서 일어나 진에게 앉으라고 고갯짓을 했다.

진은 그냥 하워드 옆에 서 있고 싶었지만 안 그래도 뒤늦게 양보해서 얼굴이 빨개진 청년을 더 창피하게 만들고 싶지는 않았다. 게다가 그가 일어서는 바람에 공간이 더 좁아졌으므로 진은 미안하다고 중얼거리며 뒤얽힌 발을 넘고 청년 옆을 지나쳐 자리에 앉을 수밖에 없었다.

양쪽 창 모두 검댕 때문에 불투명했고 평소에 타고 다니는 노선이 아니라서 어디인지도 알 수 없었다. 회색으로 어른거리는 높다란 빅토리아풍 주택과 담에 가려진 좁은 뒷마당이 미끄러지듯 지나갔고, 모든 거리가 다 똑같아 보였다. 진이 할 일을 찾아서 가방을 뒤적이자—옆자리 여자는 코바늘뜨기를 하고 있었고 실타래가 무릎에서 제자리 뛰기를 했다—그레천에게 전해 줄 봉투가 보였다. 하워드 편에 보내면 우표를 아낄 수 있다. 진은 공책을 꺼내서 최대한 예쁜 글씨로 마사를 만나게 된 사연을 적기 시작했다.

히서그린에서 사람들이 어느 정도 내리자 하워드가 진 맞은편 자리에 앉았다. 그는 서류 가방에서 《더 타임스》를 꺼내서 직사각형으로 좁게 접은 다음 십자말풀이에 열중하는 듯했다. 그러나 진이 고개를 들 때마다 하워드는 전혀 당황한 기색 없이 그녀를 보고 있다가 미소를 짓거나 너무 오래 걸리고 불편하지 않냐는 듯이 눈썹을 치켜올렸다.

결국 차량에 두 사람만 남았을 때 쪽지를 다 쓴 진이 그의 옆자리로 옮겨 가서 십자말풀이를 얼마나 풀었는지 들여다보았다.

"하나도 안 풀었잖아요!" 그녀가 항의하듯 말했다. "텅텅 비어 있네요."

"펜이 없어서요." 하워드가 아주 당당하게 대답했다. "마음 속으로 풀고 있었습니다. 집에 가서 다 적어 넣을 거예요!" 그가 손가락을 딱 울리며 말했다.

진이 의심스러운 표정으로 볼펜을 건넸다.

하워드가 쌀쌀맞은 표정으로 그녀를 보더니 호기심에 찬 그녀의 시선에서 신문을 숨기면서 엄청나게 빠른 속도로 적기 시작했다. 잠시 후 그가 "다 했다!"라고 말하며 신문을 내려놓았다. 진이 신문을 집어 들어 보니 이렇게 적혀 있었다.

진이 크게 웃었다.

"다 왔네요." 하워드가 말했다. 열차가 시드컵역에 들어서서 크게 흔들리며 멈추는 바람에 두 사람의 몸이 뒤로 젖혀졌다.

"당신이 너무 늦지 않아야 할 텐데요."

"제가 오늘 시내에 나간 건 어머니도 아시지만 조금이라도 늦으면 걱정하실 거예요."

"단둘이 살아요?" 하워드가 역을 나서서 울슬리를 세워 둔 거리로 안내하며 물었다.

"네. 둘뿐이에요. 여동생 도리는 케냐에 살고 아버지는 전쟁때 돌아가셨어요. 많이들 그랬죠."

"그래도 당신한테는 슬픈 일이죠." 하워드가 말했다.

평소 진은 개인적인 질문을 대충 받아넘기고 대화를 안전하고 중립적인 영역으로 이끄는 데 능숙했다. 그러나 대화를 나눌 때 눈을 마주 볼 필요가 없는 자동차라는 피난처에 타고 있으니 그 고즈넉함이 왠지 특별하게 느껴졌고, 그래서 진은 그녀답지 않게 솔직해졌다. 하워드가 솔직한 이야기를 털어놓기에 적절한 상대가 아니라는 생각은 들었지만 너무나 분별 있고 무해하며 그저 공감해줄 것만 같은 사람이라서 진은 자신을 억누를 수가 없었다.

"아버지가 용사인 것처럼 말해 버렸네요. 사실은 그렇지 않아요. 전쟁이 일어나자 아버지는 어머니를 버렸어요. 일종의 신경 쇠약이었나 봐요. 첫 번째 전쟁에 참전했다가 살아 돌아오셨거든요. 그런데 전쟁이 다시 일어나려 하자 너무 힘들었나 봐요."

"1차 대전에 참전했던 사람들 사이에서는 드물지 않은 반응이었을 겁니다." 하워드가 말했다. "그토록 큰 희생을 치렀는데 아무 소용도 없었으니까요."

"네. 하지만 아버지는 다른 사람을 만났어요. 그게 어머니를 버린 진짜 이유였죠. 그냥 떠나 버렸어요. 오래전부터 결혼생활이 행복하지 않았던 것 같아요. 두 사람을 묶어 주는 건 의무감뿐이었죠."

진은 파경 전에도 부모님이 애정을 표시하는 모습—손을 잡거나 하루가 끝나고 귀가했을 때 입맞춤하는 모습—을 본 기억이 없었다. 그녀는 그것이 보통이고 결혼생활은 다 똑같은 줄 알았지만, 해러깃에 사는 삼촌 부부는 달랐다. 삼촌은 숙모를 여보라고 부르면서 틈만 나면 끌어당겨 무릎에 앉히거나 허리에 팔을 둘렀고, 아무도 안 보는 것 같으면 손이 더 위로 올라갔다.

"전쟁이 일어나지 않았으면 안 떠났을지도 몰라요. 아버지는 첫 번째 전쟁에서 운을 다 썼다고, 그러니까 행복해질 마지막 기회를 놓치면 안 된다고 생각했나 봐요. 문제는 아버지가 옳았다는 거예요. 그게 마지막 기회였죠."

"아버님은 적어도 선택의 기회가 있었지요." 잠시 침묵이 흐른 다음 하워드가 말했다. "어머님은 선택의 여지가 없었죠."

"네—바로 그거예요." 진이 말했다. 인정 많은 하워드가 따뜻하게 이해해 주자 그녀의 과묵함이 전부 녹아내렸다. "그냥 주어졌을 뿐이죠. 그래도 어머니는 자기가 잘못해서 남편을 지키지 못한 것처럼 끔찍한 수치심과 죄책감을 느꼈어요."

"어머니가 그런 이야기를 하신 적 있어요?"

"아뇨, 아니에요. 불가능했을 거예요. 어머니는 개인적인 이야기를 못 하시거든요. 하지만 전 알아볼 수 있었어요—온몸으로 뚜렷하게 드러내고 있었죠. 어머니의 삶의 목적은 아내이자 어머니가 되는 거였거든요."

크로이던 로드에서 신호에 걸려 멈춰 서자 하워드는 잘 알겠다는 뜻으로, 진은 고맙다는 뜻으로 재빨리 미소를 주고받았다.

"그래서 그 대신 당신한테 기대셨나요?"

"네. 아주 무겁게요. 어머니에게는 독립성이라는 게 없어요—그렇게 키워지질 않았죠. 책을 보면 혼자서 애 다섯을 키우면서 세탁 일을 하고, 키우던 돼지를 잡고, 뭐 그런 기운 넘치는 여자들이 나오잖아요. 음, 어머니는 그런 사람이 아니었어요. 게다가 버림받았다는 사실에 적응하기도 전에 공습으로 아버지가 돌아가셨죠. 어머니는 아버지에게 두 번 버림받은 거나 마찬가지였어요. 아버지와 결판을 지을 기회도 없었고, 아버지가 떠났다는 사실을 다들 알았기 때문에 남편을 잃은 아내로서 애도할 수도 없었죠."

그게 가장 힘든 부분이었지, 진이 생각했다. 다른 무엇—남편, 미래, 연금—보다도, 어머니는 당연히 받아야 할 연민마저 빼앗겼다.

"그 뒤로 당신이 어머니를 돌봤습니까?"

"대체로 그랬죠. 두 딸 중에서 한 명이 돌봐야 하는 것은 분명했으니까요. 먼저 결혼하는 사람이 벗어나는 거였죠. 그 주인공은 도리였어요."

동생을 떠올리자 늘 그렇듯 뒤섞이고 상반된 감정이 차올랐다. 원한과 질투가 컸지만 지켜 주고 싶다는 크나큰 사랑과 너무 멀리 떨어져 있다는 슬픔도 있었다. 진은 불공평하다는 생각을 드러내지 않으려고 애쓰면서 하워드에게 도리는 키탈레에 산다고 짧게 설명했다.

"또다시 버려졌군요." 그가 말했다. "어머님께서 충격이 컸을 겁니다."

"네. 손자들도 못 보고. 또 다른 타격이었죠."

"아버지가 집을 나간 뒤에 만난 적 있어요?"

"한 번요. 돈을 좀 달라고 사무실로 찾아갔었어요. 아버지는 코벤트가든에서 과일 도매상을 하셨지만, 빚이 많았나 봐요. 무척 부끄러워하시면서 계속 사과하셨죠. 끔찍해서 볼 수가 없었어요—우리 사이는 늘 괜찮았거든요. 아버지는 도리와 나를 아직 사랑한다고, 하지만 우리도 이제 다 컸다고, 자신은 다른 사람을 만났고 이제 돌아오지 않을 거라고 했어요. 그러고서 은행에 맡기려고 사무실에 놔두었던 현금을 전부 주셨죠. 많지는 않았어요. 20파운드 정도."

"정말 불행한 이야기군요." 하워드가 말했다. "남자들은 가끔 참 이기적이죠."

"하지만 그때까지 한 20년 동안 부모님은 행복해 보였어요. 어쨌든 제 눈에는 말이에요. 실제 결혼생활이 어떤지는 누가 알겠어요?"

"정말 누가 알까요?"

진이 하워드를 흘끔 보았지만, 그는 무표정한 얼굴로 도로만 주시했다.

"대부분의 남자는 이기적이지 않아요. 삼촌은 도리의 결혼식 비용을 대 주셨고 우리가 헤이스에 집을 살 때 도와주셨어요. 전 아무도 우리를 모르는 동네로 이사하면 어머니가 새롭게 시작할 수 있을 거라고 생각했거든요. 어머니는 아버지에게 버림받은 걸 너무 부끄러워했어요. 집시힐에서는 늘 사람들이 자기에 대해서 수군거리면서 동정한다고 생각했죠.

그런데 이사를 하고 한 달쯤 지나서 영화관에 갔더니, 줄 서 있던 여자가 우리를 부르면서 인사를 하는 거예요. 예전 이웃이었는데 근처로 이사를 했더라고요. 그분은 그냥 친근하게 인사하려던 것이었지만, 정말 최악의 사건이었어요. 그 뒤로 어머니는 외출을 아예 안 하게 되었어요."

하워드가 고개를 저었다. "삼촌이 아직도 도와줍니까?"

"삼촌은 해러깃에 사시니까, 좀 멀죠. 원래 매년 명절마다 해러깃에 갔었는데 지금은 삼촌이 몸이 좀 안 좋으세요. 어쨌든 우린 그럭저럭 지내고 있어요. 꼭 필요한 생활비는 제 월급을 쓰고요. 삼촌은 아직도 생일이나 크리스마스에 우편환을 보내 주세요."

진은 돈—입에 올리면 안 되는 주제—이야기가 나오는 바람에 당황했지만 사실 그전에 한 이야기에 비하면 별것도 아니었다. 진은 개인적인 이야기를 솔직히 털어놓으면 어떤 위험이 생기는지 잘 알았지만, 마음이 너무나 편안해졌기 때문에 후회하지 않았다.

"지금까지 아무한테도 한 적 없는 이야기예요. 두서없이 늘어놔서 미안해요."

"사과하지 마세요. 저한테는 이야기해도 된다고 느꼈다니 영광인걸요."

두 사람은 눈길 한 번 주고받는 일 없이 앞만 보면서 진지한 우정의 선언 비슷한 것을 했다. 시선까지 마주쳤다면 너무 지나쳤을 것이다.

"방금 생각났는데, 그레천에게 전해 줄 게 있어요." 진이 이렇게 말하고 가방에서 마사가 준 봉투를 꺼내 대시보드에 올려놓았다. 그러자 마법이 깨지고 대화가 적당한 영역—그레천, 마거릿, 신문 기사, 업무—으로 돌아왔다는 느낌이 들었다. "그레천이 세인트 서실리아에서 가깝게 지냈던 친구를 제가 오늘 만났거든요. 작은 선물을 좀 전해 달래요."

"정말 좋은 생각이네요." 하워드가 말했다. "아주 기뻐할 겁니다."

어머니가 창가에서 바깥을 내다보고 있었다. 차가 집 앞에 서자 불도 켜지 않은 방에서 창백하고 유령 같은 형체가 어른거렸다.

"그 남자가 또 집까지 데려다 줬구나." 문이 닫힐 때 어머니가 말했다. "첼시에 간 줄 알았는데."

"갔었어요. 제가 뭘 사 왔는지 보세요." 피터존스 백화점 쇼핑백을 건네받은 어머니가 새 물건이 생긴 아이처럼 기뻐하며 가방 안을 들여다보자 진이 미소를 지었다.

"잠옷이네. 마침 필요했는데. 눈치도 참 빠르구나!" 어머니가 잠옷을 대 보고 한쪽 발목을 늘여 야회복을 입은 것처럼 포즈를 취했다.

"아주 우아해요." 진이 말했다. "오늘 우리 집 베스트 드레서는 엄마네요."

"너도 뭐 괜찮은 거 샀니?" 어머니가 이렇게 물었지만, 곧 얼굴이 어두워졌다. 이렇게 좋은 옷을 두 벌이나 살 돈은 없었다.

"아, 전 필요한 게 없어요." 진이 말했다. 하워드와 나눈 대화 때문에 아직도 속마음을 다 드러내고 있는 기분이었지만 이상하게 들떴다. "어차피 그레천이 새 원피스를 만들고 있으니까 곧 멋지게 입고 다닐 수 있을 거예요."

저녁으로 콜리플라워 치즈를 데워서 먹고 머리를 감은 뒤에도 행복한 기분이 가시지 않았기 때문에 진은 어머니에게 도서관에서 빌려온 《나의 사촌 레이철》을 읽어 주겠다는 제안까지 했다. 두 사람이 이보다 더 사이가 좋았던 저녁은 기억나지 않았다.

11

도리에게

　서로 선물 안 주고 안 받기로 한 건 알지만, 저번에 첼시에서 골동품 가게 앞을 지나다가 이 귀엽고 멋진 담배 케이스를 보고 네 생각이 났어. 화장지로 잘 싸서 보낼게, 세관을 무사히 통과하면 좋겠다.

　어머니도 나도 잘 지내. 별다른 소식은 없어.

사랑을 보내며,
진

앨리스의 일기

1946년 7월 12일

오늘 M이 작은 소동을 벌였다. 그 애는 드라마를 정말 좋아한다. 항생제, 주사, 식이요법 모두 실패해서 우리는 말라리아 약에 희망을 걸고 있었다. 그러나 M은 고통으로 울부짖고 있다. 1인실이 더 나았을지도 모르지만 우리는 같이 지내는 것이 모두에게 좋다고 생각했다.

오늘 오후에 M의 어머니가 부유한 교구 신자의 선물—귤 한 봉지—을 가지고 면회를 왔다. 다들 이렇게 귀한 과일을 못 본 지 몇 년은 지났다. 마리아 고레티 수녀님이 M에게 다른 아이들과 나눠 먹는 게 좋겠다고 말했다. 좋은 의도였지만 수녀님은 가끔 말투가 너무 퉁명스럽다. M은 싫다고, 절대 나눠 먹지 않겠다고, B는 아무것도 나눠 먹지 않는다고 말했다.

MG 수녀님이 (아마 현명하지 못하게도) 귤을 빼앗으려다가 봉지가 찢어지는 바람에 전부 바닥에 나뒹굴었다. M이 심한 욕을 했다. MG 수녀님이 크게 화를 내고 나가면서 M은 붕대 때문에 귤을 절대 못 깐다고, 이렇게 이기적이고 고마운 줄도 모르고 말이 험한 M을 아무도 도와주지 않을 거라고 말했다.

필 수녀님이 교대했을 때 귤이 바닥에 그대로 떨어져 있는 것을 보고 M의 침대 옆 테이블에 올려놓았다.

7월 13일

밤사이에 귤을 다 먹어 버렸다. G가 껍질을 벗겨 준 것이 분명하다. 다른 두 명이 자는 동안 둘이서 같이 먹었겠지. 정말 의외의 우정이다.

M이 MG 수녀님을 골탕 먹이려고 용변으로 몸을 더럽히는 바람에—고의가 분명하다—수녀님이 M을 씻겨야 했다. 나중에 M은 MG 수녀님이 자신을 거칠게 다루었다고 항의

했다. 두 사람은 이제 숙적이 되었다. 참 힘든 직업이다.

7월 17일

B는 M과 G가 밤새 속닥거려서 잠을 못 잤다고 불평했다. 소외감을 느끼나 보다, 불쌍한 것. M과 G에게 따로따로 이야기하자 G는 바로 사과했다. M은 아니라고 부인하면서 B가 말썽을 부린다고 했다. 이 아이는 한 수만 있으면 침대에 누워서도 폭동을 일으킬 것이다.

  B는 K의 동의를 얻으려고 했지만 가장 안쪽 침대를 쓰는 K는 다른 침대에서 소리가 나는지 몰랐다고 한다. 보조호흡기의 기계음 때문일지도 모르고, K가 눈치 빠르게 구는 것일지도 모른다.

8월 20일

필 수녀님에게 한 소리 하지 않을 수가 없었다. 아이들이 저녁에 진통제와 수면제를 제대로 복용하는지 확인하지 않은 것이 밝혀졌기 때문이다. M과 G가 3일 치 약을 모아 놓았다가 한꺼번에 복용했다.

  왜 그랬냐고 묻자 M은 통증 없이 푹 자고 싶었다고 대답했다. 약을 먹지 않은 밤에는 서로 통증을 잊으려고 밤새 속닥거렸다고 한다. 너무 슬픈 이야기다, 얼마나 아팠을지 생각하면 가슴이 아프다. 하지만 이렇게 무모한 짓을 하다니 M은 정말 지독하다. 이렇게 무모한 계획을 G가 꾸미지는 않았을 것이다—M에게 맞춰준 것이 분명하다.

9월 28일

오늘 G가 퇴원했다. 몇 달 전 창백한 얼굴로 통증에 시달리며 휠체어를 타고 들어왔던 아이라고 생각하기 힘들 정도였다. G는 지팡이를 두 개 짚고 자기 발로 걸어서 나갔고, 수녀님들 한 분 한 분에게 일일이 고맙다고 인사했다. 정말 사랑스러운 아이다. 모두가 G를 좋아한다. G의 어머니는 아이가 얼마나 좋아졌는지 보고 눈물을 글썽거렸다.

9월 30일

M은 친구가 없어져서 크게 상심했다. G가 퇴원하자 자신감이 생긴 B가 M에게 말을 걸려고 한다. 그러나 M은 고집스럽게 자는 척하거나 B 옆자리의 K에게 소리치며 말을 건다. 정말 신기하다—나는 환자가 새로 입원하거나 기존 환자가 퇴원하고 나서 병실의 균형이 깨지는 경우를 많이 봤다. 조용하고 얌전한 환자라고 해도 마찬가지이다.

스위니 양에게

어머니 A와 딸의 예비 혈액검사 결과 두 사람 모두 혈액형 A1 RH 표현형 cdecde이며, 더욱 자세한 연구 결과 혈액군이 완전히 일치했다는 사실을 알려 드립니다 — 동봉한 표를 참조하시기 바랍니다.

따라서 다음 검사를 진행하고자 하오니 어머니 A와 딸이 7월 21일 오전 9시 30분에 아가 스트리트 채링크로스 병원 별관으로 다시 내원해 주시면 감사하겠습니다.

시드니 로이드 존스

진에게

원피스가 거의 완성되었는데, 이번 주말 아무 때나 편할 때 가봉하러 올 수 있을까요? (어머니랑 같이 오셔도 돼요.) 하워드의 가게로 전화해서 시간을 알려 주세요.

그레천

12

"도대체 그게 뭐니?" 진의 어머니가 난로 앞 타일에 떨어뜨려 깨진 설탕 그릇 파편을 들고 부엌문 앞에 서 있었다.

어머니는 깜짝 놀라서 입을 쩍 벌렸다. 유니콘이라도 보신 표정이네, 진이 생각했다.

"토끼예요." 진이 대답했다. "안 보이는 건 아니죠?"

토끼는 진과 어머니 사이 리놀륨 바닥에 앉아서 양배추 겉 잎 한 무더기를 오물오물 먹고 있었다. 움찔거리는 코끝의 검 은 반점과 역시 검은색인 한쪽 귀만 빼면 온몸이 새하얗고 둥 글게 모은 두 손에 쏙 들어갈 만큼 작았다.

"그래, 보인다. 그런데 저게 여기서 뭘 하는 거냐?"

"오늘 가게에서 샀는데 토끼 우리까지 들고 올 수는 없어서 요. 가게 주인이 퇴근길에 집으로 갖다준대요. 잊지 말아야 할 텐데." 진이 말했다.

방해받은 토끼가 어색하고 느린 동작으로 깡총깡총 뛰어서 멀리 굴러간 손가락만한 당근으로 다가가자 어머니가 움찔 문 틀로 물러섰다.

"안 잡아먹어요, 엄마." 진이 웃었다. "초식동물이라고요."

"이건 도대체 왜 샀니? 우린 동물을 키운 적도 없잖아."

"마거릿에게 줄 선물이에요. 토끼나 새끼 고양이를 키우고 싶댔거든요. 외로운가 봐요."

어머니에게는 토끼가 부엌을 오래 차지하지 않을 것이라는 말도 위안이 되지 않는 듯했다. 오히려 이 말을 듣고 더욱 심란해진 것 같았다.

"살아 있는 토끼를 선물하면 안 되지." 어머니가 식식대며 말했다.

"음, 그렇다고 죽은 토끼를 선물하면 더욱 안 되죠." 진이 말했다. "너무 소름 끼치잖아요."

"그 애 부모도 토끼를 키우고 싶은지 확인했니? 결사반대할지도 몰라."

"아니요." 기발한 계획이라는 자신감이 사라지는 것을 느끼며 진이 말했다. "깜짝 선물이에요."

"깜짝 놀라긴 하겠네." 대답이 돌아왔다. "뭐에 씌기라도 했니?"

"좋은 생각인 줄 알았어요. 비단뱀도 아니잖아요. 마거릿이 끌어안고 싶을 때만 빼면 우리 안에서 남는 양배추 잎이나 먹을 텐데요, 뭐. 반대할 이유를 모르겠어요."

"음, 너무 성급한 것 같구나." 어머니가 말했다. "말도 없이 토끼를 가지고 갔는데 그 애 부모가 받지 않겠다고 하면 야단

나는 거야. 애도 마음 상할 거고."

진은 이 말에 화들짝 놀랐다. 그녀는 오로지 마거릿을 행복하게 만들어 주고 싶다는 마음에 정말 기발한 생각이라고 흥분했고 그 분위기에 휩쓸리고 말았다. 예전의 어머니가 아무 준비도 없이 토끼를 선물 받았다면 정확히 방금 설명한 것처럼 거절했으리라는 생각이 들었다. 진은 잠시 마음 상한 소녀가 되었다. 견딜 수가 없었다.

"뭐 어때요, 난 친절을 베풀려는 것뿐이에요." 진은 어머니의 비판이 정당하다는 것을 알면서도 화를 내며 말했다. "꼭 그렇게 망쳐야겠어요?"

어머니가 표정을 굳히더니 선을 넘은 진에게 말없이 항의하며 눈을 깜빡거렸다. 두 사람의 생각이 아무리 달라도 언성을 높이거나 대드는 것은 목에 칼을 들이대는 것과 마찬가지로 생각도 할 수 없는 일이었다.

"나랑은 상관없는 일이지." 결국 어머니가 떨리는 목소리로 말했다. "네가 옳다고 생각하는 대로 하렴."

두 사람은 저녁 식사를 마치고 다시 친구가 되어서 나란히 거실에 앉아 라디오로 BBC 라이트 프로그램을 듣고 있었다. 진은 벌컥 화를 내서 미안하다고 사과할 수가 없었다. 사과한다는 것은 불쾌한 일이 있었음을 인정한다는 뜻이었다. 말없이 묻어두고 아무 일도 없었던 척하는 것이 낫다. 뉘우치고 있음을 보여주는 방법이 몇 가지 있었다. 어머니가 좋아하는 세

퍼드 파이를 평소보다 크게 잘라 주거나, 시큰거리는 발을 주물러 주거나, 도리의 결혼식 앨범을—또다시—같이 보자고 하면 된다.

진이 수건을 접어서 무릎에 깔고 토끼를 올려놓자 토끼는 꾸벅꾸벅 졸면서 쓰다듬는 손길에 몸을 내맡겼다. 그 무게와 온기가 깜짝 놀랄 정도로 위안을 주었기 때문에 진은 어느새 틸버리 가족이 토끼를 거절하기를 반쯤 바라고 있었다.

동물 가게 주인이 약속대로 우리를 가지고 왔다. 가정집 부엌에 두니 가게에서 봤을 때보다 더 커서 뒷문 옆 공간 대부분을 차지했다. 진은 우리에 신문과 짚을 깔고 육각형 철조망 창에 고무줄로 유리 물병을 고정시켰다.

지금은 나무 우리가 새것이라서 신선하고 풋풋한 냄새가 나지만 곧 별로 매력적이지 않은 동물 냄새가 풍길 것이고, 보통 부엌에서 나는 어떤 냄새—에이잭스 세제, 검션 세정제, 꺼진 성냥, 요리—로도 가려지지 않을 것이다. 원래 토끼는 밖에서 키워야겠지만—기본적인 위생을 지키려면 어쩔 수 없다—어차피 며칠 뒤에 다른 집으로 갈 테니 굳이 헛간으로 옮길 필요가 없었다.

"정말 온순하고 귀여운 녀석이구나." 진의 어머니가 잠자리에 들면서 이렇게 인정했다.

그러나 토끼를 만지는 것이 내키지는 않았기 때문에 어머니가 뻗은 손은 축복을 내리는 것처럼 머리 위 허공에서만 맴돌

176

았다.

"하워드?"

"네. 말씀하세요."

"안녕하세요, 하워드. 진 스위니예요."

전화를 걸 확실한 핑계가 있었고 하워드도 틀림없이 전화를 예상하였을 거라는 생각에, 진은 자신감에 차서 목소리가 무척 안정적으로 흘러나왔다. 진은 그와 마지막으로 나눈 대화를 떠올릴 때마다 너무 많은 이야기를 했다는 사실에 살짝 당황했다. 전화라는 안전한 거리가 없다면 이렇게 침착하지 못할 것이다.

"안녕하세요, 진."

그의 인사는 전혀 어색하지 않았고 평소와 다름없이 따뜻하고 예의 바르기만 했다.

"그레천한테서 편지가 왔는데, 이번 주말에 가봉하러 오라고 해서요."

"아, 네. 들었습니다."

"비서 취급을 하는 것 같아서 미안하지만, 그레천이 당신을 통해서 적당한 시간을 알려달라고 했거든요."

"물론이죠. 받아쓸 펜과 종이가 준비되어 있습니다."

그의 목소리에서 웃음기가 느껴졌다.

"토요일 오전 11시로 할까요?"

"아주 좋습니다."

"그리고…… 하워드?"

"네."

"제가 약간 경솔한 짓을 저지른 것 같아요."

"아?" 그의 말투가 갑자기 진지해졌다. "무슨 일인지 말해 줄래요?"

"아주 솔직하게 말해 주셔야 해요."

"말해 봐요."

"마거릿에게 주려고 토끼를 샀어요. 마거릿이 동물을 정말 키우고 싶다고 했었거든요. 그래서 가게 앞을 지나가다가 충동적으로 들어가서 샀어요. 그런데 다시 생각해 보니 큰 짐을 떠안기는 게 아닐까 싶어서요."

"그게 답니까? 정말 다행이네요."

"생각만 해도 끔찍하세요? 꼭 말해 줘요. 기분 나쁘게 생각하지 않을게요."

"토끼라고 했죠?" 하워드가 생각에 잠겨 말했다. "정말 생각이 깊은…… 생각이네요. 아뇨, 전혀 끔찍하지 않아요. 오히려 반대죠."

"그레천은요? 싫어할까요?"

"음, 정말 부끄러운 말이지만 아내가 토끼를 어떻게 생각하는지 전혀 모르겠네요. 결혼한 지 10년이 거의 다 되었지만 그런 이야기를 나눈 적은 없어서요."

진은 슬슬 마음이 놓였다.

"그레천에게 편지를 보낼까 봐요."

"제가 오늘 밤에 물어보고 아내가 끔찍하다고 두 손을 번쩍 들면 내일 전화를 드리는 게 어떨까요? 연락이 없으면 아내도 좋아한다고 생각하시고요."

"전 절대 문제를 일으키고 싶지 않아요."

몇 달 후, 진은 이 말을 기억하고—절감하면서—자신이 얼마나 순진했는지 깜짝 놀라게 된다.

13

진은 이번에도 그레천의 작업실에서 숨을 꾹 참고 서 있었다. 안팎이 뒤집히고 핀이 잔뜩 꽂힌 원피스가 머리에서부터 뒤집어씌워져서 그레천이 만족할 만한 태가 나올 때까지 비틀리고 잡아당겨졌다. 진이 조금만 움직여도 뾰족한 핀 십여 개가 그녀를 찔렀다.

"지난번에 치수를 잰 뒤에 살이 빠졌나 봐요?" 그레천이 엄지와 검지로 천을 집으면서 질문도 평서문으로 만드는 신기한 외국 억양으로 말했다.

"일부러 뺀 건 아니에요." 진이 움찔하며 말했다. "바쁘면 좀 덜 먹나 봐요. 비참할 땐 많이 먹고 말이죠."

"그러면 지금은 과로 중이지만 행복한 셈이네요?" 그레천이 진의 머리 위로 원피스를 조심스럽게 벗겨서 재단용 탁자에 내려놓으며 말했다.

"네, 그런 것 같아요."

그레천의 기사가 시간을 너무 많이 잡아먹었기 때문에 진은 신문사에서 그 외의 시간을 쪼개 평소 업무를 따라잡느라 바빴다. 행복한 이유가 무엇인지는 일부러 생각하지 않았다.

따끔따끔한 시련이 끝나고 두 여자가 부엌으로 내려가자 마거릿이 바닥에 앉아서 토끼와 놀고 있었다. 벽, 나무 옷장, 채소 보관함, 마거릿의 쭉 뻗은 다리가 울타리를 이루었다. 마거릿은 거의 황홀경에 빠졌다.

"제마이마라고 부를래요." 마거릿이 말했다.

하워드에게서 토끼를 선물하지 말라는 연락은 오지 않았지만, 토끼 우리를 시드컵까지 어떻게 운반하느냐 하는 문제가 남아 있었다. 진은 하워드가 그녀의 곤란함을 짐작하고 토끼를 가지러 오겠다고 제안하기를 반쯤 기대했지만 아무 연락도 없었으므로 택시를 부를 수밖에 없었고, 따라서 선물 가격이 거의 두 배로 뛰었다. 토끼 우리를 싣고 내릴 때 택시 기사가 도와주었기 때문에 1실링의 팁이 아깝지 않았다. 두 사람이 우리를 마주 들고 집 옆의 좁은 길을 지나서 뒤뜰로 들어갈 때 진이 비틀거리다가 벽돌에 손등뼈를 긁혀서 피부가 벗겨졌다.

그러나 마거릿을 아래층으로 불러서 깜짝 선물을 보여준 순간 모든 비용과 수고가 전혀 아깝지 않았다. 아이의 얼굴에서 의심과 호기심이 물러가고 환희가 떠오르자 진은 눈물을 글썽거렸다. 마거릿은 흥분해서 거의 벌벌 떨면서 진에게 달려들어 끌어안았다.

진은 아이의 들썩이는 어깨를 다독이면서 지금이 마거릿의 어린 시절에서 가장 멋지고 행복한 순간, 영영 잊지 못할 순간이 되리라는 사실을 그제야 깨달았다. 부모가 누릴 권리인데 진이 주제넘게 빼앗은 것이다.

진은 이제야 어머니의 염려를 이해했고 그레천의 얼굴에 분노가 비칠까 봐 감히 그녀를 바라볼 수가 없었다. 그러나 그레천은 이런 뉘앙스를 전혀 모르는 듯했고, 행복에 빠진 딸을 보고 너그럽게 기뻐하며 그 어떤 공치사도 바라지 않았다.

"진은 정말 다정하지 않니?" 그레천은 이렇게 말할 뿐이었다.

울슬리는 진입로에 서 있었지만, 집에도 정원에도 하워드의 흔적은 없었다. 마거릿이 아빠가 퇴근하고 와서 제마이마를 위해 토끼장을 만들어 주실 거라고 말하자 진은 그제야 보석상을 비롯한 가게들은 토요일에도 평일처럼 문을 연다는 사실이 생각났다. 그녀는 콕 찌르는 듯한 실망감을 느꼈고, 그래서 무척 흔들렸다.

그날 아침 진이 그토록 기분 좋게 집을 나선 것은 마거릿을 만난다는 기쁨 때문만이 아니었다. 겨우 몇 주가 아니라 몇 년은 알고 지낸 사이처럼 하워드에게 자신의 좌절감과 괴로움을 털어놓았던 자동차 안의 대화 이후로 진은 시간이 날 때마다 용납할 수 없을 만큼, 또는 현명하지 않을 정도로 그를 생각하고 있었다. 조심해야 했다.

가봉이 끝나자 그레천이 점심으로 치즈 토스트를 같이 먹자고 했지만, 진은 오전에 볼일을 보러 나왔다가 들른 것이었고 아직 볼일을 끝내지 못했기 때문에 꾸물거릴 수 없었다. 그리

182

고 오후에는 어머니와 겨울옷을 정리해서 부분 세탁을 하거나 수선해야 할 옷을 분류하고 많이 낡은 옷은 교회 바자회 때 내놓을 수 있도록 싸 놓기로 했다.

복도에서 작별 인사를 나눌 때 그레천이 갑자기 진지하고 솔직하게 말했다.

"마거릿을 다정하게 대해 줘서 고마워요, 마거릿도 당신을 아주 좋아해요……."

"아, 정말 아무것도 아니에요." 진이 말했다. 토끼를 다시 떠올리고 싶지는 않았다. "돈 내고 사는 거야 쉽죠. 돌보는 거야말로 힘든 일인데, 그건 당신 몫인걸요."

"음, 당신이 마거릿의 친구가 되어 주면 좋겠어요. 만약 나한테 무슨 일이 생기면요. 마거릿이 당신에게 의지할 수 있다면 난 정말 기쁠 거예요."

"무슨 일이 생긴다는 거예요?" 진이 암울한 분위기에 깜짝 놀라 물었다. "어디 아픈 건 아니죠?"

"아니, 아니에요. 당연히 아니죠." 그레천이 웃었다. "나 좀 봐요!" 그레천이 건강에 아무 문제도 없음을 증명하려는 듯이 양팔을 파닥거리고 제자리에서 살짝 뛰었다.

"그런데 왜 그런 말을 해요?" 진이 끈질기게 물었다. "혈액 검사에서 걱정할 만한 결과라도 나왔어요?"

"아니, 전혀 아니에요. 진짜예요. 그냥 마거릿에게 이모나 대모님이 없어서 안 됐다고, 당신이 마거릿을 정말 잘 이해해 준다고 생각했을 뿐이에요. 그게 다예요."

"물론 난 마거릿을 아주 좋아하고 기꺼이······ 특별한 친구가 되고 싶어요." 진이 말했다. 기분은 좋았지만, 여전히 불편했다.

"당신이라면 좋은 영향을 줄 것 같아요—우러러보며 존경할 수 있을 거예요. 딸이 늘 엄마 말을 듣는 건 아니니까요. 엄마가 늘 가장 좋은 충고를 해 주는 것도 아니고요."

그레천이 부쩍 친하게 다가오자 진은 감격해서 입이 떨어지지 않았다. 마거릿과 더 많은 시간을 보낼 수 있다면, 세속의 대모님 내지는 비공식 이모가 되어서 그레천의 허락을 받고 아이를 데리고 나가서 응석을 받아줄 수 있다면 진은 더 바랄게 없었다.

그레천은 진이 내키지 않아서 망설인다고 오해하고 이렇게 말했다. "내가 너무 성급하게, 너무 지나친 요구를 했나 봐요."

"아, 전혀 아니에요." 진이 더듬더듬 말했다. "그냥, 가끔 당신이 허락하면 미술관이나 음악회에 데려가도 좋겠다고 생각하는 중이었어요. 마거릿도 관심이 있으면 말이에요."

진은 로사 이모를, 택시와 놀라운 요리와 특별히 대접받는다는 느낌을 떠올렸다.

"그러면 정말 좋을 것 같아요."

"회사에 데려가서 신문이 어떻게 만들어지는지 보여줄 수도 있고요." 진은 너무 흥분하는 바람에 자기 앞길을 바위처럼 가로막고 있는 어머니라는 거대한 장애물을 잊어버렸다. "아, 신문사는 안 될지도 모르겠네요." 진이 빌과 래리와 편집 보조원들의 아슬아슬한 말버릇을 떠올리며 말했다. "하지만 언젠가 하워드랑 둘이 외출할 일이 있으면 내가 마거릿을 봐줄게요."

그레천이 미소를 지었다. "전부 다 정말 좋은 생각 같아요."

14

"요즘 기분이 좋아 보이는군." 진이 옌일로 편집 회의에 일찍 들어가서 종이 뭉치를 책상에 올려놓자 로이가 말했다. "무슨 문제라도 생겼어?"

"하하. 진짜 웃기네요."

"발걸음이 아주 경쾌해. 그리고 내가 착각한 게 아니라면 원 피스도 새로 샀군."

두 사람이 가장 먼저 회의실에 도착했기 때문에 다른 사람 은 없었다. 있었으면 로이도 이런 말을 하지 않았을 것이다.

진이 모델처럼 한 바퀴 빙글 돌았다. "알아봐 줘서 고마워 요. 알겠지만 맞춤옷이에요. 기성품이 아니라."

로이가 눈썹을 치켜올렸다.

"틸버리 부인이 만들어 줬어요. 처녀 어머니일 뿐만 아니라 뛰어난 양재사거든요."

"흐음. '취재원'의 선물이라. 이사회에 회부해야겠는걸."

진이 웃었다.

"아무튼 아주 멋지군."

"자기 몸에 딱 맞으면 정말 놀랄 만큼 달라요."

진이 출근한 사이 하워드가 박엽지로 싼 원피스를 집으로 가져다주었다.

"그 남자가 네 거라면서 뭘 주고 갔다." 어머니는 약간 불만스러운 듯 입을 오므리고 말했지만, 만듦새를 보자 마음이 풀렸다. 어찌나 아름답게 만들었는지—모든 솔기를 말아박기로 처리해서 가장자리도 전혀 울퉁불퉁하지 않았다—안팎을 뒤집어 입어도 될 정도였다. "아껴뒀다가 좋은 일이 있을 때 입으면 되겠구나." 어머니가 말했다.

"저한테 이걸 아껴둘 만큼 좋은 일 같은 건 없어요." 진이 대답했다. "출근할 때 입을 거예요."

회의의 주요 안건은 지면 변경, 즉 연예, 행사 일람, 결혼 기사, 〈살림 비법〉, 원예, 〈팸의 한마디〉, 특집 기사와 패션을—〈부동산 소식〉과 자동차 대신—중간 페이지로 옮기는 것이었다. 그러면 여성 독자를 겨냥하는 여덟 페이지가 중간으로 모이기 때문에 따로 분리할 수 있다. 그렇게 하면 부부가 《노스 켄트 에코》를 나눠 보면서 더 사이좋게 즐길 수 있을 것 같았다. 독자의 편지는 모든 변화에 적대적인 부류(과반수)와 부록을 만드는 것에는 원칙적으로 찬성하지만 각자의 관심사에 따라 다른 내용을 제안하는 부류, 새로운 지면 배치를 마음에 들어 하는 부류(거의 없었다)로 나뉘었다.

어느 정도 의논한 끝에 계획대로 진행하자는 결론이 나왔다. 로이는 시간이 지나면 반대 의견이 자연스럽게 해결된다고 주장했다. 시간이 흐르면 새롭고 위협적인 것도 낡고 익숙한 것이 된다. 두 번째 부류의 요구는 너무 다양하고 상충하였기 때문에 적절하게 따를 수 없었다. 그래서 가장 적은 세 번째 부류가 이겼다.

이 문제가 정리되자 이제 진이 '시드컵의 성모님'—래리의 표현이었다—에 대해서 보고할 차례였다. 진이 사무실을 눈에 띄게 자주 비웠기 때문에 로이는 팀원들에게 의학 검사가 어떻게 진행되고 있는지 보고할 필요가 있다고 생각했다.

"기억하시겠지만 우리는 어느 정도 의심을 품고 이 기사에 접근했습니다." 진이 말했다. "금방 취소될 거라고 생각했죠."

다들 고개를 끄덕거렸다. 회의에 참석한 사람들 대부분은 사실 벌써 몇 주 전에 취소될 줄 알았고, 기사가 아직 살아 있어서 깜짝 놀랐다.

"이 여성의 주장을 조사하고 중요한 시기에 그녀와 관계가 있었던 여러 사람을 만나 보았지만, 그녀의 주장을 약화시킬 만한 것은 찾지 못했습니다. 이런 말이 도움이 될지는 모르겠지만, 저는 그녀의 말을 믿고 싶어졌어요. 하지만 더 중요한 것은 처녀생식—여러분이 말하는 처녀잉태—을 확실히 증명하기 위해서 모녀가 채링크로스 병원에서 받은 각종 검사의 결과죠. 지금까지는 문제없습니다."

진은 이렇게 말하면서 동료들이 점차 조용해지며 집중하는

188

것을 알아차렸다. 새로운 지면 배치를 의논할 때는 늘 그렇듯 가만히 있지 못하고 펜과 라이터를 만지작거리거나 담배를 비벼 껐지만 이제 모두 그녀에게 집중하고 있었다.

"혈액 검사 결과는 문제가 없었어요." 진이 자기 노트와 로이드 존스 박사가 제일 최근에 보낸 편지를 내려다보며 말했다. "의사의 말을 인용하자면―'미각 검사'에서 모녀 모두 페닐치오카바마이드[30]를 감지했고, 역치는 리터 당 2.54밀리그램으로 정확히 일치했습니다. 대단한 결과예요. 타액 검사 결과 모녀 모두 '비분비자'였고 타액 샘플을 항A혈청 처리하자 똑같은 표준농도가 나왔습니다."

"그게 증거가 될 수 있어?" 빌이 물었다.

"100퍼센트는 아니야." 진이 다시 노트를 보았다. "아버지가 존재할 경우 이렇게 일치할 확률은 0.01퍼센트 이하야. 혈청 검사를 한 번 더 할 건데, 그것도 통과할 경우 최종 검사로 피부이식을 할 거야. 하지만 이전 검사 중 뭐 하나라도 실패하면 진행하지 않을 거고."

"내가 보기에 가장 설득력 있는 건 말이야―" 로이가 처음으로 논의에 끼어들며 말했다. "틸버리 부인이 이런 검사 결과가 나오고 나서가 아니라 그 전에 처녀잉태였다고 주장했다는 사실이야."

---

30 미맹 검정에 쓰이는 물질이다.

"네, 바로 그거예요." 진이 말했다.

"부인도 검사 결과를 알아?" 래리가 물었다.

진이 고개를 끄덕였다. "모든 단계에서 결과를 알려 주고 있어. 이 프로젝트를 이끄는 의사가 틸버리 부인에게 결과를 숨기면 안 된다고 우겨서."

"우리가 비용을 들여서 틸버리 부인의 주장이 사실이라고 증명했을 때 그 여자가 전국지에 제보하지 못하게 막을 방법이 뭐지? 독점 보도 계약서 같은 거라도 썼어?"

"아니." 진이 말했다. "그럴 필요 없어. 그 여자는 돈이나 악명에 전혀 관심이 없어."

"생길지도 모르지." 래리가 말했다. "얼마나 많이 얻을 수 있는지 알면 말이야."

"난 틸버리 부인과 관계를 쌓았어. 틸버리 부인은 날 믿고 나도 그녀를 믿어." 진이 로이를 보며 말했다. "하지만 필요하다고 생각하시면 뭐든 써 달라고 할 수 있어요."

로이가 생각에 잠긴 채 안경 너머로 그녀를 보았다.

진이 말을 이었다. "하지만 그럴 경우 돈 문제가 전면으로 부각되어서 우리 관계를 망칠 수도 있다고 생각해요. 그런 이유로 저는 반대합니다."

"나도 래리의 의견에 어느 정도는 동의하네. 지나친 요구는 아니야. 하지만 이번 경우에는 진의 판단력을 믿도록 하지."

"고마워요." 진이 말했다.

"병원 쪽 사람들은 어때? 안전해?" 래리가 물었다.

"이미 환자 기밀 유지 원칙에 따라 진행하고 있어." 진이 그를 안심시켰다. "과학적 가치가 있으면 결국 자기들 이름으로 발표할 거야. 그리고 우리랑 달리 모든 일이 어제 마무리되었기를 바랬던 사람들도 아니고."

"신중하고 학술적인 방식으로 흥미를 느끼고 있다고 말할 수 있겠군." 로이가 말했다.

"당연히 그렇겠죠." 빌이 말했다. "엄청난 이야깃거리니까."

"전부 진 덕분이지." 래리가 이렇게 말하자 몇몇이 칭찬의 의미로 책상을 쿵쿵 쳤고, 진이 한 손을 들어 조용히 시켰다.

"아직 그럴 단계는 아니에요, 여러분."

"칭찬하는 김에 〈팸의 한마디〉의 새로운 말투도 언급해야겠군."

"왜요, 어떤데요?" 빌이 궁금하게 여겼다.

"더 따뜻하고 생각이 깊어졌어." 로이가 말했다.

"신문을 좀 읽으면 알겠지만 말이야." 진이 말하자 다들 웃음을 터뜨렸다.

빌은 게으르다니까, 그녀가 생각했다. 온갖 절차를 생략하고 정말 최소한의 일만 했지만, 항상 붙임성이 좋고 금방 지갑을 꺼냈기 때문에 싫어할 수 없는 사람이었다.

그날 오후 진이 회사에서 '비공식 이모'라는 제목으로 〈팸의 한마디〉를 쓰고 있을 때 빌이 그녀의 책상으로 다가왔다.

"일 끝나고 애들이랑 블랙 호스에서 한잔할 건데 같이 갈래? 젊은 토니 생일이야."

젊은 토니는 새로 들어온 사진기자였다. 진은 그레천과 마거릿의 사진 때문에 최근에야 그와 이야기를 나누었다. 젊은 토니는 스물다섯 살 정도밖에 안 되었고 신발에 스프링이 달린 것처럼 경쾌하게 걸어 다녔다 (늙은 토니는 편집 보조원이었는데 알코올중독이라서 절대 술집에 가지 않았다).

"보통 그냥 집에 가는 건 아는데, 그래도 한번 물어봐야겠다 싶어서."

"미안." 진이 말했다. "어머니 때문에 못 가. 하지만 물어봐줘서 고마워."

이제 더욱 불가능해졌다. 업무 이외의 일로 집을 비울 기회는 전부 틸버리 가족을 위해 신중하게 남겨두어야 했다.

15

진이 거실에 계단 사다리를 놓고 올라가 커튼을 달고 있을 때 집으로 다가오는 멜섬 부인이 보였다. 봄에 해야 하지만 왠지 항상 늦여름까지 방치하는 일이었다. 먼지가 잔뜩 낀 빨간색 다마스크 커튼을 빨랫줄에 널어서 털고 솔질한 다음 퀴퀴한 냄새를 없애기 위해 몇 시간 동안 맑은 공기 속에 놔두었다.

"피곤한 여자라니까." 편지를 쓰던 어머니가 고개를 들고 말했다. "뭘 원하는 거야?"

"왜 그런 말을 하세요?" 진이 사다리에서 폴짝 뛰어내리며 말했다. "아주 좋은 분인데."

피곤하든 말든 어머니만 조금 더 호의적으로 나오면 멜섬 부인은 진이 주말에 몇 시간의 자유를 얻을 좋은 기회였다. 멜섬 부인이 처음 다녀간 후 진은 어머니를 대신해 친해지려고 텃밭에서 딴 깍지콩이 너무 많다며 한 봉지 챙겨 들고 찾아갔다.

"저희 집에서 어머니랑 같이 시간을 보내 주셔서 정말 감사했어요. 어머니가 무척 즐거워하셨어요." 진은 멜섬 부인이 같은 제안을 또 하기를 바라며 이렇게 말했었다.

진은 어머니가 벌써—이렇게나 빨리—불쌍한 멜섬 부인을 싫어하게 되었는지 몰랐지만, 충분히 예상 가능한 일이었다. 어머니는 세상을 등지기 전부터 새 친구를 사귀면 자기한테 무례하게 굴었다고 마음대로 상상하고 관계를 끊었던 전력이 있었다. 어머니는 쉽게 싸웠고 끝까지 마음을 풀지 않았으며, 피해자가 수도 없이 많았다. 교회 뜨개질 모임과의 불화는 일례에 불과했다.

멜섬 부인은 색 바랜 여름 원피스와 찌그러진 밀짚모자 차림으로 라즈베리가 가득 담긴 파이렉스 그릇을 들고 문 앞에 서 있었다.

"어머니 드시라고 가져왔어." 그녀가 말했다. "라즈베리를 정말 좋아한다고 들었는데, 우리 라즈베리가 잘 돼서 말이야. 너무 많아서 다 못 먹을 정도야."

"정말 친절하시네요." 진이 그릇을 받으며 말했다. "들어오세요."

"누구냐?" 피리 소리 같은 어머니의 목소리가 들려왔다.

진은 밀짚모자를 쓴 멜섬 부인의 머리 너머로 어머니를 쏘아보면서 손님을 거실로 안내했다.

"이거 보세요, 어머니." 진이 라즈베리를 까다로운 신을 달래는 제물처럼 어머니 눈앞에 내밀며 말했다. "정말 친절하시죠?"

"차랑 잘 어울리겠구나." 어머니가 만년필 뚜껑을 돌려 닫으며 수긍했다.

어머니는 먹을 것에 까다로웠고 소소하지만 특별한 것을 좋아했다. 멜섬 부인은, 아마 본인은 몰랐겠지만, 어머니의 호감을 얻을 수 있는 가장 확실한 방법을 딱 맞췄다.

"안녕하세요, 스위니 부인." 멜섬 부인이 귀가 잘 안 들리거나 약간 모자란 사람에게 말을 걸 때처럼 부자연스러울 정도로 높고 밝은 목소리로 말했다. "뭘 쓰고 있었군요."

"써야 할 편지가 산더미예요." 어머니가 노트패드를 톡톡 치면서 말했다.

진이 깜짝 놀라 눈을 깜빡거렸다. 어머니가 편지를 주고받는 사람은 도리를 빼면 토론토에 사는 옛 친구밖에 없었다. 대양이라는 장벽이 두 사람 사이를 지켰기 때문에 다른 인간관계와 같은 길을 가지 않을 수 있었다.

"문제는 쓸 말을 생각하는 거예요." 어머니가 덧붙였다. 가면이 잠시 흘러내려 진심이 드러났다. "하는 일이 별로 없으니까."

"음, 토요일에 같이 나가자고 할까 생각 중이었는데." 멜섬 부인이 진을 조심스럽게 흘끔거리며 말했다. "어머니회가 마을 회관에서 딸기 티파티를 열거든요. 핸드벨 공연도 있고 자선 바자도 한대요. 아주 재미있는 오후가 될 거예요." 그녀가 머리를 갸웃거렸다.

진의 어머니가 순간 당황한 표정을 지었다. "아, 나한테는 무리일 것 같네요."

"전혀 아니에요." 진이 큰 소리로 말했다. "재미있을 것 같은데요?"

"편한 자리를 찾아 줄게요—안 내키면 다른 사람이랑 얘기 안 해도 돼요."

진은 어머니의 불안 증상에 대해서 자신이 멜섬 부인에게 말했는지, 아니면 둘이서 차를 같이 마시다가 저절로 알게 된 것인지 기억이 나지 않았다.

"걷는 게 문제예요." 어머니가 완고하게 고개를 저으며 말했다. "다리에 힘이 없어서."

"남편이 라일리[31]로 태워다 줄 거예요." 멜섬 부인이 말했다. "문 앞에서 문 앞까지요."

"그거 봐요." 진이 말했다. "이보다 더 좋을 순 없잖아요?"

"음, 너도 같이 가면 한 번 가 볼까?" 어머니가 말했다.

진이 바라던 결말은 아니었다.

"초대받은 사람은 엄마잖아요." 진이 멜섬 부인에게 애원하는 눈빛을 보내며 말했다. "외출하면 어머니한테도 정말 좋을 거예요."

진은 이런 말을 하고 싶지 않았다. '엄마한테 좋다'는 말은 호소력이 별로 없을 것 같았다. 하마터면 어머니를 바깥 활동이라는 새로운 세계에 적응시키기 위해서 자신도 딸기 티파티

---

31 영국 클래식 자동차 브랜드.

와 자선 바자를 견딜 가치가 있을까 생각해 볼 뻔했다. 그러나 자유로운 토요일이라는 눈앞에 놓인 가능성이 너무나 유혹적이었다.

"음, 그럼 생각해 보고 알려 줘요." 멜섬 부인이 말했다.

진은 자유가 멀어지는 것을 느꼈다. 멜섬 부인이라는 지원군이 존재하는 지금 당장 결정하지 않으면 패배하고 말 것이다.

"재미있을 거예요. 도리한테 보낼 편지에 쓸 이야깃거리도 생기고요."

어머니가 백기를 흔들 듯이 손을 흔들었다. "그래, 알았다. 네가 그렇게까지 말하면, 뭐."

멜섬 부인은 정말 존경스럽게도 이 무례한 반응을 기분 나쁘게 받아들이지 않고 크나큰 호의를 얻은 사람처럼 얼굴을 빛냈다.

어떻게든 갚아 드릴게요, 진이 생각했다. 진은 이 실험의 장기적인 성공에는 썩 자신이 없었다. 어머니가 친구를 사귀고 우정을 유지하면서 이 집의 바깥에서 즐거움과 편안함을 찾기를 바라는 것은 너무 큰 희망 사항이었다.

"내가 나간 동안 너는 새로 사귄 친구들이랑 놀러 다니겠지." 손님이 나가고 문이 닫히자마자 어머니가 예리하게 말했다. "왠지 모르겠지만 네 친구들은 널 아주 대단하게 생각하는 것 같구나."

승리를 거둔 진이 관대하게 말했다. "어차피 제가 '놀러 다닐' 거라면 어머니가 집에 혼자 계실 때보다 나가서 즐기고 계실 때가 낫죠."

"즐긴다고?" 어머니가 몸서리를 치며 말했다. "멍청한 여자들을 상대한다는 뜻이겠지."

"전부 멍청하진 않을 거예요. 멜섬 부인도 아주 괜찮잖아요."

"무슨 위원회에 들어가라고 하지만 않으면 말이다. 교회 여자들한테 한 번 낚이채이면 어떻게 되는지 잘 알잖니."

진이 웃었다. "과장하지 마세요! 들짐승 떼가 아니라 어머니회라고요."

"너도 썩 들어가고 싶어 하는 것 같지는 않던데."

"전 '어머니'가 아니니까요." 진이 말했다.

16

팸의 한마디

비공식 이모

여성의 수많은 부류 중에서 미혼 이모보다 비웃음을 사는 부류가 있을까? 종전 후 남자가 부족해짐에 따라 결혼해서 어머니가 될 기회를 놓친 미혼 이모는 우스우면서도 불쌍한 사람 취급을 받는다. 성적인 것을 싫어하고, 쉽게 충격받고, 현대적인 것은 무엇이든 의심하고, 고양이와 동네 부목사를 좋아하는 미혼 이모는 동정을 사기도 하지만 조롱을 받기도 한다. 애거사 크리스티가 제인 마플을 여주인공으로 승격시킬 때까지—참견하기 좋아하고 아무런 해도 끼치지 않는 미혼 이모는 이상적인 탐정이다—미혼 이모는 제인 오스틴의 어리석은 베이츠 양처럼 문학의 변두리에서 허둥대고 있었다.

그러나 이제 전반적으로 새로운 미혼 여성—돈과 직업을 가진 현대적이고 교육 수준이 높은 여성—이 등장했고 압박에 시달리는 부모들이 이득을 보고 있다.

이러한 여성은 친구나 이웃의 자녀들에게 '비공식 이모'가 되어 줄 시간과 에너지가 있다. 이보다 더 보람되고 상호 유익한 것이 있을까?

어린이는 부모로서의 기대가 없는 현명한 의논 상대이자 믿을 수 있는 친구를 얻는다. 아이가 없는 여성은 잠깐이나마 부모의 기쁨을 누리고 어린 세대를 더욱 잘 이해하게 된다. 부모는 잠시나마 혼자만의 시간을 누린다. 모두에게 이익이다!

....

경쾌한 터키 행진곡이 세인트 메리 르 스트랜드 교회를 채웠고 피아노의 진동 때문에 성서대 아래 가느다란 목조 대좌에 장식된 꽃이 떨렸다. 지난주 결혼식 때 쓰고 남은 건가 보군, 진이 프로그램 브로슈어로 부채질하며 생각했다. 아까 입구에서 색종이 조각을 헤치며 걸어온 참이었다. 옆자리에 앉은 마거릿은 흰 양말과 남색 T자형 샌들에 갇힌 다리를 음악에 맞춰 흔들고 있었다. 무릎에는 토피 한 봉지가 놓여 있다. 부스럭거리지 않도록 진이 포장을 미리 다 벗겨 놓았다. 그랬더니 열기 때문에 말랑말랑 달라붙어서 떼어내기 힘들어졌다.

진이 어렸을 때 아버지가 이와 비슷한 주간 음악회에 데려간 적이 있었다. 당시 진이 음악을 특별히 즐긴 것은 아니었다—사실은 지금도 마찬가지였다. 그러나 아버지와 단둘만의 특별한 외출이라는 경험이 드물었기 때문에 소중했다. 피아노 독주회는 처음 하는 둘만의 외출에 딱 알맞을 것 같았지만—피아노 연습을 열심히 하는 계기가 될 수 있었다—진은 마거릿이 지루해 하는 것을 느꼈다.

독주회는 다소 길었고 교회 의자는 딱딱했다. 청중은 대부분 진보다 나이가 많았고—아마 단골 청중일 것이다—아이는 하나도 없었다. 마거릿은 집에서 토끼랑 노는 게 더 좋겠지, 진은 생각했다. 어쩌면 마거릿에게는 이번 외출이 특별한 대접이라기보다 어머니를 기쁘게 해 드리기 위해서 참고 견뎌야 하는 끔찍하고 싫은 일일지도 몰랐다. 그러나 한낮에 진이 시드컵에 마거릿을 데리러 갔을 때 아이는 제일 좋은 옷을 입고 무척 기대에 들떠 있었다.

그레천도 거의 똑같이 흥분한 것 같았기 때문에 진은 그녀만 빼고 가슴 설레는 외출을 하는 것이 순간 미안해졌다.

"나 없이도 괜찮겠어요, 엄마?" 두 사람이 집을 나설 때 마거릿이 갑자기 진지한 목소리로 물었다.

"최대한 견뎌 볼게." 그레천이 웃으며 딸의 반짝이는 뺨에 입을 맞췄다.

"외로워지면 언제든 제마이마가 곁에 있어요."

"고마워, 꼭 기억할게."

모차르트가 끝나고 라흐마니노프가 시작되기 전 잠시 쉬는 시간에 피아노 연주자가 마음을 다잡으려고, 또는 물을 한 잔 마시려고 잠시 자리를 비웠다. 공기는 건조하고 먼지가 많았다. 높은 창에서 들어오는 빛줄기 속에서 먼지 입자가 반짝거렸고 목이 막혔다.

"끝났어요?" 마거릿이 박수 소리보다 크게 속삭였는데, 아쉬움보다는 기대가 더 큰 것 같았다.

진이 자리에서 일어나 마거릿에게 따라오라고 손짓했고 두 사람은 복도를 지나서 묵직한 서쪽 출입문을 열고 눈 부신 햇살과 갑작스러운 거리의 소음 속으로 빠져나갔다.

"난 충분히 감상했어, 너도 그렇지?" 조용한 교회 경내에서 적당히 멀어지자 진이 말했다.

진은 독주회나 공연 중간에 나온 적이 한 번도 없었기 때문에 자신의 과감한 행동에 머리가 어지러울 지경이었다. 재미가 없어도 중간에 나오는 것은 돈 낭비였고, 따라서 검소함—진이 유일하게 따르는 종교—을 거스르는 죄악이었다.

마거릿이 고개를 끄덕였다. "마지막 곡은 좋았지만 좀 길었어요."

"언젠가 너도 그렇게 칠 수 있을 거야."

마거릿이 고개를 젓더니 절대 아니라는 듯 얼굴을 찌푸렸다.

"저 사람도 예전엔 너랑 똑같았어—음계를 배우고 연습했지. 태어날 때부터 저렇게 잘 친 건 아니야."

"난 사람들 앞에서 피아노 치는 게 싫어요. 누가 듣고 있으면 꼭 실수를 하거든요. 난 노래하는 게 좋아요. 음을 만들어낼 필요가 없잖아요, 내 안에 이미 있으니까."

마거릿은 이렇게 매력적이고 예상치 못한 말을 잘했다—순수하면서도 심오했다. 무슨 일이 생기면, 아니 아무 일도 없어

202

도 안에서 질문이 방울방울 피어오르는 것 같았다. "제마이마가 날 좋아할까요? 그러니까, 토끼가 정말 사람을 좋아할 수 있을까요?" "진이 하늘을 볼 때 내가 보는 하늘이랑 같은 색일까요?" "아이가 한 명 있다는 건 확실히 한 명 더 가질 수 있다는 뜻일까요?" 진은 인간의 생식이라는 복잡한 문제를 건드리지 않고 마지막 질문에 어떻게 대답해야 할지 몰랐다. 비공식이모로서의 과제를 한참 벗어나는 문제였다. 마거릿의 신비로운 태생을 생각하면 이렇게 말하는 것이 더 안전했다. "늘 그런 건 아니야. 갖고 싶다고 해서 아이가 생기지는 않아."

그들은 가벼운 간식거리를 찾아서 스트랜드를 따라 걸어갔다. 마거릿은 작은 숄더백—그레천의 가방과 비슷하지만, 어린이용 크기였다—을 발목 높이에서 흔들고 있었다. 가끔 가방이 진의 다리 뒤쪽에 부딪혔다.

"가방이 정말 작고 귀엽구나." 진이 가방과 부딪치지 않게 옆으로 비켜서며 말했다. "뭐가 들어 있니?"

마거릿이 가방을 머리 위로 넘겨서 우체부처럼 가로질러 메더니 열어서 내용물을 보여주었다.

"손수건, 지갑, 토피, 공책, 연필."

"공책은 왜?"

"천사 목소리가 모르는 단어를 말하면 적어 놨다가 나중에 찾아보려고요."

"아." 진이 말했다. 그녀는 목소리에 대해서 물어볼 생각이 아니었다. 그레천은 대수롭지 않게 구는 것이 최선이라고 했지만 자연스럽게 이야기가 나와 버렸다. "최근에도 들었니?" 진이 펜팔 친구나 먼 친척에 대해서 묻듯이 말했다.

"제마이마가 생긴 뒤로는 조용했어요. 질투하나 봐요."

"그럴지도 모르겠네." 진이 소곤대는 유령의 인간적인 결점을 상상하려고 애쓰며 말했다. 외로웠던 것뿐일지도 몰랐다. 제마이미가 정말로 '약'일지도 몰랐다.

마거릿이 스프링노트를 꺼내서 가장 최근에 적은 부분을 펼쳤다.

"행정관, 범법 행위, 오르몰루." 마거릿이 더듬거리며 말했다.

"세상에. 나도 그 단어들을 다 아는지 모르겠는데?" 진이 그레천은 이 괴상한 현상을 어쩜 그렇게 침착하게 받아들일 수 있을까 다시 한번 생각하며 말했다. 진이라면 이 '천사들'을 샅샅이 조사할 것이다. "계속 이런 식이면 어휘력이 엄청나게 늘겠다."

"가피트 선생님이 그러셨는데 나는 독해 능력이 열세 살 수준이래요." 마거릿이 대답했다.

진은 마거릿이 이 영예를 누구에게든 무척 말하고 싶지만 자랑하는 것처럼 보일까 봐 부끄러워한다는 것을 알 수 있었다.

"적어도 열세 살 수준일 거야." 진이 말했다. "심슨스에 가서 차 마실까? 토피를 너무 많이 먹었더니 목말라 죽겠어."

그녀는 환한 미소로 보답받았다.

웨이터는 위층의 크고 천장이 높은 여성용 식당으로 올라가서 식사하는 손님들과 좀 떨어진 제일 안쪽 테이블로 두 사람을 안내했다. 진은 일부러 구석진 자리로 안내하는 게 아닐까 의심했고, 마거릿이 창가 자리에 우아하게 차려입은 여자들을 가리키며 웨이터에게 들릴 정도의 목소리로 "지난번에는 저기 앉았었어요"라고 말하자 기분이 좋아졌다.

진은 괜찮은 식당에서 식사를 한 지 몇 년은 지났기 때문에 가격을 보고 깜짝 놀랐지만 애써 감췄다—슈트루델[32] 한 조각에 5실링이라니!

진은 차와 스콘, 잼을 시켰고 마거릿은 패스트리 트롤리에서 딸기 밀푀유를 고른 다음 우유를 한 잔 시켰다. 진은 딸기를 보자 어머니가 떠올라서 지금쯤 마을 회관에서 잘 어울리고 있을까 궁금했다. 만족스럽지 못했을 경우 어떤 비난이 날아올까 생각하니 불안해서 속이 뒤틀렸다.

스콘은 따뜻하고 바삭했고 장미수로 향을 냈다. 버터에 가까울 정도로 저은 더블 크림과 딸기잼이 같이 나왔다. 집에서도 쉽게 만들 수 있지만 난 절대 안 만들지, 진이 생각했다. 여름이면 항상 부엌보다 정원에서 시간을 보냈다. 마거릿이 밀푀유를 해체해서 위에서부터 한 겹씩 차례차례 먹었다.

"포크로 한꺼번에 먹어도 돼." 진이 고군분투하는 마거릿을

---

32 얇게 편 반죽에 사과 등의 과일을 넣고 말아서 구운 오스트리아식 디저트

보고 말했다.

"하지만 그러면 크림이 다 튀어나오잖아요." 마거릿이 말했다. "이렇게 먹어도 맛있어요." 아이가 맛을 음미하듯 눈을 굴렸다.

마거릿은 손이 크림투성이였고 뺨에도 아이싱 슈가가 묻어 있었다. 진은 마거릿이 아이답게 즐기는 모습을 보니 기뻤다. 의식이 어렴풋이 생기기 시작할 무렵부터 주변을 의식하기 시작할 나이까지는 너무나 순식간이다. 마거릿은 이제 열 살이었다. 기껏해야 2년 정도 남았다.

"다 먹고 나서 뭐 할까?" 진이 차를 더 따라 마시며 물었다. 미술관까지 가는 건 너무 과할 것이다. 문화생활이 너무 지나쳐도 좋지 않다.

마거릿이 수줍은 표정을 지었다. "제일 하고 싶은 거 말해도 돼요?"

"당연하지, 말해 봐."

"아빠 가게에 가서 놀라게 해 주고 싶어요."

"아." 예상하지 못한 말이었다. 진은 거절할 구실이 없었기 때문에 이렇게 말했다. "음, 좋아. 정말 가고 싶으면 그렇게 하자. 하지만 손님 때문에 바쁘시면 방해하지 않는 거야."

계산서가 나오자 마거릿이 가방에서 작은 구슬 지갑을 꺼내 진에게 1실링을 주려고 했다.

"엄마가 무슨 일 있으면 쓰라고 돈을 주셨어요." 마거릿이 말했다.

"아니야." 진이 웃으며 말했다. "그러는 거 아니야. 이건 내가 살 거야."

마거릿은 늘 그렇듯 진의 말을 있는 그대로 받아들이고 동전을 지갑에 다시 넣었다.

베드포드 스트리트까지는 멀지 않았고 진은 유리병 같은 녹색의 가게 전면과 금색 페인트로 칠한 간판이 보이자 마음이 들떴다. 가게 앞 보도에 실버크로스 상표의 유아차가 세워져 있고 파란색 니트 롬퍼스[33]를 입은 아기가 손을 빨면서 담요를 힘차게 걷어차고 있었다. 이가 아픈지 한쪽 뺨이 타는 듯 새빨갰다. 진과 마거릿이 잠깐 걸음을 멈추고 아이를 어르자 곧 옆 가게에서 엄마가 나와서 아이를 데려갔다.

하워드는 금전등록기 앞에서 손님과 대화 중이었기 때문에 창문을 들여다보는 두 사람을 알아보지 못했다. 두 사람이 문을 열어서 종이 딸랑거리고 나서도 그는 잠시 후에야 자기 딸을 알아보았고, 곧 놀라움과 기쁨이 섞인 미소가 번졌다.

"뭘 좋아할지 모르겠어요." 손님이 진열장 위 벨벳 트레이에 놓인 목걸이와 팔찌를 무력하게 바라보며 말했다. "제가 보기에는 다 똑같네요."

"이분이 조언을 해 주실지도 모르겠군요." 하워드가 진을 가

---

33 위아래가 붙은 유아복

리키며 말했다. "여성의 눈에는 어떻게 보이는지 가르쳐 주실 겁니다."

군인처럼 머리를 짧게 자른 20대 후반의 남자가 한없이 고마운 표정으로 그녀를 보았다.

"하지만 미리 경고하죠, 아주 고급 취향을 가진 분이랍니다." 그가 덧붙였다.

"그렇지 않아요." 진이 손님을 안심시키자 그는 혼란스러운 표정을 지었다. "저는 보석을 잘 몰라요. 하지만 제가 보기에 뭐가 제일 예쁜지는 말씀드릴 수 있죠."

그녀는 문스톤이 드문드문 박힌 섬세한 은팔찌를 가리켰는데, 절대 의도하지는 않았지만 나와 있는 물건 중에서 가장 저렴했다.

"난 이게 좋아요." 마거릿이 손톱을 너덜너덜하게 물어뜯은 손가락으로 더 화려하고 비싼 루비 펜던트를 가리켰다.

"그것도 사랑스럽네요." 진은 너무 저렴한 제품을 추천해서 하워드에게 아무 도움도 되지 않았음을 깨닫고 맞장구를 쳤다.

"네, 루비가 좋겠군요." 청년이 말했다. "제 마음이 잘 전해질 것 같네요."

하워드가 입술을 실룩거렸고 진은 갑자기 남자 손목시계에 관심이 생긴 척 시선을 돌렸다.

"귀걸이도 같은 세트예요." 마거릿이 말했다. "그것도 같이 사면 돼요."

"세상에, 마거릿." 하워드가 말했다. "이 꼬마 아가씨는 제 딸이랍니다." 그가 설명했다. "그러니 전혀 관계없는 제삼자라고 할 수는 없지요."

"벌써부터 장사를 아주 잘하네요!" 청년이 말했다. 그는 마거릿의 말에 혹해서 귀걸이까지 살 뻔했지만, 약혼녀가 귀를 뚫었는지 아닌지 모른다는 생각이 들었다. 그 사소한 부분이 생각나지 않는다는 사실이 그를 괴롭혔다. "당연히 알아야 하는 건데 말입니다." 청년이 고개를 저으며 말했고 하워드는 루비 펜던트를 닦아서 벨벳 상자에 넣었다.

상자는 새틴 리본 손잡이가 달린 우아한 초록색 쇼핑백 안으로 들어갔다. 진의 마음속에서 곧 이 사치스러운 선물을 받을 미지의 젊은 여성을 향한 질투가 솟구쳤다. 저 루비 펜던트를 걸고 어디에 가야 할지 상상도 할 수 없었지만, 보물 서랍에 넣으면 정말 신날 것 같았다.

마거릿이 수줍어하지도 않고 흥미진진한 눈빛으로 지켜보는 가운데 남자가 지갑에서 5파운드짜리 새 지폐를 네 장 꺼내서 아주 약간 망설이면서, 손을 떨다시피 하면서 카운터에 내려놓았다. 진은 갑자기 이렇게 큰돈을 쓰는 청년의 고뇌에 공감할 수 있었다. 그녀의 한 달 월급과 맞먹는 액수였다.

"둘 다 아주 잘했어요!" 우아한 쇼핑백을 주머니에 찔러 넣으려다 실패한 손님이 주변 사람들의 시선을 약간 신경 쓰면서 갈 길을 가자 하워드가 말했다. "오늘 판 물건 중에 제일 비샀거든요."

"전 아무것도 안 했어요." 진이 말했다. "장사에 소질이 없나
봐요."

"저도 소질이 있는지 잘 모르겠군요." 하워드가 인정했다.
"불행히도 말이죠."

"자신 있게 물건을 팔려면 자신도 돈을 잘 써야 하는 것 같
아요. 전 너무 신중해요."

"난 원래 장난감 사는 걸 좋아했는데 이제 제마이마가 생겼
으니까 아무것도 필요 없어요." 마거릿이 경건하게 말했다.

"아, 그렇지. 제마이마는 대성공이에요." 하워드가 진에게 말
했다. "제마이마 없이 어떻게 살았는지 모르겠다니까요. 우리
는 씁쓸하게 둘러앉아서 토끼도 없이 헛된 세월을 보냈다고
후회한답니다."

진이 미소를 지었다. 하워드의 말투가 무척 웃겨서 놀림당
하는 것도 즐거웠다. 그녀는 두 사람의 첫 만남을 회상했다.
어색하고 인상이 희미한 남자라고, 젊고 예쁜 아내가 과분하
다고 생각했었는데, 이제 진은 그레천이야말로 운이 좋다고
생각했다. 과장을 약간 섞자면 하워드는 진이 만나 본 사람들
중에서 제일 좋은 남자였다.

하워드에게 자신의 첫인상도 딱히 좋지는 않았을지 모른다
는 생각이 들었다. 진은 본인이 아름답지 않다는 사실에 대해
서 어떤 망상이나 불만도 없었다. 사실 해가 지날수록 평범한

외모가 덜 신경 쓰였다. 스무 살 때는 예쁘지 않아서 의기소침했지만 마흔 살쯤 되자 아무렇지도 않았다. 시간은 그녀보다 예쁜 동년배들의 발목을 잡았고, 잃을 것이 많은 사람일수록 시간의 흔적을 절실하게 느끼는 것 같았다.

또 다른 손님—부와 허영심의 이상적인 조합을 보여주는 완벽한 머리모양, 모자, 장갑, 최신 유행 정장을 갖춘 여자—이 들어오자 진은 그만 가야겠다고 생각했다. 그녀와 마거릿은 쇼핑을 만족스럽게 끝낸 척하면서 조심스레 작별 인사를 하고 빠져나왔다.

"엄마는 잘 지냈을까 궁금해요." 두 사람이 베드포드 스트리트에서 채링크로스 역을 향해 걸어갈 때 마거릿이 가방을 빙빙 돌리며 말했다. "차에 곁들일 스피츠부벤을 만들어 준다고 약속했는데."

"스피츠부벤이 뭐야?"

"잼이 든 비스킷이에요."

"오늘 새로운 단어를 많이 배웠네." 진이 말했다. "오르몰루, 스피츠부벤. 나도 몰랐던 단어를 적을 공책이 하나 있어야겠다."

"다음에 같이 외출할 때 어디 갈지 정해 둬." 버넷 로드 7번지가 가까워지자 진이 말했다. "동물원은 어때? 최근에 안 갔으면 말이야."

"난 수영하러 가고 싶어요." 마거릿이 말했다. "물속에 같이 들어간다고 약속하면요. 가장자리에 앉아서 보기만 하는 건 안 돼요."

"나도 수영하러 가는 거 좋아." 진이 말했다.

"우린 엄마가 별로 안 좋아해서 수영장에 안 가거든요."

바다가 없는 스위스 출신이라서 그럴지도 몰라, 진이 생각했다. 물론 호수는 많지만.

진이 이런 생각을 말했더니 마거릿이 곰곰이 생각한 다음 이렇게 말했다. "아니에요. 엄마는 머리카락이 젖는 게 싫은 것뿐이에요."

마거릿의 집에 도착했을 때 처음에는 아무도 없는 줄 알았다. 옆문—평상시에 드나드는 문—에 빗장이 걸려 있었다. 그러나 두 사람이 초인종을 누르고 스테인드글라스 안을 들여다보자 그레천이 한쪽 옆구리에 다림질바구니를 끼우고 계단을 내려와 문으로 다가왔다.

"엄마 너무 뜨거워요." 마거릿이 엄마의 품에서 빠져나오며 말했다.

"미안해." 그레천이 피나포어 치맛자락으로 부채질하고 숨을 헐떡거리며 말했다. "바빴어."

"스피츠부벤 만들었어요?"

그레천의 얼굴이 일그러졌다. "앗, 아니. 안 만들었어. 다른 일을 하느라."

마거릿이 얼굴을 찌푸리고 무척 화난 표정을 지었다.

212

"다림질 다 하고 저녁에 만들어 줄게." 그레첸이 약속했다.

"하지만 진한테도 주고 싶었단 말이에요."

"엄마가 안 됐잖니." 진은 마거릿이 말도 안 되는 떼를 쓰는 것 같아서 이렇게 말했다. 버릇이 없다는 생각까지 들었지만 그런 표현은 마음이 아팠다. "우린 심슨스에서 차를 마시고 왔지만, 엄마는 오후 내내 힘들게 일하셨잖아."

"정말? 심슨스에 갔었어? 마거릿, 요 꼬마 원숭이 같으니! 그럼 스피츠부벤은 필요 없잖아."

마거릿이 금방 부끄러운 표정을 지었다. 앤 정말 착해서 잘 못을 바로 인정하는구나, 진이 생각했다.

"아빠 가게에도 갔었어요. 20파운드짜리 루비 목걸이 파는 걸 우리가 도와줬어요!"

그레첸이 진을 흘깃 보았다. "아, 그랬어요? 좋은 생각이었네요. 하워드도 두 사람을 보고 깜짝 놀랐을 거예요."

진은 그 좋은 생각이 순전히 마거릿의 머리에서 나왔다고 확실히 알려주고 싶었지만, 그 이야기까지 꺼내는 건 좀 지나친 것 같았다. 어차피 우물쭈물할 시간도 없었다. 어머니도 있었고 딸기 티파티의 사후 확인도 해야 했으므로 진은 빨리 밖으로 나가서 제마이마와 놀고 싶어 하는 마거릿과 작별 인사를 했다.

두 사람만 남았을 때 그 이야기를 다시 꺼낸 사람은 그레첸이었다.

"하워드를 만나러 갔었다니, 잘됐네요." 그녀가 말했다. "당신을 정말 좋아하거든요. 대화가 통하는 여자 친구가 있으면 하워드한테도 좋을 거예요."

그레천이 괜찮다고 무척 강조했기 때문에 진은 사실 그 반대가 아닐까 의심이 들었다. 게다가 참 재미있게도 하워드 역시 비슷한 이유로 진이 그레천에게 좋은 영향을 끼칠 거라고 말했었다. 진은 어머니의 질투 어린 말을 떠올렸다. "왠지 모르겠지만 네 친구들은 널 아주 대단하게 생각하는 것 같구나."

17

1957년 9월

진에게

　다음 주 일요일에 메이드스톤 근처 이디 고모님 댁에 가족 나들이를 가는데 혹시 시간 되면 같이 갈래요? 우리는 매년 사과와 개암을 따러 가거든요. 근사한 정원이 있어서 테니스도 치고 피크닉을 하기에 아주 좋아요, 늘 즐거운 나들이죠.

　같이 갈 수 있으면 정말 좋겠어요.

그레천

편지가 도착한 다음 날, 진은 다시 한번 멜섬 부인의 비위를 맞추려고 애를 썼다. 진은 채소밭에서 딴 깍지콩과 토마토, 지난주에 그레천이 억지로 떠안긴 자두와 레드커런트를 선물로 들고 갔다. 멜섬 부인은 집 앞 정원에 나와 있었는데, 교회에서 슬쩍한 방석에 무릎을 꿇고 꽃밭의 잡초를 뽑고 있었다. 진이 다가가자 멜섬 부인은 진의 만류에도 불구하고 쇠스랑에 의지해 몸을 일으켰다.

"작은 부탁이 하나 있어요." 멜섬 부인이 과일과 채소를 받자마자 진이 말했다. "제가 다음 주 일요일에 집을 비우는데, 혹시 어머니를 잠시 들여다봐 주시겠어요? 부인만 마음에 들어 하셔서 말이에요." 진은 스스로 생각해도 너무 염치가 없어서 얼굴이 빨개질 것만 같았다.

멜섬 부인이 흙 묻은 손을 치마에 닦고 잠시 쇠스랑에 기대 숨을 골랐다.

"당연하지. 안 그래도 남편한테 언제 한 번 네 어머니를 라일리에 태우고 드라이브나 가자고 하려던 참이었어."

"아, 그러면 정말 좋겠네요. 딸기 티파티가 정말 즐거우셨대요."

지나친 왜곡은 아니었다. 스위니 부인은 진이 걱정했던 것만큼 딸기 티파티를 혹평하지 않고 "참을 만했다"고 말했다.

"그래? 다행이네. 난 잘 모르겠더라고. 어머니한테는 좀 시끄러운가 싶었는데 딸기는 좋아하시는 것 같더라."

"아, 네. 입맛은 괜찮으세요." 진은 혹시 멜섬 부인이 어머니의 식도락이 지나치다고 넌지시 비치는 걸까 생각하며 말했다. 진은 어머니의 흠을 잘 알았지만 그래도 다른 사람이 눈치를 채고 이러쿵저러쿵한다고 생각하면 가슴이 아팠다.

멜섬 부인은 일요일에 교외로 드라이브를 갈지 남편과 상의해 보겠다고 했다. 진은 평소처럼 가벼운 마음과 무거운 양심이 뒤섞여 어지러운 마음으로 집에 돌아왔다. 자신이 이렇게까지 계획을 세우는 것은 무엇보다도 하워드를 만날 수 있다는 생각 때문임을 서서히 알아차리고 있었기 때문에 마음이 더욱 무거웠다.

약속한 날 아침, 전날 저녁 내내 긍정적으로 생각하라는 진의 말에 시달린 어머니는 잠을 설쳤다며 외출을 취소하려고 했다. 진은 인내심과 설득력을 발휘해 어머니를 달랬고, 결국 어머니는 옷을 입고 머리를 빗고 화장을 한 다음 사형장으로 향하는 호송차에 타는 사람처럼 라일리에 올랐다.

진이 틸버리 가에 도착했을 때 하워드는 진입로에서 타이어에 바람을 넣고 있었고 그레천은 부엌에서 배고픈 장정 열 명은 먹일 수 있을 정도로 어마어마한 피크닉 바구니를 싸고 있었다. 송아지 고기와 햄 파이, 닭고기, 잘게 썬 달걀 샌드위치, 그 유명한 스피츠부벤, 반으로 쪼갠 스콘, 이디 고모가 제일 좋아하는 조프 빵─그레천의 특기인 땋은 모양의 스위스 빵─과 텃밭에서 딴 토마토와 자두.

그레천은 직접 만든 옷─대담한 양귀비꽃 무늬의 여름 면 원피스로 치마 부분은 주름이 잡혀 있었다─을 입고 있었다. 진은 초대장을 읽고 나무에 올라가서 일해야 한다고 생각했기 때문에 트윌 바지에 반소매 셔츠, 운동화 차림이었다.

"너무 대충 입고 왔나 봐요." 진이 말했다. "나무에 올라가야 하는 줄 알았어요."

"아, 난 항상 하워드와 마거릿에게 맡긴답니다." 그레천이 말했다. "하지만 진도 아주 멋져요. 이디 고모님은 격식을 안 차리시거든요."

마거릿이 테니스 라켓 두 개를 끌어안고 들어왔는데, 얼굴이 창백하고 속이 안 좋아 보였다. 평소의 씩씩한 모습과 전혀 달랐다. 마거릿은 아무런 열의도 없이 엄마가 만들어 둔 요리를 잠시 보았다.

"테니스공이 안 보여요. 그리고 배가 아파요." 마거릿이 말했다.

"공은 계단 밑 벽장에 있어." 그레천이 말했다. "저번에 보니까 거기 있던데. 너 괜찮니?" 그레천이 딸의 파리한 얼굴을 보고 덧붙였다. "얼굴이 너무 창백한데."

질문이 끝나자마자 마거릿이 라켓을 떨어뜨리더니 손으로 입을 막고 뛰쳐나갔다. 계단을 뛰어오르는 소리가 들리고 잠시 후 저 멀리서 구역질하는 소리가 들려왔다.

두 여자가 놀란 표정으로 마주 보았고 그레천이 아이를 살펴보러 급히 나가자 진은 뻘쭘하게 부엌에 서 있었다. 나들이는 분명히 취소되거나 다른 날로 미뤄질 것이고, 진은 또다시 멜섬 부인에게 부탁해야 할 것이다. 그러면 빚진 기분이 훨씬 더 커질 것이다.

하워드가 양손에 기름을 묻힌 채 진입로에서 들어왔다.

"다 됐습니다." 그가 말했다. "타이어에 바람도 넣고 휘발유랑 냉각수도 가득 채웠어요. 트렁크에 공구 상자도 넣었고. 음식 준비는 어때요?"

"문제가 생겼어요." 진이 말했다. "마거릿이 아픈가 봐요. 속이 이상하다면서 위층으로 달려갔어요."

"오늘 아침도 안 먹더라고요." 하워드가 말했다. "이상하다 싶었죠. 불쌍한 매기."

그레천이 곤란한 표정으로 들어왔다. "음, 마거릿은 오늘 아무 데도 못 가겠어요."

"불쌍해라." 진이 나들이가 취소되어 실망한 기색을 애써 숨기며 말했다. 마거릿이 더 힘들 터였다. "마거릿은 괜찮아요?"

"배탈이 났나 봐요. 침대에 누웠어요. 안타까워라—날씨도 너무 좋은데."

"공중전화에 가서 고모님께 연락을 해야겠군." 하워드가 말했다. "다른 날로 미루지."

"아, 이제 와서 고모님을 실망하시게 할 순 없죠." 그레천이 반대했다. "벌써 준비를 다 하셨을 거예요. 사과도 꼭 따야 하잖아요. 둘이서 가요—난 마거릿이랑 있을 테니까."

"그러면 당신이 너무 아쉽잖아요, 그레천." 진이 말했다. "내가 마거릿이랑 남으면 어때요?"

이제 진은 이 정도 제안해도 될 만큼 마거릿과 친해졌다고 생각했다. 두 사람은 심슨스에 다녀온 이후에도 두 번 더 외출했다—한번은 베케넘의 수영장에 가서 진이 기꺼이 머리카락을 적실 수 있다는 것을 보여주었고, 한 번은 진의 집으로 가서 신더 토피 황설탕과 베이킹 소다로 만드는 설탕 과자[34]를 만들었다. 두 번 모두 성공적이었고, 처음에는 새로 사귄 지인을 의심하던 진의 어머니조차 마거릿이 "정말 귀여운 아이"라고 인정했다.

"아니에요. 아픈 마거릿을 두고 갈 순 없어요. 둘이서 다녀와요. 피크닉 준비도 벌써 다 했고 아무도 안 가면 이디 고모님이 실망하실 거예요." 그레천은 자신이 희생할 수 있어서 기쁘다는 듯 얼굴을 빛내며 진과 하워드를 번갈아 보았다.

진은 반신반의했다. 자기 남편과 같이 소풍을 다녀오라고 떠밀다니, 진심일까?

그레천이 진의 생각을 읽은 것처럼 말했다. "진, 하루 정도는 하워드를 참아 줄 수 있겠죠?"

"눈물 날만큼 지루하게 만들진 않도록 노력할게." 하워드가 겸손하게 말했다.

"이디 고모님도 정말 좋은 분이에요. 당신도 분명 좋아할 거예요."

"조카가 모르는 여자랑 나타나면 이상하게 생각하지 않으실까요?" 진이 말했다.

"오, 아니에요. 이디 고모님도 이제 다 늙으셨어요." 그레천

---

34 황설탕과 베이킹 소다로 만드는 설탕 과자

이 웃었다.

그녀가 이미 가득 찬 바구니에 유산지로 싼 샌드위치를 끼워 넣었고 하워드는 싱크대에서 손을 씻었다.

"그러면 음식이 이렇게 많이 필요 없지 않을까요?" 진이 놀라며 말했다. "두 사람이 먹을 것도 좀 빼놔요."

"음, 마거릿은 아무것도 못 먹을 거예요." 그레천이 이렇게 말하더니 화려한 음식들 중에서 파이 한 조각과 토마토 하나만 뺐다.

그녀는 그 정도면 충분하다며 흡족하게 바구니의 버클을 채운 다음 바쁘게 돌아다니며 나들이에 필요한 물건을 챙겼다. 곧 사과를 담을 나무 상자, 피크닉 담요, 테니스 라켓과 공이 울슬리 트렁크에 실렸고 떠날 준비가 끝났다. 그레천은 두 사람 대신 준비하면서 활기가 넘쳐 보였고 심지어 두 사람을 보내려고 열심인 것 같았다. 귀찮은 가족 행사에 빠지게 되어서 안심했든지—나들이에 대한 열의를 보면 그럴 것 같지 않았다—아니면……, 진도 알 수 없었다.

자동차가 진입로에서 후진할 때 그레천이 챙 넓은 밀짚모자를 들고 달려 나오더니 조수석 차창을 통해서 진에게 건넸다.

"이게 없으면 얼굴이 다 탈 거예요." 그녀가 헐떡거리며 말했다. "오늘 정말 더울 것 같아요."

하워드가 평소와 다름없는 침착한 속도로 차를 출발시키자 진은 사이드미러 속에서 점점 작아지는 그레천이 잘 가라며 손을 흔들다가 거의 깡충깡충 뛰어서 집으로 들어가는 모습을 보았다.

진은 말도 안 되는 공상을 할 때도 이런 기회는 감히 상상하지 못했다―그레천의 경쾌하고 거리낌 없는 승낙을 받아 하워드와 단둘이 하루를 보내다니. 이 행운이 믿어지지 않았다.

차 안이 따뜻하고 갑갑해서 하워드가 차창을 내리고 문에 팔꿈치를 얹었다.

"바람이 너무 세면 말해요." 그가 바람에 나부끼는 진의 머리카락을 흘깃 보며 말했다.

침묵이 내려앉았다―수줍음 많은 두 사람이 예의상 대화를 해야 하는데 적당한 화제가 떠오르지 않을 때 흐르는, 썩 편안하지는 않은 침묵이었다.

두 사람이 각자의 생각에 빠진 채 몇 킬로미터를 달린 뒤 마침내 진이 말했다. "미안해요, 하워드. 난 형편없는 동행이에요. 소소한 잡담을 잘하지 못하거든요."

"괜찮습니다." 그가 대답했다. "나도 마찬가지예요. 그러니까 거창한 이야기를 하든지 아예 조용히 가도록 하죠."

그러자 어색한 분위기가 깨졌고, 두 사람은 안도의 미소를 주고받은 다음 고개를 돌려 앞에 펼쳐진 도로를 보았다.

"당신 부인은 정말 착해요." 진이 말했다. "여자라면 대부분 이런 날을 놓쳐서 크게 실망할 텐데 말이에요."

"네. 그레천은 정말 불평이 없지요. 마거릿을 위해서라면 당연히 뭐든 할 겁니다. 흔히 말하는 '헌신적인 어머니'죠."

"아이를 더 가질 생각은 안 하셨어요?" 진이 물었다. "두 사람 모두 부모 역할을 정말 잘하는 것 같은데."

무례한 질문이었을지도 모르지만, 하워드는 기분 나쁜 티를 내지 않았다.

"그럴까 했었죠." 그가 대답했다. "결혼 초에는 마거릿한테 동생이 있으면 좋겠다고 생각했어요. 게다가 그레천은 내가 친자식을 원한다고 생각했나 봅니다. 난 그런 생각이 전혀 없었지만요—마거릿이 정말 내 딸 같거든요."

"물론이죠."

"하지만 잘 안됐어요. 그레천은 놀라지 않았죠. 사실 자기는 평범한 방식으로 아이를 가질 수 없다고 생각한 것 같아요."

"아직 젊은데요." 진이 말했다. "서른 살도 안 됐잖아요."

"하지만 난 아니죠." 하워드가 말했다. "이제 마거릿이 아기랑 놀 만큼 어리지도 않고요."

"그렇겠군요."

"어쨌든 이젠 불가능합니다." 하워드가 말했다. 엔진 소리 때문에 그의 목소리가 거우 들렸다.

"아." 진은 떨어져 있던 싱글 침대 두 개—손은 잡을 수 있지만 그 이상은 불가능한 간격이었다—를 떠올리고 얼굴을 붉혔다.

"그레천과 난 벌써 몇 년 전부터 그런 관계가 아니에요."

"미안해요. 캐물으려던 건 아니었어요. 내 눈에는 두 사람이 늘 완벽한 부부 같아서요."

"그런 게 존재합니까? 난 잘 모르겠군요. 하지만 네, 우리는 나름대로 아주 잘 지냅니다."

"그레천은 당신한테 정말 헌신적이에요." 진이 우겼다.

"아내가 그렇게 말하던가요?"

"말할 필요도 없어요—빤히 보이는걸요."

진은 이렇게 말하면서도 이 말로는 충분하지 않음을 깨달았다. 자기감정도 감히 따져 보지 못하는 진이 어떻게 그레천의 진짜 감정을 알 수 있을까?

"그레천이 날 사랑한다는 생각에는 의심이 없습니다—오빠처럼, 아니면 친한 삼촌처럼이지만."

"아, 그 이상인 건 분명해요!"

"내가 과장하는 걸지도 모르지만, 아주 약간일 뿐입니다. 어쨌든 아내로서 사랑하는 건 아니죠."

"그걸 핑계 삼아서 한눈을 파는 남자도 있죠."

"물론이죠. 하지만 내가 보기에는 너무 '비열'한 행동입니다."

"어쨌든, 다른 집 아내는 어떤지 누가 알겠어요? 남편도 마찬가지고요. 두 사람의…… 방식이 그렇게 드문 경우는 아닐 거예요."

"진, 당신은 정말 현명해요. 하지만 이번만큼은 당신이 틀렸기를 진심으로 바랍니다."

"왜요?"

"나는 처음에 제대로 된 결혼생활을 했던 사람으로서—그런 게 있다고 인정한다면요— 많은 사람이 밍밍하게 흉내 내는 것에만 만족해야 한다면 정말 안타깝다는 말밖에 못 하겠네요."

"그보다 못한 것에 만족해야 하는 사람도 있는걸요." 진이 부드럽게 받아쳤다. 이제 자신이 하워드의 말에 동의하는지 아닌지도 확신할 수 없었다. 그가 커다란 망치로 스테인드글라스 유리를 깨뜨린 것 같았다. "동지애와 애정, 가정생활—그런 건 쉽게 깎아내릴 수 없어요." 진은 목소리가 떨리는 것을 의식했다. 솔직한 생각을 이야기하자 마음이 놓이면서도 고통스러웠다.

"당신 말이 맞아요. 하지만 난 그레천을 탓하는 게 아닙니다. 나를 탓하는 거죠. 그레천이 온전히 사랑할 수 있는 사람을 만날 때까지 기다리는 게 나았을 거라는 생각이 종종 들어요. 하지만 마거릿에게 아버지와 제대로 된 양육 환경을 빨리 만들어 줘야 했을 때 마침 내가 그 자리에 있었죠. 그레천의 어머니는 확실히 그렇게 생각했습니다."

"그레천이 원하지도 않는데 강제로 결혼했다는 말은 아니겠죠?" 진이 항변했다. "두 사람이 같이 있는 모습을 보면 아무도 그렇게 생각하지 않을 거예요."

"아니, 아니, 그렇게 야만적인 건 아니에요. 그레천은 고마워

225

하며 나를 받아들였지만, 지금 생각해 보면 어머니의 죽음까지 앞두고 연약해진 상황에서 내가 그레천에게 청혼한 것이 잘못이라는 생각이 들어서요. 자유로운 선택이라고 하긴 힘들죠."

"당신만 운이 좋았던 것처럼 말하는군요. 그레천이 젊고 예쁘니까 말이죠. 하지만 당신을 만난 그레천도 운이 좋아요. 친절하고 예의 바른 남자는 드물거든요."

물론 그저 친질하고 예의 바른 남자 이상이시, 신이 생각했다. 그것은 너무 무미건조한 표현이었다. 하워드는 진이 아는 남자들 중 최고였고 그레천이야말로 운이 좋은 여자였다. 하지만 그렇게 말할 수는 없었다.

"그런가요?"

"내 경험으로는요."

진은 그런 사람이 세 명밖에 떠오르지 않았다— 로이 드레이크, 도리의 남편 케네스, 그리고 하워드. 아버지조차 결국에는 부족했다. 당황스럽게도 눈이 따끔거려서 진은 고개를 돌려 창밖의 푸른 산울타리를 보면서 마음을 추슬렀다. 눈물이 나는 것은 슬퍼서가 아니라 속마음을 말하려고 할 때마다 항상 북받쳐 오르는 감정 때문이었다.

"그 말을 들으니 안타깝군요, 진." 하워드가 말했다. "당신은 훨씬 더 나은 남자를 만날 자격이 있어요."

"그건 잘 모르겠어요. 나한테 딱 어울리는 남자를 만난 거겠죠. 난 남편감에 어울리지 않는 남자한테 끌리나 봐요. 어쨌든

내 남편감으로는 어울리지 않는 남자 말이에요." 진이 공허하
게 웃었다.

"나 때문에 기분 상한 건 아니면 좋겠네요." 하워드가 말했
다. "당신한테는 무슨 이야기든 할 수 있을 것 같았어요. 왠지
는 모르겠지만."

"해도 돼요. 나한테 얘기해 줘서 기뻐요."

"당신은 사람을 함부로 판단하지 않을 것 같은 인상을 주나
봐요."

진은 자신을 그렇게 생각해 본 적이 없었다. 사실 가끔은 다
른 사람을 오만하게 비난하고 있음을 깨닫고 부끄러워졌다.
하워드가 당신은 좋은 사람이라고 자신 있게 딱 잘라 말하자
진은 그 기대에 부응해야겠다고, 그의 생각처럼 마음이 넓고
관용적인 사람이 되어야겠다고 더욱 굳게 결심했다. 난 이 사
람을 사랑해, 진이 살짝 놀라며 생각했다. 그럴 생각은 없었지
만 그렇게 됐어. 스스로 인정하고 잊을 수도 바꿀 수도 없는
사실로 받아들이자 어찌나 마음이 놓이는지, 사슬을 벗어던진
것 같았다.

"음, 고마워요. 정말 친절한 말씀이네요." 진이 차분한 목소
리를 애써 유지하며 말했다.

하워드는 진의 변화를 눈치채지 못할 리 없었지만, 재빨리
미소를 지은 다음 현명한 남자답게 도로에 시선을 고정했다.

그들은 이제 교외를 벗어나 인동과 나무딸기가 얽힌 산울

타리에 나비가 우글거리는 켄트의 낮은 시골길을 달리고 있었다. 쇼어램은 중앙에 시냇물이 흐르는 마을이었다. 한 무리의 아이들이 잼 병과 그물을 들고 물속에서 맨다리로 첨벙거렸다. 아이들이 동시에 고개를 들고 외부인에 대한 적의가 가득한 눈으로 다리 위를 지나가는 자동차를 쫓았다.

이디 고모님의 집은 마을 끝 쪽이었고 커다란 정원이 아무렇게나 방치되어 있었는데, 무성한 잔디밭과 과일나무, 아무렇게나 뻗은 야생화 꽃밭이 대부분을 차지했다. 나무들 뒤쪽 풀밭에 녹슨 테니스 코트가 자리 잡고 있었다.

이제 더위가 더욱 강렬하게 일렁였음에도 불구하고 이디 고모님은 숄로 몸을 감싸고서 나무로 만든 일광욕 의자에 누워 있었다. 그녀는 병에 든 사과주를 마시면서 대실 해밋의 소설을 읽고 있었다. 얼굴에 뭐가 너무 많아서 어떻게 생겼는지 정확히 알아보기 힘들었다. 노란색 선바이저에다가 평범한 안경 위에 현대적인 느낌의 고양이눈 선글라스까지 썼고 코에는 커다란 반창고가 붙어 있었다. 그녀의 발치에 누워 있던 나이 많은 스패니얼이 몸을 뒤척이고 손님들을 향해 충실하게 몇 번 짖더니 다시 털썩 누웠다.

"안녕하세요, 고모님." 하워드가 몸을 숙여 파우더를 바른 뺨에 입을 맞추며 말했다. "이쪽은 진이라고 해요." 그는 진이 아내와 딸 대신 온 것을 이렇게만 설명했는데 이디 고모님도 그 이상의 설명은 필요 없는 듯했다.

"목마르겠네. 사과주 마셔라 — 어디 있는지 알지?" 그녀가 열린 뒷문을 가리키며 말했다. 하워드가 마실 것을 가지러 간 사이 진은 무성한 풀밭에 양모 담요를 깐 다음 다리를 꼬고 앉아서 심문을 기다렸지만, 집주인은 평온했고 아무 호기심도 없었다. 그들이 자리 잡은 곳에는 그늘이 없었고 가장 낮은 가지가 땅에 닿을 듯한 나무들도 도움이 되지 않았기 때문에 진은 그레천이 준 모자가 있어서 다행이라고 생각했다. 그리고 혹시나 조금 전에 솟구친 감정이 얼굴에 다 드러나 있다면 그것을 숨길 수 있어서 다행이기도 했다.

"복장이 마음에 드는군." 이디 고모님이 책을 내려놓고 안경과 선글라스 너머로 진을 보며 말했다. "아주 실용적이야. 나는 바지를 한 번도 안 입어 봤어요. 지금 시작하기에는 너무 늦을까?"

"전혀요." 진이 말했다. "바지를 입으면 우아해 보이실 것 같아요."

"자전거 탈 때 좋겠어."

"아직도 자전거 타고 다니시는 건 아니죠?" 하워드가 사과주를 두 병 들고 오다가 대화의 마지막 부분을 듣고 말했다. "사고가 난 뒤로 없애 버리실 줄 알았는데."

이디 고모님의 손이 코에 붙은 반창고로 향했다. "마음이 살짝 흔들리긴 했어. 하지만 자전거 없이는 안 되겠다는 결론을 내렸지. 도서관에 가거나 할 때 너무 유용하거든."

"말 여물통에 부딪히셨거든요." 하워드가 설명했다. "물론 여물통의 잘못이죠."

이디 고모님이 대실 해밋 책으로 찰싹 때리자 그가 껄껄 웃었다.

"우리 어머니도 고모님만큼 용감하시면 좋겠어요." 진이 말했다.

그녀는 사과주를 길게 한 모금 마셨다가 목이 찢어질 듯 따가워서 숨을 헉 들이마셨다. 강렬하고 화끈한 것이 지금까지 마셔 본 사과주와 전혀 달랐다.

"사실은 우리 고모님이 좀 특이하시거든요." 하워드가 말했다. "비교해 봐야 소용없죠."

"근사한 애들은 오늘 어디 갔니?" 이디 고모님이 드디어 구성원의 변화를 알아차리고 물었다.

"아침에 마거릿이 갑자기 아파서 그레천이 돌보고 있어요. 둘 다 안부 전해 달래요."

"애들한테 줄 게 있는데. 집에 가기 전에 꼭 말해라. 정리를 좀 했거든."

"아, 이런." 분명 그런 선물을 받아 본 적이 있는 듯한 하워드가 말했다.

"음, 언젠가는 네가 다 처리해야 돼." 그의 고모가 말했다. "우선 내가 할 수 있는 만큼 최대한 추려내는 거야."

"아, 고모님이 우리보다 오래 사실 거예요. 틀림없어요."

"내가 싫어." 그녀가 간결하게 대답했다. "내가 수염투성이 쭈그렁 할멈이 될 거라고 생각한다면 그 생각을 고쳐먹는 게 좋을 거다. 내 침실에 장전된 권총이 있지. 네가 치울지도 모르니까 어디 있는지는 말 안 할 거다. 때가 되면 그걸 써야지."

"빗나가서 신문 배달부나 다른 사람이 맞을지도 몰라요." 하워드가 온화하게 말했다.

진이 듣기에는 무척 자극적인 대화였다. 자기 집에서 이런 대화를 나누는 것은 상상도 할 수 없었다. 어머니는 죽음을 입에 올리면 정말로 찾아온다는 듯이 공포에 질려 움츠러들었다. 진이 사과주를 한 모금 더 조심조심 마시다가 몸서리를 쳤다.

"이거 작년 사과주예요?" 하워드가 진이 괴로워하는 것을 알아차리고 물었다. "제 기억보다 더 센데요."

이디 고모님이 그에게서 병을 받아서 들더니 눈을 굴리며 말했다. "이 바보가 사과 브랜디를 가져왔네. 둘 다 눈이 취했어."

진이 담요에 드러누워 깔깔 웃기 시작했다. 머리가 어지러웠다.

사과를 전부 따는 데 2시간이 걸렸고, 손이 닿지 않는 사과는 땅에 떨어지면 이디 고모님이 줍기로 했다. 그녀는 아무것도 허투루 낭비하지 않았다. 흠 없고 제일 좋은 사과는 겨우내 먹기 위해서 신문지로 싸서 상자에 넣은 다음 시원한 석조 창고에 보관했다. 그다음으로 좋은 사과는 친구들에게 선물하거나 이웃의 감자나 콩과 바꾸거나 마을 학교에 기부하거나 파이 필링을 만들어서 병에 저장하거나 곧 먹으려고 놔두었다. 바람에 떨어지거나 상한 사과는 농장으로 보내서 즙을 짰다.

진에게는 나무를 타는 것이 새롭고 신나는 경험이었다. 남자 형제도 사촌도 없었던 진과 도리는 야외에서 하는 거친 놀이를 배울 기회가 없었다. 두 사람은 집시힐의 아파트 3층에서 어린 시절을 보냈고, 헤이스의 정원 딸린 집으로 이사했을 때 진은 이미 성인이었다. 이디 고모님의 나무는 가지가 바큇살처럼 뻗어서 발을 디디거나 손으로 잡을 수 있는 곳이 많았기 때문에 초보자가 올라가기에 완벽했다.

브랜디 기운에 용감해진 진은 가지가 너무 가늘어서 그녀의 무게를 견디지 못할 때까지 최대한 높이 올라갔다. 그런 다음 자리를 잡고 사과를 따서 이디 고모님에게 떨어뜨렸다. 고모님은 조금 전 일광욕 의자에 힘없이 누워 있던 모습과는 달리 아주 민첩했고 허리에 묶은 숄로 능숙하게 사과를 받았다. 스패니얼의 이름은 체스터였는데, 이디 고모님의 옆에서 덜덜 떨면서 숨을 헐떡거렸다.

하워드는 등에 바구니를 메고 접이식 사다리와 그물을 이용해서 가장 바깥쪽 가지에 열린 과일을 노렸다. 개암은 사과보다 훨씬 단단했기 때문에 나무를 흔들거나 쳐서 길게 자란 풀숲에 떨어뜨린 다음 갈퀴로 긁어모아 삽으로 퍼서 굵은 마대자루에 담았다.

맹렬한 태양과 도수 높은 술 때문에 감각이 마비된 진은 이 모든 일이 어렴풋하고 꿈결 같았다. 그녀는 마침내 땅으로 내려왔을 때 찢어진 셔츠와 어딘가에 긁힌 맨 팔을 보고 깜짝 놀랐다. 아무 느낌도 없었다.

진이 개암을 먹어본 적 없다고 하자 하워드는 깜짝 놀랐고, 반드시 맛보여 주겠다고 했다. 그녀가 어색하지만 그레천을 대신해 피크닉 음식을 꺼내는 동안 하워드가 집 안으로 사라졌다가 소금 한 접시와 호두 까는 도구를 가지고 돌아왔다.

"개암은 껍데기가 여러 겹이에요." 그가 아주 진지하게 말했다. "전부 다 벗겨야 상을 얻을 수 있죠. 잘 봐요."

그가 나뭇잎 같은 바깥 껍질을 벗겨내고 단단한 껍데기를 깨뜨려서 버린 다음 목질 껍질을 긁어내고 마지막으로 가장 안쪽 막을 문질러 벗기자 대리석처럼 하얀 열매가 모습을 드러냈다. 하워드가 이것을 소금에 찍어서 쿠션에 놓인 진주처럼 손바닥에 놓고 진에게 내밀었다.

"이렇게 작은 걸 얻는 데 품이 정말 많이 드네요." 진이 말했다. "포도 껍질을 벗기는 것보다 더 힘들겠어요."

"지름길은 없어요." 하워드가 강조했다. "껍데기를 전부 벗기지 않으면 쓴맛이 나요."

진이 반질반질하고 골이 팬 열매를 이빨로 깨뜨리자 그 맛—버터 같은 수액과 나무가 섞인 맛—이 입 안을 가득 채웠다.

"맛있어요." 진이 한숨을 쉬었다. "하지만 먹다가 질리는 게 아니라 껍질을 까다가 질리겠어요."

"저절로 절제하게 되죠." 하워드가 동의했다. "마구 먹을 수가 없어요. 하지만 그것도 매력이에요."

하워드는 진과 이디 고모님이 나눠 먹을 수 있도록 맛있는 열매를 충실하게 까서 잔뜩 쌓아 놓았고 본인은 하나도 먹지 않았다.

"그레천은 제정신이 아니구나." 진이 바구니에서 송아지고기와 햄 파이, 닭고기, 조프 빵, 샌드위치와 토마토를 꺼내자 이디 고모님이 항의하듯 말했다. "마을 전체를 먹일 생각이라니?"

"아직 절반밖에 안 꺼냈어요." 진이 말했다. "케이크랑 비스킷 먹을 배는 남겨 놓으셔야 해요."

"난 낭비라면 질색이야." 이디 고모님이 퉁명스럽게 말했다. "어쩔 수가 없어."

"음, 그레천은 모자라는 걸 질색해요." 하워드가 말했다. "부족한 시절의 경험이 사람마다 다르게 나타나는 거겠죠."

진은 그레천이 듣고 있는 것도 아닌데 악의적인 말에 재치 있게 옹호하는 하워드를 보고 새삼 사랑이 솟구쳤다. 이게 이 남자의 본질이야, 진이 생각했다. 그의 가장 훌륭하다고 생각하는 면—아내에 대한 성실함—때문에 그를 영영 갖지 못하리라 생각하니 정말 더럽게도 운이 나쁜 진에게 잘 어울렸다.

하워드는 담요 위 진의 옆자리에 누워서 체스터의 습격으로부터 바구니를 지키면서 개의 매끄러운 귀를 쓰다듬고 있었다. 침대만한 공간에 같이 있으니 왠지 친밀한 느낌이 들었다. 진은 하워드도 같은 것을 느꼈다고 확신했다. 두 사람은 더워서 입맛이 별로 없었기 때문에 피크닉 음식을 제대로 먹을 수가 없었다. 진이 마거릿을 생각해서 비스킷 사이에 잼을 바른 스피츠부벤을 억지로 하나 먹고 있으려니 끈질긴 말벌 세 마리가 꼬여 들었다. 하워드가 냅킨을 돌돌 말아서 벌을 쫓은 다음 남은 음식을 서늘한 식료품실로 치웠다.

"난 잠들지도 몰라요." 말소리가 안 들릴 정도로 하워드가 멀어졌을 때 이디 고모님이 진에게 말했다. "하지만 두 사람은 뭘 하든 즐거운 시간을 보낼 수 있겠지."

진은 뭔가 숨은 뜻이 있나 싶어서 날카롭게 올려다보았지만 적어도 안경 너머로 읽을 수 있는 노부인의 표정은 중립적이었다.

"그레천이랑 마거릿이 못 와서 정말 아쉬워요." 진이 단호하게 말했다. "두 사람 다 정말 재미있는데."

이디 고모님이 그녀를 빤히 보았다. "물론 마거릿은 천사 같지만, 그레천은 매력적이긴 해도 재미있다고 하기는 힘들지."

하워드가 돌아오자 그녀가 얼른 입을 다물고 눈을 감았다. 진은 분명히 자는 척하는 거라고 생각했지만 몇 초 만에 벌어진 입술 사이에서 희미한 숨소리가 새어 나왔다.

"고모님을 재미있게 해 드리고 있었군요." 하워드가 바닥에 끌리는 숄 한쪽 끝을 일광욕 의자 꼭대기에 드리워 고모님의 얼굴에 그늘을 만들면서 말했다.

"잠들기 직전까지는 내가 아주 재치 넘치는 말동무라고 생각하셨죠." 진이 그레천의 모자로 부채질하며 말했다. 바람 한 점 없고 공기가 쇳물처럼 뜨거웠다.

"그늘을 좀 찾아봅시다." 하워드가 진을 일으키며 말했다. "좀 더 시원해지면 테니스를 쳐도 되겠지만, 당신이 배드민턴을 친 때처럼 날 뛰어다니게 만들면 죽을 것 같군요."

"내 기억에 뛰어다닌 사람은 나였던 것 같은데요."

"설욕전이 많이 늦어졌군요."

두 사람은 과일나무들을 지나고 흰 페인트로 삐뚤삐뚤 그린 직사각형 테니스 코트도 지나쳐서 정원 끝으로 갔다.

"코트는 누가 만들었어요?" 진이 물었다. "이디 고모님은 아니시겠죠?"

"윌리 녹스라고, 고모님을 좋아하는 마을 사람이 있어요. 여든 살쯤 되셨는데 자전거 타이어에 바람을 넣거나 가끔 잔디를 깎거나 남자의 손이 필요한 여러 가지 일을 해 주는 대신…… 그 대신 뭘 얻는지는 모르겠네요."

"난 이디 고모님이 좋아요." 진이 말했다. "아주 단호하고 생기가 넘치세요. 별난 노부인처럼 굴지도 않으시고."

"마음에 든다니 다행이네요. 친척은 고모님밖에 없거든요."

"혼자 못 지내실 만큼 나이 드시면 어떻게 되죠? 당신이 모시고 살아야 하나요?"

236

"모르겠어요. 그레천에게 달려 있겠죠."

하워드는 이 문제를 생각해 보지 않은 것이 분명했다. 노인을 돌보는 것은 여자의 일이니까 남자가 말을 얹을 수는 없겠지, 진이 생각했다.

"입주 간호사를 들이시겠죠. 아니면 정말로 코르셋 사이에 권총을 숨겨 두셨을지도 몰라요."

테니스 코트를 지나자 정원의 가장 먼 경계에 위치한 나무 정자에 이끼 낀 돌 벤치가 하나 있었다. 늙은 등나무가 비바람에 낡은 지지대를 감고 올라가서 무성한 잎으로 캐노피를 만들어 깊은 그늘을 드리웠다. 하워드가 주머니에서 깨끗한 손수건을 꺼내 벤치에 깔아 주려 했지만, 진이 고개를 저었다. 바지는 이미 풀과 나무껍질 때문에 더러워졌고 셔츠도 찢어지고 지저분했다.

벤치는 좁았다. 두 사람이 양쪽 끝에 앉았는데도 손바닥 하나 정도의 간격밖에 남지 않았다. 싱글 침대 사이의 간격보다 좁아, 진이 생각했다. 하워드가 그녀에게 담배를 권하더니 성냥을 거친 돌에 그어서 불을 붙여 주었고, 두 사람은 몇 분 동안 말없이 담배를 피웠다.

진은 위험할 만큼 행복에 가까운 감정이 피어오르는 것을 느꼈다. 바로 여기가 아닌 그 어디에도 가고 싶지 않고 이미 가진 것 외에 그 무엇도 원하지 않는다는 깨달음이었다. 그러나 완벽하게 만족스러운 순간은 그것을 인정하자마자 멀어지기 시작했다. 진은 이미 자신에게서 벗어나 뒤로 멀어지는 그 순간을 쫓고 있었다. 침묵이 편안한 정도를 훨씬 넘어 계속 이어졌다.

"어젯밤에 그레천과 당신 이야기를 했습니다." 마침내 하워드가 말했다.

"아, 정말요?" 진이 연기 너머 그를 향해 눈을 깜빡이며 말했다.

"당신은 우리에게 일어난 좋은 일이라고 의견 일치를 봤어요."

진이 웃었다. "어머, 고맙네요. 제가 '일'인지는 잘 모르겠지만 좋다니 다행이에요."

"당신은 우리의 일상을 뒤흔들어 놓았지요."

"그랬어요? 그 반대인 줄 알았는데."

"절대 아니죠. 당신 일은 정말 다채로울 테니까요."

"아니에요― 정말 반복적이에요. 매주 같은 지면을 채워야 하죠. 그레천을 만나기 전까지는 전혀 재미없었어요."

"음, 어쨌든요. 우리의 길이 교차했고, 그래서 더 좋아졌습니다."

"네."

진은 틸버리 가족을 만나지 않고 평생 《노스켄트 에코》와 어머니, 집, 정원밖에 모르는 또 다른 세계를 상상해 보았다. 수천 가지 사소한 우연과 선택과 가지 않은 길 때문에 틸버리 가족을 만났다고 생각하니 그야말로 기적이었다.

"멋진 하루였어요." 진이 시간에 어울리지 않는 말을 했다.

"아직 안 끝났어요. 테니스부터 쳐야죠."

더위가 조금 가시기도 했고, 진은 하워드의 제안이라면 무엇이든 찬성이었다.

"학교를 졸업한 뒤로 한 번도 안 쳐본 척하겠군요." 준비운동 삼아 공을 가볍게 몇 번 칠 때 하워드가 말했다.

"진짜예요." 진이 대답했다. 공이 그녀의 라켓 테두리에 맞고 길게 자란 풀숲으로 날아갔다. "하지만 연습 부족은 승부욕으로 메꿀 거예요."

"예의상 일부러 져 주진 않겠죠?" 하워드가 다른 공을 그녀의 코트로 넘기며 물었다.

"절대로요." 그녀가 대답했다. "어울리지 않는 승리를 선사하는 게 예의라고 생각하지 않아요."

"마거릿처럼 승리라는 격려가 필요한 어린아이한테도요?"

"아이들은 특별한 경우죠. 하지만 저라면 정정당당하게 이길 수 있도록 잘 가르치겠어요."

"좋아요, 그럼. 서로 봐주지 말고 칩시다."

하워드는 두 세트를 쉽게 이겼다. 진은 두 번째 세트가 되어서야 제대로 치기 시작해서 서브를 몇 번 넣고 가끔 점수를 냈지만, 너무 덥고 숨이 차서 계속 칠 수가 없었다. 손목시계를 슬쩍 본 진은 5시가 거의 다 된 것을 알고 깜짝 놀랐다. 하워드와 함께 보내는 시간은 너무 빨리 흘렀다. 지금 출발해도 6시가 넘어야 집에 도착할 것이다. 진은 '의무'가 무자비한 손길로 끌어당기는 것을 느꼈다.

진이 손목시계를 보자 하워드가 말했다. "슬슬 출발하는 게 좋겠네요. 차라도 같이 마시면 몇 시간은 더 걸릴 겁니다."

"그래요." 진이 고마움과 실망을 동시에 느끼며 찬성했다. "마거릿도 생각해야죠."

"당신 어머니도요."

진이 고개를 끄덕였다. "오늘을 잊지 못할 거예요."

그냥 하는 말이 아니었다. 앞으로 며칠 동안 진은 오늘만 생각하면서 두 사람의 대화를 되새기고 사소한 것 하나하나까지 모든 기억을 탐닉할 것이다.

"이런 날이 또 있겠지요." 하워드가 말했다.

"네. 안 될 것도 없죠." 진은 왜 안 되는지 정확히 알면서도 이렇게 말했다.

오늘 그레천이 자리를 비운 것은 뜻밖의 우연이었고 나중에 그런 일이 또 생기리라 기대할 수 없다. 양심이 있는 사람이라면 그런 말을, 아니 생각조차 해서는 안 되었다.

두 사람이 돌아와 보니 이디 고모님은 녹스 씨가 찾아와서 깨어 있었다. 녹스 씨는 달걀 한 상자와 꿀 한 병을 가지고 와서 답례로 두 번째로 좋은 사과를 한 상자 받았다. 녹스 씨는 의자를 내 주지 않는 것에 익숙한지 캔버스 낚시 의자를 가져왔고, 체스터에게 양 뼈를 뇌물로 바친 다음 일광욕 의자 옆 자리를 차지했다. 두 사람은 손을 잡고 서로 기대고 있었지만, 진과 하워드가 다가가자 깜짝 놀라며 떨어졌다. 이디 고모님은 녹스 씨가 곁에 있으니 더 이상 무기력하지 않았고 무척 허둥거렸다.

"이쪽은 녹스 씨야, 얘기한 적 있나 모르겠네." 그녀가 말했다. "자전거에서 떨어졌을 때 날 돌봐 줬지."

"녹스 씨가 고모님을 지켜봐 주신다고 생각하니 정말 다행입니다." 하워드가 말했다.

"저야 영광이죠." 녹스 씨가 헌신적인 눈빛으로 이디 고모님을 보며 말했다. "허락만 해 주면 그 이상도 하겠지만, 이 사람이 참 독립적이어서요."

"나한테 정말 잘해 줘." 이디 고모님이 대답했다. "녹스 씨가 없으면 어떻게 할지 모르겠구나." 그녀가 그의 손을 꼭 잡았고, 이번에는 놓지 않았다.

"여든세 살의 고모님 때문에 연인 사이에 곁다리로 낀 기분이 들다니 참 이상하죠." 집으로 돌아가는 길에 하워드가 말했다.

트렁크에는 남은 음식이 든 바구니뿐만 아니라 사과 네 상자와 개암 한 자루가 실려 있었다. 뒷좌석에는 이디 고모님이 말했던 짐 정리의 전리품—그레천에게는 사향쥐 모피 케이프와 새틴 이브닝드레스, 1920년에 마지막으로 유행했던 신

241

발 세 켤레, 마거릿에게는 뒤얽힌 목걸이 줄과 끊어진 진주 목걸이와 산호 팔찌가 든 보석상자—이 있었다. 진은 알이 하나 빠진 에메랄드 핀 브로치를 받았다.

"난 고모님이 녹스 씨를 귀찮아한다고 늘 생각했는데, 아니었네요."

"확실히 서로 좋아하시는 것 같아요." 진도 동의했다.

"고모님이 남자와 그렇게 다정한 모습은 처음 봤습니다." 하워드가 말했다. "좀 불편했어요. 이유는 모르겠지만."

"알콩달콩하기엔 두 분이 너무 나이 드셨다고 생각하는 게 아닐까요."

"그럴지도요. 약간 품위 없게 느껴졌어요. 로맨스가 젊은 사람들만의 영역은 아닌데 말입니다. 안 그래요?"

"그럼요." 진은 언젠가 자신에게도 똑같이 적용될 편견이 부당하다고 생각했고, 그 편견에 맞서기로 결심했다. "그분들도 마음속의 감정은 열여덟 살짜리와 똑같을 거예요. 인정과 사랑을 향한 갈망은 변하지 않아요. 늙어가는 몸이 덜커덩거릴 뿐이죠."

"정말 멋진 표현이군요." 하워드가 말했다. "게다가 우리도 나이가 들었을 때 품위만 지켜야 한다고 생각하면 참!"

두 사람은 나무뿌리가 드러나고 나뭇가지가 아치처럼 드리워진 낮은 시골길—초록색 지붕이 햇빛에 반짝이는 너도밤나무와 오크 나무 대성당—을 한동안 말없이 달렸다.

"브로치 놓고 가시면 내가 고쳐 드릴게요." 하워드가 마침내 말했다. "알을 새로 넣어야 해요."

"귀찮으실 텐데 일부러 그러실 필요 없어요." 진이 말했다. "괜찮아요."

"안 귀찮습니다." 그가 고개를 저으며 대답했다. "보석 세공이 내 직업인데요. 아무튼, 내가 고쳐 드리고 싶어서 그래요. 당신을 위해서 할 수 있는 일이 그것밖에 없으니까요."

"그렇다면 고마워요."

"이디 고모님은 좋은 의도로 선물을 주시지만, 사실은 그 가치에 비해서 수고가 더 많이 들죠. 그레천이 모피를 보고 뭐라고 할지 걱정이네요. 신발도 그렇고."

"실크 드레스는 아마 괜찮을 거예요. 그레천이 근사하게 고칠 수 있을 거예요."

"슈트루델을 만드느라 너무 바쁘겠지만요."

"나도 마찬가지예요." 진 역시 사과를 한 상자 받아 왔는데 겨울 내내 먹어도 될 만큼 많았다. "난 영국식 디저트를 만들겠지만요. 파이를 만들까 봐요."

해가 지려면 아직 몇 시간 남았지만, 진은 황혼이 다가오고 완벽한 날이 저문다는 구슬픈 느낌 때문에 눈물이 고였다. 내일이면 책상 앞으로 돌아가 〈팸의 한마디〉와 〈살림 비법〉 칼럼과 〈금주의 정원〉 코너를 쓸 것이다. 오늘 같은 일이 또 저절로 생겨서 그녀가 하워드와 이렇게 나들이를 할 가능성은 전혀 없었다. 오늘은 기억 속에만 남을 것이고, 진은 화장대 서랍 속의 보물처럼 이 기억을 가끔 꺼내서 뒤적여 볼 것이다.

이제 쇼어램에 도착했다. 시간이 많이 지났지만, 아이들은 아직도 시냇물에서 놀고 있었다. 어떤 여자애—여덟 살이나 아홉 살밖에 안 되어 보였다—가 커다란 아기를 안고 무거워서 비틀거렸다. 진이 어렸을 때였다면 같이 놀거나 다가가는 것조차 금지되었을 지저분하고 방치된 아이들 같았고, 그런 아이들은 지금도 그녀의 마음을 강하게 사로잡았다. 진이 심호흡을 하자 한숨 소리처럼 들려서 하워드가 그녀를 흘깃 보았다.

"괜찮아요, 진?" 그가 물었다. "내가 뭐 기분 나쁜 말이라도 했어요?"

"오, 아니에요. 그냥 생각 중이었어요." 진이 억지로 웃어 보였지만 너무 부자연스럽고 경직된 미소였기 때문에 아무도, 하물며 하워드는 더더욱 속일 수 없었다.

잠시 후 그가 말했다. "아내가 늘 하는 말이 있어요. 누구나 비밀스러운 슬픔을 가지고 있다는 거죠."

"정말요?" 진이 웃었지만 흐느낌에 더 가깝게 들렸다. "당신 건 뭔데요?"

"내 건 이미 말했잖아요."

"아. 그렇군요. 그럼 그레천은요?"

진은 정원에서 봤던 모습—아무도 안 본다고 생각할 때 지었던 그 괴로운 표정—을 떠올렸다

"모르겠습니다. 어쩌면 내 슬픔과 대조되는 것이겠죠. 난 당신이 궁금해요. 당신 슬픔은 말 안 해 줬잖아요."

"난 실망스러운 일에 연연하지 말라는 말을 귀에 못이 박히도록 들었어요."

"누구한테서요?"

"저희 어머니겠죠."

"어머니도 그 신조에 따라 사시나요?"

"확실히 그런 이야기는 절대 안 하세요. 하지만 연연하지 않는다고 말하긴 힘들죠." 진이 씁쓸하게 살짝 웃었다.

"그럼 얘기해 봐요."

"나를 나쁘게 생각할 거예요."

"진, 무슨 말을 들어도 당신에 대한 내 생각이 바뀔 것 같진 같은데요."

"지금까지 아무한테도 이야기한 적 없어요." 진이 그의 따스한 칭찬 때문에, 그리고 이제부터 하려는 엄청난 이야기 때문에 얼굴을 붉히며 말했다. 그 이야기를 한다는 것은 그녀가 지금까지 배운 모든 규율을 어기는 것이었지만 하워드에게 털어놓고 싶다는 충동을 억누를 수가 없었다. 비밀을 털어놓고 싶다는 욕구가 너무 강렬해서 예의와 비밀, 자제력이 모두 날아가 버렸다. "정말 이상한 우연이지만 그레천이 마거릿을 가졌다는 사실을 깨달았을 때쯤 나도 임신했다는 사실을 알게 됐어요. 내 경우에는 기적이 아니라 재난이었지만요."

하워드는 도로에 시선을 고정한 채 아무 말도 하지 않았다.

"그래서 난 미혼 여성이 아기를 지킬 수 없을 때 하는 끔찍한 행동을 했어요."

"직접 했습니까, 낙태 시술자한테 갔습니까?" 그의 목소리에 못마땅함은 없고 호기심과 동정뿐이었다.

"스톡웰의 어떤 여자를 찾아갔어요. 선반에 올려놓은 낡은 문짝에 나를 눕히더군요. 담요가 깔려 있었지만, 손잡이가 옆구리를 자꾸 찔러서 문짝이라는 걸 알았죠."

10년도 넘은 일이었지만 진은 그날을 전부 세세히 기억했다. 사우스빌이라는 거리였는데, 낯설고 한 번도 가본 적 없는 런던 지역이었다.

그 사람은 아무렇지도 않게 아주 능률적으로 지도를 그려 주었으므로 이런 일이 처음이 아님을 알 수 있었다. 유니언그로브, 패러다이스 로드. 거리 이름조차도 그녀를 조롱했다. 도로 왼쪽을 보니 폭격 잔해들 틈에서 살아남은 두 가게가 칙칙한 이빨처럼 튀어나와 있었다. 낡은 공장에서 쓰던 대형 용기들이 보도에 흩어져 있었다.

"지금 살아 있는 게 행운이군요." 하워드가 말했다.

"벽난로 선반에서 본 파리 사체가 기억나요—끔찍한 전조 같았죠. 하지만 그 여자는 아주 태연했어요. 이렇게 말했죠. '수도 없이 해 봤어요. 금방 끝내고 일상으로 돌아갈 수 있다니까. 지금까지 나를 찾아왔다가 죽은 여자는 없어요.'

난 너무 순진했어요. 그 여자가 긁어내면 그걸로 끝인 줄 알았지만, 아니었어요. 어머니가 계신 집으로 돌아가서 아무 일도 없는 척해야 했는데, 한밤중에 경련이 시작됐어요."

진은 시트를 더럽히지 않으려고 깔아두었던 수건을 들고 화장실까지 기어가야 했다. 변좌에 앉자 뭔가가 터지는 느낌이 나더니 피가 왈칵 쏟아지고 생간 같은 덩어리가 변기에 부딪혔다.

"아, 진. 정말 끔찍했겠군요."

"어머니가 바닥에 쓰러진 날 발견했어요. 어머니는 정말 잘해 주셨어요—의사를 불러야 했죠. 그 의사는 아버지가 돌아가신 뒤 어머니에게 무척 친절했지만, 나에겐 그렇지 않았어요." 무슨 짓을 했는지 다 알아, 아가씨. 당신 어머니만 아니었으면 고발했을 거야—당신이랑 당신한테 이런 짓을 한 사람 둘 다. 진은 섬망 상태에서도 그의 말에 타는 듯한 수치심과 이런 일을 혼자 견뎌야 한다는 불공평함을 느꼈다. "의사는 아마두 번 다시 아이를 갖지 못할 거라고 기쁘다는 듯이 말했죠."

하워드가 고개를 저으며 두 손으로 운전대를 꽉 잡았지만, 말을 끊지는 않았다.

"다행히도 얼마 뒤에 이사를 해서 그 이후로는 그 의사를 못 봤어요."

"아이를 낳을 생각은 해 봤어요? 아이 아버지가…… 책임지지 않으려고 하던가요?"

"네. 그 사람은 사실…… 혼자가 아니었어요, 알고 보니."

"유부남이었습니까?"

"네. 나만 빼고 누구든 바로 알아차렸을 거예요. 그에게는 아내와 아이들이 있었어요. 애인도 나 하나만이 아니었죠."

진과 프랭크는 진이 살던 집시힐의 아파트에서 멀지 않은 크리스텔 팰리스의 화이트스완에서 주로 만났다. 정말 드문 일이었지만 어쩌다 프랭크가 일찍 도착하면 그녀가 올 때까지 가게 안에서 술을 마셨다. 그는 늦을 때가 더 많았는데, 그러면 혼자 술집에 앉아 있는 것이 불편했던 진은 밖에 서서 기다리면서 초조하게 손목시계를 확인했다. 그는 가끔, 그녀가 인정하고 싶은 것보다 더 자주, 약속 장소에 나타나지 않았다.

"그래도 낙태 비용은 냈어요."

"그게 그 남자에게 할 수 있는 최대의 칭찬입니까?"

"그런 것 같아요."

프랭크는 3주 동안 오지 않다가 진이 거의 포기했을 때 드디어 나타났다. "안녕, 귀여운 아가씨." 그는 진의 반응이 약간 신경질적인 것을 알아차리고 이렇게 말했다. "나한테 짜증 났구나, 그렇지?"

"당신이 안 와서 걱정했어. 두 번이나 안 왔잖아."

"바보 같긴."

그가 진에게 격렬한 키스를 했다—남자가 여자의 입을 막을 때 하는 그런 키스였을 뿐, 어떤 열정도 없었다. 두 사람은 술집의 불빛에서 벗어나 길 건너 공원으로 들어갔고, 지금은 다른 곳으로 이전한 크리스털 팰리스가 남긴 석재들을 지나쳤다.

"뭐 때문에 걱정을 해?"

"임신했으니까."

진은 이 말이 여자가 휘두른 주먹—아무 피해도 없고 귀찮기만 한 것—처럼 그에게 내려앉는 것을 보았다.

"어떻게 그럴 수가 있지?"

"워딩에서 그랬나 봐, 내 몸속에서 그게 벗겨졌을 때."

그때 그 바다 여행이 두 사람 관계의 절정이었고, 그런 일은 두 번 다시 없었다.

두 사람은 아까 내린 비 때문에 아직 축축한 벤치에 다다랐다. 프랭크가 진을 위해서 신문지를 깔아 준 다음 자기는 젖은 자리에 앉았다. 그는 기분전환 삼아 베푸는 사소한 친절에는 늘 인색하지 않았다.

"어떻게 만났어요?" 하워드가 물었다.

"어느 날 그 사람이 집으로 찾아와서 보험 가입을 권유했어요. 그러니까 내 말은, 그 사람이 보험 판매원이라고 내 마음대로 생각했다는 뜻이에요. 좋은 인상을 주려고 거짓말로 얘기할 직업은 아니잖아요. 어리고 순진했다는 핑계를 댈 수도 없어요. 스물아홉 살이었거든요. 정말 그렇게 아무것도 모르면 안 되는 거였는데."

"남자를 한심하다고 생각하게 되었겠군요." 하워드가 말했다.

"아, 남자에 대해서는 모르겠어요. 프랭크에 대한 생각이 바뀌기까지는 몇 년 걸렸죠—너무 푹 빠져 있었거든요. 어느 날 피커딜리에서 버스 차창 너머로 그를 우연히 봤는데, 아무 느낌도 들지 않았어요. 내가 드디어 극복했다는 것을 그때서야 깨달았죠. 아주 약간 닮은 사람만 봐도 달리는 버스에서 뛰어내려 쫓아가려고 할 때도 있었어요. 하워드, 내가 늘 당신이 오늘 본 것처럼 분별 있는 여자는 아니었어요."

"그렇게 되기 위해서 그토록 힘든 일을 겪어야 했다는 사실이 안타까울 뿐이에요."

진이 그에게 고맙다는 눈빛을 보냈다. 그녀는 거의 망가질 뻔했던 그 경험 때문에 더 나은 사람이 되었다는 생각을 한 번도 해본 적이 없었다.

"들어 줘서 고마워요. 주절주절 늘어놔서 미안해요."

이제 광장을 지났고 집에 거의 다 왔다. 진은 한없이 가벼워진 기분이었다. 모든 것을 고백했을 때 느끼는 깊은 안도감이었다.

"아닙니다. 나한테 얘기해 줘서 고마워요."

"유일하게 후회되는 건 아기예요. 지금쯤이면 열 살짜리 소녀가 되었겠죠." 진이 얼굴을 붉혔다. "왜 소녀라고 했는지 나도 모르겠어요."

목적지에 도착할 때까지 남은 몇 분 동안 생각에 잠긴 침묵이 이어졌다.

18

....

팸의 한마디

과수원과 정원에 맛있는 켄트 사과가 넘쳐나는 지금이야말로 각자 좋아하는 요리법을 꺼내기 딱 좋은 때이다. 스파이스 애플 케이크는 만들기 쉽고 항상 먹는 파이를 대체하기도 좋다. 커스터드와 함께 따뜻하게 내도 좋고 차에 일반적으로 곁들이는 과일 케이크 대신 차갑게 내도 좋다.

껍질을 벗기고 씨앗을 제거해서 얇게 썬 사과 3개

골든시럽 1티스푼

버터 1스푼

곱게 간 시나몬 1티스푼

스펀지케이크 믹스:

버터 4온스

골든시럽 1스푼

고운 설탕 4온스

달걀 2개

베이킹파우더가 첨가된 밀가루 4온스

우유 1스푼

사과에 시럽, 버터, 시나몬을 넣고 너무 질퍽하지 않을 정도로 뭉근하게 끓인다. 토핑 준비로는 먼저 버터와 골든시럽을 그릇에 넣고 뜨거운 물에 중탕하여 녹인다. 그런 다음 설탕과 달걀을 넣고 섞는다. 밀가루를 넣어 가볍게 섞은 다음 우유를 넣고 가볍게 휘핑한 크림 정도의 농도로 만든다. 주석 그릇이나 오븐용기에 기름을 바른 다음 사과를 넣고 토핑을 붓는다. 스펀지케이크가 금빛이 도는 갈색을 띠고 건드리면 탄성이 느껴질 때까지 180도에서 25~30분 굽는다.

···

진이 타자기에서 종이를 빼서 더미에 올렸다. 이제 사과 요리법이 한 면을 채울 만큼 모였고 지난주 내내 밤마다 직접 만들어 보았으므로 개인적으로 보증할 수도 있었다. 책상 한구석에는 뚜껑 열린 주석 케이크 통에 남은 파이가 들어 있었다. 요리법 실험의 수혜자인 동료들 중에서 식탐이 제일 많은 사람도 더 이상 먹으려 하지 않았고 시선을 피한 채 그녀의 책상 옆을 지나쳤다.

전화가 울렸다. 진이 풀스캡 인쇄용지 더미 밑에서 전화기를 찾아 수화기를 들자 교환원이 또박또박 말했다. "틸버리 씨

전화입니다." 그가 진의 직장으로 전화를 거는 일이 전혀 없는 것은 아니었지만— 그레천의 제안에 따라 가끔 이런 식으로 약속을 정하거나 확인했다— 이디 고모님 댁에 다녀온 지 일주일이 넘었고 그 이후 하워드와 통화하는 것은 처음이었다.

마지막으로 나눈 대화가 얼마나 친밀한 고백이었는지 떠올리자 진은 갑자기 부끄럽고 후회스러웠다. 지금까지 낙태 이야기는 아무에게도 하지 않았다. 물론 어머니는 알았지만 모르기로 작정했다. 그래서 병원에서도, 진이 퇴원하고 집에서 쉴 때도, 그 이후로도 절대 그 일을 입에 올리지 않았다.

도리는 그보다 2개월 전에 키탈레로 떠났기 때문에 친한 자매처럼 상담할 수 없었고 편지로 전할 만한 소식도 아니었다. 진은 10년 넘게 혼자만 간직했던 일을 털어놓을 대상으로 온 세상에서 그녀가 좋은 인상을 주고 싶은 유일한 사람을 택했다. 더위와 사과 브랜디 때문에 판단력이 흐려졌었던 것이 분명하다.

당황해서 두근거리는 가슴을 진정시킬 시간이 없었다. 전화 교환원은 이미 그를 연결했다.

"여보세요, 진. 내가 일을 방해한 건 아닌가요?" 수줍어하는 익숙한 목소리가 들렸다.

"전혀 아니에요." 그녀가 대답했다. "사과 요리법을 정리하고 있었거든요, 딴청 피울 기회야 아주 반갑죠."

"사과요?" 그가 말했다. "어디서 그런 아이디어를 얻었죠?"

"아이디어야 어디서든 얻어야죠."

"음, 그날 오후의 전리품 말인데요, 이디 고모님이 주신 브로치를 고쳤습니다. 집에 가는 길에 잠깐 들러서 전해 주면 어떨까 해서요."

"여기로 온다고요?" 진은 목요일에는 오전에만 가게를 연다는 사실을 기억해냈다.

"네, 사무실로요—당신이 괜찮으면요."

"네, 괜찮아요. 정말 고마워요."

"별것도 아닌데요. 대략 한 시간 뒤에 도착할 겁니다."

진은 전화를 끊은 다음 노트로 부채질을 했고, 하워드를 만날 생각에 부적절한 기쁨을 느꼈지만 들키지 않고 대화를 마쳤다는 사실에 안도했다.

지난 며칠 동안 진은 밤마다 불면증에 시달렸다. 새벽 3시에 그녀를 깨워 해가 뜨기 직전까지 한숨도 못 자게 만드는 암울한 생각은 기이한 죄책감에서 비롯된 것이었다. 평소처럼 과거의 잘못을 후회하는 것이 아니라 아직 하지도 않은 일에 대해서 지레 죄책감을 느꼈다.

하워드가 그레천과 더 이상 성관계를 하지 않는다고 말했기 때문에 진은 그와 사랑을 나누면 어떨까 상상해 보았다. 아니, '그가 자신과 사랑을 나누면'이라는 말이 더 정확했다. 진은 상상 속에서도 늘 쫓아다니는 사람이 아니라 쫓기는 사람이었기 때문이다. 진은 1) 생각은 마음대로 방황하기 때문에 단속

할 수가 없고, 2) 자신의 감정을 드러내거나 행동을 취할 의도가 없으며, 3) 그레천은 이제 하워드에게 성적인 관심이 없으므로 그런 상상을 한다고 해서 그레천을 배신하는 것은 아니다, 라는 논리로 양심을 달랠 수 있었다.

진은 2시 10분 전에 화장실로 가서 세면대 위 작은 거울을 보며 외모를 점검했다. 머리를 빗고 분홍색 뺨과 코에 파우더를 다시 발랐다. 화장은 그게 다였다—시험 삼아 화장을 해 봐도 늘 물감을 칠한 어릿광대 같아 보였기 때문에 이제 화장품은 제대로 쓰는 것이 아니라 감상만 하는 물건이 되어 보물 서랍에 들어갔다. 그러나 입을 때마다 찬사를 듣는 그레천의 원피스를 입고 있었기 때문에 전체적으로 평소보다 자신이 있었다.

진이 망가진 롤러 수건에 손을 닦고 있는데 문이 벌컥 열리더니 비참한 표정의 비서가 눈이 빨개진 채 들어와서 화장실 칸으로 들어가 문을 쾅 닫았다. 인쇄실 청년과 엉켜 있는 모습을 자주 봤던 예쁜 비서였다.

진 역시 프랭크가 떠난 뒤 몇 주, 몇 달 동안 바로 저 칸에 틀어박혀서 울었다. 그때 어머니같이 자애로운 여자 동료가 친절한 말을 해줬다면 고맙게 여겼을 것이다. 그러나 정작 본인은 그런 동료가 되어서 우는 여자에게 무슨 일이냐고 물어볼 자신이 없었기 때문에 괴로워하는 그녀를 홀로 놔두고 밖으로 나갔다.

앞뜰로 나왔더니 비서가 괴로워하는 이유가 바로 거기 있었다. 인쇄실 청년이 최근에 입사한 비서와 이야기를 나누고 있었다. 여자는 벽에 기대서 있고 남자가 그 앞에 서서 귓속말을 하며 소유욕을 드러내는 몸짓으로 얼굴에 달라붙은 머리카락을 쓸어 넘겨주었다.

진은 두 사람을 지나치면서 노려보았지만, 곧 부끄러워졌다. 우리 모두 바보잖아, 그녀가 생각했다.

하워드는 정문 앞에 차를 세워 놓고 옆에 서서 기다리고 있었다. 진은 자기가 주변 시선을 신경 쓰면 앞으로도 두 사람이 만날 때마다 그렇게 될 것임을 잘 알았다. 어쨌든 평범하게 행동하는 것이 중요했다. 하워드는 전혀 어색해 보이지 않았다.

"일하는 사람을 불러내서 미안하군요." 그가 안주머니에서 초록색 벨벳 파우치를 꺼내서 건넸다. "여기로 와서 주는 게 나을 것 같아서요."

진이 끈을 풀고 파우치를 기울이자 가느다란 금 브로치가 손바닥에 떨어졌다.

"좀 교묘한 눈속임이 눈에 띌 겁니다." 하워드가 브로치를 뒤집어서 디자인을 보여주며 말했다. 그는 장인으로서 자신이 만든 물건의 세세한 부분에 자부심과 흥미를 가지고 있었는데, 진은 참 감동적인 태도라고 생각했다. "원래 오팔 양쪽에 에메랄드가 하나씩 있었는데 그중 하나가 없어졌어요. 그래서 위치를 바꿔 에메랄드의 양쪽에 오팔을 하나씩 달았습니다. 오팔을 교체하는 게 더 쉽거든요."

"정말 예뻐요, 하워드. 고친 건지 아무도 모르겠어요. 오팔 값은 내가 낼게요—물론 시간에 대한 보수도 드리고요."

"말도 안 됩니다. 우리 고모님이 쓸 수 없는 선물을 주셔서 내가 고친 것뿐이에요."

"이걸 달 때마다 고모님을 생각할게요." 진이 말했다.

그녀가 원피스에 브로치를 달려고 하자 브래지어와 페티코트에 핀이 걸렸지만 결국 꽂을 수 있었다.

"그레천이 만든 옷입니까?" 하워드가 물었다.

"네. 지금까지 산 것 중에서 가장 마음에 들어요—정말 아름답게 만들어 줬어요."

"아주 잘 맞네요."

"사람들이 항상 감탄해요."

하워드는 그녀의 외모를 칭찬하는 동시에 그레천의 공을 인정함으로써 엉큼한 의도가 전혀 없음을 보여주었다.

두 사람은 약간 머뭇거리며 보도에 서서 가끔 다른 사람이 지나가면 길을 비켜 주었다. 신문사의 커다란 창이 다 보였다. 곁눈질로 슬쩍 보니 회계부의 뮤리얼이 호기심을 숨기지도 않고 두 사람을 내려다보고 있었다.

"내가 점심 식사도 못 하게 방해하고 있군요." 하워드가 창문을 올려다보는 그녀의 시선을 따라 고개를 들며 말했다.

"아니에요." 진이 말했다.

진은 사무실에 샌드위치와 케이크, 차를 배달하는 트롤리

를 놓쳤으므로 번화가의 빵집까지 가야 했다. 이디 고모님 댁
에서는 두 사람의 대화가 너무나 자연스럽고 솔직했지만, 지
금은 딱딱하고 모호하게 느껴졌다. 이상할 것은 없었다. 두 사
람은 서로 비밀을 털어놓음으로써 옳지 않은 친밀감을 형성했
고, 그레천을 소외시킨 채 공모를 꾸민 것과 다름없는 위험한
입장이 되었다. 진은 하워드가 뒷걸음질 치는 것을 느낄 수 있
었다. 그레천을 언급한 것은 아내에게 다시 충실하기로 했음
을 알리는 그 나름의 방법이었다.

"하워드." 진이 조용히 말했다. "내가 했던 얘기 말이에요. 그
레천에게 비밀로 하기를 바란 건 아니었어요. 그렇게 생각하
지 말고……."

하워드가 그녀의 팔을 잡고 다급하게 고개를 저었기 때문에
진은 말을 멈췄다.

"그러지 말아요." 그가 말했다. "우린 아무 말도 할 필요 없
어요. 서로를 있는 그대로 완벽하게 이해하잖아요. 아무 말도,
아무것도 안 해도 돼요."

두 사람의 시선이 잠시 마주치자 진은 그의 불행한 표정에서
모든 감정을 읽을 수 있었다. 동시에 그가 아무 행동도, 아무 말
도 할 수 없다는 것도 알았다. 하지만 그것으로 충분했다.

"아무 말도 안 할게요." 진이 약속했다. 그녀는 하워드가 자
동차에 올라 아내가 기다리는 집을 향해 출발하는 모습을 지
켜보았고, 심장이 고동쳤다.

19

스위니 양에게

현재 진행 중인 모녀의 검사와 관련하여 이례적이지만 당신에게 연락을 드리게 되었습니다. 혈청단백 전기영동법 검사가 예정되어 있었지만 두 사람이 나타나지 않았고, 그래서 제가 어머니에게 편지로 문의했지만, 답장이 오지 않았습니다.

무슨 문제인지 모르겠지만 당신이 힘을 좀 써 주시겠습니까? 간단한 검사(적어도 환자 입장에서는 간단하지요, 분석은 조금 더 복잡하지만 그건 우리의 일이니까요)라고, 혈액만 채취하면 된다고 설득해 주시기 바랍니다. 지금까지의 결과에 우리 모두 흥분했으며 과학적으로 가능한 검사를 모두 진행하고 싶습니다.

경제적인 문제 때문이라면 우리가 교통비를 보조할 수 있습니다. 신문사에서도 경제적인 문제를 고려하고 계시리라 생각합니다.

빠른 답변 기다리겠습니다.

스튜어트 뱀버 박사

그들은 지난번과 마찬가지로 채링크로스역 매표소의 시계 밑에서 만났다. 진은 못 본 사이에 그레천이 머리카락을 짧게 자른 것을 보고 깜짝 놀랐다. 잘 어울렸지만, 마거릿과 훨씬 덜 비슷해 보였다. 깜짝 놀랄 만한 사진을 기사에 같이 실으려면 별로 닮지 않은 모습은 썩 이상적이지 않았다.

진은 그레천이 미리 상의하지 않았다는 사실에 비이성적일 만큼 화가 치밀었기 때문에 마음을 가라앉히기까지 잠시 시간이 걸렸다. 요즘 그녀는 하워드 때문에 그레천을 까맣게 잊고 있다가 그들이 무엇을 위해서 처음 만났는지 깨닫고 깜짝 놀라다시피 했다.

뱀버 박사의 당혹스러운 편지를 받고 나서 일을 여기까지 진척시키는 데 터무니없이 많은 시간이 걸렸다. 예전에는 하워드의 가게로 전화해서 약속을 정했지만, 이번에는 절대적으로 필요하지 않은 이상 그에게 중재를 맡기고 싶지 않았다. 어쨌든 추가 검사를 새삼스럽게 거부하는 이유를 알아내려면 그레천과 이야기를 나눠야 했다. 그레천이 집에 있기만을 바라며 불시에 찾아가는 것이 유일한 방법 같았다.

따라서 진은 마거릿과 하워드가 집을 비우고 그레천은 옷을 만들고 있을 가능성이 높은 월요일 오전 11시에 신문사에서 나와 페츠우드에서 시드컵으로 가는 버스를 탔다. 9월 말이었다. 나무는 아직 여름 색을 입고 있었고 가을 안개는 아직 머나먼 위협이었지만 공기는 서늘하고 축축했다. 이웃집 노인이 붉은 왁스로 현관 앞 계단 타일을 닦고 있었다. 진이 대문을 열자 그녀가 일어나 앉더니 고개를 끄덕여 인사했다.

"어머니들 모임인가 봐요?" 그녀가 물었다. 진은 이 말이 이상하고 약간 무례하게 들려서 "아니에요"라고 말하고 옅은 미소로 대답했다.

옆문이 잠겨 있었기 때문에 진은 초인종을 약간 무례하다 싶을 정도로 길게 누른 다음 기다리면서 친근하고 걱정하는 투의 다양한 말을 연습했지만, 그런 말이 필요 없다는 사실이 뚜렷해지자 걱정은 실망으로 바뀌었다. 그녀는 늘 가지고 다니는 노트와 펜으로 짧은 메시지를 써서 우편 투입구에 넣었다.

그레천에게

아침에 잡담이나 나눌까 싶어서 왔는데 운이 나빴네요. 내일 같은 시간에 다시 올게요. 나쁜 일이 생긴 건 아니길 바라요.

진

진이 헛걸음했다는 짜증을 삭이려고 잰걸음으로 버넷 로드 끝에 다다랐을 때 누가 그녀의 이름을 불렀다. 돌아보니 그레천이 원피스 위로 카디건을 여미며 서둘러 쫓아오고 있었다. 이럴 때도 사랑스러워 보이네, 진이 생각했다. 월요일 아침에 약속도 없이 불쑥 찾아가도 손톱에 매니큐어를 바르지 않았거나 머리를 빗지 않은 그레천을 볼 수는 없었다.

"미안해요." 그레천이 가까이 다가와 숨을 헐떡이며 말했다. "화장실에 갔다가 내려와 보니 쪽지가 있었어요." 그녀는 구겨진 쪽지를 꼭 쥐고 있었다. "무슨 일 있어요?"

"난 아무 일 없죠. 당신한테 같은 질문을 하려고 했는데." 진이 말했다. "뱀버 박사와 약속한 검사를 받으러 안 갔다면서요. 뱀버 박사가 나한테 편지를 보내서 당신한테서 답장이 없다고 불평하더라고요."

그레천이 초조하게 고개를 저었다. "음, 그날은 갈 수가 없었어요. 마거릿이 아직 다 안 나았거든요. 하워드한테 전화해서 취소하라고 말한 줄 알았는데, 내가 깜빡했나 봐요. 아무튼 첫 번째 검사 때 채취한 혈액을 왜 못 쓰는 건지 이해가 안 가요."

"음, 아마 이 전기…… 아무튼 이 검사가…… 좀 복잡한가 봐요. 하룻저녁 금식을 해야 하고 혈액을 채취한 지 하루 내에 분석해야 한대요. 정확한 절차는 나도 모르지만……." 진이 말꼬리를 흐렸다. 당신이 먼저 하겠다고 그랬잖아요, 라고 덧붙이고 싶었다. 당신이 우리에게 접근한 거지 우리가 그런 게 아니잖아요. 그 대신 진은 어깨를 으쓱했다. "무슨 일이 생겨서 검사 자체에 대한 마음이 바뀐 게 아닐까 걱정했어요."

"아니, 아니에요. 아무 일도 없었어요. 그냥 자꾸 찔러대고 의심하니까 지겨워서요. 너무 오래 걸려요."

진은 짜증이 치솟았다. 날카로운 대답이 몇 가지 떠올랐지만 꾹 눌렀다. 성급하게 굴어서 얻을 것은 하나도 없다, 모두

잃고 말 것이다. 그레천도 진의 협조가 필요하겠지만 진이야
말로 그레천의 협조가 간절했다.

"그레천, 힘든 일이라는 거 알아요." 진은 자기가 얼마나 실
망했는지 자세히 얘기하고 싶다는 충동을 억누르며 말했다.
"내가 당신을 더 편하게 해줄 방법이 있다면 말해 줘요. 내가
당신을 믿는 거 알잖아요, 그레천. 그리고 이런 말이 도움이
될지 모르겠지만, 뱀버 박사도 믿는 것 같아요. 하지만 과학은
믿음과 관계가 없어요. 이제 두 가지─혈청 검사와 피부 이식
─밖에 안 남았어요. 그것만 하면 끝이에요."

"알았어요. 미안해요. 골칫덩이 환자 노릇을 할 생각은 아니
었는데. 이렇게까지 고생해 줘서 고마워요."

"고마워할 필요 없어요." 진이 활기차게 대답했다. "우린 다
한 팀이잖아요."

낮게 깔려 구르듯 흘러가는 구름이 점점 모이더니 통통한
빗방울 몇 개가 두 사람 사이의 보도에 떨어졌다. 진은 혹시
그레천이 집으로 들어가자고 하고 안에서 이야기를 마무리 지
으려나 생각했지만 그럴 기미는 없었다.

"하워드한테 전화해서 다음 날짜를 알려주면 맞춰서 갈게
요." 그레천이 카디건 등판을 머리 위로 올려 머리카락을 가리
며 약속했다.

"지금 알려줄게요." 진은 그레천이 하워드를 비서처럼 부리
는 것에 화가 나서 이렇게 말했다. "이번 주 금요일 오전이에

요. 9시에 채링크로스역에서 만나요. 밤새 물 말고는 아무것도 먹거나 마시면 안 돼요."

문제는 해결되었고, 두 사람은 헤어졌다. 이제 본격적으로 비가 내렸다. 그레천은 팔을 들어 머리를 가린 채 달려갔고 진은 그날 아침 우산도 없이 집을 나선 것과는 아무 상관 없는 어렴풋한 불만을 느끼며 버스 정류장을 향해 터벅터벅 걸어갔다.

두 사람은 매표소 앞에서 포옹으로 인사를 나눈 다음 마거릿의 양옆에 서서 스트랜드로 향했다. 지난번에 만났을 때의 예민한 분위기는 잊힌 듯했다. 진은 어울리지 않을지도 모르지만 낡은 레인코트 라펠에 에메랄드와 오팔 브로치를 시험 삼아 달고 나왔다. 하워드가 이 선물을 비밀로 했는지 아닌지 궁금했다. 이 브로치의 상징적인 가치는 그 사실 여부에 달려 있었다. 그러나 만나서 인사를 하자마자 그레천이 브로치를 보고 말했다. "그게 이디 고모님 브로치예요? 하워드가 정말 잘 고쳤네요. 새것 같아요."

"네." 진이 실망과 안도를 동시에 느끼며 말했다. 선물의 낭만적인 의미는 조금 줄었을지 모르지만 적어도 하워드의 고결함은 무사했다. "고모님은 정말 친절하세요— 하워드도 그렇고요."

"이디 고모님이 선물이라고 주는 물건들은 정말 골치 아파요." 그레천이 받아쳤다. "전부 망가지거나 어설픈 것들뿐이라서 결국은 애초에 원하지도 않았던 물건을 손보느라 돈을 쓰게 되죠. 그 끔찍한 신발은 전부 자선바자에 보내 버렸어요."

"모피 외투는요?"

"그건 놔뒀어요." 그레천이 인정했다. "장뇌 냄새가 나지만 혹시 모르니까요."

이번에는 접수 담당자에게 이들이 오는지 잘 지켜보라는 지시가 내려왔는지 세 사람이 아가 스트리트 별관에 들어서자마자 뱀버 박사가 직접 나타나서 자기 사무실로 안내했다. 벽난로에서 석탄이 타올랐고 책상은 펼쳐진 책과 서류로 뒤덮여 있었다. 의사라기보다는 바쁜 학자의 서재 같았다.

"여기까지 다시 와 주셔서 감사합니다." 뱀버 박사가 넉살 좋게 말하며 석탄을 뒤적여 재를 눈사태처럼 받침쇠 밑으로 내려보냈다. 그가 모녀를 향해 미소를 지었다. "어떻게 지내셨죠?"

"배고파요." 마거릿이 속삭였다. 아이는 그날 아침에야 금식이 뭔지 배웠는데, 별로 마음에 들지 않는 것 같았다.

"그러면 시간을 낭비하지 말도록 하죠—채혈이 끝나자마자 차랑 토스트를 줄게."

난롯불에서 불꽃이 하나 튀어서 깔개에 내려앉더니 연기를 피웠다. 뱀버 박사가 반짝이는 단화를 신은 발로 불꽃을 밟아서 껐다.

"저번 약속 못 지켜서 죄송해요." 그레천이 흰 장갑의 손가락을 하나씩 하나씩 잡아당겨 벗어서 핸드백에 넣으며 말했다. "기분 상하지 않으셨으면 좋겠어요."

뱀버 박사는 전혀 아니라며 손사래를 쳤다. 진은 힘의 균형이 그레천 쪽으로 약간 기울었음을 느꼈다. 과학자들은 그레천을 처음 만났을 때 기껏해야 호기심의 대상이고 최악의 경우에는 사기꾼이라는 가정하에 예의 바르면서도 거만하게 대했다. 그레천은 수줍어했고 전문가들에게 고마워했다. 그러나 검사 결과가 누적되면서 의료진의 관심과 그레천의 위치가 동시에 높아졌다. 이제 유니콘이나 인어와 맞먹는 현상으로 증명될 순간이 눈앞에 다가오자 그레천은 여왕처럼 당당하게 이 모든 과정에 무관심해졌다. 정말 이상했다.

"틸버리 부인에게 검사가 어떻게 진행되는지 설명해 주세요. 실험실의 쥐 취급을 받진 않을까 걱정이에요."

"아, 물론 그건 아니죠." 뱀버 박사가 항변했다.

"그렇게 말하진 않았어요." 그레천이 화들짝 놀란 뱀버 박사를 달래며 말했다. "그냥, 정확하게 안 가르쳐 주시는 것 같아서요."

"그러면 간단하게 설명해 드리죠." 그가 만년필을 들고 뚜껑을 만지작거리기 시작했다. "저야 제 연구 분야에 관해서 이야기하는 것을 무엇보다 좋아하지만, 환자들은 대부분 자세한 설명을 지루하게 여기거든요."

"틸버리 부인은 환자가 아니라 자원자라고 생각하시는 게 좋겠어요. 아픈 게 아니니까요." 진은 의사—도움을 주는 의사

266

도 마찬가지였다—에 대한 불신을 별로 깊이 숨기지 않았다.

"물론이죠. 오늘 할 검사는 혈청단백 전기영동법이라는 겁니다. 혈청이란 혈액에서 적혈구와 백혈구를 뺀 것을 말하죠. 혈청에는 단백질—알부민과 다양한 글로불린, 알파, 베타, 감마—이 들어 있어요. 각각의 단백질은 서로 다른 전하를 띠고 체액 속에서 움직이며 독특한 패턴을 나타냅니다. 보통은 이 검사를 통해서 질병을 진단하지만, 우리 경우에는 두 가지 패턴—당신과 마거릿의 패턴—을 비교해서 변이가 있는지 확인할 겁니다." 그가 얼굴을 빛냈다. "그러므로 두 사람의 혈액을 약간만 채취하면 됩니다. 그걸로 검사할 거예요."

"알겠어요." 그레천이 차분하게 말했다. "감사합니다."

뱀버 박사가 설명하는 동안 마거릿은 눈썹을 찌푸리고 집중했다. 진은 난해한 어휘를 열심히 수집하는 천사의 목소리가 다음에 쓰려고 글로불린과 전기영동법을 기록해 두는 것은 아닐까 생각했다.

노크 소리가 나더니 간호사가 비밀 신호라도 기다리고 있었던 것처럼 나타나 모녀를 채혈실로 데려갔다.

그레천과 마거릿이 돌아오자 뱀버 박사의 비서가 약속했던 간식을 들고 나타났다. 사람은 넷인데 의자는 세 개, 토스트는 두 조각밖에 없었으므로 화기애애한 티파티가 열릴 가능성은 없었다. 금식하지 않은 진과 뱀버 박사는 토스트를 사양했고, 뱀버 박사는 자리에 앉은 손님들을 내려다보며 발뒤꿈치에 힘을 주고 서서 어색하게 몸을 앞뒤로 흔들었다.

어차피 그레천은 머뭇거릴 생각이 없었다. 그녀는 재빨리 차를 마시고 토스트 반쪽을 마거릿에게 준 다음 그만 갈 준비가 되었다는 뜻으로 재킷 단추를 채우기 시작했다. 밖으로 나오자 그레천이 진을 향해 돌아서더니 무슨 부탁을 하고 싶은 것처럼 머뭇거렸다.

"생각해 봤는데요. 너무 뻔뻔하다 싶으면 말해 주세요."

"무슨 일이에요?" 진이 말했다.

그레천이 손목시계를 보았다. "시내에 나온 김에 해야 할 일이 몇 가지 있거든요. 여기까지 나왔다가 그냥 돌아가는 건 아깝잖아요. 그런데 마거릿은 학교로 돌아가야 해요."

"안 가도 돼요." 마거릿이 말했다. "영어 수업인데, 어차피 영어는 지금도 제일 잘해요."

"학교를 계속 빠지면 안 돼."

"내가 마거릿을 데려다줄까요?" 진은 멜섬 부인과의 경험에 비추어 보았을 때 이런 상황에서 부탁하는 사람은 상대방이 먼저 이야기를 꺼내주기 바란다는 사실을 알고 이렇게 말했다. "원하면, 내가 데려다 줄 수 있어요."

책상에 일이 잔뜩 쌓여 있었다. 끝내지 못한 기사, 채우지 못한 지면, 다가오는 마감일……. 하지만 신경 쓰지 말자. 집으로 가져가서 어머니가 잠자리에 드신 후에 하면 된다.

"아, 그렇게 해 줄래요? 정말 고마워요." 그레천이 핸드백에서 펜과 노트를 꺼내서 찾아가는 길을 그리기 시작했다. "역에서 5분밖에 안 걸려요."

"어딘지 내가 알아요." 마거릿이 당당하게 말했다. "여기서 혼자서도 찾아갈 수 있을걸요."

"그래, 그럴 거야. 하지만 이상한 사람들이 있을지도 몰라서 그래."

"엄마 혼자 몰래 빠져나가서 나만 빼고 아빠랑 점심 먹으려는 거죠?" 마거릿이 말했다. 그레천이 얼굴을 붉히며 아니라고 부인하자 오히려 정말 그런 것 같았다.

"아니야. 진짜 약속해."

그레천은 마거릿의 가방에 도시락과 선생님께 전할 쪽지가 들어 있는지 확인한 다음 짧게 자른 머리카락을 흔들며 빠른 걸음으로 스트랜드를 따라 걸어갔다.

낡은 비닐 비옷, 그냥 버리지 마세요. 모자 부분을 잘라 내서 세면도구 가방으로 유용하게 쓸 수 있다. 커다란 등 판을 여행용 가방 안감으로 활용하면 여행 중에 비가 와 도 내용물을 젖지 않게 보호할 수 있다.

20

10월 말이 되자 진은 어머니와 바닷가에 가려고 일주일 동안 휴가를 신청했다. 예전에는 헤러깃의 삼촌 부부 집으로 일주일 정도 휴가를 갔었다. 아직까지 연락하고 지내는 마지막 친가 친척이었는데, 세월이 한참 지났지만 삼촌은 아직도 가족을 버린 형 대신 보상을 하고 싶은 것 같았다. 삼촌은 낮 동안엔 진에게 자동차를 빌려주었고 두 사람이 손님으로 지내는 동안은 돈을 하나도 못 쓰게 했다.

그러나 최근 몇 년 사이 삼촌의 건강이 많이 악화되어 폐기종에다가 동맥까지 막히는 바람에 숨을 쉬는 것도 움직이는 것도 무척 힘들어졌다. 숙모는 더 이상 집으로 초대할 수 없다고 확실히 말했지만, 삼촌은 아직도 크리스마스와 생일마다 20파운드씩 보내왔다. 이 너그러운 선물이 어머니의 유일한 용돈이었다.

따라서 지난 몇 년 동안 두 사람은 호텔이나 민박처럼 더 비싼 곳을 선택할 수밖에 없었다. 보통은 학교가 개학해서 휴양지가 조용해지는 9월 초에 여행을 갔다. 그러나 이번 여름에는 진이 틸버리 가의 문제에 열중하는 사이 시간이 순식간에 지나갔다. 가을이 거의 다 되었는데도 휴가 준비는 전혀 안 되어 있었다.

어머니는 이 실수에 대해서 아무 말도 하지 않았다. 어머니가 먼저 이야기를 꺼내지 않았기 때문에 진은 휴가 준비를 회피할 수 있었지만 잠을 이루지 못할 때마다 그 생각이 계속 떠올라 그녀를 괴롭혔다. 진은 실용적인 일은 아무것도 할 수 없는 새벽 3시에 잠에서 깨 가만히 누워 있을 때면 게으름과 꾸물거리는 버릇 때문에 죄책감에 시달렸고 시간이 나자마자 페츠우드의 여행사에 전화하겠다고 다짐했다. 하지만 아침이면 잊어버렸다.

사실 진은 이런 휴가가 전혀 즐겁지 않았다. 어머니의 지나친 요구와 불만, 별난 언행에 잠시도 쉬지 않고 시달려야 했는데, 집에서 멀어질수록 더 심해지는 것 같았다. 그러나 진은 어머니가 날씨와 음식과 매트리스에 대해 불평을 늘어놓는 휴가를 기대하고 있으며 어머니에게 여행은 크나큰 즐거움이라는 사실을 알았다. 또한 쇠약하고 신경질적인 어머니를 모시고 택시와 기차와 버스에서 호텔로 이동하는 것이 매년 더 힘들어지고 있으며 이 전통을 한 번 빼먹기 시작하면 절대 되살릴 수 없으리란 사실도 잘 알았다.

마지막으로, 진은 틸버리 가족이 포리스트 오브 딘으로 짧은 휴가를 떠난다는 얘기를 듣고 자신을 찾을 일은 없겠구나 싶어서 리밍턴의 스탠모어 하우스 호텔에 객실 두 개를 예약했다. 시기가 딱 맞았다. 모녀의 전기영동법 혈청 검사 결과가 일치해서 서로에게 피부 이식을 실시한 참이었다.

로이드 존스 박사는 마거릿이 정말 처녀생식으로 태어났다면 그레천에게서 받은 유전 물질로만 구성되어 있기 때문에 어머니에게 이식한 딸의 피부가 무사히 자리를 잡을 것이라고 예상했다. 이식한 피부가 벗겨지기 시작하면 일치하지 않는 항원이 적어도 하나는 존재한다는 뜻이며, 이는 아버지의 존재를 나타낸다. 이제 이식한 피부에 대한 거부 반응이 일어나는지 두고 보는 일만 남았다.

진은 휴가를 떠나기 전에 극도의 집중력으로 속도를 내고 업무 시간을 늘려서 책상에 쌓인 일 더미를 깨끗하게 해치우고 다음 호에 실릴 기사를 미리 썼다. 평소에 담당하는 코너를 끝냈을 뿐만 아니라 요리법 기사를 취합해서 〈전국 수프 주간 특집〉을 만들었고, 떨어지는 기온에 맞춰 조끼를 칭송하는 쾌활한 칼럼을 썼다. 진은 정원을 본격적으로 돌보지 못한 지 꽤 되어서 〈금주의 정원〉 칼럼에 쓸 거리가 없었기 때문에 교회 맞은편 원예점 오클랜즈에 전화를 걸어 주인에게 계절에 맞는 조언을 구했다.

진은 피부 이식 검사에서 무슨 진전이 있을 경우에 대비해 로이 드레이크에게 리밍턴 호텔 전화번호를 남겼고, 그는 무슨 소식이 있으면 지체 없이 알려 주겠다고 약속했다. 로이드 존스 박사는 진에게 자리를 비운 동안 무슨 일이 일어날 거라는 기대는 하지 말라고 말했다. 어머니 A와 딸은 포리스트 오브 딘에서 돌아올 때까지 붕대를 풀지 않기로 했다. 최종 결과는 몇 주가 아니라 몇 달 뒤에나 나올 예정이었다.

진은 그동안 어머니에게 휴가에 대한 기대를 불어 넣으려 애썼지만 정작 본인은 망설이면서 워털루행 기차에 올랐다. 기차가 묵직하게 출발하자 진이 한숨을 너무 크게 쉬었기 때문에 어머니가 걱정스럽게 올려다보며 어디 아프냐고 물었다.

"아뇨, 안 아파요. 그냥 뭔가 빠뜨린 게 아닐까 싶어서요. 항상 하는 걱정이잖아요." 진이 말했다.

"휴가를 가면 너도 좋을 거야. 넌 그 일을 너무 열심히 하잖니. 항상 바쁘게 뛰어다니고."

진은 자기 월급—항상 힘들게 뛰어다니는 수고의 결실—이 없으면 휴가도 못 간다고 지적하고 싶었지만, 꾹 참았다. 대신 말없이 노트로 피신해서 그레천, 하워드, 앨리스와 마사의 인터뷰, 세인트 서실리아의 평면도, 그 이후에 적어둔 정보를 다시 살펴보았다. 어떤 페이지는 둘로 나누어서 처녀잉태 +/-라고 적어 놓았다.

+

G가 정직하다는 H의 믿음

G가 진실하다는 A의 생각

나의 첫인상

혈액검사

미각 검사

타액 검사

혈청 검사

\-

G가 거짓말을 하고 있다는 M의 생각

G의 초조함─왜 하필 이제 와서?

G의 숨겨진 슬픔─ 상관없을까?─ 하지만 뭔가를 숨길 수 있
음을 보여준다.

수면제를 먹고 잠─기회?

하지만 그럴 기회가 없고, 게다가 키티는?

브렌다는?

맞은편에 앉은 어머니는 또 코바늘로 도일리[35]를 뜨고 있었고
어머니의 손에서 포리지 색의 원이 도예가의 진흙처럼 빙빙
돌며 빠르게 커졌다. 집에 도일리가 수십 개는 있었다. 꽃병,
램프, 장식품 아래마다 작은 털실 웅덩이가 있었지만, 그 외에
도 찬장 서랍 하나를 가득 채울 정도의 도일리가 있었다.

---

35 작은 그릇이나 잔 등의 밑에 까는 작은 깔개

진이 지켜보고 있으니 어머니가 시선을 들었다가 얼른 다시 내렸고, 불빛을 받은 안경이 눈부신 거울처럼 변했다. 그러자 진은 어머니의 눈동자가 무슨 색인지 전혀 모른다는 생각이 들어 깜짝 놀랐다. 분명 한때는 알았겠지만 두 사람이 제대로 눈을 맞춘 지 몇 년—아마 십여 년—은 지났을 것이다.

두 사람은 서로의 실망과 비극을 목격했지만, 진은 그런 일에 연연하는 것은 나약하고 부끄럽다고 늘 생각했기 때문에 두 사람의 대화는 절대 표면에서 벗어나지 않았다. 가끔 진은 두 사람이 위험할 만큼 짐을 잔뜩 실은 배를 타고 표류 중이라는 느낌, 폭풍 같은 감정이 한순간만 몰아쳐도 전복될 것 같다는 느낌이 들었다.

어머니가 코바늘을 내려놓고 독서용 안경을 벗은 다음 눈을 세게 깜빡이고 나서 창밖으로 흘러가는 서리의 시골 풍경에 초점을 맞추었다. 깔끔한 농장, 잘 관리된 산울타리, 잘 갈아둔 밭.

회색이구나, 진이 깜짝 놀라며 생각했다. 눈동자가 회색이야.

도리에게

어머니와 나는 리밍턴에서 일주일 동안 휴가를 보내는 중이야. 앞면의 사진이 번화가의 모습이야. 우리 호텔은 오른쪽의 기둥이 있는 건물이야. 비수기라 아주 조용해서 우리한테는 잘 맞아. 고풍스러운 가게가 모인 예쁜 자갈길이 항구로

이어지고 거기서 와이트 섬이 보여. 우리는 몇 시간이고 가만히 앉아서 배들을 바라봐.

호텔까지 걸어 올라오는 게 어머니에게는 조금 힘들지만, 어제는 우리가 불쌍했는지 벤틀리를 타고 가던 사람이 호텔까지 태워 줬어. 그 뒤로 어머니는 거의 그 얘기만 하셔. 월요일에는 버클러스 하드로 버스 관광을 다녀왔는데, 작은 집들이 강을 향해 줄지어 늘어선 어촌이야. 다행히도 지금까지는 날씨가 좋았어.

케네스와 쌍둥이에게 사랑을 전해 줘.

진

마거릿에게

네가 이 편지를 읽을 때쯤이면 우리 둘 다 집에 돌아가 있겠지만, 그래도 괜찮아. 네가 포리스트 오브 딘에서 즐겁게 지내고 있으면, 그리고 제마이마가 리지의 집에서 얌전히 잘 지내고 있으면 좋겠구나. 우리는 뉴포리스트 가장자리의 리밍턴이라는 곳에서 지내고 있는데, 이름에 새롭다는 뜻의 '뉴'가 붙어 있지만 사실은 굉장히 오래된 곳이란다. 기차를 타고 내려올 때 야생마도 봤어.

우리가 묵는 호텔에 고양이가 한 마리 살고 있는데, 라운지에 제일 좋아하는 의자도 있어. 침실 문을 열어놓으면 고양이가 몰래 들어와서 베개에 올라가 잠을 자.

호텔에서 걸어갈 수 있는 거리에 찻집이 여섯 개쯤 있기 때문에 우리는 매일 다른 찻집에 가. 하지만 그 어디도 심슨스랑은—그리고 집에서 만든 스피츠부벤이랑은—비교가 안 되네.

너의 친구

진

일주일이 거의 끝나갈 때쯤 날씨가 변하더니 서쪽에서 각종 전선이 겨울비를 몰고 왔기 때문에 진과 어머니는 밖으로 나갈 수 없었다. 두 사람은 최대한 늦게 일어나 아침 식사를 한 다음 라운지에서 진러미 카드 게임을 하거나 잡지 과월호를 읽었다. 악천후 때문에 다른 숙박객들도 고립되었지만, 라운지 자체가 컸고, 가구 배치—외딴섬처럼 고립된 자리마다 윙백 안락의자가 낮은 커피 테이블을 둘러싸고 있고 각 자리 사이에는 널찍한 카펫이 깔려 있었다—도 자연스럽게 어울리는 분위기를 만드는 데는 도움이 되지 않았다. 다들 암묵적인 동의하에 한 번 앉았던 자리에 계속 앉았고, 서로 스쳐 지나갈 때도 영국 날씨의 변덕스러움을 절감하는 동지로서 미소나 끄덕임을 주고받을 뿐이었다.

어느 정도 나이가 든 손님 중에 스위니 모녀보다 열 살 정도 많은 모녀가 있었다. 노부인은 달덩이 같은 얼굴에 몸집이 통통했고 귀가 잘 안 들려서 말을 잘 못 알아들었다. 딸은 날씬

278

하고 어깨가 동그랗고 얼굴이 습진투성이였다. 축 처진 입가, 늘어진 카디건, 반지를 끼지 않은 손가락, 끔찍한 스타킹은 금욕이 무엇인지 진에게 열렬하게 말해 주고 있었다. 진은 라운지의 정적 속에서 그 딸이 잡지 넘기는 소리와 카드놀이 소리보다 큰 목소리로 반복되는 당혹스러운 질문에 참을성 있게 대답하고 또 대답하는 소리를 들었다.

"비가 지나가기를 기다리고 있어요…….""아뇨, 우리 점심 먹었잖아요. 비가 그칠 때까지 그냥 기다리는 거예요……." "날이 개면요. 그때 나갈 거예요." 딸이 물어뜯긴 손톱으로 새빨개진 팔을 긁으며 말했다.

다른 손님들의 대화를 엿듣고 그것에 대해 말을 해도 된다고 생각하는 진의 어머니가 이렇게 말했다. "그만 좀 긁어야 할 텐데. 저러다가 감염되지."

여자가 시선을 들고 얼굴을 붉혔다.

"어머니!" 진이 안락의자의 날개 뒤로 몸을 웅크리며 어머니를 질책했다.

라운지가 너무 조용해서 다들 속삭였기 때문에 진의 어머니를 포함해서 남을 신경 쓰지 않는 몇몇 사람들의 말이 유난히 잘 들렸다.

"일주일 내내 날씨가 이 모양이면 내일 돌아가는 게 낫겠어." 또 다른 손님이 남편에게 낮은 목소리로 말했다.

"저 여자분은 이제 지겹다는구나." 진의 어머니가 말하자 몇 사람이 고개를 돌려 바라보았다.

한쪽 구석에서 초록색 트위드 차림의 노인이 차를 마시다가 꾸벅꾸벅 졸았다. 그의 배에 놓인 찻잔과 잔 받침이 떨리는 손 사이에서 위태롭게 덜그럭거리며 파도가 넘실거리는 바다의 작은 배처럼 오르락내리락했다.

"너도 코 고는 소리 들리니? 어디서 코 고는 소리가 나는데." 어머니가 이렇게 말했고, 진은 노인의 잔이 무릎으로 쏟아지기 전에 얼른 달려가서 구했다.

진이 자기 섬으로 돌아가는 길에 폭압에 시달리는 딸과 시선이 마주치자 둘이서 침울한 미소를 교환했지만, 이 공감의 순간도 큰 위안이 되지는 않았다. 오히려 전혀 장밋빛이 아닌 자신의 미래가 슬쩍 보였다. "난 저 여자랑 달라요." 진은 호텔 라운지에 대고 소리치고 싶었다. "난 직업도 있고 날 존중하는 동료도 있고 나를 좋아하고 내 가치를 알아주는 남자도 있어요!" 그러나 집에서 너무 멀리 떨어져 있으니 확신이 살짝 흔들렸고, 다음 날 아침에도 창문을 때리는 빗소리에 잠을 깨 또 하루 억지로 빈둥거리며 보낼 생각을 하니 공황에 가까운 느낌이 들었다.

진은 너무나 절박한 나머지 두 사람 다 자동차에 별 흥미가 없는데도 마감 직전에 뷸리[36] 관광을 예약했다.

---

36 뉴포리스트 국립공원에 위치한 작은 마을로 국립 자동차 박물관이 있다.

안개 낀 버스 차창 너머로 보이는 뉴포리스트는 납빛 하늘 아래 비바람에 시달리는 가시금작화와 넝마 같은 나무들이 펼쳐진 황량한 풍경이었다. 진의 어머니는 버스 타는 곳까지 잠깐 걸었을 뿐인데도 발이 젖어서 이제 그것에 대해서 집중적으로 투덜거렸다. 우산을 들었지만 씌워 주느라 비를 다 맞고 흙투성이가 된 진은 자기 자리에 쭈그리고 앉아서 맹렬하게 담배를 피웠다.

뷸리에 도착했지만, 어머니는 버스에서 내리지 않으려 했다. 너무 축축하고 추워서 몇 걸음 걷는다는 생각만 해도 귀찮았다.

"난 여기서 보는 게 좋아. 넌 갔다 오렴." 어머니가 이렇게 말했다. 진은 더 이상 설득할 필요도 없이 잠시 혼자 있을 기회를 얼른 잡았다.

진은 다른 사람들과 함께 한 줄로 서서 옛날 자동차들을 둘러보며 쉴 새 없이 말을 쏟아내는 어머니에게서 잠시 벗어나 자유 시간을 즐겼다. 모르는 사람들 사이에 혼자 있으면 말이 없어지는 사람들도 있지만 진이 생각할 때 어머니는 들어주는 사람이 있으면 목소리가 더욱 커져서 상대방이 어떻게 받아들일지는 아랑곳없이 자기 생각을 쏟아내는 부류였다.

소형 자동차 컬렉션과 일반 대중에게 공개된 몇몇 전시실을 전부 둘러본 후에도 시간이 남았지만, 진은 버스로 서둘러 돌아가는 대신 침묵과 자유롭게 걸어 다닐 기회를 만끽했다. 어머니는 같이 걸을 때면 금방이라도 넘어질 것처럼, 그렇게 되면 진과 같이 넘어지려고 마음먹은 것처럼 자꾸 팔을 붙잡고 몸을 기댔다.

출발 시간에 맞춰 돌아오니 버스는 이미 출발할 준비가 되어 있었다. 엔진이 웅웅거리고 승객들이 초조하게 기다리고 있었다. 진은 사람들의 못마땅한 시선을 받으며 비틀비틀 통로를 지나 자리에 앉았다.

"무슨 일이라도 생긴 줄 알았다." 어머니가 말했다. "다들 기다렸어."

엔진을 꺼 놓는 동안 버스 안이 추워졌기 때문에 진은 외투 옷깃을 귀까지 바짝 세우고 몸을 움츠렸다.

"늦은 거 아니에요." 진이 그 증거로 시계를 들이대며 속삭였다. "다른 사람들이 빨리 온 거예요."

사과를 하는 것이 더 쉬웠겠지만 그건 너무 굴욕적이었다.

버스 기사는 브로큰허스트와 스웨이를 거쳐서 길을 빙 둘러 갔다. 그는 웅웅거리는 와이퍼 소리와 기관총처럼 쇠 천장을 때리는 빗줄기 소리보다 더 목소리를 높여 "경치를 즐기시죠"라고 즐거운 기색도 없이 말했다. 담배 연기가 자욱한 버스 안의 공기와 소용돌이치는 바깥 하늘 때문에 그림 같은 풍경은 상상도 할 수 없었다.

"음, 좀 실망스럽더구나." 손님들이 우산을 털고 호텔로 들어가 구름 같은 수증기와 젖은 레인코트에서 풍기는 버섯 같은 냄새로 로비를 채울 때 진의 어머니가 이렇게 평가했다.

그러자 다들 그렇다고 맞장구를 쳤다. 사람들은 비수기 여행의 위험성과 날씨에 대해서 진부한 말을 주고받기 시작했고, 이내 지난 며칠 동안의 냉정하고 조심스럽던 태도가 완전히 녹아내리더니 다들 한 무리가 되어 경쾌하게 투덜거리며 라운지로 들어갔다. 나중에 진의 어머니는 휴가 중 이날이 가장 좋았다고 말했다.

어머니는 나들이를 다녀오느라 힘들었는지 일찍 잠자리에 들었다. 두 사람은 식당에서 마지막 식사―토마토 수프, 감자와 콩 소테를 곁들인 피시케이크, 셰리트라이플―를 했고 역시 뷸리 원정대에 있었던 은퇴한 은행 이사 부부와 크리비지 카드 게임을 했다. 대화를 나누다가 노부부가 여기서 50킬로미터도 떨어지지 않은 블랜드포드 포럼에 살고 있으며 전쟁 이후 매년 이 호텔로 휴가를 온다는 사실을 알게 되었다. 이곳에서 보낸 일주일이 영원과도 같았던 진은 그들의 평온한 모습을 보자 우울하고 불쾌했다.

노부부는 런던에 가본 적도, 가고 싶은 생각도 없었다. 사람도 많고 테디보이[37]도 많다고 들었는데 그런 건 질색이라고 했다. 발전의 또 다른 상징인 텔레비전과 자동차도 마찬가지로 싫다고 했다. 텔레비전은 가정생활을 위협했고, 자동차는

---

37 1950년대 영국에서 로큰롤 음악을 좋아하고 짧고 딱 붙는 바지, 금속 장식으로 고정시키는 끈 타이 등 에드워드 시대 복장을 즐겨하던 청년

시골을 망치는 원인이자 공중 안전을 위험에 빠뜨린다고 생각했다.

진은 자동차가 그렇게 철천지원수처럼 싫은데 블리 관광은 왜 갔을까 생각했지만, 예의상 대놓고 묻지는 못했다. 게다가 그들이 말하는 태도를 보니 한 번도 반박당해 보지 않은 것처럼, 아마 반박당해도 인식하지 못하는 것처럼 확신이 넘쳤다. 그래서 진은 반박하는 대신 속을 부글부글 끓이며 〈쌤의 한마디〉에서 편협한 애향심을 다룬다면 어떻게 쓰는 게 좋을까 생각하기 시작했다. 물론 신문에 실을 수는 없겠지만 생각하는 것만으로도 울분을 달랠 수 있었다.

노부부에게 진의 어머니는 약간 정신없는 영혼의 단짝이나 마찬가지였다. 어머니는 두 사람의 모든 말에 맞장구를 쳤지만, 가끔 말을 잘못 알아듣고 정반대의 입장에 적극적으로 찬성했다. 진이 끼어들어서 대화의 흐름에 맞게 어머니의 말을 고쳐준 것도 한두 번이 아니었다. 그러다 보니 대화가 어색해졌기 때문에 하루에 너무 많은 일을 겪느라 지친 어머니가 이제 그만 자러 가야겠다고 선언하자 진은 안심했다.

"음, 아주 괜찮은 부부였어." 어머니가 위층으로 올라가며 이렇게 말했고 진이 구시렁거리자 동의한다는 뜻으로 받아들였다. "첫날부터 알았으면 참 좋았을 텐데 아쉽구나."

진은 어머니가 한참 동안 잠자리에 들 준비를 하는 동안 옆방에서 조심스럽게 지켜보다가 헤어네트를 쓰고 잠이 잘 오게 해줄 조젯 헤이어의 소설까지 챙겨서 자리에 눕는 것을 확인한 다음 빠져나갔다.

태풍은 황폐한 하늘만 남겨둔 채 물러갔고 낮보다 따뜻해졌다. 달이 커다란 밀랍 얼굴로 거리를 비추었고 상처 입은 구름 몇 조각이 그 앞을 지나갔다. 진은 그날 밤 마지막 담배를 즐기며 부두 쪽으로 걸어 내려갔다.

진이 킹스헤드에 가까워졌을 때 술 취한 노동자들이 요란하게 등장했다. 맥주를 마시고 기분 좋게 취한 남자들이 그녀에게 인사를 건네더니 서로 잡아당기며 길을 비켜 주었는데, 이 과장된 정중함은 예의 바른 태도라기보다 놀리는 것에 가까웠다. 떼로 몰려다니는 질 낮은 남자들을 상대하는 것에 익숙한 진은 겁먹지 않았다.

"안녕하세요." 진이 발랄하게 말하자 남자들이 동요했다.

"'안녕하세요'래!" 한 명이 멀어지는 그녀의 뒷모습을 돌아보며 외쳤다.

항구는 조용했고 달빛 속에서 작은 배들이 가볍게 흔들리며 출렁거렸다. 솔렌트 해협 너머로 검은 덩어리 같은 와이트 섬이 보였고 야머스 마을은 해안에 흩어진 불빛들이었다. 진은 벤치에 앉아서 경치를 감상하며 하워드를 향해 흘러가는 생각을 막지 않고 그는 어디에 있을까, 바로 지금 그 역시 바깥에서 같은 별들을 바라보고 있을까 생각했다.

그때 누군가가 다가와서 예의에 어긋날 정도로 가까이 붙어서는 것이 느껴져서 뒤를 돌아보니 같은 호텔에 묵는 정신이 혼미한 노부인이었다. 겉모습이 어딘가 이상했다. 진은 잠시 후에야 노부인이 실내용 슬리퍼와 잠옷 차림에 외투만 걸치고 있음을 깨달았다. 맨다리에 보라색 정맥이 밧줄처럼 길게 뻗어 있었다.

"안녕하세요." 진이 노부인의 딸을 찾아 주변을 두리번거리며 말했다. "저처럼 신선한 공기를 마시러 나오셨나 봐요."

"아니야." 대답이 돌아왔다.

"호텔까지 돌아갈 수 있으세요? 꽤 걸어야 하는데."

노부인이 어리둥절하게, 약간의 적의를 가지고 진을 빤히 보았다. "네가 노라라고 말하려는 거지, 이 못된 년." 그녀가 덧붙였다.

30분 정도 조용한 시간을 보내려던 계획이 틀어졌다. 진은 노부인을 안전하게 데려다 줘야 한다는 책임감에 굴복했다. 한 노인의 소소한 요구 대신 다른 노인의 더욱 긴박한 요구를 들어 주게 되었다는 아이러니에 짜증이 나서 노부인을 그냥 내버려 둘까도 잠시 생각했지만 바로 코앞에서 기름처럼 검은 바닷물이 항구 벽을 때리고 있었다.

"전 이제 돌아가려고요. 같이 걸어갈까요?" 진이 팔을 내밀었다.

노부인은 부두를 등지고 마을로 안내하는 진의 손길에 자신을 순순히 맡겼지만 몇 걸음마다 발을 멈추고 뻣뻣한 목을 돌려 새삼 이상하다는 듯이 진을 보았기 때문에 속도가 더뎠다.

"넌 대체 누구니?" 노부인이 말했다. "노라처럼 생겼는데 냄새가 다르네."

마침내 호텔의 우아한 기둥이 보였고 노부인의 딸이 계단에 서서 초조한 모습으로 안달하며 길 위아래를 불안하게 흘끔거리고 있었다. 그녀가 안도와 원망으로 거의 이성을 잃고 두 사람을 향해 달려왔다.

"어머니. 도대체 어디 갔었어요? 미치는 줄 알았잖아요. 깨끗한 수건을 가지러 가느라 아주 잠깐 자리를 비웠거든요. 아, 이제 정말 안 되겠어요. 정말 감사합니다." 그녀가 중얼거렸다.

"부두 끝에서 발견했어요." 진은 하마터면 끔찍한 일이 생길 뻔했다고 알려야 할 것 같아서 이렇게 말했다.

딸이 눈을 굴렸다. "정말 친절하시군요. 아무리 감사를 드려도 모자라요. 엄마, 이제 가요. 얼음장처럼 차갑잖아요."

지금까지 온순하게 진의 팔짱을 끼고 있던 노부인이 갑자기 몸을 떼더니 딸을 세게 밀어서 벌러덩 쓰러뜨리고 쿵쾅거리며 호텔로 들어갔다.

넘어진 딸은 치마가 무릎 위로 말려 올라갔는데도 기둥 앞에 쓰러진 채 꼼짝도 하지 않았기 때문에 진은 기절했거나 더 심한 일이 생긴 게 아닐까 걱정했다. 하지만 그녀가 곧 신음을 뱉더니 다리를 끌어당기고 손을 들어 다친 곳이 없는지 뒷머리를 만져 보았다.

난처하게도 너무나도 공개적인 장소에서 벌어진 가정불화의 목격자가 되어버린 진이 그녀의 옆에 쪼그리고 앉았다.

"괜찮으세요? 의사 불러 드릴까요?"

여자가 양손으로 얼굴을 가리고 소리 죽여 흐느꼈다.

개를 산책시키러 나온 젊은 커플이 도와주려고 걸음을 멈추자 진은 노부인의 딸이 술에 취했다는 오해를 살까 봐 문득 걱정스러웠다. 이 각도에서 이렇게 흐트러진 모습을 보니 며칠 동안 봤던 착실한 미혼여성 같지가 않았다.

"도와드릴까요?" 남자가 폭스테리어를 잡아당기며 물었고 개가 목줄을 끌어당겼다.

"심하게 넘어졌어요." 진은 어머니에게 맞았다는 이야기를 자기가 하면 안 될 것 같아서 이렇게 말했다. "제가 도울게요. 같은 호텔에 묵고 있거든요."

커플이 알았다는 뜻으로 어깨를 으쓱하더니 의심스러운 눈초리로 진을 돌아보며 멀어졌다.

여자는 몸을 추슬러 기둥에 기대어 앉았지만 일어나려 하지는 않았다.

"부축해 드릴 테니까 들어가실래요?" 진이 그녀의 팔에 조심스럽게 손을 얹으며 말했다. "차라도 한 잔 갖다줄게요."

진이 친절하게 말하자 여자의 눈에 눈물이 차오르더니 얼굴을 타고 흘러내렸다.

"진짜 세게 부딪치셨어요. 어머니가 자주 이러세요?" 진이 물었다.

여자가 코를 훌쩍이며 고개를 끄덕였다. "힘이 너무 세요. 언젠가 절 죽일 거예요. 제가 먼저 죽이지 않으면요."

"아, 절대 그렇지 않아요." 진이 말했다. "참을성 있게 정말 잘하시던데요." 진이 양손을 뻗어 여자를 일으켜 세우자 헐렁한 카디건 소매가 흘러내리는 바람에 멍으로 얼룩진 팔이 드러났다.

"둘 중 하나가 죽으면 좋겠어요. 누구든 상관없어요."

"그런 생각을 하면 안 돼요. 어머니를 같이 돌볼 사람은 없어요?"

멍청한 질문이라는 것은 진 역시 알았다. 사람들이 진에게 늘 하는 말이었기 때문이다. 정말로 그런 사람이 있는데 진이 생각해 보지 않았으리란 듯이 말이다.

여자는 일단 똑바로 일어서자 정신이 드는 것 같았다. 그녀는 보도에 고여 있던 더러운 물 때문에 얼룩덜룩해진 옷을 가다듬고 손수건을 둥글게 뭉쳐 얼굴을 닦았다.

"이제 괜찮아요, 고마워요." 그녀가 진의 시선만 피한 채 온 사방을 둘러보며 말했다. "귀찮게 해 드려서 죄송해요."

"차라도, 아니면 조금 더 센 거라도 한 잔 가져다드릴까요?"

"아뇨, 괜찮아요. 가서 어머니를 보살펴야죠. 제가 어디 갔나 걱정하실 거예요."

여자는 얼굴을 찡그린 채 몸을 꼿꼿이 펴고 호텔로 들어갔다.

21

스위니 양에게

편지 감사합니다. 한참 밀려서 이제야 받았어요. 편지가 옛날 주소로 갔는데 새로운 세입자가 너무 늦게 보냈나 봐요. 그 사람들이 깔고 앉아 있었던 것이 당신 편지만은 아니랍니다. 정말 짜증 나는 일이죠. 아무튼, 편지는 무척 재미있었고 옛날 기억도 많이 났어요—전부 좋은 기억은 아니지만요.

그레천은 물론 기억해요. 조용하지만 아주 상냥했죠. 아쉽게도 아주 친해지지는 못했어요. 중간에 다른 여자애— 마사 — 의 침대가 있었는데, 소유욕이 정말 강하고 다른 사람을 괴롭히는 아이였거든요. 그레천이 다른 사람한테 잘해 주려고 하면 마사가 삐졌어요. 그래서 그레천과 얘기하려면 간호사가 커튼을 치고 마사의 몸을 닦아줄 때를 기다렸다가 조심조심 빙 둘러 가야 했죠. 침대에서 일어날 수 있을 정도로 몸 상태가 좋은 사람은 저밖에 없었거든요.

두 사람은 정말 친했어요. 밤에 잠이 잘 안 올 때는 둘이서 —딱히 소리를 죽이지도 않고— 속삭이는 목소리가 들렸어

290

요. 저는 솜을 올리브오일에 적셔서 귀를 막아야 했죠! 한번은 마사가 그레천한테 수면제를 세 배로 먹자고 꼬드겨서 문제를 일으켰어요. 어떤 수녀님은 마사가 동반 자살을 기도했다고 비난했지만 몇 주 동안 계속 그랬으니까 동반 자살 같은 건 아니었어요. 제 생각에는 그냥 관심을 끌려고 그런 것 같아요.

사실 그레천이 세인트 서실리아에 있을 때 임신했다는 이야기에 조금 놀라긴 했어요. 같은 병실을 쓰던 우리들은 물론이고 수간호사 선생님이랑 수녀님들 코앞에서 말인가요? 어떻게 그럴 수 있는지 전 모르겠어요. 그레천이 퇴원한 뒤에는 연락을 주고받지 않았지만, 키티한테서는 크리스마스카드가 몇 번 왔어요. 같은 병실을 쓰던 또 다른 여자애 말이에요. 그 애는 소아마비 때문에 보조호흡기 안에 들어가서 지냈는데, 저는 그 애 자리에 가서 수다를 떨 수 있었으니 둘이 꽤 친해졌죠. 제가 말동무를 해 줘서 고마웠나 봐요. 키티는 영국에 살고 있으니 이미 찾으셨겠지만, 혹시 못 만나셨을지도 모르니까 주소를 알려 드릴게요.

K. 벤틴
켄트주, 록스보텀, 더그레인지

제가 기억하는 것 외에 키티가 뭘 더 알려줄 수 있을지는 모르겠어요.

그레천에게, 그리고 수간호사 선생님께 안부를 전해 주세요. 수간호사 선생님은 항상 절 친절하게 대해 주셨어요.

브렌다 반 링언

리밍턴에서 돌아온 진은 집에서 기다리고 있던 이 편지를 읽고 그동안 조사를 소홀히 한데 죄책감을 느끼며 얼른 앨리스 하프야드의 일기를 들춰 보았다. 그동안 각종 의학 검사에서 긍정적인 결과가 나왔기 때문에 만족했고 틸버리 가족과 감정적으로 얽히는 바람에 정신이 산란해졌다.

8월 20일 자 일기에 그레천과 마사가 고의로 약을 과다복용했다는 언급이 있었고 브렌다의 편지는 앨리스의 생각과 달리 일회적인 사건이 아니었음을 확인해 주었다. 진은 마거릿의 생일을 확인했다—4월 30일. 미숙아는 아니었으니 7월 초부터 8월 초 사이에 생겼을 것이다. 그 기간 적어도 몇 번은 그레천이 밤새 의식이 없었을 가능성이 있다니, 무시하기에 너무 중요한 우연 같았다. 마사와 브렌다는 각자 다른 이유로 아무 소리도 못 들었겠지만, 키티는 어땠을까?

진은 이 기묘한 병실 친구들 중에서 마지막 남은 한 사람을 쫓는 것이 약간 망설여졌지만 조사해야 한다는 사실은 알았다. 진이 머뭇거린 것은 순전히 비위가 약해서—심각한 질환을 눈앞에서 보는 것이 두려워서—였지만 그녀가 꾸물거리는 동안 또 다른 일이 일어나 다른 모든 계획을 혼란에 빠뜨렸다.

22

"그 남자가 또 왔네."

진의 어머니는 거실 창가에 서서 뒤뜰 석탄 창고로 운반되는 석탄 자루를 세고 있었다. 어머니는 자기가 지켜봐야 장사꾼이 속이지 않는다고 믿었다.

"무슨 남자요?" 진이 물었지만, 한발 빠른 심장은 벌써부터 갈비뼈를 두드리고 있었다.

바깥 거리에, 홀앤컴퍼니 트럭 바로 뒤에 녹색 울슬리가 서 있었다. 하워드는 운전대 앞에 꼼짝도 없이 앉아 있었는데, 너무 한참 동안 움직이지 않았기 때문에 진은 그가 마음을 바꾸고 가 버리려는 게 아닐까 생각했다.

진과 어머니가 리밍턴에서 돌아온 지 일주일이 지났지만, 마거릿이 포리스트 오브 딘에서 보낸 엽서만 왔을 뿐 틸버리 가족에게서 아무런 연락도 없었다. 마거릿은 대수도원 유적지에 다녀왔다고, 피부 이식 후에 감아 놓은 붕대 때문에 강에서 수영을 못해서 실망했다고 썼다.

진은 신문사 업무에 집중했다. 자리를 비운 동안 밀린 일을 해치우고 브렌다의 편지 내용을 곱씹느라 바빠서 틸버리 가의 침묵에서 어렴풋한 불안 이상을 느끼지는 못했지만, 결국 하워드가 찾아왔다. 그것도 월요일 저녁에 연락도 없이 불쑥. 그는 움직일 기미가 전혀 없었고, 어차피 캐묻는 듯한 어머니의 시선이 없는 곳에서 대화를 나누는 것이 편할 것 같아서 진은 차가운 저녁 공기에 카디건을 여미며 진입로를 서둘러 달려갔다.

진의 그림자 때문에 차창이 어둑해지자 하워드가 고개를 들고 지친 미소를 짓더니 손을 뻗어 문을 열었다.

"무슨 일 있어요?" 진이 그의 옆자리에 앉으며 물었다. 무슨 일이 생긴 것이 분명했다.

"그레천이 도망쳤어요."

깜짝 놀란 진이 잠시 할 말을 잃고 하워드를 물끄러미 바라보았다. 가능성 있는 온갖 나쁜 소식 중에서도 진이 전혀 생각하지 못한 것이었다.

"무슨 뜻이에요? 어떻게요? 어디로요?"

"집을 나갔다는 뜻입니다. 이제 더 이상 저와 결혼생활을 하고 싶지 않대요."

진의 귓가에서 어마어마한 굉음이 울리고 기절하기 직전처럼 아찔한 느낌이 들었다. 하지만 물론 진은 기절하지 않았다.

"아니에요. 그럴 리가 없어요. 마거릿은요?"

"마거릿은 수학여행을 가서 아직 몰라요. 그래서 그레천이 이번 주에 집을 나갔겠지만요."

"믿을 수가 없어요, 하워드. 분명 신경쇠약 같은 걸 거예요."

"어쩌면요. 아주 침착해 보였지만."

"하지만 얼마 전만 해도 휴가를 다녀왔잖아요. 휴가 가서 무슨 일 있었어요?"

"아, 아닙니다. 그보다 오래됐어요."

진은 어머니가 석탄배달부를 돌려보낸 다음 궁금해 죽겠다는 듯이 거실 창문으로 내다보고 있음을 알았다.

"차를 출발시킬까요?" 하워드가 물었다.

"네, 좋아요."

차를 타고 달리면서 시선을 도로에 고정한 채 이야기하는 것이 더 편했다.

"어디로 갔는지 아세요?"

"첼시일 겁니다."

대화를 시작할 때부터 진을 괴롭혔던 혼란스러운 두려움과 안개가 낀 듯 보이지 않던 느낌이 사라지고 이제 끔찍할 만큼 명료해졌다.

"아, 세상에." 진은 그레천의 배신에 공모라도 한 사람처럼 죄책감이 밀려들어 구역질이 났다. "마사."

"난 항상 알고 있었던 것 같습니다." 하워드가 말했다. "마사에 대해서 알았다는 말이 아니라, 그레천이 나뿐만 아니라 모든 남자를 싫어한다는 것 말입니다. 그러면 마음이 더 편해져야 하는데, 그렇지가 않네요."

이제 두 사람은 광장을 지나 시골을 향해서, 계속 움직이는 것 외에는 뚜렷한 목적지도 없이 달리고 있었다.

"난 두 사람이 연락한 것도 몰랐어요. 그레천이 말을 안 했거든요."

"당신이 전해 준 귤 그림이요—거기 마사의 주소가 적혀 있었습니다. 그레천이 그 여자와 연락하고 한 번 찾아가서 만난 건 알았지만 아무 생각도 없었습니다. 옛 친구와의 재회, 뭐 그런 건 줄 알았죠. 그런데 그때 이후로 둘이 몰래 만나고 있었더군요."

"다 내 잘못이에요." 진이 말했다. "내가 두 사람을 다시 만나게 해준 거예요. 정말 상상도 못 했어요."

갑자기 하워드와 그레천, 마거릿이 정원에 앉아 있던 장면이 떠올랐다. 배드민턴과 오후의 티타임, 옷 만들기와 피아노 연습, 진이 서툴게 끼어들어 망가뜨린 가족생활의 평범한 기적들. 전부 환상이었다. 진짜 그레천은 햇살 같은 미소를 짓는 행복한 주부가 아니라 고통스러운 비밀을 지키며 괴로운 표정을 짓는 또 다른 그레천이었다.

"누구의 잘못도 아닙니다." 하워드가 말했다. 그가 운전대를 잡은 손에 힘을 주었다가 풀었다. "잘못이 있다면 내가 사랑하는 것처럼 그레천이 날 사랑하지 않는다는 사실을 알면서도 결혼을 강행한 나에게 있겠죠. 의심은 했었는데 말입니다."

"하워드, 당신은 자신에게 너무 엄격해요." 진이 항변했다.

눈물이 솟구쳤다.

"마사를 사랑하지 않은 적이 없다고, 두 번 다시 못 만날 줄 알았을 때도 마찬가지였다고 하더군요."

"너무 잔인해요."

"일부러 그러는 건 아닙니다. 그레천은 나도 사랑한다고 했고, 난 그 말을 믿어요."

"하지만 마거릿은요? 그레천은 마거릿에게 상처가 될 일은 절대 하지 않을 거예요, 이러면 마거릿에게 상처가 된다는 것도 알고요."

"이성적인 상태가 아닙니다. 마사에 대한 감정 때문에 다른 생각은 전부 날아갔어요."

"하지만 누구나 늘 자기감정을 부인하면서 사는 거잖아요." 진이 말했다. "부모 역할을 한다는 게 그런 거 아닌가요? 아이들을 위해 자기 행복을 희생하는 거잖아요."

"아마 그레천은 지난 10년 동안 계속 그렇게 했다고 말할 겁니다—이제 더 이상 못 하겠다고요."

"정말 이성적이군요, 하워드. 발을 구르고 화를 내면서 그레천에게 당장 집으로 돌아오라고 해야죠."

"그 비슷한 것도 해 봤습니다." 그가 인정했다. "하지만 이미 무릎을 꿇고 울면서 용서를 비는 사람에게 고함을 지르는 건 힘들더군요. 짐승이 된 기분이었어요."

진은 그레천이 굴욕적으로 애원하는 모습을 상상하자 너무 괴로웠다.

"그러지 말아요." 진이 터무니없이 큰 죄책감을 느끼며 말했다. "전부 다 내가 저지른 일이에요. 내가 두 사람의 삶에 이런 혼란을 몰고 왔어요."

진은 마사와 그 지저분한 부엌, 예술에 대한 열망, 진홍색 립스틱, 그리고 그녀의 계략에 강렬하고 비이성적인 증오를 느꼈다. 또 한때 행복했던 결혼생활이 파멸했다고 생각하니 영혼의 시커먼 한구석에서 이제 하워드가 법적으로는 몰라도 적어도 윤리적으로는 자유라는 생각이 떠올랐고, 이기적인 기쁨으로 심장이 두근거렸다.

"음, 마사의 집으로 갔으면 오래 못 버틸 거예요. 정말 지저분하거든요." 진이 어울리지 않게 악의적으로 말했다.

그렇게 차분하고 까다로운 그레천이 그 난장판 속에서 편하게 지내는 것은 상상도 할 수 없었다.

"정말입니까?" 하워드의 얼굴이 일그러지자 진은 그렇게 말한 것을 곧바로 후회했다. 그레천이 열악한 환경으로 도망쳤다는 말을 듣고 하워드의 기분이 좋을 리 없었다. "그냥 그레천이 거기서 행복하게 지내는 건 상상이 안 된다는 말이에요." 진이 별 설득력 없이 덧붙였다.

하늘이 점점 어두워졌고 그들은 이제 왼쪽에 비행장을 끼고 비긴 힐을 지나고 있었다. 삶이 곧게 뻗어 있는 것처럼 보였던 몇 주 전, 이디 고모님 댁에 갈 때 지난 길이었다. 진이 가만히 내버려 두면 하워드는 밤새도록 달릴 것 같았다.

"내가 도울 일은 없을까요? 뭐든지 좋아요." 진이 지금까지 자신이 틸버리 부부의 결혼생활에 끼어들어서 어떻게 되었는지 생각하면 썩 어울리는 역할은 아니라고 생각하며 물었다.

"그레천은 돈이 필요할 겁니다." 하워드가 대답했다. "그레천이 고생하거나 그…… 다른 사람에게 의지하는 건 싫어요."

"그런 생각을 하는 사람은 당신밖에 없을 거예요."

"그레천을 만나서 현금을 전해 주고 잘 지내는지 확인해 줄래요? 날 만나고 싶지는 않을 겁니다. 난 주소도 모르고요."

"물론 그렇게 할게요. 그레천이 날 만나 준다면요."

"그레천도 누군가는 만나야죠. 마거릿이 토요일에 돌아옵니다. 마거릿에게도 얘기해야 하니까요."

"불쌍한 마거릿." 진이 불쑥 말했다. "정말 이건 너무해요."

하워드가 도로가에 차를 세웠다. 쏟아지는 가로등 불빛을 받아 얼굴이 창백하고 파리해 보였다. 그가 글러브박스를 열고 깔끔한 글씨체로 가슴 아프게도 격식을 갖춰 'H. 틸버리 부인'이라고 적은 빳빳한 흰색 봉투를 꺼내서 진에게 건넸다.

"20파운드밖에 안 돼요. 물론 필요하면 더 줄 겁니다. 편지는 안 넣었어요. 쓰려고 했지만……."

"내일 아침에 갈게요." 진이 약속했다.

"일은 어쩌고요?"

"당신이랑 그레천이 제 일이잖아요."

굴뚝을 깔끔하게 유지하려면 일주일에 적어도 한 번 감자 껍질에 소금을 약간 섞어서 난로에 태운다. 이렇게 하면 굴뚝 안에 광택이 생겨서 막히지 않는다.

23

"처녀잉태 기사는 어떻게 돼 가고 있지? 몇 달 동안 질질 끌었던 것 같은데." 진이 틸버리 가에 생긴 반갑지 않은 사건을 설명하는 동안 로이 드레이크는 회전의자에 앉아서 몸을 뒤척이고 얼굴을 찌푸렸다. 그는 기분이 언짢은 데다가 주말 동안 시민 농장에서 허리를 굽히고 땅을 파느라 몸까지 아팠다.

"지금까지의 검사 결과 아버지의 존재는 입증되지 않았어요. 피부 이식을 완료했고 문제없이 자리 잡는지 확인하려고 기다리는 중이에요."

"의사들이 이보다는 빨리 일을 할 줄 알았는데. 환자를 이렇게 여유롭게 보면 전부 죽겠군."

"시간이 이렇게까지 걸릴 줄 몰랐어요."

"대림절 기념 기적 이야기로 기획했던 기사잖아. 11월이 다 됐는데 아직 아무 성과도 없군."

로이가 그녀에게 캡스턴 담뱃갑을 던져 주었고 두 사람은 니코틴이 마법 같은 힘을 발휘하기를 기다리며 잠시 말없이 쉬었다.

"일이 조금 복잡해졌어요. 틸버리 부인이…… 집을 나갔어요."

로이가 눈썹을 홱 치켜올렸다. "다른 남자를 찾은 건가?"

"아, 아니에요." 진이 이 문제에 대해서는 거짓말할 필요가 없다는 사실에 안심하며 말했다.

그녀는 로이를 존경하고 지금껏 같이 일한 사람들 중 누구보다도 좋아했지만 그래도 날카로운 기자의 눈을 가진 그에게 그레천의 배신을 자세히 설명할 수는 없었다. 진과 달리 로이는 그레천 가족에게 딱히 지켜야 할 도리가 있는 건 아니라서 이러한 변화가 기삿거리로 좋다고 생각할지도 몰랐다. 그러나 진은 마거릿의 수수께끼 같은 탄생 이야기가 선정적인 섹스 스캔들에 가려지는 것을 생각도 할 수 없었다. 물론 그레천에게도 끔찍하겠지만 진의 연민은 굳건하게도 하워드와 마거릿을 향했다. 그녀가 무슨 일이 있어도 보호해야 할 대상은 그 두 사람이었다.

"지금 그레천을 이해하기는 힘들지만 분명 일시적인 문제일 거예요."

"이번 취재의 압박감 때문일까?"

"확실히 도움이 되지는 않았겠죠. 마음에 걸려요."

"자네 때문에 이렇게 됐다고 생각하면 안 돼. 그 여자가 우리한테 접근했잖아. 모든 결혼생활에는 각자의 잘못이 있는 거야."

"그렇겠죠. 하지만 그레천이 너무 잘 숨겼어요. 또 뭘 숨기고 있을까 싶어요."

역설적으로 그레천의 성 정체성 때문에 그녀가 하워드를 만날 때까지 남자와 관계를 갖지 않았을 가능성은 커졌지만, 정직하지 않았으므로 증인으로서의 신뢰는 떨어졌다.

"그렇군. 그 여자가 우리를 속였을지도 모른다고 생각해?"

책상 위의 전화기가 울리자 로이가 수화기를 들었다 내려놓았다.

"그레천에 대한 저의 개인적인 믿음이 깎였을 뿐이에요. 하지만 검사는 계속 그녀의 말을 입증했죠." 진이 로이를 보며 미안하다는 듯 미소를 지었다.

"음, 좀 더 알아봐. 아직 늦지 않았어. 하지만 이 늙은이의 우정 어린 충고 하나만 들어 줘. 이 일을 진행하는 동안 그 집 남편과 거리를 두는 게 좋겠어. 버림받은 직후의 남자는 어디서든 위안을 찾으려는 경향이 있지."

진은 빤히 바라보는 로이의 시선에 얼굴이 빨개졌다.

"설마 그 남자가 이미⋯⋯."

"아니, 아니에요. 그런 거 아니에요." 진이 얼굴을 더욱 빨갛게 물들이며 강조했다.

로이가 안심했다는 뜻으로 연기를 길게 내뿜었다.

"그 사람보다 더 예의 바르고 훌륭한 사람은 상상도 할 수 없어요—물론 편집장님은 빼고요."

"그렇다니 다행이군. 자네가 이 기사에 열심인 게 더 개인적인 이유 때문은 아닐까 생각하던 참이었어."

그림자 때문에 사무실이 어두워졌다. 회계부의 뮤리얼이 청구서 다발을 들고 유리패널 문 밖에 서 있었다. 로이가 5분만 기다리라는 뜻으로 손을 쫙 펴서 들어 보이자 그녀가 물러갔다.

"음, 그랬죠. 아니, 그렇죠. 하지만 행복한 가족의 모습이 좋아서였어요. 틸버리 가족이 가진 것을 저도 조금 나눠 갖고 싶었죠. 그 사람들은 아주 기꺼이 나누려고 했어요. 마거릿조차도요."

"그 꼬마애 말이군."

진이 고개를 끄덕였다. "전 모성애 같은 건 이미 오래전에 묻어 버렸다고 생각했지만……."

네 아이의 아버지인 로이 드레이크가 크고 주근깨 난 손을 진의 어깨에 얹었다. "괜찮아. 이해해."

24

진이 처음 루나 스트리트에 왔을 때는 여름이었다. 아이들이 거리에서 축구를 하거나 자동차를 망가뜨리고 있었고 유아차에 탄 아기들이 현관 앞 계단에 나와 바람을 쐬고 있었다. 그러나 날이 추운 10월 말 화요일 오전에는 아무도 없었다. 그늘진 보도에서 아직도 서리가 반짝거렸다.

기울어진 가을 햇살이 16번지 아파트의 얼룩진 창을 드러냈다. 현관문의 유리 패널이 하나 빠져서 임시로 합판을 대고 못을 박아 놓았는데, 영영 이대로일 것 같았다. 이 거리에서 이러한 즉흥성을 자랑하는 집은 이 건물만이 아니었다.

진은 슬론 광장에서부터 걸어가면서 가게 진열창에 비친 자기 모습을 흘깃 보았다가 낡은 레인코트를 입은 구부정한 중년의 여성을 보고 당황했다. 유행에 뒤떨어지는 쥐털 같은 머리카락은 곧지도 곱슬곱슬하지도 않고 군데군데 흰머리가 있었다. 진은 스스로 활기차고 착실한 직장 여성이라고 생각했지만, 어깨가 둥글고 칙칙한 모습은 정반대였고 평소에 그녀가 왜 거울을 피하는지를 상기시켜 주었다.

진이 몸을 쭉 펴고 초인종을 누르자 한참 후에야 발소리가 탁탁 다가왔다. 문을 열어 준 사람은 마사였다. 이제 막 일어난 사람처럼 벨트 달린 실내 가운을 입고 있었지만, 얼굴에는 화장을 했고 예의 그 청소부 같은 밴다나로 머리카락을 뒤로 모아서 묶었다.

"아." 그녀가 환영의 인사 대신 말했다. "언젠가 누가 올 줄 알았죠."

"그레천을 만나러 왔어요."

"지금은 없지만, 아무튼 들어와요."

마사가 앞장서서 복도를 지나 스튜디오로 들어갔다. 부엌문과 침실 문은 같이 살고 있다는 내밀한 증거가 보이지 않도록 —아마 일부러— 닫아 놓았다. 이미 곳곳에서 그레천의 손길이 느껴졌다—죽은 화분은 잼 병에 심은 생기 넘치는 꽃으로 바뀌었고 마루에는 빗자루로 쓴 흔적이 있었으며 잡동사니를 깔끔하게 정리하지는 못했지만, 그래도 한군데에 모아 놓았다. 두 사람은 예전처럼 낮은 소파에 앉았지만, 이번에는 커피를 권하지도, 플로렌틴을 선물하지도 않았다.

"언제 오는지 알아요?"

"아뇨. 마음대로 왔다 갔다 해요. 아시겠지만 갇혀 있는 것도 아니니까."

"갇혀 있다는 생각은 전혀 안 했어요. 그레천에게 돈을 전해주러 왔어요. 남편이 준 거예요."

마사가 이 정도로 순순하게 나올 것은 예상하지 못했는지 눈썹을 치켜올렸다.

"음, 도움이 되겠네요." 그녀가 인정했다.

진이 가방에서 봉투를 꺼냈지만 그레천이 아닌 다른 사람에게 주기가 망설여져서 손에서 놓지 않았다.

"나한테 맡겨도 돼요. 안 훔쳐요. 그게 걱정이라면."

"그레천과 직접 이야기하고 싶은데요."

"아무와도 이야기하고 싶지 않대요."

"그렇겠죠. 하지만 마거릿 이야기도 해야 하는데, 빠른 게 좋잖아요. 그레천이 어떻게 할 생각인지 아세요?"

"여기로 데려오고 싶겠죠." 마사가 어쨌든 아주 급한 일은 아니라는 듯 어깨를 으쓱했다.

"여긴 아이를 키울 만한 공간이 없잖아요." 진이 말했다. 당사자는 한 명도 없이 이런 이야기를 나누는 것이 비현실적으로 느껴졌다.

"언젠가 좀 더 큰 집을 찾아야겠죠, 아마."

"마거릿은 토요일이면 돌아와요." 초조해서 목소리가 갈라졌다. 진은 마사의 태연자약한 태도에 화가 나기 시작했다.

"제가 못마땅한 거 알아요, 진." 마사가 소파 위로 긴 다리를 접으며 말했다. "그런 건 익숙해요. 제 기억에 사람들은 늘 저를 못마땅하게 여겼죠."

"가정이 깨지는 걸 '마땅하게' 보기는 힘들죠." 진이 뻣뻣하

307

게 대답했다.

그녀는 편협한 생각과 보수적인 성향에 발맞추고 싶지 않았지만, 그 안에서 제일 편안함을 느꼈다. 진은 처음 만났을 때 마사가 꽤 마음에 들었고 여성의 동성애에 대해서도 대경실색하기보다는 흥미를 느꼈다. 진은 어머니의 의견을 시금석으로 삼았다—그리고 그 반대로 했다. 어머니는 역겹게 여길 것이다—그러므로 진은 그러지 않기로 했다. 하지만 이런 말을 할 수는 없었다.

"걘 그 남자 것이기 이전에 제 거였어요." 마사가 말했다.

"하지만 이제 생각해야 할 아이가 있잖아요."

"아이 말한 거예요."

진은 무슨 말인지 몰라서 눈을 깜빡거렸다.

"아시겠지만, 우리 이름을 따서 붙였잖아요. 마사와 그레천."

진은 전혀 예상하지 못했던 이 사실에 말문이 막혔다.

"아뇨, 몰랐어요."

침묵이 이어졌고 닫힌 문 뒤에서 바늘을 떨어뜨린 것처럼 아주 작은 소리가 났다. 숨소리보다도 작았지만, 마사가 재빨리 흘깃거리는 것을 보니 그녀도 들은 것이 분명했다.

"여기 있군요, 그렇죠?" 진이 말했다.

마사는 주저하면서 부인하려고 했지만 바로 그때 침실 문이 열렸고 그레천이 거기 서 있었다. 그녀의 사랑스러움은 절대 쉬는 법이 없었고, 오늘도 그레천은 그것을 갑옷처럼 두르고 있었다.

"괜찮아." 마사가 그녀를 지키려는 듯이 벌떡 일어나자 그레천이 말했다. "진이랑 얘기하고 싶어."

턱을 드는 모습이 왠지 도전적이었다.

"내가 같이 있을까?"

"아니, 단둘이 얘기하고 싶어. 넌 가."

그레천은 마사의 손을 꽉 잡은 다음 마사가 테이블에서 지갑과 열쇠를 집어 들고 밖으로 나가서 현관문을 닫을 때까지 기다렸다.

"아, 그레천." 진은 이 말밖에 할 수 없었다.

"나한테 화내지 마세요, 진." 그녀가 눈을 내리 깐 채 말했다. "나도 어쩔 수 없어요."

마사라는 든든한 존재가 없으니 그레천은 훨씬 덜 확신에 차 보였다.

"화 안 났어요, 그레천. 나랑은 관계없는 일이잖아요. 하워드도 화가 나진 않았어요."

"불쌍한 하워드." 그레천은 마음이 불편한 듯 소파 끝에 걸터앉았다. "하워드는 괜찮아요?"

"음, 괜찮은지는 모르겠네요." 진이 대답했다. "마거릿을 무척 걱정하고 있어요. 당신도요. 이걸 전해 달래요."

진이 봉투를 건네자 그레천이 바로 앞에서 봉투를 열고 손을 떨며 돈을 세어 보았다.

"하워드는 정말 마음이 넓어요." 그녀가 말했다. "난 아무것도 기대하지 않았는데."

"정말로 하워드를 떠나 여기에서 살 생각이에요?"

"네."

"마거릿은 어쩌고요?"

그레천은 난처해 보였다.

"음, 당연히 마거릿도 나랑 같이 여기로 와야죠. 어딜 가겠어요?"

"하지만 학교는요? 친구들과 헤어지고 새로운 곳에서 다시 시작해야 할까요? 이 근처에서요?" 진이 외딴 루나 스트리트를 가리키듯이 팔을 휘둘렀다.

"오, 아니요. 그건 아니에요." 그레천은 이런 문제는 깊게 생각해 보지 않은 것처럼 말했다. "올해가 마지막 학년이에요— 전학을 하면 너무 혼란스러울 거예요. 내가 매일 아침 기차로 셔우드 파크까지 데려다주고 데리러 갈 거예요. 그게 제일 좋을 것 같아요. 그렇죠?"

"제일 좋다고요?" 진이 스스럼없고 아무 생각 없는 새로운 그레천에게 적응하려고 애쓰며 똑같이 말했다. "아뇨, 마거릿에게 제일 좋은 건 지금 그대로예요."

그레천은 진이 그녀의 얼굴에 물을 뿌린 것처럼 움찔했다.

"하지만 난 못해요." 그녀가 괴로운 목소리로 말했다. "마사 외에는 누구도 사랑한 적 없어요. 하워드랑 사는 내내—난 노

310

력했어요, 정말로 노력했다고요. 하워드에게도 공평하지 못해요. 하워드는 자기를 제대로 사랑할 수 있는 사람을 만날 자격이 있어요."

불편한 순간이 흘렀다. 진은 그레천이 지금까지 하워드를 위로해 줄 사람을 찾아서 자신을 시험한 게 아닐까, 생각했다. 옆에서 코치하고 핑계를 대서 두 사람이 단둘이 시간을 보내도록 하면서 말이다. 이렇게 생각하자 혐오감이 치솟았다. 진은 고개를 저었다.

"하워드를 위해서 이러는 거라고 진심으로 말하는 건 아니겠죠. 그는 무척 상심했어요."

"그런 말 하지 마세요." 그레천이 간청했다. "불쌍한 하워드를 생각하면 견딜 수가 없어요. 하지만 이제야 마사를 찾았는데 또다시 잃을 순 없어요."

"이해가 안 가요. 마사를 찾고 싶었으면 오래전에 찾을 수 있었잖아요. 마사가 숨어 있었던 것도 아니고. 난 금방 찾았어요."

그레천이 진의 단순함에 고개를 저었다.

"문제는 마사를 찾는 게 아니었어요. 내 말을 증명하는 거였죠. 당신이 그렇게 해 줬어요."

"네?"

무슨 말인지 모르겠다는 생각 사이로 멀리서 어렴풋이 빛이 반짝였다.

"난 임신 사실을 알고 채텀에 있는 마사의 부모님 집으로 마사를 만나러 갔어요. 우리 두 사람의 아이라고 생각했죠—같이 세인트 서실리아에 있을 때 생겼으니까요. 그걸 이해해 줄 사람은 마사밖에 없다고 생각했어요. 하지만 마사는 내 말을 믿으려 하지 않았죠. 내가 남자를 만났다고 생각했고, 무슨 말을 해도 납득하지 않았어요.

우린 끔찍한 싸움을 벌였죠. 난 언젠가 결백을 증명하겠다고, 내 발밑에 무릎을 꿇고 용서를 빌게 될 거라고 말했어요. 마사는 썩 꺼지라며 내 코앞에서 문을 닫았고, 그 뒤로 한 번도 못 봤어요. 올여름에 당신이 마사를 찾아와서 내 이야기를 믿는다고 말할 때까지 말이에요."

"그럼 이 모든 게 마사를 위해서였군요?" 진이 말했다.

"신문에서 그 기사를 봤을 때 꼭 나를 부르는 것 같았어요. 당신이 내 말을 믿으면 신문에 내 사진이 실릴 거고, 마사가 그걸 보면 나한테 그런 말을 한 것을 후회할 거라고 생각했어요."

"그렇군요."

"마사를 다시 만날 거라고 생각하진 않았어요. 날 잊고 새로운 사람을 만났을 줄 알았죠. 단지 마사가 진실을 알아주기를 바랐어요. 그게 전부예요."

"그래서, 마사가 그렇게 했나요?"

"뭘요?"

"당신 발밑에 무릎을 꿇고 용서를 빌었냐고요."

그레천이 당황하여 웃었다. "음, 꼭 그렇진 않아요. 마사는 무릎을 꿇는 타입이 아니니까."

물론 아니겠죠, 진이 생각했다.

"하지만 내 말을 믿어 줬어요, 중요한 건 그거예요."

"당신이 여기서 행복할 것 같아요? 마거릿도?"

진이 경멸하듯 주변을 둘러보았다. 더 아늑하게 꾸며 보려는 그레천의 노력도 허름함을 감추지는 못했다.

"좀 좁고 지저분한 건 알지만, 마사가 일을 너무 열심히 해서 그런 거예요. 하지만 내가 마사를 도와서 괜찮게 꾸밀 거예요. 내가 행복하면 마거릿도 행복할 거고요. 마거릿한테 설명할 거예요. 너도 리지와 헤어질 수 없지 않냐고, 마사와 나도 마찬가지라고 말할 거예요. 마사는 나와 가장 친한 친구니까 우리는 함께 해야 한다고요. 마거릿은 이해할 거예요."

"그렇게 말하니까 정말 간단하게 들리는군요."

"간단해요—왜 간단하면 안 되죠? 난 마사를 사랑하고 마거릿을 사랑하지만, 하워드도 사랑하고 당신도 사랑해요, 진. 특히 당신이요. 당신이 마사를 내게 돌려줬으니까."

진은 이 선언을 돌처럼 무표정한 얼굴로 받아들였다.

"난 당신을 믿었고, 당신이 거짓말을 한다거나 몽상에 빠져 있다고 말하는 사람들 앞에서 당신을 감쌌어요. 그런데 당신은 내내 나를 속이고 있었군요."

"아니에요!" 그레천이 날카로운 목소리로 항변했다. "마거릿의 출생에 대해서 한 말은 전부 사실이에요. 그 문제에 대해서

313

는 거짓말 안 했어요."

"당신은 다른 게임을 하고 있었죠. 그러면서 정직하게 말하지 않았어요. 뭘 믿어야 할지 내가 어떻게 알겠어요?"

"날 위해서 잘 됐다고 생각해 주면 안 돼요?"

"난 마거릿의 행복이 더 걱정이에요."

진이 선을 넘어 어머니의 영역을 침범했다. 그레천이 상처를 받고 눈을 깜빡거렸다.

"난 무슨 일을 하든 항상 마거릿을 가장 먼저 생각했어요." 그녀가 말했다. 눈물을 참느라 목소리가 가라앉았다. "그런 말로 날 비난할 순 없어요."

"미안해요." 진이 말했다. "내가 너무 경솔했어요."

진은 마거릿과 자신의 관계가 위험해졌음을 이제야 깨닫기 시작했다—마거릿과 진의 관계는 그레천의 선의에 달려 있는데 그 선의는 언제든지 뒤집힐 수 있었다. 자신이 쫓겨난다고, 마사가 비공식 이모의 자리를 차지한다고 생각하니 견딜 수가 없었다. 그러나 그레천은 복수를 하려는 것 같지 않았고 진이 인정해 주기만을 간절히 바라는 것 같았다. 그녀가 진의 손을 양손으로 잡고 꼭 쥐었다.

"우린 아직 친구죠, 네?"

진이 고개를 끄덕였다.

"하워드를 보살펴 주세요, 네? 하워드는 당신을 무척 좋아해요."

"이제 당신이 그 집에서 나왔으니 내가 하워드를 만날 이유가 없을 것 같네요." 진은 그레천이 쉽게 빠져나가려고 일부러 두 사람을 엮었다는 의심을 확인하려고 이렇게 말했다.

"아, 그러면 안 돼요! 하워드는 친구가 별로 없어요. 내 말을 좀 전해 줄래요?"

"당신이 직접 말해야 할 것 같아요. 마거릿을 어떻게 할 생각인지 말이에요. 내가 당신 대신 말해 줄 순 없어요."

"하지만 지난번에는 너무 괴로웠어요. 견딜 수가 없어요."

"어쩔 수 없어요. 하워드에게 여기 주소를 알려 줄까요?"

"네, 그래야겠죠. 하워드한테 전해 줄래요? 내…… 사랑을…… 아니 뭐든 당신의 생각대로요."

열쇠를 끼우는 소리가 났다. 마사가 어디인지는 모르지만, 아무튼 이 만남이 끝날 때까지 기다렸던 곳에서 돌아왔다는 신호였다. 그레천이 벌떡 일어서자 진은 이제 자기 순서가 끝났음을 느꼈다.

두 여자는 현관 앞 계단에 나란히 서서 손을 흔들며 배웅했다. 아니, 어쩌면 진이 다시 들어가지 못하도록 문을 막고 있는 것인지도 모른다는 생각이 들었다. 진은 굳은 결심을 다지며 나섰다. 그레천은 무모한 행동으로 하워드에 대한 권리를 완전히 잃었고 이기적인 목적을 위해서 진과 하워드의 우정을 교묘하게 조종했다. 진이 양심의 가책으로 괴로워할 필요는 없었다.

하워드가 외로움 속에서 손을 내밀면 진은 그 손을 기꺼이
잡을 것이다.

25

하워드에게

  오늘 당신이 부탁한 대로 그레천을 만나러 갔어요. 돈을
받고 고마워하면서 당신의 친절에 감동하더군요. 내가 설득
해 보려고 했지만 당신 말처럼 그레천은 이미 마음을 정한
것 같아요. 물론 그레천은 당신에게 상처를 줬다는 생각에 무
척 괴로워했어요. 그럴 수밖에 없겠죠. 당신에게 사랑을 전해
달라고, 마거릿 문제를 의논하기 위해서 곧—내일—연락하
겠다고 했어요.

  그레천의 주소는 '첼시 루나 스트리트 16번지'예요.

  난 항상 당신을 생각하고 있어요. 내가 또 도움이 될 수 있
다면 언제든지 말만 하세요.

당신의 친구,

진

진은 이 짤막한 쪽지를 한참 고심하며 썼지만, 곧 찢어 버리고
다시 썼다. 너무 애정에 굶주리고, 감정적이고, 그레천의 자리

를 차지하려고 애쓰는 것 같았다.

하워드에게

오늘 그레천을 만나러 가서 돈을 전해 줬어요. 고마워하더
군요. 당신에게 사랑을 전해 달라고 했고, 마거릿 문제를 의
논하기 위해서 곧 연락한대요. 그레천의 현재 주소는 '첼시
루나 스트리트 16번지'예요.

힘든 상황이지만 잘 지내길 바랄게요.

진

애써 줘서 고맙다는 답장조차 오지 않았기 때문에 진은 놀라
고 실망했고, 하루 이틀 지나자 지금까지 자신에 대한 하워드
의 감정을 잘못 읽은 게 아닐까 생각하기 시작했다. 그러나 두
사람의 마음이 통했다고 느낀 것은 진의 오해가 절대 아니었
다. 그레천이 떠나기 몇 주 전 하워드가 에메랄드 브로치를 줄
때 아무 말도 없었지만 분명 서로 마음이 통했다. 하워드가 이
렇게 험하게 깨진 서약에 얽매일 리가 없다고 다시 생각했다.

진은 매일 밤 잠자리에 들기 전에 벨벳 파우치에서 브로치
를 꺼내 그 조심스럽고 애정이 넘치는 솜씨를 감상했다. 그런
다음 눈을 감고 이디 고모님의 집에서 한나절을 보냈던 아직
생생한 추억을, 사랑을 입 밖에 내지는 않았지만 진실하고 완
벽했던 그때를 되새겼다. 어쩌면 내일 전화가 올지도 몰라, 진

은 사랑에 빠진 평범한 소녀처럼 이렇게 생각했지만, 내일이 되어도 아무 일도 일어나지 않았다.

"무슨 일이니? 어디 아파?" 저녁 식탁에서 진이 구운 양의 염통과 으깬 순무를 내키지 않는 듯 쿡쿡 찌르자 어머니가 물었다.

"모르겠어요." 진이 저녁을 입에 대지도 않고 포크를 내려놓으며 말했다.

진은 먹는 것에 대해서 까다롭거나 귀찮게 구는 사람이 절대 아니었지만, 해부학적 형태 그대로 판막과 심실이 보이는 양의 염통을 보자 갑자기 속이 메스꺼웠다. 구역질을 참느라 목이 불룩해졌다.

"빵에 마가린이나 발라 먹을까 봐요."

진이 자리에서 일어나 냉장고 문을 열자 뜨거운 뺨에 차갑고 쿰쿰한 공기가 닿아 조금 편해졌다.

"갱년기가 시작되는 건지도 모르겠구나." 어머니가 말했다. "크게 고생하는 여자들도 있거든."

"저 아직 마흔 살도 안 됐어요." 진이 이를 갈며 냉장고를 향해 말했다. "절대 아니에요."

"리밍턴에 다녀온 뒤로 너답지가 않아."

진은 날뛰는 감정을 숨기는 능력에 자부심이 있었지만, 가끔 어머니의 날카로운 말에 깜짝 놀랐다. 그렇다는 것은 진이 스스로 바라는 만큼 읽기 힘든 사람은 아니라는 뜻이다.

"몸이 좀 안 좋은가 봐요." 진이 흰 빵 끝부분에 마가린을 바르며 인정했다. "날씨도 도움이 되진 않았죠."

"요즘 그 친구들은 자주 안 만나는구나. 그 유대인들 말이다."

"유대인 아니에요. 귀금속 가게를 한다고 했잖아요. 그레천은 아마 가톨릭 신자일 거예요. 요즘은 성당에 나가지 않지만."

"어쨌든 그 사람들 말이다. 사이가 멀어졌나 했다."

"휴가를 갔었나 봐요."

어떤 면에서는 틸버리 가족의 이야기를 하고 싶다는 유혹이 너무나도 컸고 하워드의 이름을 소리 내서 말하는 것만으로도 기쁠 것 같았지만, 진은 그 이야기를 하면 분명히 뒤따를 비난으로부터 그레천을 보호해야 한다는 이상한 본능을 느꼈다. 그리고 하워드가 어떤 곤경에 처했는지 얘기하면 동정이나 비난을 살 수밖에 없을 텐데, 둘 다 마음에 들지 않았다. 그래서 진은 아무 말도 하지 않았고, 비밀 이야기를 털어놓을 기회는 그냥 지나가 버렸다.

"뜨거운 물병을 안고 침대에 누워서 하루 쉬는 게 좋겠다." 어머니가 제안했다. 모든 여성 질환에 대한 어머니의 처방이었다.

"이제 회사 못 쉬어요." 진이 대답했다. "일이 너무 많아요."

"날 돌보느라 지친 걸지도 모르겠구나. 너무 성가시게 굴어서 미안하다."

"아, 전혀 아니에요." 진은 어머니의 쓸쓸한 말투가 마음 아파서 이렇게 대답했다. 그녀는 어머니의 울퉁불퉁하고 주근깨 난 손을 꼭 쥐었다가 작고 부드러운 자기 손가락과 정말 다르다는 사실을 깨달았다. "그런 말 하지 마세요."

"그래도 호텔에서 본 그 늙은 여자만큼 심하진 않으니까." 어머니는 다른 사람의 더 큰 불행을 떠올리며 기운을 냈다. "내가 그 지경이 되면 꼭 요양원에 보내야 한다."

"요양원 싫어하실 게 뻔하잖아요." 진이 말했다. 그런 비교도 큰 위안이 되지는 않았다. 진의 입장에서 두 사람의 차이는 몇 년이라는 시간밖에 없었다.

"음, 짐이 되기는 싫어."

"그런 식으로 생각하지 마세요. 우리 둘 다 잘 지내고 있잖아요, 네?"

"난 노력하고 있어." 어머니가 모호하게 대답했다. "그거 안 먹을 거면 내가 먹으마."

어머니가 칼끝으로 양의 염통을 찔러 자기 접시로 옮겼다.

"그러세요." 진은 염통을 자르는 광경을 보지 않으려고 시선을 돌리며 말했다.

"시계도 되돌렸으니 오늘 밤에는 불을 피워도 되겠구나. 내가 불쏘시개를 좀 만들어 놨다."

그들은 보통 위령의 날[38]까지 기다렸다가 석탄을 땠지만—

---

[38] 기독교 문화권에서 죽은 이들을 기억하며 기도를 드리는 날. 11월 2일이다.

한번 시작하면 다음 3월까지는 계속 불을 피워야 했다—이제 새삼 어두워진 저녁이면 공기가 차가웠다. 두 사람은 대부분 의 이웃보다 오래 버텼다. 지난 며칠 동안 진이 퇴근하는 길에 보니 이웃집 굴뚝에서 연기가 피어오르고 있었다.

"그래도 되겠네요. 석탄 창고도 가득 채웠고."

"굴뚝 청소도 다 해놔서 다행이구나."

매년 그렇듯 진의 어머니는 가을이 되면 가격이 오를지도 모르니까 봄에 굴뚝 청소를 미리 하자고 주장했다. 그녀는 이 러한 선견지명을 자랑스럽게 생각했고, 먼 미래를 위해서 돈 을 미리 지불했다. 진의 생각에는 삶의 전망이 특히나 암울한 사람만이 따뜻한 계절을 맞이함과 동시에 겨울 채비를 시작할 것 같았다.

진은 저녁 설거지를 한 다음 석탄 통을 채우고 신문지를 불 쏘시개 삼아 불을 붙였다. 두 사람은 같이 앉아서 라이트 프로 그램을 틀고 탐정 폴 템플 시리즈를 들었다—어머니가 가장 좋아하는 라디오 방송이었다. 폴의 매혹적인 아내이자 기자 인 스티브는 목소리가 부드럽고, 운전기사와 집사가 있고, 런 던 경찰국의 그레이엄 포브스 경과 저녁 식사를 하기 전에 칵 테일을 마셨다. 그녀는 진이 만난 어떤 기자와도 달랐고, 솔직 히 말하자면 타자기에 대해서는 전혀 모를 것 같았다. 스티브 가 빗속에서 페츠우드까지 자전거를 타고 가서 파라핀으로 먼 지떨이의 수명을 늘리거나 설탕물로 페티코트를 빳빳하게 만드는 법에 대한 칼럼을 쓰는 모습은 상상하기 힘들었다.

진은 스티브 역을 맡은 마저리 웨스트버리의 감미로운 목소리에 위로받으며 이런저런 생각을 하다가 겨우 몇 킬로미터 떨어진 버넷 로드에서 혼자 1인분의 간단한 저녁 식사를 준비하고 있을 하워드를 상상했다. 진은 본 적은 없지만 하워드가 요리를 할 수 있을 거라고 짐작했다. 자허토르테와 조프 빵을 만드는 그레천은 늘 바람직한 하우스프라우³⁹ 같아 보였다. 이제 하워드는 서둘러 집으로 돌아갈 이유가 없으니 가게 문을 닫은 후에도 시내에 남아 소호의 싸구려 식당에서 외식을 할지도 몰랐다.

진은 가스레인지 앞에 서서 스크램블드에그를 휘젓거나 춥고 어두운 거리를 터벅터벅 걸어 다니는 하워드의 모습이 선해서 눈이 따가웠다. 그레천은 자유와 새로운 연인을 만난 기쁨을 만끽하고 있는데 진과 하워드는 예의범절을 지켜야 한다는 생각 때문에 멀찍이 떨어져서 외로워하고 있다니, 너무나도 불공평하다는 생각이 들었다. 그레천은 그를 배신했지만 하워드는 그녀를 배신하지 않겠지, 진이 슬퍼하며 생각했다. 하워드는 절대—그가 뭐라고 했더라?—'비열하게' 굴지 않을 것이다.

프로그램이 끝났음을 알리는 곡 〈코로네이션 스코트〉가 이

---

39 독일어로 '주부'라는 뜻

우울한 생각을 방해했다. 석탄불의 열기에 꾸벅꾸벅 졸던 어머니가 눈을 깜빡이더니 "아주 재미있구나"라고 말했다. 만약 어머니에게 물어보면 안 잤다고 하겠지만 줄거리를 자세히 설명하지는 못할 것이다.

"아, 줄거리는 신경 안 써." 어머니는 이렇게 말할 것이다. "그냥 목소리들이 좋아."

진이 앨런버리스를 한 잔 만들고 마지막 담배를 피우려고 부엌으로 가는데 현관 도어 매트에 놓인 봉투가 눈에 띄었다. 아까는 분명히 없었다. 편지를 집어 들어서 보니 얼마 전 그레천에게 전해준 것과 같은 빳빳한 흰 봉투와 깔끔하고 기울어진 필체를 알아볼 수 있었다. 기대감에 심장이 방망이질했다.

기다리자. 진은 이렇게 생각하면서 봉투를 한쪽에 치워두고 성냥으로 가스레인지에 불을 붙인 다음 소스 팬에 물과 우유를 머그잔으로 한 잔 넣었다. 나쁜 소식이면 나중에 봐도 되고 좋은 소식은 기다릴수록 더 좋아진다. 마침내 그녀가 가스레인지 불로 담배에 불을 붙이고 식탁 앞에 앉아서 편지를 열었다.

시드컵

버뎃 로드 7번지

진에게

　그레천을 만나러 가 줘서 고마워요. 약속대로 그레천에게
전화가 와서 마거릿은 일요일을 나와 보내고 나머지 요일에
는 첼시에서 엄마와 지내기로 했습니다. 마거릿은 물론 새로
운 변화 때문에 약간 혼란스럽고 화가 났지만, 아이들은 금방
회복하죠. 잘 견디고 있는 것 같습니다.

　두 사람이 없으니 집이 아주 조용해요. 나는 늦게까지 일
하고 가끔 집에 돌아오기 싫어서 가게에서 잘 때도 있습니다.
조만간 무슨 수를 써서라도 생활 수준의 불균형을 해결해야
겠지만, 그레천이 더 이상의 변화를 서두르고 싶지 않다고 말
해서 우리는 당분간 지금처럼 지내기로 했어요.

　친애하는 진, 이 불행한 상황의 유감스러운 부산물이 있다
면 우리의 우정이 조금 어색해진 것이겠지요. 말로 표현할 수
없을 만큼 유감스럽습니다. 만약 그레천이 떠났기 때문에 나
를 만나는 것이 불편하다면 이해할게요. 하지만 나는 당신과
함께 있으면 항상 즐겁고 편안할 뿐이라는 것을 알아줘요.

　간단히 말하자면, 당신을 무척 만나고 싶어요. 토요일에 시
내에서 만나 점심을 같이 할 수 있을까요? 가게 근처에 괜찮
은 식당이 있어요. 만나고 싶지 않으면 따로 답장하지 않아도

325

괜찮습니다—난 어차피 종일 가게에 있을 테니까요. 하지만
우리의 우정이 우리가 초래하지도 않은 위기를 이겨낼 만큼
굳건하다고 생각해 주면 좋겠군요.

하워드

진이 식탁 앞에 한참 동안 앉아서 지극한 행복에 멍해진 채 편
지를 읽고 또 읽느라 우유가 가스레인지로 흘러넘치고 팬 바
닥에 동그랗게 탄 자국이 생겼다. 하지만 상관없었다. 지금은
아무리 귀찮은 집안일도 그녀의 기운을 꺾을 수 없었다. 그가
진을 만나고 싶어 한다. 갑자기 삶이 아름답고 소중하고 의미
로 가득해졌다. 진은 스토브를 닦고 앨런버리스를 새로 만들
었고, 잠자리에 들 시간이 되자 어머니를 꼭 끌어안아서 깜짝
놀라게 했다.

26

팸의 한마디
편지가 주는 기쁨

개인 전화기를 쓸 수 있는 사람들이 많아짐에 따라 점점 더 소란스러워지는 우리의 삶에서 편지 쓰기의 기술은 곧 사라질 위험에 처할지도 모른다. 정말 안타까운 일이다. 사려 깊게 잘 쓴 편지는 받는 사람에게 어마어마한 기쁨을 가져다주고 전화 통화와 달리 읽고 또 읽을 수 있기 때문이다. 도어 매트에 봉투가 떨어지는 소리와 친한 친구나 먼 친척의 필체를 알아보는 전율은 그 무엇도 비할 수 없다.

전화기는 새된 소리로 외치면서 이래라저래라 시키는 감독관이다. 전화는 떼를 쓰는 아기처럼 "당장 나를 어떻게 좀 해!"라고 비명을 지른다. 반면에 편지를 읽고 답하는 — 혹은 답하지 않는 — 것은 순전히 받는 사람의 편의에 달려 있다. 그리고 우푯값으로 겨우 3페니만 내면 랜즈엔드에서 존오그로츠까지 편지를 보낼 수 있으니 누군가의 하루를 기쁘게 만들기에 이보다 더 저렴하거나 좋은 방법은 없다.

하지만 꼭 보내야 하는 감사 카드, 해변에서 보내는 엽서, 한 해 동안의 소식을 알리는 크리스마스카드 외에는 편지를 쓰지 않는 사람이 너무나 많다. 일주일에 30분을 따로 떼어 편지를 쓰는 것이 불가능한 일은 아니다. 오래 지 않아 습관이 몸에 익을 것이고 답장이 오기 시작하면 그 노력은 몇 배로 보상받는다. 모두에게 이익이다—짐이 너무 많아진 우체부만 빼고 말이다!

....

하워드

편지 고마워요. 당연히 갈게요.

당신의 친구,

진

그다음 사흘 동안 진은 사무실에서도 집에서도 미친 듯이 부지런하고 효율적으로 움직였다. 그녀는 그레천의 기사를 제대로 취재하지 않은 것이 부끄러워져서 조사를 재개하기로 하고 브렌다의 편지를 소개장 삼아 키티 벤틴에게 만나고 싶다는 편지를 보냈다.

또 브로드스테어스 안셀름 하우스 사립학교에 전화를 걸어서 방과 후에 (진의 요구를 별로 들어 줄 것 같지 않은 교장을 피할 수 있기를 바라며) 찾아가 예전 병실을 좀 더 자세히 볼 수 있는지 문의했다. 처음 찾아갔을 때 진에게 큰 도움을 주었던 비서 수잔 트레버는 곧 휴가를 내고 수술을 받으러 가야 했지만, 자신이 돌아오는 주에 약속을 잡아 주었다.

328

이제 진은 낙관적인 사람이 되었고, 그러자 일을 할 때 에너지가 솟고 제일 지루한 집안일을 할 때도 열정이 넘쳤다. 저녁에 식사를 준비해서 먹고 나면 오랫동안 미뤄 왔던 일—식료품실 청소, 시트의 가장자리와 중간 부분을 바꿔서 바느질하기, 황동 문손잡이 광내기, 겨울 커튼으로 바꿔 달기—을 바로 시작했다.

"좀 쉬지 그러니?" 진이 밤 9시에 가구를 거실 한 가운데로 옮긴 다음 구석구석 쓸거나, 카펫 청소기로 청소하다가 굽도리에 부딪치거나, 의자에 올라서서 몰딩의 거미줄을 걷어내려고 하면 안락의자에 앉은 어머니가 이렇게 투덜거리곤 했다.

"안 쉬어도 돼요. 전 괜찮아요." 진은 이렇게 말하며 획 지나갔다.

모든 일을 두 배로 빠르게 하면 시간을 속여서 그를 빨리 만날 수 있을 것 같았다.

금요일이 되자 진은 조금 일찍 퇴근해서 '데버라스(탁월한 여성 패션)' 가게에 들러 짙은 적자색 양모 주름 원피스를 샀다. 진열창의 마네킹이 입고 있는 것을 봤었다. 그레천이 만들어 준 원피스가 더 우아할지도 모르지만, 그것을 만든 그 자리에 없는 사람을 너무 강렬하게 불러왔기 때문에 제외했다. 평소 안전한 회색이나 남색 옷만 사던 진으로서는 적자색이 무척 대담한 선택이었고, 집안의 누군가가 눈썹을 치켜올리는 게 아닐까 싶은 생각까지 들었다.

진이 유일하게 해내지 못한 것은 저녁 외출을 허락받는 것이었다. 그녀는 출퇴근길에 멜섬 부인의 집 앞을 지나려고 일부러 빙 둘러서 다녔지만 아무도 없는 것이 분명했다. 진입로에 세워둔 라일리도 없고 위층과 아래층 커튼이 반쯤 처져 있었으며 우편함은 테이프로 막아 놓았다―진의 생각에는 도둑을 쫓는 것이 아니라 불러들이는 조치였다.

진은 토요일에 '놀러 다닌' 지 한참 지났고 일주일 동안 리밍턴으로 의무 여행을 다녀왔다는 사실에 희망을 걸었다. 그러므로 어느 정도 공을 인정받을 권리가 있다고 생각했다. 그렇긴 하지만 한참 전부터 말을 꺼낼 정도로 자신이 넘치지는 않았기 때문에 당일 아침에 당연한 일처럼 저절로 이야기가 나오게 놔두었다.

"처음 보는 옷이구나." 진이 적자색 원피스를 입고 약간 눈치를 보며 아침 식사를 하러 내려오자 어머니가 말했다. "새로 샀니?"

"네. 어제 데버라스에서 샀어요." 진이 치마를 앞뒤로 흔들어 주름을 보여준 다음 음식이 튈까 봐 앞치마를 걸쳤다.

"아주 멋지네. 무슨 일 있니?"

"특별한 일은 없어요." 진이 등을 돌리고 전자레인지 앞에서 포리지를 분주하게 만들었다. "그냥 시내에서 친구를 좀 만나기로 했어요…… 몇 시간 정도 어머니 혼자 계실 수 있으면요."

"아. 괜찮을 거다. 종일 외출할 것도 아닐 텐데."

"네. 점심만 먹고 올 거예요. 12시 기차를 타려고요. 필요한 거 있으면 약속 끝나고 데리앤톰스 백화점에 들렀다 올게요."

짧은 외출을 심부름으로 바꾸는 전략이었다. 그러나 어머니는 그렇게 쉽게 놀아나지 않았다.

"그럴 거 없다. 친구 누구니? 내가 아는 사람이야?"

진이 한숨을 쉬었다. 지금부터 이어질 대화를 하고 싶지 않았지만, 나중에 정교한 윤색이 필요할지도 모르는 거짓말을 할 수는 없었다.

"하워드요." 진이 인정했다.

"그 사람이랑 단둘이?"

시작이군, 진이 생각했다. "네, 둘이서요."

"세상에, 정말 현대적이구나. 부인은 어디 갔니? 부인이 뭐라고 안 해?"

"그럴 입장은 아니죠, 남편을 버렸으니까." 진이 힘차게 말했다.

"아아." 어머니가 소리를 거의 끊어질 때까지 길게 늘이며 말했다─많은 뜻이 담겨 있었다. "음, 조심해라. 여기까지만 말하마."

진이 포리지를 두 그릇에 나눠 담고 식탁에 약간 세게 내려놓았다.

"그럴 필요 없어요. 위험한 것도 아닌데."

뺨이 불타올랐다. 진을 이렇게까지 화나게 만들 수 있는 사람은 아무도 없었다. 로이 드레이크가 거의 똑같은 말로 주의를 줬을 때는 고리타분하지만 애정이 담겨 있다고 느꼈다. 하지만 어머니의 입에서 나온 말은 독이었다.

"아직 유부남이다. 잊지 마."

"점심을 같이 먹는 것뿐이에요. 아내가 떠났다고 해서 왜 하워드와의 우정까지 버려야 하는지 모르겠네요."

"내가 상관할 일은 아니지." 상처받은 어머니가 이렇게 대답했고, 두 사람은 말없이 포리지를 먹었다.

진은 기차를 타러 가기 전에 해링턴스에 가서 일요일에 먹을 쇠고기를 조금 사고 교회 맞은 편 농장 직영 가게에서 감자와 채소를 샀다. 좋은 옷을 입고 더러운 집안일을 할 수는 없었기 때문에 다림질을 하고, 빨아 둔 시트와 수건을 개고, 돌아오면 처리할 생각으로 낡은 찻수건을 붕산나트륨에 담가 놓는 것에 만족했다. 그런 다음 어머니의 점심으로 햄샌드위치를 만들어서 리넨 냅킨으로 덮은 다음 한쪽으로 치워 놓았다.

진이 집을 나설 때까지 아침의 차가운 분위기가 풀리기엔 시간이 충분하지 않았다. 두 사람의 의견 충돌과 화해는 항상 똑같은 패턴을 따랐다. 날카로운 말, 각자 틀어박혀서 골을 내고 상처를 핥는 시간, 침묵, 차갑지만 예의 바른 태도, 양측의 양보, 친밀한 관계의 회복. 지금 두 사람은 '차갑지만 예의 바른 태도' 단계였기 때문에 차가운 인사를 나누며 헤어졌다.

"그럼 계세요, 어머니."

"아, 가니? 잘 가라."

진은 발이 따끔거리는 근사한 신발을 신고 언덕을 내려가 서둘러 역으로 갔다. 상쾌한 바람이 낙엽으로 발목을 때렸고 소나기로부터 적자색 원피스를 보호하려고 입은 담갈색 레인코트 자락을 잡아당겼다.

진이 도착했을 때 하워드는 작업실에 있었다. 가게 진열창을 통해 액자 같은 작업실 문틀 너머로 그의 옆모습이 보였다. 그는 일에 열중하고 있었고, 뾰족한 집게로 은반지의 이음매에 땜납을 가져다 대며 집중하느라 아랫입술을 깨물었다.

여기서 하워드를 처음 본 지 5개월도 안 됐지만, 진은 그가 평범하고 아무 의미도 없는 늙수그레한 남자로 보였던 첫 만남의 비판적인 거리감을 이제 절대 느낄 수 없었다. 지금 하워드에 비할 사람은 아무도 없었다. 그가 고개를 들고 반가운 미소를 짓자 기쁨과 놀라움이 차올랐다.

진은 이 순간을 걱정했다. 만날 때와 헤어질 때의 인사에는 위험이 가득했다. 그러나 하워드의 인사에는 따뜻함과 친절함, 그리고 아직 분명히 말하지는 않았지만 서로 확실히 주고받은 어떤 감정밖에 없었다.

"보고 싶었어요." 하워드가 가게 문을 닫고 표지판을 '닫힘'으로 돌려놓은 다음 그녀의 옆에 내려서서 간단하게 말했다.

"저도요."

"배고파요?"

"아뇨. 하나도 안 고파요."

"나도 그렇습니다. 하지만 상관없어요. 적어도 자리에 앉아서 쓰라린 상처를 서로 비교할 수 있는 곳으로 가죠. 자, 얼른 가요."

그가 베드포드 스트리트를 활기차게 걸어갔고 진은 그저 따라 걸었다. 모퉁이를 몇 번 돌았더니 방향 감각이 사라져서 진은 하워드의 가게와 스트랜드에서, 아니 그 어디와도 얼마나 떨어졌는지 전혀 짐작할 수 없었다. 통제권을 완전히 넘기고 다른 사람의 안내를 따르는 것은 이상하면서도 해방감을 주는 경험이었다.

곧 월계수 화분이 문을 지키고 서 있는 작은 이탈리아 식당 앞에 하워드가 멈춰 섰다. 앞쪽 창문은 귀금속 가게의 창문과 크기가 비슷했다. 그러나 안으로 들어가니 이상할 정도로 넓은 식당이었고, 밀랍이 흘러넘친 와인병에 꽂힌 초가 불을 밝히고 있었다. 반질반질한 나무와 체크무늬 식탁보, 점심시간의 와글와글 생기 넘치는 분위기가 인상적이었다.

사장이 단골 고객을 대하는 친근한 태도로 하워드에게 인사한 다음 두 사람을 구석 테이블로 안내했다. 진은 다른 사람에게 길을 비켜주려고 멈췄다가 그것이 거울에 비친 자신임을 알아차렸고, 한쪽 벽 전체가 거울로 되어 있어서 식당은 처음 생각한 크기의 반밖에 안 된다는 사실을 깨달았다. 진은 드디어 외투를 벗을 수 있어서 기뻤지만, 하워드는 초라한 레인코트를 못 알아봤듯이 근사한 새 원피스도 못 알아봤다. 내가 뭘 입든 못 알아보고 신경 쓰지도 않았겠네, 진은 이렇게 생각하며 서서히 퍼지는 안도감을 느꼈다.

웨이터가 묻지도 않고서 작은 접시에 반짝이는 초록색 올리브를 담아왔다. 진에게는 새로운 경험이었다. 진은 맛보다는 올리브라는 것 자체가 마음에 들었다. 올리브는 스티브가 폴 템플과 그레이엄 경과 마시는 칵테일의 세계에 속한 것 같았지만 낡은 운동화 냄새 같은 맛이 났다. 진은 종이로 싼 길쭉한 나뭇가지 같은 짭짤한 빵이 더 마음에 들었다. 주문한 메뉴를 기다리는 동안 초조한 손을 위해서 주는 것이었다.

두 사람은 미네스트로프 수프와 정어리구이를 주문했다. 디저트를 먹을지도 모르니 식욕이 없는 두 사람에게는 그것으로 충분하다고 둘 다 동의했다.

"괜찮아요, 진?" 진이 자꾸 뒤척이자 하워드가 물었다.

"네. 그냥, 당신 어깨 너머로 거울에 비친 제 모습을 피하려고요. 불안하거든요. 당신한테 가려서 안 보이게 하려고 조금 움직여 봤어요."

하워드는 이 말을 듣고 미소를 지었지만, 그녀를 위해서 자세를 바꾸었다. "외모를 점검할 기회라고 생각하는 사람도 있을 텐데 말입니다."

"거울을 너무 오래 들여다보면 뒤에서 악마가 다가온다고 어머니가 자주 말씀하셨거든요."

"어른들은 참 별 거짓말을 다 하죠."

"나라면 아이한테 그런 거짓말은 절대 안 할 거예요." 진이 따스하게 말했다. "당신은 할 수 있어요?"

그가 생각에 잠겼다. "그런 거짓말을 한 적이 있나 생각하는 중이에요. 없는 것 같군요. 최근에 나눈 대화는 확실히 어려웠지만요."

"아, 저런. 마거릿은 어때요? 마거릿이 자주 생각나요."

"내일이 만나는 날이니까 어떤지 잘 살펴봐야죠. 오전 10시에 루나 스트리트에서 데려와서 저녁 6시에 데려다주기로 했으니까 종일 같이 보낼 수 있어요."

"그 집에 들어가 봤어요?"

"아니요, 그러고 싶지 않습니다. 하지만 그레천이 밖으로 나왔는데 아주…… 우호적이었어요."

그의 얼굴이 흐려졌다. 진은 하워드가 이렇게 세련된 태도를 유지하는 것이 쉬운 일은 아니라는 사실을 깨달았다.

"내일 뭐 할 거예요?" 진이 길쭉한 빵 포장을 하나 더 뜯어서 식탁에 부스러기를 잔뜩 흘리며 물었다.

하워드는 럭키스트라이크 담뱃갑을 만지작거리고 있었다.

"수영하러 가고 싶다는데 붕대를 적시면 안 되거든요. 그래서 이디 고모님 댁에 가서 정원에 모닥불을 피우기로 했습니다. 당신도 같이 가도 되는데." 하워드가 갑자기 희망에 차서 덧붙였다.

336

"어머니를 이틀 연속 혼자 둘 순 없어요." 진이 안타까워하며 말했다. "하지만 재미있겠네요."

어머니는 늘 이런 즉흥적인 계획의 장애물이었다.

"당신이 무척 마음에 드신대요—이디 고모님 말이에요."

하워드가 마지막 남은 올리브를 권하자 진은 그를 기쁘게 해 주려고 억지로 먹으면서 설탕을 넣지 않은 차처럼 계속 먹다 보면 알게 되는 맛일까 생각했다.

"이유를 전혀 모르겠네요. 내가 한 일이라고는 사과 브랜디를 벌컥벌컥 마시고 그 집 잔디밭에 거의 뻗은 것밖에 없는데 말이에요."

두 사람이 그때를 떠올리며 웃었다. 최근에 일어난 극적인 일들 때문에 그날은 너무 빨리 과거로 쫓겨났고 이제 너무 먼 옛날 같았다.

"그게 꼭 마이너스라는 법은 없죠."

웨이터가 수프를 가지고 오자 두 사람은 한동안 말없이 먹었다.

"이디 고모님께…… 그레천 이야기 했어요?" 진이 물었다.

"네. 이디 고모님한테는 아무것도 못 숨겨요. 너무 날카로우셔서."

"충격 많이 받으셨어요?"

"아니요—무슨 일도 이디 고모님을 뒤흔들지 못해요." 하워드가 숟가락을 내려놓고 그녀를 보았다. "사실은 이렇게 말씀하셨어요. '그레천은 틸버리 가에 절대 어울리지 못할 것 같았어. 그때 그 여자애가 훨씬 더 어울렸을 거다.'"

"여자애라고요?" 진이 고개를 저었다. "저 다음 달이면 마흔인데요."

"그러면 생일을 기념해서 뭔가 해야겠군요. 축하할 일이 별로 없으니 기회가 있을 때 잡아야죠."

"우린 생일을 대단하게 기념한 적이 없어요." 진이 말했다. "해러깃의 삼촌이 우편환을 보내 주시고, 도리한테서 카드가 오지만, 그게 다예요. 힘을 내서 케이크라도 구울까 봐요."

진은 이렇게 말하면서 베이킹은 그레천이 더 유리한 분야임을 떠올렸다. 아직 마흔 살이 안 된 것도 그렇고.

두 사람이 수프를 다 먹자 웨이터가 정어리구이를 가져왔다. 진은 축 처지고 눅눅한 통조림 생선에 익숙했지만, 소금을 뿌려서 바삭하고 노릇노릇하게 구운 생선은 무척 달랐다. 당연히 감자와 채소가 같이 나올 줄 알았지만 아무것도 나오지 않았고, 하워드는 곁들임이 없어도 아무렇지 않은 것 같았다. 진은 레몬즙 외에는 아무것도 없는 정어리를 먹어 보고서 맛이 있을 뿐만 아니라 그것만으로도 충분해서 깜짝 놀랐다. 그녀는 저녁 식사로 곁들임도 없이 생선 한 토막이나 포크찹을 내놓으면 어머니가 어떻게 반응할지 궁금했다.

하워드는 디저트를 권했지만, 진은 만족스러울 만큼 배가 불렀고 시간이 신경 쓰였다. 그래서 두 사람은 디저트 대신 인형의 집에나 어울릴 정도로 작은 잔에 나온 새까맣고 침전물이 많은 커피와 딱딱한 아몬드 비스킷을 먹었지만, 비스킷을 먹다가 이가 빠질 것 같아서 담배로 대신했다. 식사는 처음부터 끝까지 이국적이면서 불안했고, 진이 모르는 여러 가지 방식이 있음을 알려주었다. 두 사람이 다시 밖으로 나왔을 때 지금 여기가 햇살 가득한 이탈리아 광장이 아니라 안개 낀 런던 거리라는 사실이 약간 놀라울 정도였다.

"이제 가야 할 것 같아요." 진은 작별 인사를 나눌 때 그녀를 감쌀 텅 빈 공허함에 대비하며 이렇게 말했다.

"이렇게 빨리요?" 하워드가 말했고, 두 사람은 식당 차양 밑에서 머뭇거렸다. "이제 막 도착한 것 같은데 말입니다. 당신과 같이 있으면 시간이 참 이상하게 흐르네요."

"떨어져 있을 때도 그렇죠." 진이 하워드의 말에 동의하며 그의 눈을 대담하게 바라보았다.

"잠시 걸읍시다." 그가 진의 손을 잡으며 말했다. "운이 좋으면 안개 속에서 길을 잃을지도 몰라요."

몇 분만 더 있다 집에 가자, 진이 자신에게 약속했다. 두 사람이 희끄무레한 회색 풍경 속을 걸어갈 때 그녀의 손을 부드럽게 꽉 잡는 하워드의 손이 느껴졌다. 다른 사람들이 멀리서 얼룩처럼 나타났다가 바로 옆을 스칠 때 잠깐 초점이 맞았지만, 회색 풍경이 그들을 다시 삼켰다.

"어디 가는 거예요?" 마침내 진이 물었다.

"모르겠습니다." 하워드가 말했다. "발을 멈추면 당신이 떠난다는 것밖에 모르겠어요."

"하지만 어디서 찾으면 되는지 알잖아요."

두 사람은 차가 한 대도 없는 좁은 거리로 들어섰고 끝까지 가서야 식당 부엌으로 이어지는 뒷계단과 극장 뒤편 높다란 벽돌담밖에 없는 막다른 골목임을 깨달았다. 보도에 빈 나무 상자와 철제 쓰레기통이 몇 개 있었고 배수구에는 당근 꼭지와 멍든 양배추 잎 등 과일과 채소 가게의 쓰레기가 굴러다녔다. 두 사람밖에 없어서 용기가 났는지 하워드가 진을 끌어당겼고, 두 사람은 잠시 꼭 붙어 서 있었다.

"가야 해요." 진이 그의 어깨에 머리를 기대며 말했다.

"알아요."

"오늘 밤에도 가게에서 잘 거예요?"

"네— 작업실에 야전침대가 있어요. 못으로 만든 침대처럼 불편하지만 텅 빈 집보다는 낫죠."

"그레천이 무척 보고 싶겠어요. 제가 도움이 되면 좋을 텐데."

"도움이 되고 있어요." 하워드가 그녀의 어깨에 양손을 얹고 조금 떨어져서 바라보았다. "곧 다시 만날 수 있을까요?"

"물론이죠." 진은 살짝 웃으며 두 사람 모두를 당황하게 할지 모를, 거품처럼 부글부글 끓어오르는 감정을 감추었다. "신문사로 전화하세요. 집으로 해도 되지만, 그러면 어머니가 옆에서 다 들으실 거예요. 이제 정말 가야 해요, 여기가 어딘지도 모르겠지만요."

그녀가 손목시계를 보고 깜짝 놀라 꺅 소리를 질렀다. 4시. 집에 가면 5시, 어쩌면 더 늦을지도 모른다. 어떤 환영 인사가 기다리고 있을지 상상이 갔다.

하워드가 안개 낀 거리를 지나 스트랜드까지 진을 데려다주었다. 차들이 느릿느릿 기어갔다. 헤드라이트가 고깔 모양의 희끄무레한 불빛을 만들었다. 두 사람은 서둘러 작별 인사를 나누었다.

기차는 평소보다 더 느렸고 역에 정차하면 고장이 났나 싶을 정도로 오래 서 있다가 당당한 속도로 다시 비틀비틀 출발했으며 전혀 속력을 내지 않았다. 그러나 진의 죄책감 어린 불안도 그날의 찬란함을 퇴색시키지는 못했다. 하루의 기억이 온전하게 남아 있기 때문에 나중에 다시 꺼내서 모든 각도에서 샅샅이 살펴볼 수 있을 것만 같았다.

교외로 접어들자 안개가 사라지고 가로등을 감싼 얇은 후광만 남아 있었다. 진은 걸음을 내디딜 때마다 발을 깨무는 근사한 신발을 신고 역에서부터 언덕을 힘겹게 올라갔다.

그녀는 집이 시야에 들어오자마자 뭔가 잘못되었음을 깨달았다. 땅거미가 내려앉았는데도 불이 다 꺼져 있고 거실 커튼이 그대로 열려 있었다. 진은 서툰 손으로 더듬더듬 열쇠를 찾아 문을 열었다.

"어머니, 어디 계세요?" 춥고 불 꺼진 복도를 향해 불렀지만 돌아오는 대답은 삐걱거리는 괘종시계 소리뿐이었다.

차가운 바람이 발목을 핥아서 진은 그 바람을 따라 열린 뒷문으로 갔다. 어슴푸레한 정원을 내다본 그녀는 빨랫줄에 걸려 뻣뻣하게 흔들리는 흰색 찻수건들과 그 아래 풀밭에 잠든 것처럼 뻗은 흐릿한 형체를, 바로 어머니를 발견했다.

27

토요일 저녁에 구급차가 더놀 마을에 도착하자 이웃이 모두 창가로 모여들었다. 구급대원들이 어머니를 들것에 실어 운반할 때 진은 어떤 드라마가 펼쳐질지 구경하려고 군중이 조용히 모여들고 있음을 의식했다. 그들이 호기심을 채우려면 조금 더 기다려야 할 것이다.

진은 담요와 머리를 받칠 베개, 뜨거운 물 한 병을 가져와서 잔디밭에 쓰러진 어머니 옆에 웅크리고 앉아 구급차를 기다렸다. 땅은 축축했고 어머니의 손은 얼음장처럼 차가웠다.

"네가 돌아와서 다행이다." 어머니가 눈물 고인 눈으로 진을 올려다보며 쉰 목소리로 말했다. "여긴 정말 너무 추워."

어머니는 진이 새 원피스에 물이 튈까 봐 담가만 놓았던 찻수건—그 빌어먹을 찻수건!—을 널러 나왔다. 그런데 마지막 찻수건을 널려고 빨랫줄을 향해 손을 뻗는 순간 균형을 잃고 앞으로 고꾸라졌다. 이마에 솟은 혹에는 체액이 차서 불룩했고 온몸이 아파서 움직일 수가 없었다.

진이 안개 속에서 하워드와 꾸물거리고 있을 때 어머니가

도와 달라고 겁에 질려 소리쳤지만 아무 대답이 없었을 것을
상상하니 눈물이 차올랐다. 하지만 동시에 자신을 정당화하는
내면의 요란한 목소리가 끊임없이 호소했다. 어머니는 왜 빨
래를 넌답시고 혼자 정원에 나왔을까—진이 있을 때는 굳이
한 적도 없는 집안일을? 골반이 골절되고 양측성 폐렴에 걸렸
을지도 모르는데, 둘 중 하나만으로도 생명이 위험할 수 있었
고 그게 다 진의 잘못이다.

크나큰 분노와 희생의 원천인 어머니를 잃는다고 생각하자
심장이 아니라고 부인하며 미친 듯이 뛰었다. 도리에게는 뭐
라고 한단 말인가? 텅 빈 집에서 남은 인생을—고아로서—어
떻게 살 수 있을까?

브롬리 앤 디스트릭트 병원은 가까웠고 머리맡을 지키던 구
급대원은 환자가 눈을 깜빡이거나 손가락을 떠는 반응밖에 못
하는데도 계속 말을 걸며 안심시켰다.

"괜찮겠죠, 네?" 진이 마침내 용기를 내서 구급대원의 눈을
보며 속삭였다.

"아, 네." 그가 대단한 자신감을 빛내며 말했다. "아주 강인하
세요, 그렇죠 어머니?"

아직 사망하지 않은 모든 환자를 안심시키려고 으레 건네는
말이 분명했지만 그래도 진은 고마웠다.

응급실에 도착하자 어머니는 어디론가 실려 갔고 진은 버
려진 느낌이 들었다. 병원 냄새—질병과 고무, 소독약, 음식이

풍기는 불쾌한 냄새—를 맡으면 아직도 구역질이 났다. 얼마 전에 그레천과 마거릿과 함께 채링크로스 병원에 갔던 것은 그나마 즐거운 기억이었지만 환자로 입원했을 때의 우울한 기억을 지우지는 못했다.

대기실에는 다른 응급 환자의 친인척 여섯 명 정도가 역시 버려진 채 허공을 바라보며 앉아 있었다. 가끔 문이 열리면 다들 기대에 차서 똑바로 앉았지만, 간호사가 들어왔다가 걸음을 늦추지도 않고 지나가 버리면 다시 축 늘어졌다.

한쪽 구석에서 나이 많은 성직자가 손수건에 대고 조심스럽게 기침을 하자 폐에서 부글거리는 소리가 났다. 진의 맞은편에는 귀 뒤에 담배를 꽂고 앞머리를 빗어 넘긴 젊은 남자가 놀러 나가는 복장으로 앉아 있었다. 그는 다른 사람들을 무척 신경 쓰면서 불안해 보였고 부끄러워서 목이 새빨개졌으며 한쪽 발을 자기도 모르게 떨고 있었다. 진은 서툰 젊은 시절을 떠올리며 그를 동정했다.

어떤 여자가 칭얼거리는 아이에게 가죽 열쇠고리에 달린 열쇠를 보여주며 어르고 있었다. 아기는 순식간에 흥미를 잃었고 칭얼거리는 소리가 두 배로 커졌다. 여자가 아이를 안고 일어나 서성이기 시작했다.

"제 아들은 아니에요. 외손자예요." 그녀가 선수를 쳐서 쏘아보며 말했다.

젊은 남자가 고개를 들자 진은 그가 인쇄실의 로미오임을 알아보았다. 그녀가 고개를 끄덕이자 그도 고개를 끄덕였지만, 그의 얼굴에 스친 공포—공공장소에서 중년 여성에게 아는 척 당했다는 두려움의 빛—를 이미 알아본 후였다. 진은 한숨을 쉬었다. 그의 귀 뒤에 꽂힌 담배를 보자 점심때 하워드와 같이 담배를 피운 것이 마지막이었다는 생각이 떠올랐다. 평생은 지난 것 같았다. 담배가 다 떨어졌는데 내일이 일요일이라는 생각이 들자 억누를 수 없는 갈망이 치솟았다.

그녀는 병원에서 나와 길 건너 술집으로 갔다. 바깥은 어두웠을 뿐 아니라 후끈한 대기실에 있다가 나왔더니 춥기까지 했다. 진은 얇은 레인코트를 입은 채 덜덜 떨었다. 술집은 환했고 토요일 밤을 만끽하는 술꾼들로 북적거렸다. 진은 플레이어스를 한 갑 샀다. 담배는 자주 떨어졌고 끊을 생각도 없었지만 차마 대량으로 살 수가 없었다. 미래를 너무 자신하는 것 같았다.

진이 병원으로 돌아왔을 때 간호사가 나와서 그녀의 이름을 불렀다. 두려움에 심장이 요동쳤지만, 다행스러운 소식이었다. 어머니는 노인 병동에 입원해서 차를 마시고 있다고 했다. 몸이 차갑고 멍이 들었지만 그 외에 다친 곳은 없었다. 흉부감염 징후가 있어서 지켜볼 필요가 있었다.

"만날 수 있을까요? 제가 여기 있는 거 어머니도 아세요?"

간호사가 손목시계를 보았다. "면회 시간은 끝났습니다. 내일 3시에 다시 오시면 돼요."

"알겠습니다. 안부 좀 전해 주시겠어요?"

간호사가 미소를 짓고 다음 보호자 이름을 불렀다.

진이 그날 두 번째로 집에 돌아왔을 때 이웃집 볼랜드 부인이 절룩거리며 다가와 끼어들었다.

"세상에, 어머니는 좀 어떠시대?" 그녀가 걱정스럽게 고개를 기울이며 물었다. "구급차를 봤거든."

저녁 내내 창가에 앉아서 재미있는 비극이 펼쳐지기를 바라고 있었겠지, 진은 이렇게 생각했지만, 곧 그럴 필요 없다는 느낌이 들었다. 어머니는 이 동네에 처음 이사 왔을 때 친해지려고 다가오는 사람들을 전부 뿌리쳤기 때문에 별로 인기가 없었다. 그러나 볼랜드 씨 가족은 분명히 노력했다. 그러므로 볼랜드 부인의 걱정은 진심일지도 몰랐다.

"정원에서 넘어져서 부딪치셨어요. 부러진 데는 없나 봐요." 진은 이렇게 대답하면서 자신이 간호사와 똑같이 활기찬 말투를 쓰고 있음을 깨달았다.

이제 동네 사람들에게 굳이 말할 필요가 없다. 한 사람이 알면 모두 알았다.

"음, 우리 나이쯤 되면 진짜 쉽게 넘어지거든. 그러면 자신감이 떨어져." 볼랜드 부인이 말했다.

"이런, 우리 어머니는 안 그래도 자신감이 별로 없는데 큰일이네요." 진이 말했다.

347

그녀는 안으로 들어가서 문을 닫자 갑자기 피곤이 몰려와 계단에 털썩 주저앉았다. 9시였다. 점심에 정어리구이를 먹은 뒤 아무것도 못 먹어서 뱃속이 꾸룩거렸다. 빈 집이 상상할 수 없을 만큼 귀중한 때도 있었다. 저녁 내내 혼자 마음대로 시간을 보내거나 낭비하는 것 말이다. 그러나 진은 혼자만의 시간을 즐기기에는 너무 피곤하고 불안했고 아픈 신발을 신고 걸어 다니느라 발이 너무 쓰라렸기 때문에 소파에 누워서 걱정거리를 차례차례 생각하는 것보다 더 호사스러운 일은 떠오르지 않았다.

28

다음 날 오후 면회 시간에 진이 병실로 들어갔더니 어머니가 침대에 앉아서 무척 열중한 표정으로 옆 침대에서 속삭이는 대화를 엿듣고 있었다.

"쉬이!" 어머니가 진의 인사를 자르며 말했다. "듣고 있잖니."

"네, 엄마도 안녕하셨어요." 진이 병실에서도 팔팔한 어머니를 보고 안심하며 말했다.

진은 여행 가방에 슬리퍼, 숄, 피터존스 백화점에서 산 브러시트코튼 잠옷, 아침에 멜섬 부인이 갖다준 라벤더 비누를 챙겨 왔다. 볼랜드 가족을 통해서 세인트 메리 교회 신도들에게 사고 소식이 퍼졌는데, 멜섬 부인이 교구위원 보조였다. 그녀는 소식을 듣자마자 파란색 티슈페이퍼로 선물을 싸서 서둘러 찾아왔다.

"베개 밑에 병원 냄새를 가릴 만한 것을 넣어 두면 좋겠다고 항상 생각했거든." 멜섬 부인이 진의 손에 비누를 꼭 쥐여주며 말했다. "어머니가 라벤더 좋아하시잖아."

그런가? 진은 어머니가 좋아하는 것과 싫어하는 것을 전혀 모른다는 사실을 깨닫고 부끄러워졌다. 그러나 멜섬 부인의 행동—한 사람에게서 한 사람으로 전해지며 공동체를 하나로 만들어 주는 조용하고 소소한 친절—에 감동했다.

"비누? 이상한 걸 가져왔구나." 어머니가 펼쳐 보지도 않고 옆으로 치우며 말했다.

"오늘은 어떠세요? 부러진 데는 없대요?"

"그 말을 믿다니, 넌 아무 말이나 다 믿겠구나. 나 좀 봐라!" 어머니가 놀랄 만큼 힘차게 침대 시트를 홱 젖히고 환자복을 들쳐서 골반에서 무릎까지 이어지는 검푸르고 불그죽죽한 멍을—그리고 다른 것들까지—드러냈다.

"네. 음, 그만 가리세요." 진이 당황해서 시트를 다시 덮으며 말했다.

예전에 진이 입원 환자들을 보면서 깨달은 것이 있었는데, 병에 걸려서 생활공간을 같이 쓰기 시작하면 순식간에 조심스러운 태도를 저버린다는 사실이었다.

"진짜 아파, 정말이야." 어머니가 말했다.

"아파 보여요. 진통제는 안 줘요?"

"아마 주겠지. 모르겠다. 여긴 아주 난리야." 어머니가 얼굴을 찌푸리고 진을 향해 더 가까이 몸을 숙이더니 한쪽 입꼬리만 움직이며 말했다. "어젯밤에 여기 어떤 남자가 있었어—이 침대 저 침대 돌아다니더라. 이불 밑으로 손을 쑥 넣더라고. 그래서 내가 당장 쫓아냈다."

진은 잠깐 말이 안 나올 정도로 깜짝 놀랐다. 너무 화가 나서 입이 떨어지지 않았다.

"남자가요? 이 병실에요? 소리를 지르든지 뭐라고 하지 그러셨어요."

어머니가 냉소적으로 웃었다. "아무도 내 말을 안 믿을 거야……. 어쨌든, 그다음에는 무슨 화재 대피 훈련이라면서 전부 자리에서 일어나 비몽사몽인 채 빗속으로 나가야 했어. 정말 대단했지." 어머니가 기억을 떠올리며 혼자 킥킥 웃었다.

진이 병실의 다른 환자들—혼수상태, 붕대를 칭칭 감은 환자, 목에 삽관을 하거나 다른 이유로 움직일 수 없는 환자—을 둘러보고 드디어 눈치를 챘다.

"세상에. 정말 힘든 밤이었겠네요."

"그렇다니까."

그래도 병원을 떠나기 전에 수간호사에게 어머니의 말을 전해야 할 것 같았다.

"약간 혼란스러우신 것 같아요."

"다들 그러세요. 디아몰핀 때문이에요."

진은 미소를 지었지만, 마음이 놓이지는 않았다.

"어머니는 추행을 당했다고 생각하세요. 어떤 남자한테요."

수간호사가 고개를 저었다. "맞은편 침대에는 메리 여왕이 누워 있다고 생각하시죠."

"너무 괴로울 것 같아요—디아몰핀을 안 맞는 게 나을지도 몰라요."

수간호사가 안경 너머로 그녀를 보았다. "본인이 안 아프니까 그런 말을 하는 거예요."

진은 반론을 받아들였다. "언제 퇴원할 수 있을까요?"

"아직 몰라요. 지금은 침대용 변기도 못 쓰세요."

그녀의 회색 눈에 비친 표정은 엄격함도 친절도 아니었지만, 그 두 가지가 어느 정도 섞여 있었다— 책임자는 자신이고 뭐가 최선인지 자기가 안다는 차분하고 반박할 수 없는 자신감이었다. 진은 이상하게도 마음이 놓이고 누군가가 생각났다. 그녀는 전에도 이런 장면을 본 적이 있었지만 어디서였는지 기억이 나지 않았다.

진은 어머니와 나눈 대화 때문에 약간 불안한 마음을 안고 집으로 돌아왔다. 저녁으로 치즈토스트를 만드는 동안 그 대화의 어떤 부분이 자꾸 마음 한구석을 건드렸지만, 실체는 떠오르지 않았다. 그녀가 접시와 나이프, 포크를 씻고 식탁 앞에 앉아서 도리에게 사고가 있었지만 놀랄 필요 없다고 짤막한 편지를 쓰는 내내 그 생각이 맴돌았지만 아무리 해도 명확하게 떠올릴 수가 없었다.

다음 날 진이 직장에서 긴 하루를 마치고 저녁 면회 시간에 맞춰 병원에 가 보니 어머니의 상태가 조금 더 나빠졌다. 누가 머리를 뒤로 빗어 넘겨서 그나마 남아있던 곱슬거림이 다 풀어지는 바람에 어머니는 약간 남자 같고 무서워 보였다. 어머니가 자기 모습을 봤다면 크게 충격받았을 것이다. 주변을 둘러본 진은 다른 환자들도 비슷한 머리 손질을 받아서 모두가 남녀 구별이 없는 부족민처럼 똑같아 보인다는 사실을 깨닫고 당황했다.

근처에 거울이 없어서 다행이었다. 어머니는 은둔하는 사람치고 항상 자신의 외모에 까다롭게 굴었고, 점점 볼품없어져서 애를 태웠으며, 남은 장점—날씬한 발목과 가지런한 치아—에서 크나큰 위안을 얻었고, 진 말고는 볼 사람이 없는데도 립스틱과 파우더를 자주 덧발랐다.

오늘 어머니는 혼란이 더욱 심해져서 자신감 없이 혼자 침묵 속에 있다가 가끔 낄낄거렸다. 뭐가 그렇게 재미있냐고 물으면 수수께끼처럼 한 단어—"오소리"—를 내뱉을 뿐이었다. 어머니는 맞은편 병상의 여자에게 집착에 가까울 만큼 매료되었지만 그녀는 대체로 코를 골며 자고 있었기 때문에 그다지 재미있는 상대 같지는 않았다. 간호사가 와서 잠시 시야를 가리면 어머니는 중요한 것을 놓칠까 봐 목을 쭉 빼면서 비키라고 손짓했다. 그러나 어머니는 진은 거의 못 알아봤다.

진이 걱정된다고 털어놓자 근무 중이던 수녀님이 화들짝 놀랐다. 병원 직원들이 보기에 스위니 부인은 이상적인 환자였다—다른 환자들은 가만히 있질 못하고 사납게 날뛰었지만, 그녀는 온순하고 말썽도 부리지 않고 작은 관심에도 고마워했다.

"하지만 제정신이 아니세요." 진이 항변했다. "병원에 처음

왔을 때는 멀쩡하셨는데 지금은 절 알아보지도 못하세요."

진은 어머니의 성가신 습관과 예측 가능한 대화에 짜증 내던 자신을 부끄러운 마음으로 떠올렸다. 지금은 정말 사소한 불만처럼 느껴졌다.

수녀님은 실망스러운 표정이었다. 목소리에는 비난이 실려 있었다.

"의사 선생님께 전해 드릴게요. 하지만 우리는 모두 스위니 부인이 호전되어서 무척 기뻐하고 있어요."

진은 자전거를 타고 텅 빈 집으로 돌아와서 저녁으로 토스트와 콩을 먹었다. 이제 집을 독차지하는 것에 점차 익숙해졌고 정해진 일과도 약간 유연해졌다. 저녁은 아무 때나 아무거나—원한다면 잼 바른 빵도 괜찮다—먹어도 상관없었고 원하면 무슨 요일에든 목욕을 할 수 있었다. 9시 이후에 물어보지 않고도 전축이나 라디오를 들을 수도 있고 아무것도 안 들을 수도 있었다.

저녁에 병원에 들렀다가 집으로 돌아오면 불을 피우는 것이 아무 의미도 없었기 때문에 진은 대신 뜨거운 물병을 들고 침대에 들어갔고 난로 받침쇠는 치우지도 않았다. 그녀는 이례적일 만큼 대담하게도 집시힐의 아파트에서 가져온 거실의 닳아빠진 갈색 깔개를 버렸다. 모서리가 돌돌 말려서 조심하지 않으면 걸려 넘어졌고 안 그래도 어두운 방을 더욱 어둡게 만들었기 때문에 진은 이 깔개가 늘 싫었다.

그녀는 오핑턴의 내시스 백화점에서 도전적일 만큼 비실용적이라 어떤 물건과도 어울리지 않는 연파랑색 카펫을 사서 깔았다. 눈부신 새 카펫 때문에 주변의 물건들이 더욱 쓸쓸하고 초라해 보였다. 그러나 어머니가 이상하고 제정신이 아니었기 때문에 죄책감과 후회로 이토록 작은 자유마저도 온전히 즐기기는 어려웠다.

아무도 방해하지 않는 저녁이면 진은 앨리스 하프야드의 일기장을 꺼내서 그레천의 입원 기간의 일기를 다시 읽다가—앨리스의 활기찬 글이 마음에 들었기 때문에—그 이후의 일기도 한가롭게 읽었다. 그레천이 퇴원하자 루스라는 소녀가 들어왔고 건선 때문에 자외선 치료를 받았다 (효과는 별로 없었다). 가끔 V라는 인물이 언급되었지만, 진은 환자나 직원 중에서 그런 사람을 찾을 수 없었고 그녀의 증상은 아주 모호한 표현으로만 암시되어 있었다.

9월 19일

V는 새로운 약에 대해 내성이 없다. 쉽게 흥분하는 V.

10월 6일

오늘 V의 상태가 그 어느 때보다 나쁘다.

진은 호기심이 생겨서 V에 대한 언급을 찾아서 일기장 전체를 다시 읽었다. 5월에—그레천이 입원하기 전에—딱 한 번 있었다.

5월 24일

빗속에서 V가 나를 기다리고 있어서 깜짝 놀랐다. 충성스러운 개처럼 흠뻑 젖어 있었다. 그럭저럭 놀란 기색을 숨길 수 있었다.

그러나 입원 날짜나 퇴원 날짜가 없어서 이상했다. V는 그레천의 입원 당시 장기 입원 환자였음이 분명했지만 같은 병실의 소녀들 중 누구도 그녀의 이야기를 하지 않았다. 진은 앨리스에게 직접 물어보기 위해 근무 시간과 저녁 시간에 몇 번 전화를 걸었지만 아무도 받지 않았다.

하워드, 그와 함께했던 점심식사와 이상할 정도로 친밀했던 안개 속 산책의 기억이 계속 그녀의 마음에 남아 있었다. 그는 가끔 가게에서 잔다고 했지만, 어느 날 저녁 가게로 전화했을 때 받지 않았기 때문에 진은 그가 집으로 돌아갔다고 생각했다. 뻔뻔하게 엿듣는 사람들과 같이 쓰는 사무실에서 낮에 전화를 걸기는 곤란했기 때문에 진은 짤막한 편지를 써서 점심식사가 고마웠고 자기 어머니가 사고를 당했다고 설명했다.

다음 날인 금요일 저녁, 진이 병원에서 돌아와 식료품실의 통조림을 떠올리면서 정어리, 햇감자, 쇠꼬리 수프로 무엇을 만들지 심드렁하게 생각하고 있을 때 우편 투입구가 팔랑거리는 소리가 들렸다. 안 그래도 정어리 때문에 이탈리아 식당과 하워드를 생각하고 있던 진은 얼른 문으로 갔다. 도어매트에 이제 익숙해진 흰 봉투가 놓여 있었다. 진은 기다릴 것도 없이 바로 봉투를 뜯었다.

금요일 오후 8시 30분

진에게

지금 막 집에 도착해서 당신 편지를 발견하고 어머니 소식을 들었습니다. 우리가 함께 보낸 오후가 너무나 불행하게 끝나서, 당신 혼자 그 일을 겪게 해서 정말 미안해요. 누가 같이 있을지도 모르니 초인종은 울리지 않을게요. 하지만 당신이 이 편지를 바로 확인하고 나와 대화를 나누고 싶을지도 모르니 도로 끝에서 30분 정도 기다리겠습니다.

하워드

진은 열쇠를 낚아채서 얼른 뛰쳐나가다가 진입로 끝에 다다라서야 앞치마와 슬리퍼 차림임을 깨달았다. 그녀는 얼른 앞치마를 벗어서 수국 덤불에 밀어 넣었다. 슬리퍼는 어쩔 수 없었지만, 하워드는 절대 알아차리거나 신경 쓸 사람이 아니었다.

도로 끝에 세워진 울슬리의 검은 형체가 보였다. 진이 다가

357

가자 헤드라이트가 깜빡이며 그녀를 반겼다. 조수석 문이 열렸다. 진이 그의 옆자리에 올라탔고 두 사람은 핸드브레이크를 사이에 두고 어색하게 포옹했다.

진은 뺨에 닿는 재킷의 거친 트위드와 그의 독특한 향기—비누, 담배, 양모, 그리고 작업장의 기름투성이 금속 냄새—를 느꼈다. 그에게서 힘과 위로가 따뜻한 물결처럼 흘러나왔다. 진은 하워드가 곁에 있으니 늘 그렇듯 깊은 안도감을 느꼈다. 이제 그녀는 완벽하게 안전했다.

두 사람은 약간 뒤틀린 포옹을 풀고 마주 보았다. 가로등이 드리운 그림자 속에서 그의 눈은 까맣게 보여서 읽을 수가 없었다.

"진." 그가 놀랐다는 듯이 그녀의 손을 잡고 깍지를 끼며 말했다. "왔군요."

"네."

"당신이 안 왔으면 내가 어떻게 했을지 모르겠어요. 아마 밤새 기다렸겠죠."

"당신을 놓치지 않아서 다행이에요."

"당신이 내내 혼자인 걸 알았으면 진작 왔을 겁니다. 집에서 서성거리면서 당신 생각만 했어요."

"나도 마찬가지예요."

"아깝군요." 하워드가 그녀의 손을 입으로 가져가 키스했다.

보도를 두드리는 발소리가 들리자 두 사람은 죄지은 사람처럼 본능적으로 떨어졌다. 외투를 입고 우산을 접어 들고서 역에서 뒤늦게 돌아오는 통근자가 지나갔다. 그가 차 안을 흘깃 보았다면 슬리퍼를 신은 평범한 중년 여성과 머리숱이 적고 테가 두꺼운 안경을 쓴 더 나이 많은 남자가 보였을 것이다─둘 다 열정의 대상으로는 보이지 않았기에 두 사람 사이에 흐르는 갈망을 짐작도 못 했을 것이다.

"나는……." 하워드가 입을 열다가 다시 다물었다.

"뭐요?"

"그냥 생각하고 있었어요, 당신을 몇 년 더 일찍 찾았으면 좋았겠다고요."

"내가 잃어버린 장갑 한 짝이라도 되는 것처럼 말하네요." 진이 웃었다.

"음, 괜찮은 이미지네요. 잃어버린 반쪽이라."

진은 외투도 없이 달려 나왔기 때문에 엔진이 멈추고 어둠이 유리창을 짓누르는 차 안이 추웠다. 하워드는 진이 덜덜 떠는 것을 알아차렸다.

"따뜻한 곳으로 가죠. 술집에라도 들어갈까요?"

진은 프랭크와 화이트스완에서 만났던 밤들을 떠올리며 고개를 저었다. 그는 술을 마시면 점점 기분이 좋아졌다가 다시 불쾌해졌었다.

"빈집이 두 군데나 있잖아요." 그녀가 말했다. "우리가 차 안에서 몰래 만날 이유는 없지 않을까요? 왜 각자 떨어져 있어야 하죠?"

그러나 죄책감이 환영받지 못하는 제삼자처럼 두 사람을 방해하며 모든 것을 망치고 있었다.

"그럴 이유는 없죠." 하워드가 동의했다. "어느 집이 좋은지 말해 봐요."

거실 창가에 죽치고 앉아서 사람들을 관찰하며 평가하는 볼랜드 부인을 떠올리자 진의 반항심이 흔들렸다.

"당신 집이요." 그녀가 말했다.

그가 고개를 끄덕였다. "그럼 우리 집으로."

버넷 로드에 도착하니 주변 집들의 커튼을 내린 창문에서 흐릿하고 노란 불빛만이 새어 나왔다. 사방이 고요했다.

"다들 자기 둥지로 돌아갔네요." 하워드가 진과 함께 안으로 들어가며 속삭였다.

진은 무단으로 침입하는 것 같아서 잠시 마음이 불편하고 떨렸지만, 하워드가 복도 불을 켜자 불편함은 어둠과 함께 사라졌다. 그가 진을 거실로 안내한 다음 가스난로를 켜니 높고 애처로운 소리와 갑작스러운 열기가 파란 불빛과 함께 뿜어져 나왔다. 진은 안락의자와 텔레비전이 놓인 이 거실을 처음 보았다. 손님으로 왔을 때는 위층 작업실에 올라가서 가봉을 하거나 집 앞쪽 응접실이나 정원으로 안내받았다.

두 사람은 오랫동안 키스를 했다. 처음에는 부드러웠지만,

나중에는 그렇지 않았다. 하워드가 조금 떨어져서 그녀의 얼굴을 감싸고 말했다. "오늘 밤 여기 있을래요? 당신을 집에 보내는 건 생각만 해도 견딜 수가 없을 것 같은데."

"그레천의 침대에서요?"

"아니요. 내 침대에서."

진은 어울리는 침구를 깔아둔 싱글 침대 두 개와 그 사이의 차가운 간격을 기억했다.

하워드가 그녀의 망설임을 오해하고 "아니면 여기서요"라고 말하더니 진이 그런 게 아니라고 설명하기도 전에 위층으로 달려 올라갔다. 잠시 후 그가 퀼트 깃털 이불과 담요를 끌고 내려와서 가스난로 앞에 깔았다.

"좋아요. 그럼 여기서." 그녀가 말했다. "자, 다시 키스해 줘요."

하워드가 무릎을 꿇고 앉아서 떨리는 손으로 단추와 지퍼와 후크를 서툴게 풀고 진의 옷을 벗기자 마침내 진은 그의 앞에서 알몸이 되었다. 하워드가 손을 멈추고 괴로운 표정으로 그녀를 올려다보았다.

"7년 만이에요. 혹시 잘 안돼도 용서해 줄래요?"

진은 옷을 다 입고 있는 하워드 앞에서 알몸을 드러낸 자신의 대담함에 놀라서 웃었다. 확고한 믿음으로 누군가의 힘에 자기 존재를 내맡기는 것은 정말 이상한 느낌이었다. 진은 그를 위해서 못 할 것이 아무것도 없었다.

"음, 난 더 오래됐어요. 하지만 서로를 다정하게 대하면 그런 건 아무런 문제도 아니에요."

두 사람은 서툴렀지만, 서로에게 다정했고, 잘 해냈다. 두 사람은 꼭 끌어안고 한참 동안 누워 있었다. 진이 그의 어깨에 머리를 기대고 하워드의 손이 그녀의 허리를 어루만지는 동안 밤이 깊어갔다. 빨리 떨어질 필요는 없었다. 아침도 출근도 한참 멀었다.

진은 프랭크가 사랑을 나누고 나면 옆에 잠시도 누워 있지 못하고 곧장 일어나서 담배에 불을 붙인 다음 초조한 몸짓으로 옷을 챙겼던 기억이 떠올랐다. 남자는 다 그런 줄 알았다.

"피곤해요?" 하워드가 그녀의 머리카락에 키스하며 물었다. "자고 싶으면 자도 돼요."

"아뇨―눈이 말똥말똥해요." 진은 함께 보내는 시간을 잠으로 허비하고 싶지 않아서 이렇게 말했다.

두 사람이 소파에 등을 기대고 앉아서 깃털 이불을 두르고 있을 때 진이 저녁을 못 먹어서 배가 고프다고 고백했다. 그러자 하워드가 차와 토스트를 만들어 왔고 두 사람은 바닥에 앉아서 그것을 나눠 먹었다. 하워드는 진이 떨고 있음을 알아차리고 어깨에 두를 포근한 양모 숄을 가져다주었다.

"그레천 거 아니에요." 그가 말했다. "이디 고모님이 주신 거예요. 그레천은 한 번도 안 입었어요, 진짜예요."

하워드는 진이 무엇에 약한지 예측하고 정작 그녀가 깨닫기도 전에 미리 안심시켜 주는 능력이 있었다.

"말을 안 해도 당신은 내 생각을 다 아는군요." 진이 대답했다. "내가 그렇게 투명해요?"

"어디 보자." 하워드가 얼굴을 찌푸리고 집중해서 그녀의 눈을 보면서 뭔가 읽는 척 입술을 천천히 움직였다.

"뭐래요?" 진이 웃었다.

보답받는 사랑에는 우스갯소리도 너무나 쉽고 자연스럽게 나왔다.

"'내일도 그다음 날도 또 와서 하고 싶어요'라고 쓰여 있네요."

"거의 비슷해요." 진이 인정했다.

"안 될 이유가 어디 있죠?" 하워드가 약간 더 진지하게 물었다. "우리가 다른 사람에게 상처를 주는 것도 아니잖아요, 안 그래요?"

"맞아요. 하지만 하워드, 그레천에게는 말하지 않을 거죠? 기분이 너무 이상해요."

"그레천에게 말할 일이 생길 것 같지는 않네요. 하지만 속일 필요도 모르겠고요."

물론 그의 말이 맞았다. 정직해지지 않으면 절대 마음의 평화를 얻을 수 없다. 하워드는 등불처럼 올곧은 행동으로 항상 진을 앞서갔다.

"이렇게 빨리 그레천의 자리를 차지하니까 죄책감이 들어요. 그레천의 침대라는 말이 더 맞겠네요."

"하지만 그레천은 자기 침대에 들어가지도 않는걸요!" 하워드가 그녀를 다시 끌어안으며 항변했다. "그래도 당신이 하고 싶은 대로 해요."

"정말 그레천이랑 사랑을 나누지 않았어요? 처음에도요?" 진이 물었다.

"물론 처음에는 했죠. 하지만 그레천이 싫어하는 게 느껴졌어요 — 그레천에게는 그저 해야만 하는 일이었죠. 말하자면 이를 갈면서 말이에요. 내가 괴물이 된 느낌이었어요. 그래서 점차 요구하지 않게 됐고, 그 간격이 점점 늘어나다가 어느 날 1년이 넘었다는 것을 깨달았을 땐 이제 우리는 두 번 다시 사랑을 나누지 않겠구나 싶었어요."

"당신을 제대로 사랑할 수 없다는 걸 뻔히 알면서 결혼하다니, 너무 이기적이에요."

"가장 가슴 아팠던 건 항상 내 욕망이 옳지 않다고 느끼게 만든 겁니다. 그레천은 늘 섹스는 중요하지 않다고, 자기한테는 아무 의미도 없다고 주장했지만, 사실이 아니었어요. 마사가 다시 나타나자마자 갑자기 그녀의 욕망이 다른 모든 것보다 중요해졌죠. 자신의 '자연스러운 감정'은 5분도 억누르지 못했어요, 나는 몇 년 동안이나 억눌렀는데."

하워드는 아직 그레천을 사랑해, 진이 생각했다. 질투를 삼키느라 목이 꽉 조였다.

"알아요." 진이 최대한 흔들림 없는 목소리로 말했다. "그레천은 여전히 당신 아내이고, 그녀에 대한 당신의 감정이 하룻밤 만에 바뀌진 않을 거예요. 이해해요."

하워드가 깜짝 놀라 그녀를 뚫어지게 보았다.

"당신은 정말 마음이 넓군요, 진." 그가 진에게 다시 키스하며 말했다. "하지만 그럴 필요 없어요. 이제 당신뿐이에요."

"나도요." 그녀가 말했다.

긴 여행의 끝에 마침내 휴식에 다다른 것처럼 평화로운 느낌이 진을 감쌌다.

"가끔 궁금해요……." 그녀가 하워드를 끌어당겨 무릎베개를 해 주며 말했다. 이 각도에서 안경까지 벗은 얼굴을 보니 무척 달라 보였다, 낯선 사람 같았다. "그레천이 우리를 가까워지게 하려고 계략을 꾸민 게 아닐까 싶어서요. 그런 생각 해봤어요?"

"그럴지도 몰라요. 예전에 마거릿의 첫 번째 피아노 선생님한테도 비슷하게 굴었죠. 자꾸 선생님을 집에 데려다 드리라고 하거나 교묘한 방식으로 단둘이 남겨 두려고 했거든요. 한눈을 팔아도 된다고 허락하는 것 같았어요. 물론 그렇게 말하지는 않았지만요. 하지만 난 그 선생님에게 전혀 끌리지 않았어요. 물론 그 선생님도 마찬가지였고."

진은 의심스러운 표정을 지었다. 누구든 하워드에게 무관심하다는 것은 불가능한 일처럼 느껴졌다. 그 여자는 어디가 조금 모자랐던 것이 분명하다.

"나도 당신한테 대단한 첫인상을 남긴 것 같지는 않았는데 요." 진이 말했다.

"당신은 노트를 들고 좀 쌀쌀맞고 사무적으로 굴었죠." 그가 미소를 지었다. "그러다가 내 실톱에 손을 베였고요."

"네. 잊고 있었어요. 당신이 내 손을 칭찬했죠."

"그랬었나?" 하워드가 진의 손을 잡고 뒤집어서 감상하듯 바라보았다. "예쁘네요. 당신이 손을 이렇게 멋지게 쓸 줄은 상상도 못 했는데."

진이 웃음을 터뜨렸다.

"당신이 차를 마시러 왔다가 같이 배드민턴을 쳤을 때부터 제대로 알아본 것 같아요."

"이젠 날 놀리는군요."

"전혀 아니에요. 정말 잘 치던데요."

"멋진 오후였어요. 난 두 사람의 완벽한 결혼생활을 질투하 며 집으로 돌아갔죠."

"하!"

그 환상이 어떻게 무너졌는지 각자 생각에 빠지면서 침묵이 내려앉았다.

"그다음에 채링크로스역에서 당신을 우연히 만났죠." 진이 이야기를 계속했다. "당신이 집에 데려다주겠다고 고집을 부 렸잖아요. 그때 당신은 너무 재미있었어요. 대화도 거의 나누지 않았지만 나는 그 여정이 끝나지 않기를 바랐죠. 난 그때부터 시작이었어요."

"기억납니다. 내가 당신을 사랑하게 된 건 이디 고모님 댁에 갔을 때였어요. 사과나무에 앉은 당신을 봤을 때였던 것 같군요. 하지만 아무 말도 할 수 없었죠."

"그럴 필요 없었어요. 나도 느꼈으니까."

"다음날이 너무 우중충하고 공허했어요. 크리스마스 다음 날의 아이가 된 기분이었죠—모든 마법이 끝나 버린 기분 말이에요."

진은 황홀한 시간을 함께했던 안식처를 힘들게 떠나야 했던 과거를 회상하는 것이 이제는 순수하게 즐겁기만 했다. 이런 안정감과 자신감 넘치는 기분은 그녀에겐 무척 새로웠다. 프랭크와의 관계는 그를 지루하게 만들거나 분노를 자극할지도 모른다는 두려움, 그가 더 어리고 예쁜 여자 때문에 진을 버릴지도 모른다는 불안함으로 얼룩져 있었다 — 알고 보니 그럴 만도 했다.

하워드가 한숨을 내쉬고 손바닥 끝으로 눈을 문질렀다.

"슬퍼 보여요." 진이 말했다. "아니면 걱정스러운 건가."

"당신에게 줄 수 있는 게 별로 없어서 그래요."

"난 아무것도 필요 없어요. 당신이랑 같이 있으면 행복하고 그렇지 않으면 불행하다는 것밖에 몰라요. 그게 전부예요."

"내일 또 올래요?"

"병원에 다녀오자마자 올게요. 곧 어머니가 퇴원하시면 다시 집에 갇힐지도 몰라요."

"그렇다면 우리에게 남은 시간을 최대한 활용해야겠네요."

혼자서 갈피도 못 잡고 있는 어머니를 생각하니 진의 복잡한 마음이 더 움츠러들었다. 하워드와 함께 밤을 보낼 수 있는 자유는 어머니의 부재가 계속되느냐에 달려 있었다. 이제 진은 어머니가 계속 아프면서 천천히 낫기를 바라는 괘씸한 입장이 되었다. 며칠 앞을 내다보려 해도 보이는 건 아무것도 없었다. 안개뿐이었다.

29

젖은 풀 사이에서 낙엽을 모아 구릿빛 언덕을 쌓던 갈퀴의 구부러진 살이 살짝 덜걱거렸다. 진은 가을 날씨에 대비해 가장 낡은 외출복 위에 고무장화를 신고 방한 재킷을 걸치고, 앞마당에서 그동안 소홀히 했던 집안일을 하며 토요일을 보내고 있었다.

지난 한 주 동안 더놀 공원의 칠엽수와 캐나다 오크나무가 마지막 잎을 떨어뜨렸다. 스위니 가의 진입로로 그 낙엽이 어마어마하게 날려 와서 앞마당 잔디를 뒤덮고 차고 문 앞에까지 쌓였다. 진은 철제 쓰레기통을 다섯 번 채워 퇴비 더미로 다섯 번 날랐다. 그녀는 시든 깍지콩을 뽑고 대나무 뼈대를 해체해서 헛간에 넣고 땅을 갈았다. 루바브 밑둥에는 짚을 덮고 양파는 잡초를 뽑고 태운 다음 재를 퇴비로 주었다.

부엌에서는 체리 케이크가 틀 위에서 식고 있었다. 나중에 글레이즈를 바른 다음 하워드가 퇴근하면 그의 집에 가져가서 차를 마실 때 곁들일 생각이었다. 진은 잠깐씩 들러서 우편물을 꺼내거나 출근할 때 입을 깨끗한 옷을 챙겨갈 뿐 거의 일주일 내내 집을 비웠다.

처음 집에 잠깐 들렀을 때 볼랜드 부인이 스위니 부인의 소식이 궁금한 척 진을 불러 세워서 왜 우유가 현관 앞 계단에 밤새 나와 있었냐고 물었다.

"아, 친구 집에 갔었어요." 진이 사소한 문제를 간과한 자신을 저주하며 말했다.

"무슨 일이 있는 건 아닌가 싶었어." 볼랜드 부인이 말했다. "집에 안 들어오길래."

"네, 괜찮아요. 감사합니다." 진이 더 이상 캐묻는 것을 거부하며 이렇게 말했다. "어머니는 아직 예전 같지 않지만요."

어머니는 완전히 정신이 이상해져서 되돌릴 수 없을 것처럼 보일 때도 며칠 있었다. 그럴 때면 어머니는 진을 전혀 알아보지 못하고 병실 담당 수녀님으로, 메리 여왕으로, 결혼반지를 훔쳐 가려는 소매치기로 다양하게 오해했다. 시간과 장소에 대한 감각도 없고 자기가 어디에 얼마 동안 있었는지도 몰랐다. 낯선 곳이지만 불안한 것 같지는 않았고 환각─병실에서 이리저리 뛰어다니는 오소리들─에 놀라기보다는 즐거워했다.

진은 이런 전개가 괴로웠지만, 제정신이 아닌 어머니의 심기는 전보다 훨씬 편해졌고 태도도 눈에 띄게 변했다는 사실을 알았다. 이제 어머니는 최근 그 어느 때보다도 훨씬 쾌활했다. 어머니가 회복하기를 바라는 진의 기도는 순결한 삶을 살게 해 달라고 간청하는 성 아우구스티누스의 기도와 비슷했다. 주님, 부디 어머니를 낫게 해 주세요. 하지만 아직은 안 돼요.

진이 마지막 낙엽을 퇴비 더미로 옮기고, 진입로를 쓸고, 갈퀴와 빗자루를 헛간에 다시 넣었다. 마침 딱 맞게 일이 끝났다. 잔디밭을 가로지르는데 저 멀리서 천둥이 으르렁거리더니 통통한 빗방울이 떨어지기 시작했다.

하워드가 6시 반에 퇴근하면 함께 먹을 간과 베이컨, 후식으로 먹을 체리 케이크가 있다. 두 사람은 손을 잡고 소파에 앉아서 전축으로 재즈 레코드를 들을 것이다. 그런 다음 위층으로 올라가 하워드의 싱글 침대에 같이 누워서 조금 떨어져 있는 주인 없는 침대는 무시한 채 사랑을 나눌 것이다. 모퉁이를 돌면 무엇이 있을지, 언제 뭐가 나타나서 이 관계를 끝낼지 절대 알 수 없으니까.

하지만 지금은 면회 시간에 맞춰 자전거를 타고 병원에 가기 전까지 몇 시간의 여유가 있었다. 케이크에 아이싱을 바르고 뜨거운 물로 목욕을 할 수 있을 정도—토요일인데!—의 시간이다. 진이 설탕 무게를 재고 있을 때 초인종이 울렸다. 또 볼랜드 부인이군, 진은 가슴이 철렁 내려앉을 만큼 깜짝 놀라며 생각했다. 그런 다음 인내심을 그러모아 미소를 지으며 문을 열었다.

문 앞에는 마거릿이 서 있었다. 눈은 빨갛고 가슴을 부여잡고 있었는데 외투가 이상하게 불룩했다. 마거릿의 고수머리에 안개 같은 미세한 빗방울이 거미줄에 달린 이슬처럼 매달려 있었다.

"마거릿! 여기서 뭐 하니?" 진이 이렇게 외치고 그레천이나 다른 사람이 같이 왔나 싶어서 길 위아래를 살폈다.

그녀는 아이가 진흙투성이이며 불룩한 가슴은 몸부림치는 제마이마라는 사실을 뒤늦게 깨달았다.

"도망쳤어요." 마거릿이 코를 훌쩍이고 토끼를 더 편한 자세로 고쳐 안으며 말했다. "여기 말고는 어디로 가야 할지 몰랐어요. 아빠는 아직 일하는 중이고요."

진은 몇 주 만에 본 마거릿이 그레천과 너무 닮아서, 얼굴이 인형같이 아름다워서 새삼 놀랐다.

"들어와, 들어와." 진이 대답했다. 새로운 전개에 가슴이 미친 듯이 뛰었다. "혼자서 여기까지 왔어?"

"네. 제마이마랑요. 처음엔 괜찮았는데 나중에는 좀 꿈틀거렸어요. 그러다가 비가 오기 시작했어요."

"여기까지 어떻게 찾아왔니?"

"엄마가 매일 학교에 데려다주니까 나도 기차 타는 법은 알아요. 저번에 신더 토피 만들러 왔을 때 집이 역에서 가까웠던 게 기억났어요. 엽서를 보냈으니까 주소도 알고요. 그래서 역에서 신문가판대 아줌마한테 물어봤어요. 진이 누군지는 몰랐지만, 더놀이라는 동네는 들어봤다고 했어요."

두 사람은 대화를 나누느라 아직 복도까지밖에 못 왔다.

"도망친 이유는 가서 제마이마를 내려놓은 다음에 들을게."
진이 제안했다. 그녀는 자신이 집에 없었으면—정말 그럴 뻔
했다—마거릿은 어떻게 했을까 생각해 보았다. 그러자 머리
가 어지러웠다.

부엌으로 자리를 옮겨서 제마이마가 새로운 영역을 탐험하
듯 진이 거의 텅 빈 식료품실에서 가져온 시든 당근을 피해서
리놀륨 위를 뛰어다니는 동안, 마거릿은 젖은 외투를 벗고 안
도하며 아픈 팔을 빙빙 돌렸다. 마거릿은 숄더백을 메고 왔는
데, 그 안에 들어 있던 짐을 식탁에 꺼내 놓았다. 구슬 지갑, 칫
솔, 공책, 건조 사료. 가출용 짐으로는 애처로울 만큼 어울리지
않았다.

진이 우유를 한 잔 데우고 케이크를 한 조각 자른 다음 가장
멀쩡한 수건을 가져와서 마거릿의 어깨에 둘러 주었다.

"자, 도망쳤다는 게 무슨 말이니?" 진이 마거릿의 머리를 톡
톡 두드려 닦아주며 마침내 말했다.

"마사가 싫어요." 마거릿이 이렇게 말하며 예쁜 얼굴을 찌푸
렸다.

"싫다는 표현은 좀 센데." 진이 속으로 즐거워하며 말했다.

"음, 마사도 날 싫어해요."

"절대 아닐 거야. 널 싫어하는 사람이 어디 있겠니?"

"마사는 자기 말로는 동물 털 알레르기가 있다면서 제마이
마를 1분도 못 들여놓게 해요. 그래서 난 추운 뒷마당에서 제

마이마랑 놀아야 해요. 잔디도 없는데 말이에요. 끔찍해요."

"저런."

"그리고 나는 마사가 그림 그리는 방에 접이식 침대를 놓고
자야 하는데 진짜 지저분하고 물감 냄새가 나요. 하지만 만약
에 내가 방을 어지르면 당장 나가라고 그래요."

"엄마한테 네가 어떤 기분인지 얘기했어?"

"엄마는 이해를 못 해요. 엄마가 있으면 마사가 엄청 착한
척해요. 하지만 엄마가 나가면 날 무시해요."

마거릿이 우유를 한 모금 마시고 소매로 윗입술을 닦았다.

"전에 둘만 있을 때 '나 안 좋아하죠?'라고 물었더니 '아직
결정 안 했어. 싫어하지는 않아'라고 대답했어요."

마거릿이 흉내 내는 마사의 낮고 교양 있는 목소리는 묘하
게도 똑같았다.

"아, 마거릿. 무슨 말을 해야 할지 모르겠구나. 내가 널 어떻
게 도와줄 수 있을까?"

아이는 뜨겁고 따끔거리는 눈물을 참으려고 열심히 눈을 깜
빡였다.

"그냥 예전으로 돌아갈 수 있으면 좋겠어요." 마거릿이 불쑥
말했다. "아빠한테요. 예전이 더 좋았어요."

진이 마거릿의 어깨에 조심스럽게 팔을 둘렀다가 아이가 아
무 저항도 하지 않자 끌어안았다. 마거릿이 흐느끼자 양모 카
디건 아래 새처럼 연약한 등뼈가 느껴졌다.

"울지 마." 진정한 위안을 줄 수 없는 진이 애원했다. "다 잘 될 거야."

그러나 진이 장담할 수 있는 일이 아니었고 그녀는 망가진 결혼생활의 주된 수혜자였기 때문에 이 말이 공허하게 느껴졌다.

드디어 마거릿이 울음을 그치고 타는 듯이 새빨간 얼굴을 시원한 수건으로 닦겠다고 동의했다. 쏟아낸 감정과 습기 때문에 부엌 창문에 안개가 끼었다.

"세상에." 진이 말했다. "조금만 더 울면 제마이마한테 뗏목을 만들어 줘야겠다."

마거릿은 목을 꿀꺽거리고 코를 훌쩍거리면서도 틈틈이 깔깔 웃을 만큼 기분이 나아졌다.

"여기 온다고 누구한테 말했니?"

"아니요. 그냥 몰래 빠져나왔어요."

진은 그레천이 아이가 사라진 것을 깨닫고 정신이 나가서 거리를 샅샅이 뒤지는 모습을 상상했다. 전화를 걸어서 안심시켜 주긴 해야겠지만 자신이 해방을 얻은 대가가 무엇인지 깨달을 수 있다면 공포를 약간 맛본다고 크게 해가 될 건 없지 않을까?

결국 진은 하워드에게 전화를 걸었고 더 힘든 통화는 그에게 맡겼다. 마거릿은 버넷 로드의 집으로 돌아가겠다고 고집을 부렸다. 하워드가 퇴근 후에 마거릿을 데리러 오기로 했다.

어차피 일요일은 둘이서 지내는 날이었다. 나머지는 그레천과 협의해야 할 것이다. 마거릿의 가장 큰 걱정은 제마이마였다.

"오늘 밤에 제마이마는 어디서 자요? 토끼우리를 가지고 올 수가 없었어요."

하워드가 가게에서 튼튼한 상자를 가져오겠다고 약속했다. 그는 저녁 내내 토끼가 빠져나오지 못할 우리를 만들 것이다. 통화를 하는 내내 마거릿이 옆에서 들썩거리면서 몇 초에 한 번씩 끼어들었기 때문에 진은 하워드에게 터놓고 말할 수가 없었고, 대화 중간중간 흐르는 침묵은 두 사람의 버려진 계획에 대한 말할 수 없는 아쉬움 때문에 무겁기만 했다.

진은 마거릿이 젖은 옷을 입은 채 떨기 시작하는 것을 눈치 채고 뜨거운 목욕물을 받아 주겠다고 했다 — 그녀가 하려고 했지만, 이제는 필요 없어진 목욕이었다. 진은 보통 목욕물을 겨우 8센티미터 정도로 받았지만, 오늘은 조금 더 받은 다음 선반에서 낡은 수건을 하나 더 꺼냈다. 진은 이렇게 다른 사람 —심지어는 비판할 줄 모르는 열 살짜리 소녀—의 눈을 통해서 볼 때만 자기 물건이 너무 초라해서 부끄러웠다. 수도꼭지 목과 주둥이에 석회가 말라붙어 있고 배수구가 넘쳐서 에나멜에 초록색 선이 생겼다. 낡은 리놀륨은 깨끗하긴 했지만 갈라져서 이랑이 생겼다.

"미안해. 너희 집 욕실만큼 좋지는 않을 거야." 진이 말했다.

진은 일주일 내내 그 집에서 지냈기 때문에 그 사실을 아주 잘 알았다.

"괜찮아요." 마거릿이 점퍼를 벗으면서 상냥하게 말했다. "루나 스트리트보다 나아요."

진은 마거릿이 옷을 벗도록 혼자 남겨두고 조금 전에 가출 가방에 들어 있던 건조 사료를 그릇에 담아 제마이마를 가둬 놓았던 부엌으로 돌아갔다. 그녀는 밀크 팬을 씻고 체리 케이크를 한 조각 자른 다음—나머지는 하워드가 가져가면 된다—식탁 앞에 앉아서 토요일 자 신문의 십자말풀이를 물끄러미 바라보며 최근에 일어난 여러 가지 일들에 대해서 곰곰이 생각했다.

마거릿이 돌아오면 하워드의 집에서 자고 오는 것은 어머니가 퇴원하기도 전에 끝날 테고, 그러면 더욱 괴로워질 것이다. 엉망이었다.

위층에서 비명이 울려 생각을 방해했다. 진은 깜짝 놀라서 쿵쾅대는 가슴을 안고 계단을 달려 올라갔다. 수증기로 가득한 욕실에서 마거릿이 뻣뻣하고 하얀 속바지 차림으로 서 있었다. 아이는 목을 길게 빼고 거울 속에 비친 등을 보고 있었다. 속바지 허리 바로 위에 우표만한 분홍색 속살이 보였다.

"안 적시려고 했는데 그냥 떨어져 버렸어요." 마거릿이 진에게 수건을 내밀어 젤리처럼 생긴 죽은 피부를 보여주며 말했다—거부 반응을 일으킨 그레천의 피부였다.

상한 우유 활용법. 리놀륨 깔개나 마루 걸레를 세탁할 때 상한 우유를 이용하면 물로 세탁했을 때보다 선명해진다. 흰 직물이 변색되었을 때도 상한 우유로 표백할 수 있다. 물을 적셔서 짠 다음 그릇에 넣고 상한 우유를 붓는다. 48시간 동안 방치한 다음 깨끗하게 빨면 눈처럼 새하얘진다.

30

난로 받침쇠에 쌓인 석탄불이 화산처럼 주황색으로 번쩍였다. 이곳에서 벌어지는 논쟁도 그보다 덜 뜨겁진 않았다.

거대한 책상 뒤 왕좌 같은 자리에 로이드 존스 박사가 앉아 있었다. 사무실 반대쪽—그리고 논의의 반대쪽—에는 그의 동료 뱀버 박사와 《노스켄트 에코》에 인용되어 그레천 틸버리가 맨 처음 편지를 쓰게 만든 논문의 저자 힐러리 엔디콧이 있었다. 진은 조용히 앉아서 토론을 들으며 메모했다.

"적어도 혈청 검사 결과를 봤을 때는 어머니 A의 주장을 반박할 거리는 없다고 말할 수 있겠군요. 그것이 공정하지 않습니까?

이곳에 모인 모두가 어머니 A의 신원을 알았지만, 로이드 존스 박사 혼자 이 호칭을 고집했다.

"아뇨, 전혀 그렇지 않습니다. 처녀생식이라고 납득할 만한 기준이 뭐냐고 물어보셨을 때 제가 말씀드렸잖아요—아이의 피부를 어머니에게 이식해서 성공하는 것입니다. 이 조건이 충족되지 않았으니 어머니의 주장은 거짓으로 판명되었습니다. 간단해요."

트위드 정장에 갈색 단화를 신은 위협적인 모습의 힐러리 엔디콧이었다. 그녀는 실험실보다 고원의 뇌조 사냥터에 어울릴 듯한 모습이었지만 사실은 그날 아침 튜더 양식의 고풍스러운 서리의 저택에서 오는 길이었다. 진은 그녀보다 키도 크고 나이도 많았지만 그녀의 옆에 있으면 난쟁이가 된 기분이었다.

"저는 피부 이식이 당신 생각만큼 결정적이지 않다고 생각합니다." 로이드 존스 박사가 말했다. "예를 들어 대조군으로 자가이식을 실시하지 않은 것이 유감스럽군요."

"음, 그러게 말이에요." 엔디콧 박사가 말했다.

"또 다른 가능성은 말이지요." 로이드 존스 박사가 그녀의 신랄한 말을 무시하고 말했다. "불일치를 유발한 항원 중 하나가 열성이라서 딸에게만 존재한다는 것입니다."

"피부 이식 검사 결과는 모호하지 않았어요. 두 사람 모두 실패했잖아요."

"하지만 혈액과 혈청 검사 결과는 전부 처녀생식과 일치합니다."

"다른 가능성들도 있지요." 뱀버 박사가 말을 얹었다. 그가 입을 연 것은 처음이었다.

"예를 들면요?" 진이 물었다.

어차피 자신이 그레천에게 이 소식을 알려야 한다면 자세한 내용을 되도록 많이 이해하고 싶었다. 그녀는 검사 결과가 어떻게 나오든 반박 불가능한 증거가 나올 거라고, 과학이 모든 애매함을 해결해 줄 거라고 안이하게 생각했지만, 가장 깊숙이 개입한 세 사람조차 일치된 의견을 내놓지 못하는 듯했다.

"음, 예를 들면 동족 교배가 있지요."

"근친상간 말이군요." 진이 그 생각과 용어 모두에 기분이 상해서 항변했다. "지금까지 어떤······."

"그냥 하나의 예를 든 것뿐이에요." 그가 진을 달래듯 양손을 내밀고 대답했다. "개인적인 배경은 전혀 모릅니다. 과학자로서 얘기하는 거예요."

"어머니와 딸의 혈액형이 아주 드물다면 그 가능성은 제외해야 해요." 엔디콧 박사가 덧붙였다. "하지만 그렇지 않기 때문에 그—우연이라고 해 두죠—동족 교배 가능성이 더 커집니다."

"확실한 건 말입니다."—뜨거운 열기에 땀과 코의 모세혈관이 터진 로이드 존스 박사의 얼굴이 빨갛게 변했다—"어머니가 혈액 검사 결과도 모르는 상태에서 처녀잉태를 했다고 주장하면 그 신빙성이 크게 증가하지 않겠습니까?"

"확실히 설득력은 있지만 증명된 것은 아니지요." 뱀버 박사가 말했다. "예를 들어 말하자면 감옥이나 정신 병원에 완전히 격리된 여성 중에서 그런 현상을 보고하는 사람이 얼마나 많은지—만약 있다면 말입니다—알면 도움이 될 겁니다. 하지만 우리가 아는 한 그런 사람은 한 명도 없어요."

"처녀생식 발생과 상관없이 여성의 수명 기록 데이터가 있으면 그것을 바탕으로 가능성을 추정할 수 있겠지요." 엔디콧 박사가 덧붙였다.

"전부 무척 흥미로운 이야기네요." 진이 짜증이 나서 손으로 머리카락을 빗어 넘기며 말했다. "하지만 틸버리 부인은 어떻게 되는 거죠? 틸버리 부인은 지금까지의 가중 검사 결과 넉분에 처녀생식이라고 굳게 믿게 되었는데 전문가라는 당신들조차 결과에 대해서 일치된 의견을 내놓지 못하잖아요. 제가 틸버리 부인에게 뭐라고 해야 하죠?"

"물론 당신에게는 무척 실망스러운 일이겠죠." 엔디콧 박사가 말했다. "더 충격적인 결과가 나왔다면 당신에게는 좋았겠지요. 하지만 틸버리 부인에게 검사 결과가 처녀생식이라는 주장을 뒷받침하지 않는다고 설명하면 말을 바꿀지도 몰라요."

"절대 안 그럴 거예요." 진이 말했다. "그러기에는 너무 많은 것을 투자했어요."

진은—더없이 회의적인—마사를 떠올리면서 그녀가 이 소식에 어떻게 반응할까 궁금해졌다. 맹목적으로 믿는 모습은 상상하기 힘들었다. 그레천이 어마어마한 사기를 쳤다고 인정하는 모습은 더욱 상상하기 힘들었다. 진은 그레천에 대한 믿음이 크게 흔들렸고 하워드와 엮이면서 더욱 믿음이 사라졌기 때문에 이 기사가 폐기되어 묻히기를 바랐다. 기사가 나와서 사람들에게 알려지면 반갑지 않은 스캔들이 모두를 집어삼킬 수도 있었다.

앞으로 겪을 창피를 생각하니 피가 뺨으로 몰렸다. 과학자 세 사람 의견이 일치에 이르지 못했다는 사실이 진에게 유리하게 작용할지도 몰랐다. 로이 드레이크가 기대한 폭탄선언이라는 게 결과를 확정할 수 없다는 결론은 아닐 것이다. 진이 로이를 조심스럽게 설득하면 기사를 영원히 보류할 수 있을지도 몰랐다.

31

진은 편집 회의를 시작하기 전에 로이 드레이크에게 미리 보고 하는 것이 좋겠다고 생각했다. 그는 실망하고 아마도 불쾌해할 텐데, 그렇다면 관중이 없을 때가 더 견디기 쉬울 것이다.

"거의 최악의 결과예요." 그녀가 말했다. "처음 시작했을 때 랑 비교해서 진실에 조금도 다가가지 못했어요. 기사는 완전 끝장이에요."

진은 로이가 차에 설탕을 세 개 넣고 안경다리로 젓는 모습 을 지켜보았다.

"하지만 어떤 방법으로도 그 여자의 주장을 반박할 수는 없 었다고?"

"음, 네."

"말투에 자신감이 없군. 아주 진실하고 거짓 없는 사람이라 고 말하지 않았었나?"

"네, 그랬죠." 진은 자신이 진실하고 거짓 없이 행동하고 있 지 않다는 생각이 들어서 말을 더듬었다. "저는······ 집안에 일 이 좀 생기는 바람에 정신이 팔려서 더 깊이 파고들지 못했어요. 형편없는 기자였어요."

로이가—아마도 그렇지 않다는 어렴풋한 제스처로—한 손을 들었지만 반박하지는 않았다.

"피부 이식이 실패했다는 소식에 틸버리 부인이 어떻게 반응했는지 봤으면 흥미로웠을 텐데."

"아쉽게도 저는 그 자리에 없었어요. 로이드 존스 박사 말로는 재검사를 해 달라고 애원했대요. 그는 피부 이식 결과를 다른 두 사람만큼 중요하게 생각하는 것 같지 않았어요."

"그래도 여전히 흥미로운 기사야." 로이가 손목시계를 흘깃 보았다. 회의는 5분 뒤에 시작할 예정이었다. "그렇다면 확실한 과학적 증거는 없는 셈이군. 하지만 틸버리 부인의 주장을 깨뜨리지도 못했지. 그렇다면 거짓말을 하지 않으면서도 풀리지 않은 미스터리—'그레천 어쩌고의 기묘한 이야기'—로 기사를 실을 수 있어. 사실을 제시하고 대중이 결론을 내리게 하면 돼."

진은 풀이 죽었다. 대중이 결론을 내리게 한다고? 그녀를 늑대 소굴에 집어 던지는 게 나을 것이다.

"결혼생활이 끝장났어요. 세상에 알려지면 아이가 어떤 영향을 받을지 걱정이에요—전국지에서 우리 기사에 관심이라도 보이면 말이에요."

"결혼생활 문제는 우리가 상관할 바 아니잖아." 로이가 말했다. "그 여자가 우리에게 접근했어, 우리가 접근한 게 아니라.

이혼이 예전처럼 대단한 스캔들도 아니고 말이야. 우리는 이 기사에 시간을 많이 투자했고, 독자들이 관심을 가질 만한 보기 드문 기사야. 전국지가 우리 기사에 관심을 가지면 더욱 좋지. 우리가 항상 바라던 바잖아, 안 그래?"

"하지만 과학적 증거도 없이……?"

"의사 한 명은 아직 생각이 열려 있다고 하지 않았나?"

"로이드 존스 박사 말이군요. 그 사람이 뭐라고 했냐면……." 진이 노트를 펴고 몇 페이지 넘겨서 밑줄을 세 번 쳐놓은 문구를 펼쳤다. "그 주장을 반박할 수는 없다."

"멋지군. 그 말을 인용하면 돼. 널리 알려지면 또 다른 전문가가, 아니면 목격자가 난데없이 등장할지도 모르지."

"그래도 전 불편해요."

로이가 고개를 저었다. "괜찮을 거야. 12월 첫 주에 실으면 되겠군. 멋진 대림절 특집 기사가 될 거야. 젊은 토니한테 엄마와 아이 사진을 좀 찍어 오라고 해."

"알았어요." 패배한 진이 말했다. "그레천한테 연락해 볼게요. 기사를 아예 폐기할지도 몰라서 그레천과 이야기하는 건 미루고 있었어요."

진이 만남을 피해 온 또 다른 이유를 떠올리고 얼굴을 붉혔다.

"좋아. 또 할 말 있나?"

"아뇨, 이게 다예요. 고마워요."

진은 비겁하게 회피하려다가 의표를 찔렸다고 생각하며 그만 나가려고 일어섰다.

"요즘 좋아 보인다고 말하려고 했는데. 음, 더…… 정정하네."

"정정하다고요?" 진의 표정이 무너졌다.

"아니, 그 말이 아닌데. 어, 편안해 보여. 건강하고. 얼굴이 피는군."

진은 그가 정정하다는 말을 만회하려고 과장하고 있다고 생각했다. 기억이 안 날 만큼 오래전부터 사랑받지 못했지만 그래도 아직 움직이기는 하는 나이 든 미혼 여성에게나 쓰는 말.

"머리모양을 바꿨군."

"아, 오래간만에 드라이를 했을 뿐이에요."

"어쨌든 자네한테 잘 어울려."

"어머니가 좀 나아지셔서 마음이 편해졌나 봐요."

"그거 좋은 소식이군." 로이 드레이크가 말했다. 그는 어머니의 건강이 어떠냐고 자주, 진심으로 물어보았고 해로즈 백화점에서 이국적이고 제철이 아닌 과일까지 한 바구니 사서 보냈다. 하지만 어머니는 상태가 너무 안 좋아서 이 호화로운 선물을 제대로 음미할 수도 없었다.

지난주에는 차도가 좀 있었다. 요로감염 때문에 처방받은 페니실린이 흐려진 정신도 맑게 해준 것 같았다. 어머니가 처음으로 진을 알아보고 반겼다. 대화는 이성적이고 예측 가능하게 흘러갔다. 최근 몇 주 동안의 망상은 잊혔다.

진은 이러한 변화에 크게 안심하면서도, 어머니의 기억상실이 좀 더 선별적이면 좋겠다고 바라는 것은 어쩔 수 없었다. 하루 일을 마치고 하워드와 함께 할 소중한 시간을 줄여가며 충실하게 침상을 지킨 밤들은 소매치기, 메리 여왕, 오소리들과 함께 전부 지워졌다. 그리고 곧, 어쩌면 며칠 내에 어머니가 집으로 돌아오면 진이 잠깐 맛본 자유는 끝날 것이며 집을 비우려면 협상과 사전 계획이 필요해질 것이다.

게다가 이제 마거릿이 예전과 반대로 주중에는 버넷 로드에 살면서 주말에만 루나 스트리트에 가서 어머니와 시간을 보냈기 때문에 상황이 더 복잡해졌다. 가장 실용적이고 마거릿의 행복에 도움이 되는 해결책이라며 관련된 모든 사람들이 동의한 결론이었다. 이제 마거릿은 첼시로 이사하기 전처럼 리지와 함께 학교에 걸어 다녔고 하워드가 베드포드 스트리트에서 집으로 돌아올 때까지 리지네 집에서 머물렀다.

한번은 진이 비공식 이모로서 부녀와 함께 저녁 식사를 한 적도 있지만 그레천의 자리를 차지하는 것이 너무 어색해서 두 번 다시 하지 않았다. 진은 두 사람의 관계가 탄로 날까 봐 하워드와 시선을 교환할 수도 없었고 식사가 끝난 다음 텅 빈 집으로 돌아와 혼자 틀어박혀서 괴로워했다.

이 상황에서 진과 하워드가 같이 보낼 수 있는 시간은 토요일 밤부터 일요일 아침까지밖에 없었다. 일주일 내내 꾸물대던 시간은 두 사람이 인사를 나누는 순간—현관문이 닫히자마자 복도에서부터 서로에게 매달렸다—부터 다시 헤어지는 순간까지 그들을 재촉했다. 두 사람은 바깥에 나가지 않았다. 집안에서 함께 하는 친밀하고 사소한 일들—같이 목욕하고, 가스레인지 앞에 나란히 서서 요리하고, 침대 시트를 갈고, 정원에서 밤하늘을 보며 그날의 마지막 담배를 피우는 것—이 아직 너무나 즐거웠다.

"잠깐, 움직이지 말아요." 두 사람이 소파에 반쯤 앉고 반쯤 누운 채 진이 그의 무릎을 베고 있을 때 하워드가 말했다. "들어 봐요."

레코드가 끝나서 바늘이 판을 긁는 소리 외에는 아무것도 들리지 않았다.

"왜요?" 진이 말했다.

"행복이에요. 안 들려요?"

진이 얼른 손을 들어서 그의 손을 찾았다. "들려요." 그녀가 작게 속삭였다. 행복은 너무 수줍음이 많으며 쉽게 겁먹고 도망치기 때문이었다.

하워드는 어떤 식으로든 그레천을 더 이상 언급하지 않았다. 만약 그가 아쉽다는 듯이 말했다면 끔찍했을 것이고 비통하게 말했다면 더욱 나빴을 것이다. 진은 그렇다고 해서 하워드가 그레천을 전혀 생각하지 않는다는 뜻은 아님을 알았다. 10년간의 결혼생활이 쉽게 지워질 수는 없었다. 그러나 하워드는 여자의 불안을 부채질하면서 즐거워하는 남자가 아니었다.

그가 드러낸 아쉬움은 진을 더 일찍 만났다면 더 오래 사랑할 수 있었을 텐데, 라는 것밖에 없었다. 이런 순간이면, 또 사랑을 나눈 후 그 여운 속에서 그레천을 완전히 이긴 듯한 기분이 들 때면, 진은 하워드가 자기 아내를 아직 조금쯤은 사랑해도 괜찮다고 생각했다. 이겼으므로 관대해질 수 있었다.

32

세인트 서실리아가 문을 닫은 1947년부터 지금까지 키티 벤 틴이 살고 있는 그레인지는 케스턴과 록스보텀을 잇는 도로에 서 한참 떨어진 거대하고 외딴집으로, 나무가 많은 1에이커짜 리 정원에 자리 잡고 있었다. 진은 거의 10년 동안 자전거를 타고 출퇴근하면서 이 진입로와 높은 담을 수없이 지나쳤지 만, 눈길도 한 번 주지 않았다.

브렌다 반 링언은 남아프리카에서 한참 뒤늦은 답장에 주소 를 적을 때 이곳이 진의 '세계'와 얼마나 가까운지 몰랐을 것 이다. 진은 떨어지는 월계수 잎 사이로 자전거를 끌고 자갈 진 입로를 지나면서 네 명 중에서 마지막 한 사람을 직접 만난다 는 두려움과 기대로 몸을 떨었다.

그녀는 키티를 주로 간호하는 언니 엘시가 조언한 대로 늦 지 않게 시간에 맞춰 도착했다. 인터뷰 일정은 엘시에게 전화 를 해서 잡은 것이었다. 진은 키티가 새로운 손님을 만나는 걸 무척 기대하고 있으며 기다리게 하면 실망할지 모른다는 언질 을 받았다.

"편안하게 말씀하실 수 있나요?" 진이 자신의 무지에 당황하며 물었다.

그녀는 신문에서 보조호흡기 사진을 보고 죽음이나 다름없는 감금이라고 상상했었다.

"이야기요? 세상에, 그럼요." 엘시가 웃었다.

"선물을 가져가도 될까요? 꽃이나 뭐 그런 거요."

"꽃은 별로 안 좋을 것 같아요. 꽃가루 때문에 콧물이 날 텐데, 닦을 수 없는 사람한테는 참 괴로운 일이거든요."

결국 진은 보물 서랍에서 꺼낸 핸드크림을 가져가기로 했다. 엘시는 딱 맞는 선물이라고 확인해 주었다. 키티는 자기 손에 대한 자부심이 무척 커서 보조호흡기에서 잠깐 나오면 손톱을 정리하고 대담한 빨간색 매니큐어를 칠한다고 했다.

진이 4시 정각에 초인종을 누르자 엘시가 나왔다. 그녀는 자기 나이로 보이는 통통한 여성으로, 폭신한 금발에 폭신한 분홍 슬리퍼를 신고 있었고 발치—발밑에 가까웠다—에서는 폭신한 흰색 푸들이 흥분해서 짖으면서 두 사람 주변으로 좁은 원을 그리며 뛰어다녔다. 전체적으로 폭신한 인상 외에 진의 눈을 사로잡은 것은 맞은편 벽에 걸린 커다란 나무 십자가였는데, 붉은 뺨과 검푸른 상처가 눈에 띄는 채색 석고 예수님이 매달려 있었다. 더 좋은 시절에 파란 눈의 통통한 아이들에게 둘러싸인 예수님 그림과 예수님의 하얀 옷에 눈이 부셔서 베드로와 야고보, 요한이 움츠리고 있는 그림도 벽에 걸려 있

392

었다.

"와 주셔서 감사해요." 엘시가 말했다. 그녀는 진이 젖은 레인코트와 방수 모자를 벗는 것을 거들어 주고 문 옆에 걸린 신기한 사슴뿔 모양의 외투걸이에 걸어 주었다. "키티는 낮잠을 자고 일어나서 생기가 넘쳐요."

진이 엘시의 안내를 받아 크고 환한 휴게실로 들어가자 '생기 넘치는' 키티가 괴물 같은 보조호흡기—낡은 모리스 마이너 자동차로 만든 관처럼 생겼다—에 갇혀 머리만 내놓고 있었다. 같은 인간이 매장된 것처럼 갇혀 있는 모습을 보고도 놀라지 않기란 불가능했지만, 진은 자제력을 전부 그러모아 깜짝 놀란 기색을 숨겼다. 그러나 키티는 침착하고 심지어 발랄해 보였다.

누군가가 키티의 머리맡에 편안하게 대화를 나눌 수 있을 만한 간격을 띄워서 의자를 가져다 두었고, 머리 위에는 묵주가 걸린 기울어진 거울이 있어서 방의 일부가 비춰 보였다.

"여기예요. 자, 손님이 오셨어." 엘시가 이렇게 말하고 뱅글뱅글 도는 푸들을 밟지 않으려고 조심스럽게 발걸음을 옮기며 물러갔다.

"안녕하세요." 키티가 목을 감싼 고무 받침대에서 고개를 돌리고 환영의 미소를 지으며 말했다.

곱슬곱슬한 금발 머리는 최신 스타일이었고 뺨은 발갛게 칠했으며 배율이 높은 귀갑테 안경을 쓰고 있었다.

"드디어 만나서 정말 기뻐요." 진이 말했다. 공기 펌프가 쉭 쉭 작동하는 기계음 때문에 정신이 산란했다. "세인트 서실리 아에서 같은 병실을 썼던 사람들이 당신에 대해서 정말 따뜻 한 이야기를 하더라고요. 당신이 바로 코앞에 있었는데도 몰 랐네요."

"그런 말을 들으니 기뻐요. 세인트 서실리아에는 아주 좋은 추억이 있거든요."

"정말요?" 진이 키티의 꿋꿋함에 동요하며 말했다. "다른 사 람들은 그 당시에 대해서 그렇게 긍정적인 이야기를 하진 않았 거든요, 당신보다 불평할 처지가 아니었을 텐데도 말이에요."

"못 움직이는 건 다들 비슷했지만 끊임없는 통증에 시달리 지 않는 사람은 나밖에 없었거든요." 키티가 말했다. "그러니 까 어떤 면에서는 내가 낫죠."

"그레천에 대한 특별한 기억이 있나요?"

"착한 아이였어요. 제일 착했죠. 그레천은 제일 안쪽 창가 자리였고 저는 반대쪽 문 앞자리여서 아주 잘 알지는 못했어 요. 하지만 다들 그레천을 제일 좋아했죠, 정말 예쁘고 다정했 으니까. 마사가 그레천이랑 특히 친했어요. 침대 사이가 너무 멀어서 손을 못 잡으니까 수건을 돌돌 말아서 양쪽 끝을 잡았 죠. 정말 사랑스럽지 않아요?"

"그러네요." 진은 예상치도 못했던 연약한 마사의 모습에 깜 짝 놀라며 말했다.

"가끔 수녀님들이 휠체어에 태우고 산책시켜 주겠다고 하면 그레천은 항상 이렇게 말했어요. '아뇨, 병실 끝까지만 데려다 주세요, 키티랑 이야기하게요.' 전 그 말을 절대 잊지 못해요."

"병실에 남자 방문객은 안 왔나요?"

"네, 남자는 한 번도 안 왔어요." 키티가 희미한 경멸을 담아 말했다. "제 천사만 빼면요. 천사는 다 남자잖아요, 그렇죠?"

"무슨 뜻이에요?" 진이 복도에 있던 종교화를 떠올리고 몸을 살짝 떨며 물었다. 천사라는 말을 들으면 항상 마거릿이 떠올랐다.

"어느 날 밤에 천사의 방문을 받았어요."

"환영 같은 거 말인가요?"

"아뇨, 환영은 아니었어요. 엘시는 환영이라고 하지만, 아니에요. 분명히 육체를 가지고 있었어요, 날 만졌으니까요."

진의 심장이 더 빨리 뛰기 시작했다.

"언제였는지 기억나요? 그레천이 입원해 있을 때였나요?"

"네, 그해 여름이었어요. 7월 말이었죠. 사촌이 루르드에 갔다가 제 생일 선물로 성수를 가져다주었기 때문에 기억해요. 제 생일이 7월 15일이거든요."

"그 환영에 대해서 얘기해 주세요—아니, 방문 말이에요."

"저는 매일 밤 수녀님 한 분과 함께 저녁 기도를 드렸어요—주로 마리아 고레티 수녀님이었죠."

"당신만요? 아니면 다른 환자들도 같이했나요?"

"오, 아니에요. 저만이었어요. 다른 애들은 신자가 아니었거든요."

"아무튼, 죄송해요. 끼어드는 게 아니었는데."

몸이 덜덜 떨리고 숨을 참느라 가슴이 조였다.

"음, 어느 날 저녁에 제가 수녀님한테 성수에 대해서 여쭤봤어요. 그걸 마셔야 하는지, 소독약처럼 뿌려야 하는지, 뭘 어떻게 해야 할지 몰랐거든요. 하지만 사촌한테서 루르드의 엄청난 기적 이야기는 다 들었어요. 그래서 수녀님이 제 소지품을 넣어두는 벽장에서 성수를 꺼내셨고, 제가 축성해 주실 수 있냐고 물었죠.

수녀님이 자기는 그런 권한이 없기 때문에 축성은 못 한다고 하셨지만 이미 거룩한 성수였기 때문에 그걸로 제 이마에 십자가를 그려 주셨어요. 그런 다음 제 옆에 서서 성녀 버나데트에게 제가 나을 수 있다는 징표를 보여 달라고 기도를 드렸어요. 그런 다음 제가 아침이 되면 낫기를 바라면서 제가 볼 수 있도록 베개 위에 묵주를 놓아주셨죠.

그런데 밤에 제가 잠에서 깨 보니 베개에 있던 묵주가 떨어지고 없었고, 고개를 돌리니 제 옆에 천사가 서 있었어요."

"어떻게 생겼던가요?"

"어두운 데다가 안경도 벗고 있어서 흘러내리는 머리카락의 윤곽 말고는 정확히 안 보였어요."

"날개가 있던가요?"

"안 보였어요."

"그러면 왜 천사라고 생각했죠?"

"엄청난 마음의 평화를 느꼈거든요. 우리가 기도했던 대로 모든 것이 괜찮아질 거라는 주님의 말씀을 전해 주는 것 같았어요."

"그런 다음 어떻게 됐죠?"

"천사가 바닥에 떨어진 묵주를 주워서 제 베개에 올려 주었는데, 그때 손가락이 제 뺨을 스쳤어요. 그래서 환영이 아니라 진짜라는 걸 알았죠."

드디어. 진이 생각했다. 어머니가 정신 착란을 일으켰을 때는 희미하게만 맴돌던, 불안하게 떠오르다 만 생각이 이제야 뚜렷이 떠올랐다. 어머니는 병실에 남자가 왔었다고, 성추행을 당했다고 말했다. 하지만 그런 일은 일어나지 않았다. 그것은 환영이었다. 약이 관련되면 그 반대의 망상도 마찬가지로 가능하지 않을까?

"무섭지 않았어요? 저라면 겁에 질렸을 거예요." 진이 말했다. 어둠 속에서 남자의 손이 얼굴에 닿는다니…….

"전혀요. 무척 평화로웠어요."

"천사가 말을 했나요?"

"아뇨, 한마디도 안 했어요. 그냥 제 뺨을 만지기만 했어요 —피부가 아기처럼 고왔죠."

"그런 다음에는요? 사라졌나요, 날아갔나요, 아니면 그냥 문

밖으로 빠져나갔나요?"

키티는 기분이 상한 표정이었다.

"제 뒤로 미끄러지듯 사라졌고, 그래서 더 이상 안 보였어요."

"다음 날 다른 사람한테 그 이야기를 했어요? 다른 아이들이나 수녀님한테?"

"다른 애들한테는 아무 말도 안 했어요— 제가 지어냈다고 생각했을 거예요. 마사는 종교에 대해서 아주 냉소적이었거든요— 성직자의 딸이면서 말이에요. 하지만 마리아 고레티 수녀님께는 말씀드렸고, 수녀님은 버나데트 성녀가 우리 기도를 들었다는 계시라고 하셨어요." 키티가 금속 감옥 안에서 진을 보며 얼굴을 빛냈다.

"다른 사람한테는 한 번도 말 안 했어요?"

"물론 엘시한테는 말했지만, 환영인 줄 알아요. 하지만 아니었어요. 전 지금처럼 아주 말똥말똥하게 깨어 있었거든요. 당신도 안 믿는군요, 보면 알아요."

"전 요즘 훨씬 더 이상한 일들도 믿게 되었답니다." 진이 어물쩍 미소를 지으며 대답했다. 키티가 망상에서 위안을 얻는다면 그것을 깨뜨려서 좋을 것은 없다. "그…… 방문 이후에 건강이 좋아졌나요?"

"네, 그랬어요." 키티가 확고하게 말했다. "맞아요. 그날 이후로 더 이상 하느님께 버림받은 느낌이 아니었고, 전 그 경험

398

덕분에 제 상황을 받아들이고 최대한 잘 살 수 있는 힘을 얻었어요."

진의 눈에 감탄의 눈물이 고였다. 키티의 용맹함과 금욕은 진의 사치스러운 고민에 대한 비난이었다.

"저는 신학을 공부하고 있어요." 키티가 말을 이었다. "엘시의 도움을 받아서요. 엘시가 책을 읽어주고 제가 엘시한테 에세이를 구술해요. 전 정말 축복받은 사람이에요."

신경에 거슬리는 보조호흡기 소리를 듣다가 밖으로 나오니 야외의 침묵이 그 어느 때보다도 귀중하게 느껴졌다. 진은 진창이 된 자갈 진입로에서 자전거를 끌고 나가면서 부드러운 손을 가진 은밀한 침대맡 천사에 대해서 깊은 생각에 빠졌다. 이제 키티의 증언이 문을 열었다. 진은 세인트 서실리아로 돌아가서 그 모든 일이 일어났던 병실에 들어가야만 1946년 여름에 그레천에게 일어난 일을 제대로 이해할 수 있을 것 같았다.

환자를 간호할 때: 다림판을 환자의 침대 옆에 놓아 임시 테이블로 쓸 수 있다. 무척 편리하고 가벼울 뿐만 아니라 잔이나 접시를 놓기에도 높이가 딱 맞다.

33

구급차 뒷문이 열리고 스위니 부인이 한쪽에는 진, 한쪽에는 지팡이의 부축을 받으며 천천히, 여왕처럼 당당하게 내려섰다. 그녀는 환영식이라도 기대하는 것처럼 잠깐 서서 주변을 둘러보더니 진입로를 지나 집으로 이끌려 들어갔다. 집을 비운 몇 주 동안 살이 빠지고 근육은 완전히 소실되었다. 남은 힘은 진의 팔뚝 살에 파고드는 오른손 손가락에 전부 쏠린 것 같았다.

진은 길과 계단에서 젖은 낙엽과 다른 위험 요소들을 모두 치우고 최대한 깨끗하고 환영하는 분위기를 만들었다. 그녀는 어머니의 퇴원을 겨우 하루 전에 통지받은 다음 최근에 소홀히 했던 집 안 청소를 할 수 있는 만큼 해 두었다.

진은 어머니가 돌아온 기념으로 하워드의 텃밭에서 가져온 감자를 곁들인 생선 파이와 무모하게도 멜섬 부인의 라즈베리 잼이 반병이나 들어간 퀸오브푸딩스[40]를 만들었다. 또 어머니

---

[40] 커스터드와 빵가루를 반죽해서 구운 다음 머랭을 얹은 디저트

가 계단을 오를 필요가 없도록 정원이 내다보이는 뒷방에 침대 겸용 긴 의자를 가져다 둘까 생각했지만, 너무 춥고 굴뚝 청소도 하지 않은 데다가 뒷방 난로는 한 번도 쓴 적이 없었다. 어차피 11월 말의 정원은 볼 것도 별로 없었기 때문에 관두기로 했다.

두 사람은 복도에 서 있었다. 어머니는 연석에서 집까지 걸어오느라 벌써 숨을 헐떡거렸다.

"다시 집으로, 다시 집으로, 룰루랄라.[41]" 어머니가 숨을 헐떡이다가 열린 문틈으로 살짝 드러난 거실의 파란색 새 카펫을 보고 딱 멈췄다. "이건 뭐니?"

어머니가 차갑고 깊은 물에 발가락을 담그려고 용기를 그러모으는 것처럼 조심스럽게 다가갔다.

"아, 제가 샀어요. 괜찮은 것 같아서요."

"예전 건 뭐가 어때서?"

"탄 자국이랑 털 빠진 부분 빼고요? 그것만 빼면 아무 문제도 없죠."

어머니가 진의 빈정거림을 알아들었지만 재미없다는 뜻으로 고개를 살짝 젖혔다.

"색이 아주 밝구나."

"주변 물건들이 전부 낡고 담갈색이라서 그래요."

---

41 영국의 전래 동요

"옛것은 버리고 새것을 들여라, 그 말이군." 어머니가 한숨을 쉬었다. "가구도 옮겼구나. 내가 지금 어디 있는지도 모르겠다."

"어머니도 퇴원하시고 해서 근사하게 꾸미고 싶었어요." 진이 이렇게 말했고, 본인도 정말 그것이 주된 이유였다고 믿다시피 하며 화를 냈다.

"아래층에서 많은 시간을 보낼 것 같지는 않구나." 대답이 돌아왔다. "넘어진 뒤로 아직 몸이 불안정해. 어디가 이상해졌나 봐."

진은 심호흡을 하고 지난 몇 주 동안 시험당할 일이 없어서 남아 있던 인내심을 그러모았다.

"그럼요, 제일 편한 대로 하셔야죠. 하지만 돌아다니시는 게 기분은 더 좋을 거예요."

진은 어머니가 이 집에서 마지막으로 함께 나누었던 날카로운 대화를 기억하지 못하는 것은 아니길 바랐다. 어머니의 빈틈없는 시선 속에서 그와의 관계를 비밀에 부치는 것은 불가능하므로 조만간 하워드라는 시끄러운 주제를 다시 꺼내야 할 것이기 때문이었다. 그러나 이제 어머니가 더욱 확실한 병약자가 되었으니 하워드와 밤을 보내기는커녕 만나는 것조차 상상할 수 없었다. 파란색 새 카펫을 기준으로 어머니가 변화를 어디까지 용인할지 가늠해 보자면, 썩 고무적인 반응은 아니었다.

어머니는 계단을 힘들게 오르면서 중간에 한 번 멈춰서 영영 움직이지 않을 것처럼 쉰 다음 마침내 부축을 받으며 침대에 누웠다.

진은 위험하고 비싸기 때문에 아주 특별할 때만 사용하는 전기 열선 난로를 틀어서 축축한 냄새를 최대한 제거하려고 애썼다. 케이블이 닳아서 전선이 드러났고 플러그가 소켓에서 탁탁 소리를 냈다. 난로에서 깃털 타는 냄새가 심하게 났기 때문에 야들리의 은방울꽃 향수를 뿌려 냄새를 가려야 했다. 두 가지가 섞인 냄새는 딱히 마음을 안정시키지 않고 오히려 심한 기침을 유발했기 때문에 기운이 빠진 어머니는 신선한 공기를 마시고 싶다고 애원했다.

마침내 어머니는 차 한 잔과 잡지 몇 권, 처방받은 진통제를 손 닿는 곳에 두고 자리를 잡았고, 이제야 진이 별개의 존재를 가진 사람임을 알아차린 것 같았다.

"지금까지 뭐 하고 지냈니?" 어머니가 물었다.

이 집을 버리고 우유가 현관 앞에서 상할 때까지 내버려 둔 채 유부남 애인이랑 그 동네 이웃들 바로 코앞에서 여러 밤을 보냈어요.

어쩌면 내일, 어머니가 제대로 안정을 취한 다음에 버거운 대화를 해야 할지도 모르겠지만 오늘은 아니었다.

"깍지콩 덩굴을 치우고 도리한테 편지를 썼어요. 욕실 수건도 새로 사고요. 평소랑 똑같았어요."

34

진은 그레천에게 전화를 걸어야 했지만 계속 꾸물거리고 통화를 미룰 독창적인 이유를 찾으며 덜 부담스러운 일을 먼저 했다. 만남을 피하는 한 하워드와의 관계에 대해서 양심의 가책을 느끼지 않을 수 있었지만, 얼굴을 마주하면 거짓말을 하거나 회피할 수밖에 없을 것이다. 진은 그런 행동을 경멸했다.

그레천과의 만남이 불편한 이유는 그것만이 아니었다. 진은 키티 벤틴과 이야기를 나눈 뒤부터 세인트 서실리아에서 별로 거룩하지 않은 일이 일어났다는 음울한 느낌이 들었다. 증거를 찾을 때까지는 의심을 겉으로 드러낼 수 없지만, 그것이, 사악한 마음이, 정직을 가로막는 또 다른 방해물이 두 사람 사이에 존재할 것이다.

결국 전화를 해서 최대한 빨리 만날 수 있냐고 물은 사람은 그레천이었다. 전화기 너머의 그녀는 무척 동요한 것 같았고 이국적인 억양이 갑자기 더욱 또렷해졌다.

"당신이 원하면 내일이라도 갈 수 있어요." 진이 제안했다.

힘든 임무가 눈앞에 닥쳤으니 더 이상 미뤄 봐야 소용없었다. 내일은 근무일이었지만 이것이 바로 그녀의 일이었고, 진은 근무 시간 외에는 어머니를 혼자 둘 수 없었다.

"아뇨, 수요일이나 금요일이어야 해요. 마사의 수업이 그때거든요. 그때는 집에 아무도 없으니까 단둘이 얘기할 수 있어요."

진은 다행이라고 생각할 뿐 어째서 마사의 부재가 만남의 전제 조건인지 묻지 않았다. 그녀는 마사가 마거릿을 미적지근하게 대한다는 이야기를 들은 이후로 적의를 품어 왔고 성가신 만남을 되풀이해서 그 적의를 시험하고 싶은 생각은 없었다.

"뭐 하나 부탁해도 될까요?" 날짜와 시간을 정하고 대화를 끝낼 때쯤 그레천이 덧붙였다. "불편하면 거절해도 괜찮아요. 내 침대에 패치워크 깃털이불을 놓고 왔거든요. 그걸 좀 가져다줄 수 있을까 해서요. 분홍색이랑 초록색이 섞인 거예요."

"네, 뭔지 알아요." 진이 아무 생각 없이 말했다.

"마거릿에게 토요일에 가져다 달라고 부탁할까 했는데, 애가 들고 오기는 좀 크거든요."

"그럼요. 오늘 밤에 퇴근하고 가서 가져올게요."

"고마워요. 여기 지하실은 너무 추워서요."

진은 나중에 이 대화를 떠올리면서 잠시 공황에 빠졌다. 진이 자기 침실에 깔린 이불에 대해서 너무 잘 안다는 사실을 그레천이 어떻게 알아채지 못할 수가 있을까? 어쩌면 의도적으로 파 놓은 함정에 진이 제 발로 걸어 들어간 것일지도 몰랐다. 진은 속내를 감추는 데에는 아마추어였다. 그레천을 만나서 저도 모르게 사실을 폭로하지 않으려면 조심해야 했다.

루나 스트리트 현관문의 사라진 스테인드글라스 유리판은 아직도 수리가 되지 않았고 오히려 하나가 더 깨져서 역시 합판으로 덧대어져 있었다. 공용 복도에 자전거, 2인용 유아차, 말리려고 펼쳐 놓은 우산이 하나 있었다. 외투걸이에 풍선처럼 잔뜩 걸린 외투들이 길을 거의 막았다. 진은 그 옆을 힘들게 통과하면서 자기 외투는 가지고 들어가기로 했다. 하나만 더 걸면 전부 다 떨어질 것 같았다. 어차피 날이 너무 추웠다.

그레천은 양모 바지, 두꺼운 양말, 저지 셔츠 차림에 난로 앞 깔개 두 개를 꿰맨 것처럼 생긴, 손으로 짠 낡은 타바드[42]를 어깨에 걸치고 아파트 문 앞에서 진을 맞이했다. 윤이 나던 머리카락은 기름이 끼어 번들거렸고 눈 밑이 까맸다. 이것이 해방이라면 그레천은 해방돼서 좋아 보이지 않았다.

두 사람은 진이 돌돌 말아 끈으로 묶어서 가지고 온 퀼트 이불을 사이에 두고 서툴게 포옹했다. 그레천의 따뜻한 환영에 어색함은 모두 사라졌다.

"들어와요, 들어와." 그레천이 재촉했다. "만나서 너무 기뻐요. 스피츠부벤 만들었어요. 이거 기억나요?"

---

42 소매와 칼라가 없는 판초 모양의 외투

"그럼요." 진이 웃었다. "그렇게 오래전 일도 아니잖아요."

"오래전 일 같아요." 그레천이 얼굴을 찌푸리며 말했다. 그녀는 퀼트 이불을 다시 만나서 기운이 나는 듯했고 끈을 조심스럽게 푼 다음 깔끔하게 감아 놓았다. "가져다줘서 고마워요. 여긴 정말 춥거든요. 우리 이거 덮고 소파에 앉아요."

스튜디오는 그레천이 관리하는데도 크게 바뀌지 않았다. 이젤과 캔버스, 스케치북, 기름, 헝겊, 통, 마사의 그림에 들어갈 다양한 재료가 여전히 이곳을 지배하고 있었다. 소파와 커피 테이블 옆 한구석—주거 공간—에 조그마한 마거릿의 짐 꾸러미가 있었다. 마거릿의 영역은 저기뿐이구나, 진이 분개하며 생각했다.

"진은 아주 고상해 보이네요." 진이 외투를 벗자 그레천이 말했다.

진은 외투 안에 우정의 표시로 남색 시프트 드레스와 어울리는 카디건을 입었고 목에는 빨간 실크 스카프를 둘렀다. 진실을 훼손하지 않고서는 그레천에게도 같은 말을 돌려줄 수 없었기 때문에 진은 그 대신 타바드를 가리키며 말했다. "재미있네요. 당신이 만들었어요?"

"오, 아니에요. 마사 거예요. 지금은 팔았지만, 예전에 직조기가 있었거든요. 팔을 자유롭게 쓸 수 있어서 그림 그릴 때 주로 입어요. 보기엔 끔찍하지만 귀엽고 따뜻해서 내가 빌렸어요. 집에 물건을 너무 많이 놓고 왔거든요."

그레천은 '집'이라고 말하기 전에 아주 약간 망설였다.

"언제 들러서 가져와요. 하워드는 신경 안 쓸 거예요. 하워드한테는 소용도 없으니까."

"아. 음, 그렇죠." 그레천이 고개를 저었다. "우리 차 마셔요."

그레천이 부엌으로 갔다. 달그락거리는 소리와 점점 커지는 물 끓는 소리가 들렸다. 그레천이 커다란 도자기 머그잔과 스피츠부벤 접시를 쟁반에 담아 가져왔을 때 진은 그녀의 움직임이 뻣뻣하고 손목에 마사와 똑같은 가죽 보호대를 착용하고 있다는 것을 처음으로 눈치챘다.

"괜찮아요?" 진이 도와주려고 벌떡 일어나며 물었다. "아파 보여요."

"관절이 조금 약해져서요." 그레천이 손을 이리저리 돌리며 털어놓았다. "이유는 모르겠어요. 추워서 그런가 봐요." 그녀가 습기 때문에 부푼 초록색 대리석 무늬 벽지를 가리키며 말했다.

"따뜻하게 할 방법이 없어요? 파라핀 난방기나 뭐라도……."

"전기난로가 있지만 너무 비싸서 낮에는 못 써요. 저녁에 한 시간 정도 켜는데, 틈새랑 통풍구가 너무 많아서 열기가 금방 날아가 버려요."

두 사람은 소파에 앉아서 깃털 이불로 다리를 덮고 찻잔으로 손을 데웠다. 그제야 조금 아늑한 느낌이 들었다.

"돈이 부족해요? 하워드는 당신이 이렇게 지내기를 바라지 않을 거예요."

"이미 매주 우편환을 보내 주고 있어요. 하지만 마사는 하워 드에게 돈 받는 것을 좋아하지 않아요. 자기가 날 부양하고 싶 어 해요."

진이 주변을 흘끔거렸다. 그레천이 나타나기 전, 혼자 먹고 살 때도 힘들어 보였었다.

"마사는 정말 열심히 일해요. 저녁 일도 시작해서 배터시의 교회 강당에서 사생화 수업을 해요. 그런데 피곤하고 아프면 그림을 그리기가 더 힘들어지거든요. 저도 옷을 만들어서 돕 고 싶지만 여긴 내 물건을 둘 공간이 없어요."

"더 큰 집을 찾을 수 있지 않을까요?"

"모르겠어요." 그녀가 진에게 비스킷을 건넸다. "이거 맛있 죠? 아직 요리는 할 수 있어요!"

"그러네요." 진이 말했다. "이제 《노스켄트 에코》에 대해서, 기사를 어떻게 쓸지 얘기 좀 할까요? 로이드 존스 박사님한테 들었는데, 피부 이식 결과에 실망했다면서요. 사실 큰 타격이 긴 해요."

"이해가 안 가요. 난 과학자가 아니니까요." 그레천이 어깨 를 으쓱했다. "성공할 때까지 계속 이식해도 된다고 말했지만 더 이상 안 한대요. 피부 이식으로 증명된 건 검사가 소용없다 는 사실밖에 없어요. 마사가 다시 날 의심하기 시작했고, 아마 당신도 그렇겠죠."

"그레천, 난 당신 말을 증명하고 싶었어요. 아니면 다른 설명이라도 찾든지요. 하지만 둘 다 못했죠. 당신이 아니라 내가 실패한 것 같아요. 하지만 우린 어떤 형태로든 기사를 싣고 싶어요. 풀리지 않은 수수께끼로 말이에요."

퀼트 밑에서 가죽 보호대가 진의 손을 잡는 것이 느껴졌다.

"당신은 정말 좋은 친구예요."

"그럼, 다음에 마거릿이 여기 올 때 사진 기자를 보낼게요. 이번 주 토요일 어때요? 당연한 말이지만 두 사람이 최대한 비슷해 보여야 하니까 되도록 머리 모양을 똑같이 하고 옷을 비슷하게 입으면……."

"똑같은 옷이 없어요."

"아, 대단한 건 필요 없어요. 그냥 흰 블라우스에 검정 치마 정도면 돼요. 머리를 잘라서 아쉽네요."

그레천이 맨살을 드러낸 목에 손을 얹었다.

"네, 게다가 머리가 길 땐 더 따뜻했는데. 마거릿도 머리를 똑같이 자르면 돼요."

"오, 아니에요!" 진이 경악했다. "고수머리가 너무 예쁘잖아요." 진은 그 머리카락을 자른다는 생각만 해도 속이 메스꺼웠다. "그리고 그레천, 미리 경고할게요. 일단《노스켄트 에코》에 당신 이름이 실리고 나면 다른 신문사의 후속 취재를 막을 수가 없어요. 반갑지 않은 유명세가 따를지도 몰라요."

그레천은 겁에 질린 표정이었다.

"무슨 뜻이에요?"

"음, 지금 집안 사정이 우리가 처음 시작했을 때랑은 다르잖아요."

"하지만 마사의 이름을 언급하거나 그럴 건 아니죠?"

"네, 물론 난 안 그럴 거예요. 하지만 다른 신문사에서는 그럴지도 모르죠." 그레천의 괴로운 표정을 보자 진은 마음이 약해졌다. "내 말 무시해요. 아무 일 없을지도 몰라요."

갑자기 바깥 복도에서 쿠당탕 소리가 나는 바람에 그레천이 깜짝 놀라 타바드에 차를 흘렸다. 잠시 후 머리 위에서 욕을 하고 발로 차는 소리와 문을 쾅 닫는 소리가 났다.

"데니스가 자전거랑 싸우는 소리일 거예요, 분명해요." 그레천이 다시 긴장을 풀며 말했다. "엉뚱한 시간에 술에 취해 들어와서 사방에 걸려 넘어져요. 그러면 부인이—또다시—쫓아내고, 며칠 뒤에 다시 받아 주죠." 그레천이 웃었지만, 목에 뭔가 걸린 듯한 소리가 났다. "난 이곳에 오지 않았다면 사람이 이렇게 엉망으로 살 수 있다고 절대 안 믿었을 거예요."

"솔직히 여기가 잘 맞진 않죠, 그레천?" 진이 부드럽게 말했다.

그레천이 자기 무릎을 빤히 보면서 고개를 저었다. 고개를 들었을 때는 눈동자가 헤엄을 치고 있었다.

"진." 그레천이 표정을 일그러뜨리며 말했다. "내가 끔찍한 실수를 저질렀어요."

"무슨 뜻이에요?" 진이 더듬거렸다.

"당신 말이 맞았어요. 당신 말이 늘 맞았어요. 난 못해요. 마거릿 없이는 못 살아요."

"하지만 여긴 마거릿이 지낼 공간이 없잖아요. 전혀 적절하지 않다는 거 당신도 알 거예요."

"알아요, 하지만 마거릿이 곁에 없으면 너무 보고 싶어요. 주말은 너무 빨리 지나가고……. 주말 내내 같이 지내지도 못해요—하룻밤 뿐이에요!"

그 시간이 얼마나 짧은지 정확히 이해하는 진은 안 됐다고 중얼거릴 수밖에 없었다. 어쩔 수가 없었다. 마거릿의 선택이었다. 진이 너무 아프지 않게 이 말을 할 방법을 찾으려고 애쓰는 동안 그레천의 흐느낌이 점점 커졌다.

"부탁이에요. 날 위해서 딱 하나만 해 줄래요, 진? 절대 더 이상은 부탁하지 않을게요." 그레천이 쉰 목소리로 떨면서 애원했다.

"뭔데요?"

"제발 부탁이에요, 하워드한테 나를 다시 받아줄 수 없냐고 물어봐 줄래요? 당신 말이라면 들을 거예요. 예전으로 돌아가고 싶어요."

구름의 그림자가 창문 그림자를 따라 대리석 무늬 벽지 위에서 움직였고 안 그래도 추운 방이 더 추워졌다.

"하지만 마사가 일생일대의 사랑인 줄 알았는데요. 무슨 일 있었어요?"

"내가 생각했던 것과 달라요. 병원에서 지낼 때랑은 달라요."

그레천이 바지 주머니에서 손수건을 꺼내서 눈꼬리를 문질러 닦았다.

"당연히 다르죠!" 진이 외쳤다. "그때는 어렸잖아요."

"마사는 날 다정하게 대하려고 노력해요. 마사는 날 사랑해요, 나도 알아요. 하지만 몸이 너무 안 좋아서 화를 잘 내요. 가르치는 걸 싫어하지만 돈이 없어서 포기할 수가 없죠. 그리고 질투가 너무 심해요."

"누구를 질투한다는 거죠?"

"사람을 질투하는 것도 아니에요―어쨌든, 우리가 아는 사람은 아니죠. 우린 다른 사람을 만나지도 않으니까요! 내가 책을 읽으면 마사는 카슨 맥컬러스나 로저먼드 리먼을 질투해요. 음악을 들으면 슈베르트를 질투하죠."

"마사가 제정신이 아닌 것처럼 말하네요."

"마사도 인정했어요. 내가 끼고 있는 장갑까지 질투 난대요. 하지만 마사가 마거릿을 조금만 더 좋아하면 그런 건 상관없어요."

"마거릿도 그걸 느끼고 있어요."

"네, 물론이에요. 마사와 마거릿이 양쪽에서 날 잡아당기고 있어요. 하지만 마사는 엄마가 아니니까 그게 얼마나 고통스러운지 몰라요."

"하지만 마거릿이 불행해지리라는 걸 당신은 알았어야죠. 나도 말하려고 했었는데." 진은 '너무 늦었어요. 그는 더 이상 당신을 원하지 않아요'라고 말하고 싶은 충동을 억눌러야 했다.

"사랑으로 전부 극복할 수 있을 줄 알았어요."

"그렇다면 바보네요." 진이 말했다.

너도 마찬가지야. 딱 달라붙는 회색 치마를 입고 튼튼한 신발을 신은 '의무'의 엄격한 목소리가 마음속에서 진에게 일깨워 주었다. 지난 몇 주 동안 진 역시 같은 것을 바라며 꿈꾸지 않았던가?

"계속 여기서 살 순 없어요. 그냥 집에 가고 싶어요."

진은 높은 곳에서 묵직한 짐이 떨어진 것처럼 가슴이 꽉 눌렸다. 귓가에서 피가 고동쳤다.

"예전으로 돌아가고 싶다고 말하기는 쉽죠. 하지만 그건 케이크를 만들기 전으로 되돌리고 싶다는 거나 마찬가지예요. 이미 이루어진 일을 전부 되돌릴 순 없어요."

"아니, 찢어진 셔츠를 고치는 것과 같아요— 예전과 똑같지는 않아도 셔츠는 셔츠잖아요."

"남자에게 감정을 느끼는 것이 당신 본성에 어긋난다면 어떻게 잘 될 수가 있겠어요? 두 사람 모두에게 말이에요."

진은 하워드가 털어놓은 불행한 금욕 생활을 내비치지 않도록 말을 조심스럽게 골라야 했다.

"그에게 제대로 된 아내가 되어 주고 싶어요. 마거릿을 위해서요. 필요하다면 뭐든 할 거예요. 저번에 집으로 돌아가라고 설득하러 왔을 때 당신이 말했잖아요. 가장 중요한 건 마거릿이라고요. 그랬잖아요."

"네……."

"우리보다 행복한 부부는 별로 없었어요. 다시 그렇게 될 수 있을 거예요. 난 처음에 그랬던 것처럼 좋은 아내가 될 거예요. 내가 정말 비참하다고, 그리고 그의 용서를 바라고 있다고 당신이 말해 주면 돼요. 내가 얼마나 미안해하는지 알면 하워드도 용서해 줄 거예요, 난 알아요."

"그렇겠죠. 하지만 당신이 직접 말하는 게 낫지 않을까요? 내가 끼어들 수는 없어요."

자신의 실연을 공모해야 한다니, 신이 작정하고 비틀린 장난을 치는 것 같았다.

"아뇨, 물론 하워드가 허락만 해 주면 내가 직접 다 얘기할 거예요. 하지만 만약 하워드가 내 코앞에서 문을 쾅 닫아 버릴 생각이라면 무작정 찾아갈 순 없어요. 내가 떠난 것을 얼마나 후회하는지, 하워드가 없어서 얼마나 불행한지 당신이 전해 주면 하워드도 분명히 날 만나 줄 거예요. 정말 착한 사람이니까요."

그래, 착한 사람이지, 진이 생각했다. 화해하는 장면을 굳이 상상할 필요도 없었다. 그 반대—눈물 흘리는 아내의 진심 어린 참회를 차갑게 거부하는 하워드—가 더 상상하기 힘들었다. 물론 저울을 크게 기울이는 것은 마거릿의 존재였다. 마거

416

릿의 행복이 온전해지는 것을 보면 정말 기분이 좋을 것이다.

"좋아요." 진이 자기가 듣기에도 목이 졸리는 듯한 목소리로 말했다. "당연히 내가 말해 줘야죠. 오늘이 될지 내일이 될지 정확히 약속할 수는 없어요. 일이 정말 바쁘고…… 어머니가 퇴원하신 지 얼마 안 됐거든요."

"아, 너무 미안해요. 어머니도 참 힘드시겠어요." 목적을 달성한 그레천은 연민의 빚을 아주 쉽게 되갚았다. "이해해요. 하워드의 가게로 전화를 하는 게 항상 쉽지 않다는 것도 알아요."

"사무실 전화로 할 수 있는 이야기가 아니잖아요. 적당한 때를 골라야 해요."

"물론이죠. 정말 고마워요. 무슨 소식이 있으면 수요일이나 금요일에 전화해 줄래요?"

"마사가 일하러 갔을 때 말이죠."

"네, 부탁해요."

진은 그레천과 대화를 나누는 내내 이 끔찍한 일의 또 다른 피해자, 역시나 마음이 짓밟히고 말 마사에 대해서는 생각도 할 수 없었다.

"점심 먹고 갈래요?" 복도 시계가 한 시를 알리자 그레천이 물었다. "보리 수프밖에 없지만요."

진은 예의상 하는 말임을 알았다. 괜찮다고 거절하자 그레천이 눈에 띄게 안심하는 것을 보니 그 생각이 맞는 것 같았다. 수프를 꼼꼼하게 나눠 놓아서 조금이라도 없어지면 마사가 알아차리는 것일지도 몰랐다. 어쨌든 거절은 어렵지 않았다—검소한 스위니 가에서도 보리 수프는 먹지 않았다.

"이제 그만 일하러 가야겠어요. 당신 기사를 어떻게 쓸지 슬슬 생각해야 하거든요."

진이 깃털이불을 젖히고 다리를 핥는 차가운 공기를 느끼며 일어섰다.

"참 이상해요." 그레천이 말했다. "이제 기사 같은 건 선혀 중요하지 않은 기분이에요. 난 계속 증명할 방법을 찾아다녔지만 사실 정말로 중요한 건 두 사람—어머니와 하워드—의 생각밖에 없었는데, 그 둘은 어차피 내 말을 항상 믿어 줬으니까요." 그녀가 슬픈 듯 웃었다.

"깜빡 잊고 말을 안 했는데—저번에 브렌다한테 편지가 왔어요." 문득 기억이 떠오른 진이 문 앞에서 말했다. "남아프리카에서요. 안부 전해 달래요." 진은 혹시 무슨 말이 불쑥 튀어나올지 몰라서 키티는 언급할 수 없었다.

그레천의 얼굴이 환해졌다. "아, 브렌다. 우린 브렌다한테 너무 못되게 굴었어요. 아무 이유도 없이 말이에요." 그녀가 군데군데 벗겨진 복도 거울에 비친 자기 모습을 보고 몸을 움찔했다. "정말 섬뜩한 몰골이네요. 며칠 동안 따뜻한 물이 안 나와서 머리를 못 감았거든요. 하워드를 만나기 전에 예쁘게 좀 꾸며야겠어요. 안 그러면 하워드가 저 여자한테서 도대체 뭘 본 거지, 하겠어요."

35

켄트 출신의 어느 여성이 1947년에 처녀인 상태에서 아이를 출산했다고 주장하며 과학자들을 당황하게 만들고 있다. 스위스에서 태어나 현재 시드컵에 살고 있는 29세의 그레천 틸버리는 1946년 6월부터 9월까지 4개월 동안 브로드스테어스의 세인트 서실리아 요양원에 입원 중이었고, 그때 딸 마거릿을 가졌다.

그레천 틸버리는 심한 관절 류머티즘 때문에 입원 기간 내내 침대에 누워서 꼼짝도 하지 못했고 젊은 여성 세 명과 병실을 같이 썼다. 환자들은 요양원의 수녀들과 간병을 맡은 자매들의 보살핌을 받았는데, 그중 몇 명을 만나서 인터뷰하자 틸버리 부인의 말이 맞다고 확인해 주었다.

1946년에 당시 열여덟 살이었던 그레천 에델은 메스꺼움, 피로, 가슴 통증 때문에 바이러스에 감염된 줄 알고 병원을 찾았다가 아이를 가졌다는 의사의 말을 듣고 깜짝 놀랐다.

"그때 전 남자랑 키스도 한 번 안 해봤었어요." 티 하나 없이 깨끗한 교외 주택 응접실에서 틸버리 부인이 차와 케이크를 앞에 두고 말했다. "병원에서 실수를 곧 깨달을 줄 알았죠." 그러나 몇 주가 지나 임신 사실이 눈으로 보기에도 확실해지자 병원 측의 실수가 아니었음이 드러났다.

그레천은 딸의 이야기를 한 번도 의심하지 않았던 어머니의 지지를 받으며 아기를 입양 보내는 대신 직접 키우겠다고 결심했다. 마거릿은 4월 30일에 태어났다─검은 머리카락과 파란 눈, 엄마를 그대로 빼닮은 아이는……

책상 위에서 전화기가 울리자 진이 타자 치던 손을 멈추었다. 수화기를 든 진은 말을 하기 전에 숨을 들이마시는, 거의 들리지도 않는 소리만으로도 하워드임을 알 수 있었다.

"여보세요." 담배 때문에 목이 깔깔해진 그녀가 쉰 목소리로 말했다.

앞에 놓인 재떨이에 불안의 증거가 넘쳐흘렀다. 진은 이 대화를 계속 미뤄 왔지만 그를 속일 수는 없었다.

"잠깐 빠져나올 수 있어요?" 그가 물었다. "새로운 소식이 있어요."

무척 안정적인 목소리였기 때문에 진은 걱정해야 하는지 말아야 하는지 확신할 수가 없었다.

"나도 알려줄 게 있어요." 진이 최대한 밝게 말했다.

"그래요? 좋은 소식이에요, 나쁜 소식이에요?"

"음, 상황에 따라 달라요."

"밖에서 기다리고 있어요."

"알았어요. 갈게요."

"사랑해요."

"네."

두 사람은 철로를 건너 윌렛츠 숲으로 가서 나무 사이로 난 길을 따라 걸었다. 지난 여러 해 동안 진은 종종 이곳으로 달아나 점심을 먹거나 사무실의 탁한 공기 때문에 흐릿해진 머리를 맑게 했다.

몇 분 걸어가자 두 사람의 발소리뿐, 자동차 소리를 비롯한 인간이 만든 그 어떤 소리도 들리지 않았다. 아름답고 추운 날이었다. 헐벗은 가지에 끈질기게 매달린 나뭇잎 몇 개는 파란 하늘과 대조되는 빨간 천 조각 같았다. 진흙 가장자리에 은빛 서리가 내렸고 발밑에서 얼음 웅덩이가 파삭거렸다.

"자, 이제 말해요." 진이 그의 손에 깍지를 끼고 하워드가 마주 잡는 힘을 느끼며 말했다.

"내일 이디 고모님을 뵈러 가야 해요." 그가 말했다. "이사를 도와야 하거든요. 같이 갈래요? 빈방에서 하룻밤 자면 돼요."

"안 돼요. 어머니가 퇴원하셨는데 아직 불안정하세요. 하룻밤이나 혼자 둘 순 없어요."

"아. 당신 어머니에게는 좋은 소식이네요. 우리한테는 우울하지만. 주말 동안 당신 없이 어떻게 견디죠?"

"늘 그랬던 것처럼 참아야죠. 이디 고모님은 어디로 가시는 거예요? 그 윌리라는 사람과 같이 사는 건 아니죠?"

진이 나무뿌리에 걸려서 비틀거리자 하워드가 팔에 힘을 주며 부축하는 것이 느껴졌다.

"아니에요, 메이드스톤에서 장기 투숙객을 위해 하숙을 제공하는 호텔을 찾으셨어요. 고모님과 비슷한 사람들이 이미 좀 있는 것 같더군요."

"고모님 비슷한 사람이 또 있어요?"

"알잖아요― 교육 수준이 높고 적당한 재산을 가진 숙녀 말이에요."

"세상에― 대단한 타이틀이네요. 난 또 고모님이 자택에서 계속 살다가 총성과 함께 쓰러지려고 결심하신 줄 알았죠."

"다행히도 그 말은 과장이었나 보네요. 그 집에서 한 해 더 겨울을 난다는 생각만 해도 무서워요. 온기를 유지하는 것도 힘든데 뜨거운 물도 안 나오거든요."

"고모님 물건은 다 어떻게 되는 거예요?"

"일부는 가져갈 수 있을 거예요. 나머지는 경매장이나 자선 바자에 내놔야죠. 문제는, 고모님이 그 집을 팔아서 나에게 돈을 주시려고 하는 거예요."

"통이 정말 크시네요. 조카가 당신밖에 없어요?"

"네―어차피 다 내 거라고, 그러니까 지금 받아서 그레천과 경제적인 문제를 해결하라고 그러시네요."

나뭇가지가 큰 소리를 내며 뚝 부러지더니 숲에서 개가 한 마리 나와서 두 사람을 향해 뛰어들었다. 상수리 열매처럼 갈색으로 반짝거리는 근육질의 커다란 세터였다.

"정말 예쁘구나." 개가 그의 가슴에 앞발을 얹어 트위드 재킷에 흙투성이 발자국을 남기자 하워드가 이렇게 말했다. 그는 개의 머리와 귀를 쓰다듬은 다음 부드럽게 떼어놓았다. 개가 주변을 뱅뱅 돌더니 숲으로 다시 뛰어갔다.

하워드가 웃으면서 흙을 털었다.

"그레천이 지금 그 아파트에서 사는 건 싫습니다. 안을 들여다보지는 않았지만, 마거릿 말을 들으니 완전 가축우리 같더군요."

"확실히 아늑하다고 할 만한 곳은 아니죠."

"이게 내가 말한 좋은 소식이에요. 모두에게 좋은 소식이죠. 내가 버넷 로드에서 이사를 나가지 않고도 그레천에게 편안한 집을 마련해 줄 수 있으니까요."

"이디 고모님은 정말 사려가 깊으세요." 진이 그와 눈을 마주치지 않고 말했다.

하워드는 진의 목소리가 별로 따뜻하지 않다는 사실을 알아차리고 그녀의 어깨에 양손을 얹고 괴로운 표정을 들여다보았다.

"왜 그래요? 내가 뭐 기분 나쁜 말이라도 했어요?"

"전혀 아니에요." 진은 웃으려고 했지만 흐느낌처럼 나와서 얼른 소리를 삼켰다. "내 소식은 아직 안 물어봤잖아요."

"세상에, 미안해요." 그가 진을 끌어당겨 꼭 안았다. 진의 귀가 그의 귀에 닿았다. "당신 어머니 얘기예요?"

"아니, 아니요. 그건 아니에요." 진이 심호흡했다. 말해야만 했다. "수요일에 그레천을 만났어요. 당신에게 돌아오고 싶대요. 끔찍한 실수를 저질렀다는 걸 깨달았대요."

진은 팔에서 힘을 살짝 뺐지만, 하워드는 그러지 않았다.

"그레천이 그렇게 말하던가요?"

"네, 그것 말고도 많은 얘기를 했어요. 그레천은 어쩔 줄을 모르겠나 봐요—자신을 다시 받아들이도록 당신을 설득해 달라고 애원하던데요. 내가 어떤 기분이었을지 상상이 되겠죠."

"아, 진. 정말 미안해요. 무슨 말을 해야 할지 모르겠군요."

"아니에요. 모르는 게 당연하죠. 좀 어색하네요, 그죠?" 진은 침착하게 밝은 목소리를 냈다.

"마사가 그레천에게는 일생일대의 사랑인 줄 알았는데. 무슨 일이 있었던 겁니까?"

"그레천이 상상했던 것만큼 행복하지 않았나 봐요. 마거릿을 잃는 것을 감수할 정도도 아니었고요."

"아, 그렇다면 마거릿이 그리운 거네요. 결혼생활이 아니라."

이제 두 사람은 포옹을 풀고 손을 약간—15센티미터 정도—떨어뜨린 채 다시 걷기 시작했다. 진에게는 이 간격이 두 사람 사이를 가로막는 심연 같았지만, 손을 뻗을 용기는 없었다. 하워드가 원하면 다가오게 두자.

"그레천은 다시 당신과 가족이 되고 싶어 해요." 진이 말했다. "그리고 '제대로 된 아내'가 되고 싶대요—본인의 표현이에요."

그레천 대신 부탁을 하려니 몸이 아플 정도로 힘들었지만,
진은 자신에게 유리하도록 사실을 숨기거나 왜곡하지 않겠다
고 굳게 결심했다.

"어떻게 그럴 수가 있죠?" 하워드가 외쳤다. "그레천의 본성
에 어긋난다는 것을 우리 둘 다 알고 있잖아요."

"정말이지, 그건 그레천이 설명해야 할 문제예요. 설마 내가
그걸—"

"내가 그레천을 만나야겠군요."

"네."

"아, 제길. 엉망이군."

하워드가 절망하여 주머니를 뒤적이자 진이 자기 담배를 권
했다. 그는 숨을 쉬느니 연기를 들이마시고 싶은 사람처럼 급
히 담배를 피웠다. 진은 어쩔 수 없이 누군가는 실망하게 할
수밖에 없는 그의 고뇌를 느낄 수 있었다.

진은 하워드가 그레천의 간청을 망설임 없이 일축해 버리고
자신이 사랑하는 사람은 진밖에 없다고 선언하기를 반쯤 바랐
었지만, 그것은 환상이었다. 하워드는 연극적인 사람이 전혀
아니었다. 그는 올바르고 침착하고 너그러운 행동을 할 것이
다. 하지만 하워드가 걱정할 것 없다고 말해 주지 않았기 때문
에 진은 움츠러들었다.

그들은 말없이 걸었고 두 사람의 생각은 각자의 길을 따라

달렸다. 진은 하워드가 매달릴 만한 위안을 하나만 주면 자신이 용감해질 수 있음을 알고 있었다.

"마사가 일하러 가는 수요일이나 금요일에 전화해 달래요." 진이 문득 생각나서 말했다.

"세상에! 내 아내랑 대화를 나누는 건데 왜 그런 식으로 몰래 속여야 하는지 모르겠군요!"

하워드가 담배꽁초를 덤불에 던졌다가 마음을 바꿔 다시 주웠다. 그는 이렇게 극단적인 상황에도 품위 없는 행동을 하지 못했다.

"당신 결정에 달렸어요. 그레천을 받아들이고 다시 잘 지낼 생각이 있으면 마사가 화를 내든 말든 아무 상관 없잖아요."

그가 깜짝 놀라서 고개를 돌려 진을 보았다.

"내가 그래야 한다고 생각해요?"

"내 생각이 뭐가 중요해요?" 진이 의도했던 것보다 더 크게 화를 내며 대답했다. "나랑은 아무 상관 없잖아요!"

"하지만 당신한테도 영향이 있잖아요. 나에게는 당신 생각이 중요해요. 아무도 상처 주고 싶지 않아요."

"난 당신 양심이 아니에요." 그녀가 목소리를 높여 말했다. "나에게 상처를 주고 그레천에게 돌아가도 된다고 허락이라도 하라는 거예요? 그렇겐 못 해요. 아니면 나 때문에 그레천과 마거릿을 버리라고 애원이라도 하라는 거예요? 난 그러지도 않을 거예요."

진은 하워드에게, 아니 그 누구에게도 이렇게 화를 낸 적이 없었다. 숨이 차고 얼굴이 불타올랐다.

"당신 말이 맞아요." 진이 폭발하자 하워드가 깜짝 놀라 대답했다. "미안해요, 진. 화나게 하려던 건 아니었어요."

하워드가 진을 끌어당겨 뜨거운 뺨에, 또 입술에 키스했다.

내가 이 사람을 얻으려고 작정하고 싸우면 이길 수 있겠지, 진이 생각했다. 이길 수 있다는 거 나도 알아. 하지만 내 발뒤꿈치에 짓이겨지는 건 마거릿의 얼굴이겠지.

"이제 그만 일하러 가야 해요." 진이 그의 손길에서 벗어나며 말했다. "이번 주말에 못 만나는 게 오히려 다행일지도 몰라요."

"우리 못 만납니까?" 하워드는 깜짝 놀란 목소리였다.

"이디 고모님 댁에 가야 하잖아요. 나는 어머니를 밤새 혼자 버려둘 수 없고요."

"아, 그렇죠. 제길."

"천천히 생각해 보고, 그레천이랑 이야기해 보고 나서 다시 얘기해요. 당신 결정을 알려줘요. 소동을 피우지는 않을 테니까 걱정하지 말고요."

진은 잠시나마 침착을 되찾았다. 스스로 늘 그렇다고 생각했던 분별력 있고 합리적인 여자의 말처럼 들렸다. 진은 혼자 다짐했다. 나중에 쓰러지자. 7시부터 7시 반 사이에, 퇴근하고 집에 돌아가서 집안일을 전부 끝낸 다음에 말이야.

36

진이 지난번에 브로드스테어스에 왔을 때는 한여름이었다. 오늘, 11월 말의 비 내리는 오후의 브로드스테어스에는 비수기 해변 리조트 특유의 우울하고 방치된 분위기가 있었다. 길가에는 아무도 없고 아이스크림 가게는 문을 닫아 판자로 막아 놓았다. 가게 진열창에는 물방울이 안개처럼 맺혔고 바다는 짙은 청회색이었다.

진은 비를 맞으며 자전거를 타고 싶지 않아서 집에 놓고 왔기 때문에 역에서 세인트 서실리아였던 안셀름 하우스까지 택시를 타고 이동했다. 개교기념일이라 아이들이 일찍 하교해서 학교가 조용했다.

"오늘은 마음대로 돌아다니셔도 돼요." 일부러 약속을 오늘로 잡은 수전 트레버가 말했다. 교장은 전 동료의 추도식에 참석하느라 자리를 비웠고 교사 몇 명만 남아 직원실에서 브리지 게임을 하고 있을 뿐 대부분 일찍 귀가하고 없었다. "다 둘러보고 나서 들르세요, 같이 차 한 잔 마셔요."

진은 트레버 양이 무척 할 말이 많은 사람, 귀 기울여줄 새로운 사람을 만날 기회를 무척 좋아하는 사람임을 알 수 있었다. 진은 그녀에게 고맙다고 말한 다음 작은 입구 홀을 가로질러 역대 교장과 학생회장, 크리켓 주장 이름을 금박으로 새긴 목판과 트로피 진열장을 지나쳤다.

마사가 그려 준 평면도에 따르면 그레천과 소녀들이 쓰던 병실은 1층이었는데 지금은 탈의실이었다. 사방 벽을 따라 늘어선 철망 사물함에 둥글게 뭉친 각종 스포츠용품과 럭비 신발 하나, 풀물이 든 크리켓 패드가 들어 있었다. 세탁하지 않은 빨랫감과 씻지 않은 남자애들의 야성적인 냄새가 어렴풋이 났다.

탈의실 한가운데에 벤치와 외투걸이가 있었다. 창문은 높고 창살이 쳐져 있었다. 길고 좁은 형태였고 진이 보기에는 병원 침대 네 개를 놓기에 넉넉한 공간이었다. 키티가 문에서 가장 가까운 쪽이고 그 옆은 브렌다였다. 그레천은 반대쪽 끝이고 마사의 침대가 수건 하나 길이만큼 떨어져 있었다. 정적 속에서 눈을 감으니 귤을 몰래 나눠 먹는 모습, 불이 꺼진 다음 속삭이는 소리, 쉭쉭거리는 보조호흡기 소리, 수녀님들과 어쩌면 또 다른 비밀스러운 방문자의 숨죽인 발소리를 쉽게 상상할 수 있었다.

창가 옆의 문은 샤워실로 이어졌다. 그 당시에는 화장실이었겠지만 침대에 누워서 꼼짝 못 하는 여자애들은 한 번도 못 썼을 것이다. 샤워실에도 안에서 걸쇠를 걸어 잠가 둔 높은 창이 있었지만, 창살은 없었다. 가장 침입하기 쉬운 지점은 아니지만, 깜빡 잊고 창문을 열어 놨을 경우 유연한 사람이라면 못 들어올 것도 없겠군, 진이 생각했다.

그녀는 유령에게 둘러싸인 것처럼 오싹했지만 그런 자신에게 짜증을 내며 무서움을 털어냈다. 진은 초자연을 믿지 않았고 어차피 진이 상상하는 소녀들 모두 굳건하고 따뜻하게 살아 있다.

사무실로 가자 수전 트레버가 퀼트 티코지로 감싼 갈색 도자기 찻주전자에서 차를 따라 주었다. 차가 별로 뜨겁지 않고 토피 색인 것을 보니 갓 내린 것은 확실히 아니었다. 진은 치아를 감싸는 타닌을 느끼며 차를 얼른 마셨고 그동안 수전은 별난 교사들, 궁핍한 학교 재정, 무너져가는 규율—주로 권위에 대한 존중 부족, 말대꾸, 반항 때문에—점점 쇠퇴하는 학생 수준 등 주로 노인들이 젊은이를 비난할 때 말하는 온갖 범죄에 대해 경솔한 수다를 늘어놓았다.

수전이 세인트 서실리아의 잡역부였다면 얼마나 좋았을까, 진이 생각했다. 그 무엇도 이 게걸스러운 호기심을 피하지 못했을 것이고 수수께끼는 하룻밤 만에 풀렸을 것이다. 진은 이야기에 집중하지 못하고 소녀들이 잠든 길쭉한 병실을 자꾸 떠올리다가 '암'이라고 작게 속삭이는 말을 듣고—그녀는 이 단어를 들으면 항상 자세를 똑바로 고쳐 앉았다—수전이 질문을 했음을 깨달았다.

"앨리스 하프야드한테 연락해 보셨나 싶어서요." 그녀가 질

430

문을 반복했다. "건강이 나빠지신 것 같아요. 같은 청소부를 쓰는 어머니 친구분한테서 들었어요."

"아뇨, 전 몰랐어요." 진이 솔직히 말했다. "지난여름에 여기 왔을 때 딱 한 번밖에 못 만났거든요. 오늘 다시 찾아가 볼 생각이었는데."

"만날 수 있을 만큼 상태가 좋으셔야 할 텐데 말이에요. 불쌍한 앨리스 아주머니. 정말 힘들게 사셨는데— 결국 이렇게 되다니."

진은 두 사람의 첫 만남을 회상하면서 정말 그렇다고, 앨리스에게서 노처녀의 서글픈 분위기를 느꼈다고 인정했다. 그러나 그것은 본인도 잘 아는 느낌이었기 때문에 굳이 조사하지 않았다. 게다가 그 기분 나쁜 인형들에 약간 가려진 면도 있었다.

"자기 이야기는 별로 안 하셨어요." 진이 이렇게 말했다. 그러나 이것은 핑계가 되지 않았다. 물어봤어야 했는데. "뭐가 그렇게 힘들었죠?"

"여동생이 아직 어린 나이였을 때 사생아를 낳고 복막염으로 죽었거든요. 앨리스 아주머니가 자기 어머니와 함께 그 애를 키워야 했죠."

진이 창틀에 놓여 있던, 앨리스가 가족이라고 설명했던 사진을 떠올리며 고개를 끄덕였다.

"다 같이 찍은 사진을 보여주셨어요." 진이 말했다. "자매인지는 몰랐어요. 앨리스가 훨씬 더 나이 들어 보여서."

"아마 나이가 스무 살 가까이 차이 날 거예요. 하프야드 부인이 여동생을 가졌을 때 이미 나이가 꽤 많았거든요." 엿들을 사람도 없었지만, 수전이 목소리를 낮췄다. "그래서 동생이 좀 특이했나 봐요. 엄마 나이가 많으면 난자가 이상해질 수도 있다잖아요."

"그래요?" 진이 말했다. 그녀는 그런 말을 들어본 적도 없고 그 말이 마음에 들지도 않았다.

"아, 네." 수전이 주장했다. "잘 알려진 사실이에요. 아무튼……." 그녀가 찻잔에 남은 찻잎 위에다가 스타우트 맥주 색차를 한 번 더 따랐다. "그건 시작일 뿐이었어요. 앨리스 아주머니의 동생이 낳은 비키도 알고 보니 정상이 아니었거든요, 부드럽게 표현하자면 말이에요. 결국 집에서 보살펴야 했죠— 자물쇠를 채워 두고 말이에요."

진이 얼굴을 찡그렸다. "고딕 소설 같네요."

갑자기 머릿속에 뭔가가 떠올랐다. V. *빗속에서 V가 나를 기다리고 있었다. 충성스러운 개처럼 흠뻑 젖어 있었다.*

"하프야드 부인까지 세상을 떠나자 도와줄 사람이 아무도 없었죠. 앨리스 아주머니는 끔찍한 시간을 보내셨어요."

"앨리스가 아픈 사람들을 보살피는 낮 동안 그 불쌍한 아이는 집에 갇혀 있었다니 좀 아이러니하네요. 세인트 서실리아로 데려와서 같이 보살필 수는 없었나요?"

수전이 잠시 어리둥절한 표정을 짓다가 웃음을 터뜨렸다.

"아, 빅터 말이에요? 장난으로 비키라고 불렀던 거예요. 머리를 아주 길게 길렀거든요—여자애처럼 말이에요."

37

한때 깔끔했던 윅필드 드라이브 모퉁이 집 정원이 방치된 분위기를 풍기고 있었기 때문에 진은 걱정이 커졌다. 가지치기하지 않은 장미 덤불이 담 위로 늘어져 있었다. 잔디는 발목 높이까지 올라오고 클로버와 톱풀이 마구잡이로 났다. 쇠뜨기말이 꽃밭을 점령한 채 포장된 길의 갈라진 틈에서 피어올랐다.

너무 늦었어. 당황한 진은 이렇게 생각하며 현관 앞 계단에 서서 빈집이 삼키는 초인종 소리에 귀를 기울였다. 그녀가 우편 투입구 뚜껑을 열어 불 꺼진 복도를 들여다보자 안에서 시큼한 약 냄새가 풍겨 나왔다.

양옆의 이웃집은 모두 초인종을 눌러도 대답이 없었지만, 맞은편 집은 성공이었다. 진이 대문에 손을 얹자 개가 짖기 시작하더니 그 소리가 점점 커졌고, 안에서 묵직한 개가 문에 몸을 부딪치자 바깥벽의 페인트칠이 몇 조각 떨어졌다. 잠시 후 지겹다는 표정의 여자가 앞쪽 창문에 모습을 드러냈다.

"무슨 일이에요?" 여자가 입 모양으로 말했고 개는 나무 패널에 계속 몸을 부딪쳤다.

진이 뒤쪽의 아무도 없는 집을 손짓으로 가리켰다.

"앨리스 하프야드를 찾고 있는데요."

창문이 3센티미터 정도 열렸다.

"입원하셨어요. 가족이세요?"

"아뇨. 그냥 지인이에요. 전화를 몇 번 했는데 안 받아서요."

"최대한 집에서 버티셨지만 2주 전에 병원에서 데려갔어요."

그녀가 진에게 병원으로 가는 길을 알려주고 창문을 닫은 다음 고개를 돌려 개에게 고함을 쳤다. 뒤이은 소란이 진을 따라서 거리를 올라왔다.

호스피스 병원은 절벽에 서 있었기 때문에 면회하러 온 사람들과 직원들은 물결로 주름진 어두운 바다를 적어도 조금은 볼 수 있었다. 그러나 위층 병실의 침대에 누워서 꼼짝도 못하는 환자들에게는 흘러가는 구름밖에 보이지 않았다.

진이 여름에 만났을 때보다 훨씬 더 작아진 앨리스 하프야드가 철제 프레임 침대에 누워 있었고 하얀 시트 때문에 피부가 노래 보였다. 팔다리는 비쩍 말랐지만, 시트 아래의 배는 둥근 돔처럼 부풀어 있었다.

근처 트롤리에 먹다 남긴 점심식사가—거의 손도 대지 않은 녹색 수프와 창백한 블라망주[43]—놓여 있었다. 누가 물감

---

[43] 우유나 크림에 설탕과 젤라틴을 넣고 굳혀서 먹는 디저트

처럼 알록달록하고 누추한 달리아 조화를 꽃병에 꽂아 침대 옆 캐비닛에 올려 두었다.

앨리스는 눈을 감고 있었지만, 진이 다가가자 눈을 떴다. 그녀가 초점을 맞추고 메마른 입술을 움직여 누군지 알겠다는 미소를 짓기까지 잠깐 시간이 걸렸다.

"언젠가 당신이 올 거라고 생각했어요." 그녀가 연약한 팔을 들고 손가락을 흔들어 빈 의자를 가리켰다.

진은 이제 병원에 오는 것도, 질병의 수많은 얼굴에도 익숙해졌지만, 건강이 나빠진 앨리스를 보고 큰 충격을 받았다. 으레 하는 질문이나 응원의 말—몸은 좀 어때요? 좋아 보이세요—은 아무 소용도 없었다.

"이런 모습을 뵙게 되어 유감이에요." 진이 건넬 수 있는 최선의 인사였다.

"와 줘서 기뻐요. 아니면 당신에게 기나긴 편지를 써야 했을 텐데, 그럴 에너지가 있을 것 같지 않네요." 그녀가 속삭임보다 아주 약간 크게, 낮고 부드러운 목소리로 말했다.

"제가 뭐 해 드릴 게 없을까요?" 진이 이렇게 물으며 손도 대지 않은 식사를 흘깃 보았다. "좀 떠먹여 드릴까요?"

앨리스가 고개를 저었다. "전 평생 병원에서 일했지만, 환자로 입원한 건 처음이에요. 처음이자 마지막이죠."

"무슨 병이에요?" 진은 모르는 척하거나 거짓 위로를 할 시간이 없음을 알았다.

"암이에요. 간암이었는데 척추까지 전이됐어요."

"많이 아프세요?"

앨리스가 고개를 아주 살짝 끄덕였다. "간호받는 입장이 되고 나서야 정말 많이 배웠어요. 써먹기에는 너무 늦었지만요."

"원래도 잘하셨을 거예요. 얼마 전에 브렌다 반 링언의 편지를 받았어요. 안부를 전해 달래요. 그리고 키티도요. 알고 보니 키티는 제 코앞에 살고 있었더라고요."

"키티요? 아, 그렇지. 키티는 어떤가요?"

"육체적으로는 아직 제한이 많아요. 하지만 무척 감동적이었어요. 언니의 도움을 받아 신학을 공부한다더군요."

앨리스가 겨우 미소를 지었다. "놀라운 아이죠."

"저도 그렇게 생각했어요."

"자, 그레천의 아이 이야기를 해 주세요. 검사 결과가 어떻게 나왔죠?"

"아. 음, 의사들도 의견 일치를 못 봤어요. 하지만 피부이식 시험 결과 처녀잉태는 아닌 것 같아요."

앨리스가 물을 달라고 손짓했다. 진이 물을 먹여 주려다가 잔을 그녀의 치아에 부딪혔다.

"안됐네요." 그녀가 말했다. "기적을 바라고 있었는데."

"네. 어쩌면 우리 모두 그걸 바랐을 거예요."

"지난번에 찾아왔을 때 제가 좀 더 확실하게 알려주지 못해서 미안해요. 진단을 받은 지 얼마 안 됐을 때라 제 문제에 정신이 팔렸었나 봐요."

"그럴 수밖에 없죠. 제가 여기 왜 왔는지 아시죠?"

"짐작은 할 수 있죠." 갑작스러운 통증이 덮쳐 앨리스가 움찔했다.

"몸은 괜찮으세요? 얘기할 수 있으시겠어요?" 진이 말했다. 죽어 가는 여자를 몰아세운다는 부끄러움보다 안 괜찮다고 하면 아무 소득도 없이 돌아가야 할지도 모른다는 걱정이 앞섰다.

"괜찮아요."

진을 향해 고개를 돌린 그녀의 눈빛은 여전히 날카로운 지성으로 반짝였다.

"빅터에 대해서 물어보고 싶었어요."

"어떻게 알았어요?" 앨리스가 속삭였다.

"당신 일기에서 V에 대한 내용을 봤는데 환자나 간호사 중에는 V로 시작하는 이름을 가진 사람이 없어서 이상하다 싶었어요."

"일기에 비키에 대해서 쓴 기억이 없는데." 앨리스가 고개를 저으며 말했다. "병원 일만 쓴 줄 알았어요."

"그레천의 입원 기간에는 그에 대한 언급이 없어요." 진이 말했다. "그래서 처음에는 못 봤죠. 그러다가 최근에 키티를 만났는데 세인트 서실리아에 있을 때 어느 날 밤 천사가 찾아왔었다더군요. 그래서 의심이 들었죠." 진은 어느새 자신도 속삭이고 있음을 깨달았다.

"그건 몰랐어요. 키티가 그런 말은 안 했는데."

"어떤 수녀님 때문에 천사였다고 더욱 굳게 믿게 되었지만, 당시에는 아무한테도 말하지 않은 것 같아요. 그러다가 오늘 아침에 수전 트레버한테서 당신에게 빅터라는 조카가 있었다고, 머리가 길었다는 이야기를 들으니 키티를 찾아온 천사가 생각났어요."

앨리스가 눈을 감자 눈가에서 눈물이 떨렸다.

"제 여동생의 아들이었어요. 여동생은 거친 애였죠—항상 말썽을 일으켰어요. 아이의 아버지가 누구인지 말해 주지 않았어요—본인이 알았다면 말이에요. 하지만 아기를 포기하지 않으려 했어요. 사람들이 어떻게 생각하든 신경 쓰지 않았죠. 참 우습게도 동생은 엄마 역할이 참 잘 맞는 것 같았어요.

하지만 아이가 네 살이 되었을 때 동생이 복막염에 걸려서 죽었고, 우리가 그 아이를 키웠어요—어머니랑 제가요. 정말 아름다운 아이였답니다—제 지갑에 사진이 들어 있어요—모두가 그 애를 사랑했죠. 하지만 사춘기가 되자 달라지기 시작했어요—꼭 제 동생처럼 변했죠. 혼자 틀어박혀 있더니 목소리를 듣기 시작했어요."

목소리라는 말이 나오자 진이 얼어붙었다. 공기가 가슴에 갇혀서 나오지 않았다.

"걘 끔찍한 분노를 품고 있었어요. 그 애를 괴롭히는 목소리들 때문이었죠. 학교도 못 보냈어요, 받아 주질 않았거든요. 그래서 우리는 집에서 그 애를 보살폈죠. 의사가 진정제를 주었지만 아이는 그 약을 먹으면 풍선처럼 부풀어 올랐어요."

진이 긴 한숨을 내쉬었다.

"그 애는 계속 도망쳐서 끔찍한 일을 당하곤 했죠. 멍과 상처투성이가 되어서 돌아왔지만 자기가 어디에 갔다 왔는지도 몰랐어요. 정말 끔찍했죠. 당신은 몰라요."

이제 눈물이 더욱 펑펑 흘렀고 목소리가 더 흐릿해졌다. 진은 한 단어도 놓치지 않으려고 몸을 숙여야 했다.

"문을 잠가놔야 했어요, 아니면 도망쳤으니까. 죄수 취급을 한 건 아니었어요." 앨리스가 진의 얼굴에 떠오른 표정을 보고 덧붙였다. "그 애를 안전하게 지키기 위해서 그런 거예요. 빅터가 가고 싶은 곳이 있으면 어머니와 제가 데려갔어요. 하지만 언젠가 제가 근무를 끝내고 나왔더니 빅터가 담벼락 위에 앉아 있었죠. 집에서 빠져나와서 절 따라왔었나 봐요." 그녀가 접힌 시트에서 구겨진 손수건을 꺼내 눈가를 닦았다.

"가능성이 있다고 생각하세요? 빅터가 혹시⋯⋯." 진은 너무 상처가 되지 않는 표현을 찾았다. "그레천 아이의 아버지일까요?"

"당신이 처음 찾아와서 그레천과 아기 이야기를 했을 때는 충격이 너무 커서 비키 생각은 떠오르지도 않았어요. 아니, 어쩌면 마음 깊은 곳에서는 떠올랐을지도 모르지만, 너무 깊어서 똑바로 보지 못했죠. 하지만 큰 병에 걸려서 낫지 않으리란 사실을 알게 되면 온갖 생각이 떠오른답니다."

"그럴 것 같아요." 진이 말했다.

"하지만 그레천은 절대로……."

"제 말은 그런 뜻이 아니에요. 그레천은 의식이 없었던 것 같아요. 그레천과 마사는 수면제를 모아 놓았다가 한꺼번에 먹곤 했어요."

"그 애가 강압적으로 했다고 생각하는군요." 이제 눈물이 앨리스의 목소리를 삼켜서 겨우 들렸다.

"증거는 없어요. 그런 일이 가능했을지 묻는 것뿐이에요."

"정말 원해요?" 그녀가 물었다.

"무슨 뜻이죠?" 진이 이제는 익숙해진 불길한 예감을 느끼며 말했다.

"한 번 입 밖에 내면 절대 되돌릴 수 없어요."

"계속하세요." 잡역부가 트롤리를 밀며 다가와서 손도 대지 않은 식사를 치우는 동안 진이 잠시 말을 멈췄다. 앨리스는 잡역부에게 정중하게 고맙다고 말한 다음 그녀가 이 침대에서 저 침대로 이동하는 것을 지켜보았고, 마침내 다시 두 사람만 남았다. 진을 향해 고개를 돌린 앨리스는 무척 쓸쓸한 표정이었다.

"아니라고 대답할 수 있으면 좋겠어요. 하지만 그럴 수가 없군요."

그녀가 주근깨 난 손을 담요 위로 뻗어 진의 손을 잡았다.

피부는 종잇장처럼 건조했지만, 진의 손바닥에 파고드는 손톱은 길고 부적절할 만큼 건강해 보였다.

"언젠가 한밤중에 잠에서 깼는데 그 애가 있었어요. 침대 옆에 서서 저를 보면서, 아시겠죠, 자기를 만지고 있었어요. 저는 자는 척했죠. 차마 그 애를 대면할 수가 없었어요. 비키는 힘이 정말 셌거든요. 잠시 후 그 애가 밖으로 나가서 자기 방으로 돌아가는 소리가 들리자 그제야 일어나서 침대 옆 테이블로 문을 막았고, 매일 밤 그렇게 해 놓고 잤어요."

"빅터는 지금 어디 있죠?"

"6년 전에 죽었어요. 상태가 좋아지는 것 같았어요. 그때 전 이미 은퇴했기 때문에 비키의 상태가 좋을 때면 여러 가지 일을 같이했죠. 빅터는 승강장에 앉아서 기차 구경하는 걸 좋아했어요.

그러던 어느 날 집에 돌아와 보니 빅터가 사라지고 없었어요. 제가 주의를 소홀히 하는 바람에 빅터가 핸드백에서 열쇠를 꺼내 밖으로 나간 거예요. 건널목에서 기차에 치여 죽었죠. 사고였을지도 모르지만— 알 수 없죠. 겨우 스물한 살이었는데."

"유감이에요. 정말 슬픈 이야기네요."

"죄책감이 너무 컸어요. 간호사인 제가 빅터를 지키지 못했으니까요. 하지만 한편으론 마음이 놓이기도 했어요—그래서 죄책감이 더욱 커졌죠. 그때 어머니는 이미 돌아가시고 저밖에 없었어요. 제가 죽으면 이 아이는 도대체 어떻게 될까 생각하곤 했죠. 8년 동안 하루도 그 걱정을 하지 않은 적이 없어요."

"분명히 최선을 다하신 거예요."

"하지만 빅터가 그 불쌍한 그레천에게 한 짓을 생각하면—
제가 보살펴야 할 환자였는데 말이에요. 게다가 이제는 그 아
이까지 걱정해야 하네요. 정말 끔찍하고 끔찍한 잘못이에요."

앨리스가 뼈만 남은 손으로 진의 손을 꽉 쥐자 진도 마주 잡
았다.

"그레천에게 일어났는지 아닌지도 모르는 일로 자신을 괴롭
히지 마세요. 절대 확실히 알 수 없잖아요."

하지만 난 알아, 진이 생각했다. 지금까지 들은 모든 말은
밤에 키티를 찾아온 이상한 손님이 누구였는지 확인해 주었
다. 약을 먹고 잠든 그레천의 옆에 천사가 아니라 이 불안정한
소년이 서 있었던 것이다. 진은 앨리스에게서 넘겨받은 짐이
성인 남성처럼 무겁게 짓누르며 폐에서 공기를 다 쥐어짜내는
것을 느낄 수 있었다.

"음, 당신이 옳다고 생각하는 대로 하세요. 이제 아무도 빅
터를 해치지 못할 거고 저도 머잖아 그렇게 될 거예요."

"저한테 말씀해 주셔서 기뻐요." 진이 말했다.

친절한 거짓말이었다. 예전에 가졌던 불안과 딜레마에 대한
향수가 파도처럼 진을 덮쳤다. 지금 생각하니 얼마나 마음 편
한 걱정이었는지. 진실을 찾아 떠난 그녀는 이제 모르는 것이
더 나았을 무언가를 알게 되었다. 진은 이제 미래에 대한 두려

움 때문에 예전처럼 순수하게 기쁜 마음으로 마거릿을 바라볼 수 없을 것이다.

"제 가방 좀 줄래요?" 앨리스가 진이 앉아 있는 의자 뒤의 작은 탁자를 가리키며 말했다. "보여주고 싶은 게 있어요."

진은 몇 가지 소지품 중에서 빨간 가죽 지갑을 찾아서 건넨 다음 앨리스가 떨리는 손가락으로 사진을 꺼내는 것을 지켜보았다. 트럼프 카드만한 사진 속에 일곱 살쯤 되는 검은 머리의 남자아이가 크리켓 배트를 들고 서 있었다. 아이는 정원의 나무 울타리에 분필로 표시한 삼주문 앞에 서서 공을 받아 치는 포즈를 취하고 완전히 몰입한 모습이었다. 진은 마거릿과 닮은 점을 찾아서 꼼꼼히 살펴보지 않을 수 없었지만, 사진이 너무 작았기 때문에 대단히 비슷한 점을 찾을 수가 없었다.

"비키예요, 아프기 전이죠." 앨리스가 말했다. "정말 사랑스런 아이였답니다."

"그런 것 같네요."

"비키를 괴물이라 생각하지 않겠다고 약속해 주세요. 비키도 그냥 아이였을 뿐이에요. 그 애가 무슨 짓을 했든, 나쁜 사람이라서 그런 게 아니라 아파서 그런 거예요."

"그렇게 생각하지 않을게요."

"그 애가 무슨 짓을 했든 여동생이 우리에게 남긴 건 그 아이밖에 없었고, 우리에게는 정말 큰 의미였어요."

38

진이 쟁반에 저녁 식사—깡통 햄을 한 조각 곁들인 오믈렛—와 우유 한 잔, 그날 아침에 도착한 도리의 편지를 담아서 계단을 올라가고 있을 때 종이 울렸다.

진은 멜섬 부인이 작은 황동 종을 선물했을 때 정말 친절하다고 생각했지만, 며칠 동안 종이 울릴 때마다 벌떡 일어나서 대답하러 가다 보니 복수의 선물이 아닐까 하는 생각이 들었다. 어머니는 병원에서 돌아온 이후로 침대 생활에 맛을 들인 것 같았다. 아무리 눈치를 주고 구슬리고 냉정하게 설득해도 아래층으로 다시 내려오려 하지 않았다. 다리에 힘이 하나도 없고, 균형 감각이 너무 불안정하고, 안락의자가 너무 불편하다고 했다. 기껏해야 층계참을 따라 화장실까지 아장아장 걸어가는 것이 전부였다. 계단을 오르내리는 것은 생각도 할 수 없었다.

"맛있어 보이는구나." 어머니가 접시에 소금을 아주 약간 뿌리며 말했다. "계란을 깨뜨릴 적수는 없지." 그런 다음 자기도 모르게 튀어나온 이런 농담을 이제 어떻게 처리할지 모른다는 사실을 깨닫고 말을 멈췄다.

진은 화장대 의자에 앉아서 거울의 양날개에 비친 자기 모습—똑같이 초췌한 표정을 지은 진이 두 줄로 끝없이 이어졌다—을 보았다.

"넌 아무것도 안 먹을 거냐?"

"네." 진이 대답했다. "속이 좀 메스꺼워서요."

그녀는 24시간 동안 토스트밖에 먹지 않았는데 그것마저도 제 같은 맛이 났다. 앨리스를 만나고 온 이후 모든 에너지와 입맛이 달아났다.

"오늘 밤에도 책 읽어 드려요?"

진은 책을 소리 내어 읽는 동안에는 생각하거나 안달하거나 괴로워할 수 없다는 사실을 깨달았다. 집안일, 음악 듣기, 혼자 책 읽기 등 평소 딴청을 피우고 싶을 때 하는 그 어떤 일도 머릿속의 소란을 잠재우지 못했다. 두 사람은《나인 테일러스》를 상당히 많이 읽었다. 물론 생각은 잠시 미뤄질 뿐이었고 조용해지면 다시 그녀를 덮쳤다.

"그래, 부탁한다."

"도리는 뭐래요?"

이제 속마음을 털어놓을 여동생의 빈자리가 그 어느 때보다도 크게 느껴졌다. 틸버리 가족과 아무 관련도 없고 아무런 판단도 하지 않고 들어 줄 수 있는 사람에게 이야기하면 도움이 될 것이다. 진의 경험상 세상에는 두 종류의 사람이 있었다.

바로 동정하는 사람과 충고하는 사람이었다. 본인이 지나친 쾌락주의자라서 다른 사람에게 큰 기대가 없는 도리는 동정하는 사람이었다. 도리는 이야기를 듣고 위로해 줄 뿐이다. 어머니는 확실히 그 반대였다. 어머니는 불행을 겪고도 다른 사람들의 고통에 상냥해지지 않았다. 오히려 그 반대였다.

어머니는 항공우편으로 온 편지를 대충 훑어보며 본인이 생각하는 '새로운 소식'—주로 질병과 건강, 쌍둥이의 성취—을 찾았다. 도리를 해외로 꼬여낸 사위 케네스에게는 관심이 없었다.

"아니. 새로 데려왔다는 개 이야기밖에 없구나. 다들 개한테 푹 빠졌어. 아, 여기 있다. 메리가 홍역에 걸렸었는데 지금은 괜찮다는구나. 피터가 체스 대회에서 우승컵을 받았고. 다른 소식은 없어."

"그럼 책 읽을까요?" 진이 《나인 테일러스》를 집어 들었다.

"아직 다 안 먹었다."

"상관없어요. 드시면서 들을 수 있잖아요?"

"그럼 읽어 봐라."

한 시간 뒤, 어머니가 이제 제발 그만 읽으라고 간청했다. 너무 졸려서 그냥 꾸벅꾸벅 졸고만 싶다고 했다. 진은 책을 덮고 물러났다. 혼자 시간을 보낼 생각에 두려워하며 쫓겨났다. 머릿속을 어지럽히는 생각과 단둘이 남겨지는 것은 미친 사람과 감방을 같이 쓰는 것과 같았다—무섭지만 달아날 수 없었다.

진은 벗어날 수 없는 이 짐을 건네준 앨리스에게 분노 비슷한 감정을 느꼈다. 그녀는 그레천이나 하워드에게 마거릿이 강간의 산물이라고, 마거릿에게 들리는 천사의 목소리는 어쩌면 앞으로 다가올 어둡고 파괴적인 미래의 전조일지도 모른다고 절대 말할 수 없었다. 그래 봤자 무의미하고 잔인할 뿐이며 모두의 인생을 망칠 것이다. 진 역시 마거릿의 순수한 얼굴을 볼 때 둘 사이를 가로막는 진실의 그림자를 절대 떼어놓을 수 없을 것이다. 그녀는 이제 항상 조심하며 두려워할 것이다.

또 다른 문제—덜 심각하지만, 여전히 그녀를 괴롭히는 짐—는 로이 드레이크였다. 진은 빅터에 대해서 알게 된 사실을 로이에게도—또는 다른 누구에게도—말할 수 없었다. 그러나 진이 로이에게 말하지 않고 예정대로 기사를 싣는다는 것은 그와 《노스켄트 에코》의 모든 독자를 상대로 사기를 치는 것이었다. 마음속으로 아무리 생각해 봐도 정당화할 방법이 없었다.

그러나 두 가지는 분명했다. 마거릿은 하나가 된 가족이 줄 수 있는 모든 장점을 누려야만 했다—다른 모든 가능성은 강풍 속의 지푸라기처럼 흩어졌다. 또 한 가지 확실한 점은, 진이 말을 하려면 지금이어야 하고 말하지 않으려면 영원히 입을 다물어야 한다는 것이었다.

밤은 깊어가고 진은 거실 소파에 누워 있었다. 그녀는 결정을 내릴 때까지 꼼짝도 하지 않기로 마음먹었다. 난로 받침쇠

위의 석탄은 몇 시간 전 마지막 열기를 내뿜었고 온도가 급격히 떨어지고 있었다. 열린 커튼 사이로 환한 낮 모양 달과 흐릿한 별들이 보였다. 우주의 무관심한 태도는 어딘가 장엄했지만, 우주의 광대함을 생각해도 그녀의 딜레마가 사소해지지는 않았다.

시간이 흘렀고, 복도 시계가 째깍거리고 삐걱거리며 매 시간을 알려주었다. 새벽 3시가 되자 진은 추위로 뻣뻣해져서 삐걱거리는 몸을 일으켜 책상 속 어머니의 편지지 케이스에서 종이와 펜을 꺼냈다.

집, 새벽 3시

하워드에게

우리가 숲길을 같이 걸은 것이 겨우 며칠 전 일이지만 훨씬 더 오래된 느낌이 들어요. 그레천의 소식을 불쑥 전해 놓고서 동정도 응원도 하지 못해서 미안해요—난 정신이 없었고 나만 생각했어요. 이제는 시간이 지나서 생각을 좀 해 봤어요.

당신이 벌써 마음을 정했을지도 모르겠지만 그게 아닐 경우, 도움이 될지 모르지만 내 생각을 말해 줄게요. 당신과 함께한 지난 한 달이 내 평생 가장 행복한 시간이었다는 말은 과장이 아니에요. 난 이제 더 이상 사랑을 겪을 가능성이 없다고 생각했지만, 당신은 가장 멋진 방법으로 내가 틀렸음을 입증했어요.

당신도 알겠지만 난 항상 이 모든 일이 마거릿에게 어떤 영향을 끼칠까 싶어서 불편했어요. 하지만 그레천이 이미 결단을 내렸으니까 그 상황에 따라가는 건 쉬웠죠—도덕적으로 훌륭한 생각이 아니었다는 건 나도 인정해요. 그러나 이제 상황이 바뀌었고, 난 당신과 그레천이 같이 살면서 결혼생활에 다시 충실하고 마거릿의 행복을 가장 우선으로 삼을 수 있다면 그래야 한다고 생각해요. 이 모든 일에서 마거릿은 결백한 당사자고, 다른 모든 가능성보다 마거릿에게 필요한 것을 먼저 생각해야 해요. 난 그레천이 처음 당신을 떠났을 때 그렇게 말했고 지금도 그 말을 지켜야 해요.

당신을 향한 나의 감정은 그대로이고 금세 바뀔 것 같지도 않다는 건 말할 필요도 없겠지요. 내가 버넷 로드에 처음 갔을 때 그랬던 것처럼 우리가 여전히 친구로서 가끔 만날 수 있다고 생각하고 싶어요. 하지만 어렵고 고통스러우리란 것도 벌써 알 것 같아요. 그러니까 당신이 그러고 싶지 않다고 해도 이해할게요.

어쨌든, 이 편지를 쓰는 것이 쉽지 않았던 만큼 아마 읽는 것도 쉽지 않겠죠. 하지만 내가 아는 당신이라면 내 말을 진실로 받아들이고 마거릿에게 가장 좋은 선택을 하리라 믿어요.

사랑을 보내며,

진

450

진은 편지를 봉투에 넣고 그레천이 이미 집으로 돌아왔을 경우에 대비해 베드포드 스트리트의 주소를 적었다. 그런 다음 우표를 찾아 뒤적였다—결심이 선 이상 마음이 약해지기 전에 당장 부쳐야 했다. 예전에 받은 편지에서 소인이 찍히지 않은 우표를 다시 쓰려고 김을 쐰 다음 떼어내서 서랍에 모아둔 것이 있었다. 잠시 마음에 걸렸지만—여왕님께 실례일 뿐만 아니라 불법이 분명했다—여왕님 본인도 쓸 법한 현명하고 검약한 방법이라는 확신이 들자 마음이 차분해졌다.

진은 외투를 입고 밖으로 빠져나간 다음 문을 천천히 소리 없이 닫았다. 도로를 따라 몇백 미터만 걸어가면 햄브로애비뉴 모퉁이에 우체통이 있었다. 집들은 전부 깜깜했고 커튼이 내려진 채 조용했다. 진이 얼른 길을 건너서 공원 난간을 지나치자 정적 속에서 차가운 보도를 걷는 그녀의 발소리가 울렸다. 벨벳 같은 하늘을 배경으로 새까만 나무들이 눈에 띄었다. 진은 정말로 혼자라는 기분이 들었다. 세상이 멸망하고 혼자 용맹하게 살아남은 기분이었다.

진은 잠시 망설이다가 밀려드는 순교의 기쁨에 압도되어 우체통에 편지를 밀어 넣었다. 공원에 떨어진 어린이용 분홍색 양모 장갑 한 짝을 지나가던 사람이 주워서 난간 꼭대기에 올려놓았다. 진이 지나가자 아기 장갑이 유령처럼 경례를 했다.

39

"종교적인 상징을 활용하면 너무 지나친 걸까?"

"응—그리고 신성모독일 가능성이 높고."

진은 사진 편집자 던컨과 함께 그의 사무실에서 젊은 토니가 찍어 온 그레천과 마거릿의 밀착 사진을 살펴보고 있었다. 젊은 토니는 엄마와 딸이 루나 스트리트 소파에 앉아서 서로 마주 보며 자연스럽게 웃는 모습을 필름 한 통에 찍어 왔다. 마거릿은 엄마와 비슷해 보이도록 머리카락을 뒤로 넘겨 핀을 꽂았고 두 사람의 표정이 똑같은 사진이 많았다. 마거릿이 비슷한 나이였던 그레천의 어린 시절 사진과 똑같은 포즈를 취한 사진도 있었다.

마거릿은 자기가 맡은 역할에 열정을 다해서 위쪽을 바라보는 시선과 뭔가를 바라는 듯한 표정을 약간 장난스럽게 흉내 냈다. 그러자 젊은 토니는 선을 넘어서 그레천에게 성모님처럼 기도를 드리듯 시선을 내리 깐 자세를 취하게 한 다음 조명을 써서 머리 주변에 후광 같은 것을 비추었다.

"이건 바로 버려도 되겠어." 진이 말했다. 그녀는 신성한 힘이 작용했다는 암시를 보기만 해도 구역질이 났다. "기적이라고 주장하려는 게 아니잖아. 우리 기사의 입장은 설명할 수 없는 미스터리라는 거야."

"그게 그거 아니야?" 던컨이 궁금해했다.

진이 초조한 표정으로 그를 노려보았다.

"멋진 사진이잖아— 대림절이랑도 맞고. 왜 안 쓰려는지 모르겠군."

"내가 이 가족을 잘 아는데, 최근에 좀 힘든 일이 있었어." 이렇게 축소해서 말하자니 속으로 혼자서 부끄러웠다. "광신도들이 끌리게 만들고 싶지 않아."

"전국지에서 이 기사를 가져가면 어차피 당신 손을 떠날 거야."

"그래, 알아."

진은 뱃속에서 익숙하게 끓어오르는 불안을 느꼈다. 지난주 편집 회의에서 12월 첫째 주 금요일 자 1면에 그레천의 기사를 신기로 결정했다— 진에게는 큰 특종이었지만 하나도 기쁘지 않았다. 상식과는 어긋나는 생각이지만 이제 진은 이 기사가 최대한 반향을 일으키지 않고 사라지면 좋겠다고 생각했다.

"당신한테는 좋은 일이잖아— 이름이 알려질 텐데." 던컨이 말했다.

진이 희미한 미소를 지어 보였다. "6개월 전에는 그렇게 생각했지. 하지만 그사이에 너무 많은 게 변했어."

진은 누군가에게 털어놓고 싶은 충동을 강하게 느꼈다. 던컨은 그녀에게 정말 모르겠다는 시선을 보냈다. 지금까지 두 사람의 대화가 업무 이야기에서 벗어난 적은 한 번도 없었다. 사생활에 관해서 이야기할 기회가 생겨도 두 사람 모두 그 기회를 잡지도, 심지어는 알아차리지도 못했다. 유혹의 순간은 지나갔다. 진은 마음을 다잡고 다시 프로답게 거리를 두었다.

두 사람은 스튜디오에서 찍은 얼굴 사진을 1면에 싣고 스스럼없는 사진들은 6년 연속 기사에 싣기로 했다. 던컨이 밀착사진에 표시를 했다.

"이거 한 장 가져도 돼?" 진이 마거릿의 사진을 가리키며 말했다. "이 아이를 늘 이 모습으로 기억하고 싶어."

"물론이지." 던컨이 말했다. 그는 진의 슬픈 목소리를 알아차렸다 해도 아무 내색을 하지 않았다.

진이 하워드에게 편지를 보낸 지 일주일이 넘었고, 편지를 부칠 때 그녀를 지탱해 주었던 옳은 일이라는 확신은 매일 줄어들고 있었다. 고맙다는 인사를 받을 만한 편지는 아니었지만, 하워드에게서 편지를 받았다는 말 한마디도 없었고 진은 그가 그레천과 연락했는지 안 했는지도 알 방법이 없었다. 모든 것을 하워드에게 맡긴 진은 이제 어떤 소식이든 전해 들을 자격이 없었고 그가 두 번 다시 연락하지 않을 가능성이 아주 높다는 사실을 받아들여야 했다.

옳은 일을 했다는 생각도 그녀가 바라던 위안을 주지 않았다. 끊임없이 칭송받지 않는 미덕은 외로웠다. 진은 종종 책상 앞에 앉아서 〈살림 비법〉 칼럼이나 〈결혼 증명서〉 기사를 쓰다가 어느새 집중력을 잃고 다정했던 하워드의 기억에 빠져 멍하니 허공을 바라보았다.

이렇게 10분에서 15분 정도 꿈같은 상태에 빠져 있다가 전화가 울리거나 동료가 방해하면 현실로 돌아왔다. 가끔 슬픔을 넘어 절망에 빠지려고 하면 진은 사무실을 나서서 월렛츠 숲으로 부지런히 걸어가 마지막으로 같이 걸었던 길을 따라가며 회복하기 위해 눈물을 흘리는 자신을 눈감아 주었다.

진은 직장에서 불행하지 않은 척했지만 제대로 숨기지 못하고 있음을 자신도 잘 알았다. 한때 그녀를 한패로 대하던 동료들이 갑자기 그녀를 피하거나 평소와 달리 조심스럽게 굴었기 때문이다. 보통 그녀에게 떠맡기던 인기 없는 일이 다른 부서로 넘어갔고, 진이 시작했다가 끝내지 못한 일을 이상하게도 다른 사람들이 나서서 맡았다.

래리는 하루에도 몇 번씩 진의 담배를 빼앗는 대신 사무실로 오는 길에 페츠우드의 빵집에서 커스터드 타르트를 사 와서 그녀의 책상에 올려놓았다. 무시무시한 뮤리얼마저도 진이 차가운 물로 세수를 하려고 화장실에 갔을 때 불러 세우더니 요가 스쿨 팸플릿을 주겠다며, 동적인 호흡을 비롯한 활력을 되찾는 방법을 배울 수 있다고 말했다. 사람들은 정말 친절해,

진이 혼잣말을 했다. 난 정말 운이 좋아.

　이제 너무 빨리 어두워지고 생각할 시간이 너무 많았기 때문에 저녁은 시련이었지만 진은 어머니의 종소리에 응답하며 바쁘게 지냈다. 불행은 사람을 피곤하게 만들었기 때문에 진은 일찍 잠자리에 들었다. 그러나 불행은 잠도 방해했기 때문에 피로를 풀지도 못한 채 일어났다.

　그녀는 틸버리 가족을 만나기 전에, 겨우 6개월 전의 삶이 어땠는지 기억하려 애썼다. 그때는 감정의 정점도 바닥도 없이 하루하루가 지나갔다. 계절마다 직장과 집에서 해야 하는 정해진 일들은 적당히 다양하고 보람이 있었기 때문에 몰두할 수 있었다. 작은 즐거움들—하루의 첫 담배, 일요일에 점심식사를 하기 전에 마시는 셰리 한 잔, 일주일 동안 쪼개 먹는 초콜릿 바 하나, 아직 다른 사람들의 손길이 닿지 않은 도서관의 새 책, 봄의 첫 히아신스, 단정하게 잘 다려서 개어놓은 여름 향기 나는 빨래, 눈 덮인 정원, 보물 서랍에 넣으려고 충동 구매한 문구—로 충분히 기운을 낼 수 있었다.

　그녀는 몇 년이 지나야 이미 깨어난 갈망의 괴물을 잠재우고—잠재울 수 있다면 말이다—억제된 삶을 다시 평범하게 받아들일 수 있을까 생각했다. 사랑에 빠져드는 여정은 너무나 쉽고 우아했지만, 사랑에서 빠져나오는 여정은 너무나 길고 힘든 오르막길이었다.

　어느 날 저녁, 어머니가 잠자리에 들고 나자 사방 벽이 조여드는 것만 같아서 진은 집에서 살짝 빠져나가 교회까지 걸어 갔다. 그녀는 종교를 믿지 않았지만, 문화적으로는 기독교인 이라고 생각했고, 뜨개 인형 때문에 어머니가 그만두기 전까 지는 주요 축일마다 어머니와 함께 미사를 드리러 갔다.

성가대 연습이 막 끝나서 단원들이 차가운 밤공기에 외투 단추를 여미고 서로 인사를 나누고 있었기 때문에 진은 마지 막 발소리가 멀리 사라질 때까지 사제관 정원에서 서성거렸 다. 묵직한 나무 문이 아직 열려 있었기에 진은 서늘한 어둠 속으로 들어가서 혹시라도 하느님께서 내려오시면 얼른 도망 칠 준비를 하는 것처럼 뒷자리에 앉았다.

빛이라고는 스테인드글라스를 통해 들어오는 밝은 달빛밖에 없었다. 제단이 창백하게 빛났고 모든 것이 평화로웠다. 진은 자신을 위해서든 남을 위해서든 기도를 드리는 것에 익숙하지 않았고, 이제 와 자기한테 필요하다고 해서 그렇게까지 하고 싶지도 않았다. 그 대신 가만히 앉아서 정적에 대해서, 오래된 돌과 양초의 밀랍과 광택이 나도록 문질러 닦은 나무의 냄새에 대해 생각했다. 시간이 흐르자 눈물이 차오르더니 양 뺨을 따 라 흘러내려서 입가에 고이고 턱에서 뚝뚝 떨어졌다.

갑작스러운 소음—정적이 흐르고 있었기 때문에 무척 놀랐 다—이 들리더니 제의실 문이 열리고 한 줄기 빛이 들어왔다. 깜짝 놀란 진이 무아지경에서 깨어나 외투 소매로 서둘러 얼 굴을 닦았고 마찬가지로 깜짝 놀란 멜섬 부인이 제의실 문 앞에 모습을 드러냈다.

"이런, 세상에." 멜섬 부인이 심장을 부여잡고 어둠 속을 빤히 보며 말했다. "아직 누가 있을 줄은 몰랐는데."

멜섬 부인은 러시아 대초원에서나 유용할 듯한 모피 모자를 쓰고 양가죽 장갑을 끼고 있었기 때문에 걸쇠가 잘 잠기지 않았다.

"죄송해요." 진이 일어서며 말했다. "전 그냥……."

"아, 진이었구나." 멜섬 부인이 말했다. "놀랠 생각은 아니었어. 성가대 연습이 끝나고 잠시 남아서 악보 정리 좀 했어—뒤죽박죽 엉망이라서." 그녀가 진을 더 자세히 들여다보았다. "세상에, 무슨 일 있어?"

진이 열심히 눈을 깜빡거렸다. 아무 일도 없다고 하고 얼른 나갈 수도 있고 멜섬 부인이 내미는 동정을 받아들일 수도 있었다. 기억이 그녀를 쿡쿡 찔렀다—리밍턴 호텔에서 만났던, 진이 내민 우정의 손길을 거절했던 만신창이의 딸. 그녀는 자기 일은 자기가 알아서 한다는 자랑스러움을 포기하지 못했고, 그래서 그날 밤 두 사람 모두 움츠러들었다. 늦었지만 눈부신 통찰 덕분에 진은 도움을 받아들이면 양쪽 모두가 더욱 풍성해진다는 사실에 눈을 떴다.

진은 멜섬 부인에게 고맙다는 뜻의 미소를 지었다. "심각한 일은 아니에요. 하지만 사실은, 기분이 좀 울적했어요. 미래를 생각하면 모든 게 좀…… 황량해서요."

장갑 낀 손이 그녀의 어깨에 얹혔다. "그 말을 들으니 너무 가슴이 아프네. 정말 힘들겠어." 대답이 돌아왔다. "제의실로 들어가자, 주전자에 물을 올릴게."

"고맙습니다. 정말 친절하세요."

이 만남으로 인해 진의 상황이 실제로 조금 더 나아졌다. 진은 최근 틸버리 가족 때문에 겪은 슬픔을 자세히 이야기하지는 않았지만, 연애가 끝나서 외롭고 후회된다고 내비쳤다. 어머니의 행동반경이 더욱 줄어들었다는 이야기도 나왔는데, 그러자 멜섬 부인은 진이 약간의 자유를 즐길 수 있도록 토요일 오후에 와서 어머니 곁을 지켜 주겠다고 바로 나섰다. 카드놀이를 하든 수다를 떨든 말없이 코바늘뜨기를 하든 스위니 부인이 원하는 대로 하겠다고 했다. 그리고 그 뒤에도 토요일에 어머니와 시간을 같이 보내 줄 착한 사람들이 교회에 있다고 했다. 어쩌면 어머니를 살살 달래서 아래층으로 내려오게 만들 수 있을지도 몰랐다.

물론 멜섬 부인은 진의 실연에 대해서 어떤 치료법도 제안할 수 없었고 그러려고 하지도 않았다. 유서 깊은 방법들—인내, 기분전환, 일—뿐이었는데, 그런 방법이라면 진도 잘 알고 있었고 예전에 프랭크와 헤어졌을 때 기대기도 했지만, 지금은 떠올려 봐도 별로 자신이 없었다. 예전의 경험은 고통이 끝없이 계속되지는 않는다고—그러나 매끄럽게 점점 더 빨리

가라앉지도 않는다고, 무서운 파도를 연달아 일으키며 가라앉
는다고, 몇 번의 파도는 그녀를 쓰러뜨릴 수도 있다고 가르쳐
주었다.

12월의 첫 번째 화요일, '처녀잉태 수수께끼'가 《노스켄트 에
코》의 1면 기사로 실리기 며칠 전에 진은 책상을 정리하고 편
지와 쪽지를 모아서 치우다가 그 파도를 맞았다. 하워드가 집
으로 보낸 개인적인 편지들은 진이 다시 읽을 수 있을 만큼 기
운을 차릴 날을 기다리며 그녀의 화장대 서랍 속에 들어 있었
다. 그러나 진은 그레천이 처음 보냈던 짤막한 편지의 글씨체
를 보자—저는 (이제 열 살이 된) 제 딸이 남자와 아무런 관계없
이 태어났다고 늘 믿었거든요—갑자기 속이 메스꺼워져서 창
문으로 달려가 차가운 유리에 얼굴을 대고 식혀야 했다.
 "산책 좀 하고 올게." 그녀가 사무실 끝에서 책상에 다리를
올리고 통화 중인 래리에게 속삭였다.
 그는 통화를 계속하면서 엄지를 들어 보였다.
 늦은 오후의 겨울 태양이 지평선 바로 위에 떠 있지만 아무
런 열기도 뿜지 않는 바로 그런 시간이었다. 그녀의 그림자가
길을 따라 길게 뻗었다. 진이 마지막으로 떨어진 뾰족뾰족한
밤송이를 차고 발밑에서 부러지는 나뭇가지를 느끼며 걷자 밑
으로 갈수록 두꺼워지는 길쭉한 다리 그림자가 가위처럼 교차
되었다. 멀리서 노는 아이들이 외치는 소리, 깊은 숲속에서 개

짖는 소리가 들렸다. 스카프를 사무실 옷걸이에 두고 왔기 때문에 차가운 공기가 귓속으로 파고들었다.

진은 늘 그렇듯 하워드와 함께 걸었던 길을 따라 걸었고, 두 사람이 산책을 멈춘 지점에서 뒤로 돌았다. 안개 속에서 저 멀리 모자와 외투 차림의 흐릿한 형체가 나타났다. 진이 그를 알아본 것은 실루엣이 아니라 지문처럼 독특한 걸음걸이 때문이었다. 진은 그 자리에 못 박힌 듯 멈춰 섰고, 그가 한 손을 들어 인사하자 그제야 서둘러 다가갔다.

"사무실로 찾아갔었어요. 동료가 산책하러 갔다고 알려 주기에 여기에 왔을지도 모른다고 생각했죠."

"왜 출근 안 했어요?" 온갖 질문 중에 이것이 가장 먼저 떠오르다니, 정말 바보 같다.

"당신을 보고 싶은데 기다릴 수가 없어서 문을 일찍 닫았어요. 당신도 알겠지만, 가게 주인은 그래도 되거든요."

두 사람은 어떤 인사가 허용되는지 알 수 없어서 1미터 정도 거리를 두고 주머니에 손을 넣은 채 서 있었다.

"어떻게 지내요? 그레천은 어때요?"

"그레천은 나도 몰라요. 난 정말 힘들었고요. 당신 편지가 날 망가뜨렸거든요."

희망, 그 쉽게 배신하는 친구가 쿡쿡 찌르며 다시 속삭이기 시작했다.

"나도 그 편지를 쓰느라 망가졌어요."

461

"당신 말에 대해서 생각하고 또 생각했어요. 당신은 착하고 현명한 사람이니까 당신 말대로 하면 된다고 생각하려 애썼지만 그럴 수가 없었어요. 난 당신을 포기 못해요."

기쁨이 진의 핏줄을 타고 흐르며 피를 따뜻하게 녹였다. 진은 용감해지려고, 착하고 옳은 일을 하려고 애썼지만 두 사람 모두를 위해 그럴 수가 없었다.

"난 할 수 있을 줄 알았어요. 하지만 너무 끔찍했어요. 상상했던 것보다 더 힘들었어요."

하워드가 진을 끌어당겼고, 두 사람은 거의 두려움에 떨며 끌어안았다. 진은 그렇게 하지 않으면 보이지 않는 손이 두 사람을 떼어 놓을 것만 같았다. 그러나 하워드는 나무처럼 단단했다. 무엇이든 견딜 수 있을 만큼 튼튼했다.

"몇 번인가 차를 타고 당신 집 앞을 지나쳤어요. 창가에 있는 당신을 볼 수 있을까 해서요."

"난 정말 당당하고 굳세게 버틸 생각이었지만 엉망진창이었어요."

"전부 아무 의미도 없는 불행이었어요." 그가 진의 입술에 네 번, 다섯 번, 여섯 번, 그녀가 웃으며 물러설 때까지 키스했다.

"그레천이랑 얘기는 했어요?"

"네, 아주 오랫동안 얘기했어요. 그레천이 안됐지만, 결혼을 찢어진 바지처럼 '덧대서 기울' 수 있다는 생각은 말도 안 돼요. 난 그레천을 만질 수 없고 그레천도 날 만질 수 없어요."

"마거릿은요?"

"마거릿이 100명 와도 안 돼요."

"그레천이 떠나기 전까지는 괜찮았잖아요."

진은 자꾸 자신에게 불리한 말을 하는 자기 입을 막고 싶다고 생각했지만, 그녀의 논리가 하나하나 반박당하는 것을 전부 직접 들을 때까지는 확신을 가질 수 없었다.

"그래요, 만약 그레천이 떠나지 않았다면 난 절대 그녀를 떠나지 않았을 거예요. 당신에 대한 감정은 봉인된 상자에 넣어놓았을 거고, 당신도 그랬겠지요. 하지만 그레천이 떠났기 때문에 난 풀려났고, 당신과 진짜 사랑을—열정을—경험했으니 이제 예전으로 돌아갈 수 없어요. 그 차이를 모르겠어요?"

"알 것 같아요."

두 사람이 서로의 얼굴을 보려고 조심스럽게 포옹을 풀었다. 키가 같아서 좋은 점 한 가지는 눈높이가 항상 같다는 것이었다.

"섹스가 전부는 아니라는 건 알지만 아무 의미가 없는 것도 아니에요. 부부가 나누는 사랑의 일부, 어쩌면 가장 큰 부분이죠. 그레천이 갑자기 거부감을 물리칠 수 있다니, 그녀가 사실은 어떻게 느끼는지 뻔히 알면서 내가 다시 그레천과 사랑을 나눌 수 있다니, 완전 정신 나간 생각이에요."

"그레천에게 그렇게 설명했어요?"

"네, 물론이죠. 결국에는 이해한 것 같아요."

"이제 그레천은 어떻게 해요? 마사와 같이 살아요?"

"그럴 겁니다. 누군가는 있어야 하니까요."

"나에 대해서—우리에 대해서 말했어요?"

"아니요. 아직 '우리'인지 확신이 없었어요." 하워드가 양모 목도리를 벗어서 그녀의 목에 둘러 주었다. 목도리가 없어서 춥겠다고 말할 필요도 없었다. "분명히 말해 두지만 나도 마거릿 때문에 괴로웠어요. 하지만 피해—당신이 그렇게 말한다면—는 이미 생겨 버렸어요. 물론 그레천이 돌아와서 예전처럼 다 같이 살면 마거릿은 기뻐하겠지요. 하지만 몇 달 뒤에 다시 산산조각 나면 얼마나 더 나쁠지 생각해 봐요—분명히 그렇게 될 거예요."

"내 인생이 끝난 줄 알았어요."

"알아요. 당신이 느낀 것 전부 나도 느꼈어요."

행복은 매끄럽게 흘러갔지만, 현실은 거칠거칠하고 모서리가 날카로웠다.

"어떻게 하면 우리가 함께 할 수 있을까요?"

"인내심과 굳은 결심만 있으면 돼요. 그레천한테 말을 합시다. 마거릿한테도요. 당신 어머니께도. 험난한 여정이 될 거예요, 진."

"네."

진은 앞으로 불어 닥칠 태풍을 생각하니 몸이 움츠러들었지만, 그의 굳은 결심이면 충분했다. 이미 겪어 본 대안은 견딜 수 없었다. 비밀로 할 수는 없었다. 진이 평생 혼자 간직할, 말할 수 없는 딱 한 가지만 빼고. 순수함과 기적, 천사의 목소리를 믿도록 내버려 두자. 이것이 진이 모두에게 주는 선물이 될 것이다.

"난 어머니를 떠날 수 없어요. 그럴 수 없다는 거 당신도 알잖아요."

"알아요. 나도 마거릿을 떠날 수 없어요. 그러니까 당분간은 함께 할 수 있는 시간이 별로 길지 않을 겁니다. 하지만 그래도 서로를 사랑할 수 있어요. 당신을 일주일에 한 번만 만날수 있다면 아예 못 만나는 것보다 나아요."

"어머니한테 당신을 소개하면 위협적으로 생각할 필요 없다고 납득시킬 수 있을지도 몰라요."

진 혼자서는 어렵겠지만 하워드가 곁에 있으면 분명 어머니를 무장해제 시킬 수 있다. 어머니는 남자가 우월하다고 생각했기 때문에 항상 남자의 말을 더 잘 들었다.

"그렇게 하죠. 언제가 좋을까요?"

"오늘 밤. 지금은 어때요?"

진은 그럴 수밖에 없다는 사실을 받아들인 이상 최대한 빨리, 아직 행복감에 취해 기운이 넘칠 때 해치우고 싶었다.

"마거릿 때문에 가 봐야 해요."

"당연히 그래야죠."

"하지만 내일은 마거릿이 리지랑 팬터마임 공연을 보러 가니까 저녁에 시간이 있어요." 그의 목소리에 희망이 넘쳤다.

"저녁 식사하러 올래요? 어머니는 어차피 위층에서 안 내려오세요. 방에서 식사하시니까 어머니한테 당신을 소개하고 이야기를 나눈 다음 빠져나와서 단둘이 시간을 보낼 수 있어요."

이렇게 말하니 너무나 간단하게 들렸다. 하지만 사실은 하워드가 있을 때 어머니가 아무리 점잖게 굴어도 진과 단둘이 남으면 분명히 비난이 쏟아질 것이다. 어머니에게 지지 않으려면 마음을 굳게 먹고 고집이라도 피워야 한다. 영원히 든든한 그녀의 편인 하워드가 어딘가에서 단단히 떠받치고 있다는 사실을 알고 있으므로 힘이 날 것이다. 어머니가 어쩔 수 없다는 사실을 깨달으면 진은 관대해질 수 있었다.

"좋아요. 그 사이에 마음을 바꾸진 않을 거죠?"

"네, 절대로요."

진은 하워드를 훨씬 앞질러서 벌써부터 초조한 집주인이 되어서 이런 경우에는 어떤 요리를 해야 좋을까 걱정하고 있었다.

땅거미가 내려앉기 시작했고 남은 빛이라고는 지평선의 창백한 라일락색 빛밖에 없었다. 두 사람은 팔짱을 끼고 검은 정장을 차려입은 나무들이 양옆에 늘어선 숲길을 걸어갔다.

40
1957년 12월 4일 수요일

하워드는 베드포드 스트리트의 가게 문 앞에 서서 짙은 안개 속을 내다보고 있었다. 오후 내내 작업실의 밝은 인공조명 밑에서 반지 크기를 조정하고 우아한 회중시계를 고치느라 안개가 이렇게 심해졌는지 몰랐다. 안개는 커스터드처럼 진했고 램프 불빛을 받아 기분 나쁠 정도로 노랗게 반짝거렸다.

아침 출근길에도 시야가 별로 좋지 않았다. 스트랜드를 따라 걸을 때는 가슴이 약간 답답했지만 담배 한 대를 피우니 기침이 멎었고, 시장에서—터무니없는 가격에—스위니 부인에게 줄 온실 장미를 살 수 있을 정도로는 주변이 잘 보였다. 장미는 지금 세면대의 이 나간 머그잔에 꽂혀 있다. 가게 주인은 꽃을 싱싱하게 보존하려면 물에 담뱃재를 섞으라고 했지만, 하워드는 그 말이 농담인지 아닌지 확신이 서지 않아서 위험을 무릅쓰지 않기로 했다.

그는 트윌 작업복을 벗어서 항상 걸어 두는 고리에 걸었다. 금전등록기의 현금 상자는 벽 금고에 안전하게 넣고 잠갔다. 연장도 전부 못에 깔끔하게 걸었고 캐비닛은 잠갔다. 그는 얼스터 외투[44]를 입고 펠트 모자를 쓴 다음 그럭저럭 깨끗한 손수건을 묶어서 코와 입을 가렸다 (그레천이 떠나면서 가장 먼저 희생된 것은 깨끗하게 빤 세탁물이었다).

그의 주머니 속 벨벳 상자에는 진이 마거릿과 함께 가게에 불쑥 찾아왔을 때 가장 마음에 든다고 했던 문스톤 은팔찌가 들어 있었다. 그때 이미 진을 약간 사랑했던 그는 상상도 할 수 없는 미래에 혹시 선물할 기회가 올까 봐 기억해 놓았다. 그녀도 잊지 않았을 것이다, 하워드는 확신했다. 진은 평생 한쪽 옆으로 비켜서서 관찰하고, 메모하고, 배웠다. 그녀는 다른 사람들이 놓치는 사소한 부분도 절대 놓치지 않았다.

그는 문지방에 서서 열쇠를 만지작거리며 망설이다가 우윳빛 덩어리 같은 안개 속으로 무작정 나갔지만 아무 저항이 없어서 깜짝 놀랐다. 안개는 뭉텅이로 자를 수 있을 만큼 단단해 보였다. 하워드는 철제 셔터를 내린 다음 자물쇠를 채워 문을 잠갔다. 밤마다 하는 일이었고, 끼익끼익 철컥거리며 문을 잠그는 소리가 하루의 끝을 알렸다.

다른 사람과 부딪칠지도 모른다는 걱정 때문에 베드포드 스트리트를 따라 걷는 걸음이 느렸다. 다가오는 발소리가 들려도 형체가 눈앞에 불쑥 나타날 때까지 아무것도 보이지 않았고, 그러면 서로 중얼중얼 사과하며 빙 돌아서 계속 걸어갔다.

---

44 케이프가 달린 외투

흩어진 빛의 입자들과 끈질기게 울리는 자전거 벨 소리가 하워드에게 길을 잘못 들어 연석에 너무 가까이 다가갔다고 경고했고, 그가 물러서자 자전거 탄 사람이 비틀비틀 헤드램프를 이리저리 비추며 시야에 들어왔다.

스트랜드에 거의 도착했을 때 꽃을 세면대에 두고 왔다는 생각이 떠올랐다. 빌어먹을. 가게에 돌아갔다 오면 5시 18분 기차를 놓칠 것이고, 그러면 약속에 늦는다. 그는 약속에 늦는 것과 빈손으로 가는 것 중에 뭐가 더 나쁜지 결정을 내릴 수 없었다. 시간을 지키지 않으면—특히나 이런 경우에—생각이 없어 보이겠지만 장미는 너무 비쌌고 꽃을 가져가는 것은 정말 좋은 의도였기 때문에 도저히 허비할 수 없었다. 아니, 돌아가야겠다. 진은 이해할 것이다—헤이스도 여기만큼 날씨가 나쁘면 진 역시 집에 가기가 힘들 것이고, 준비할 시간이 조금 더 생겨서 좋아할지도 모른다.

하워드는 뒤로 돌아서서 덤벼드는 사람을 쫓는 것처럼 양팔을 앞으로 내밀고 왼쪽 오른쪽을 향해 연신 사과하며 걸어온 길을 허우적허우적 돌아갔다. 이제 5시 18분 기차를 탈 가능성이 사라졌기 때문에 애써 서둘러 봤자 의미가 없었다. 손수건으로 만든 마스크를 썼지만, 안개가 입 안을 금속 맛으로 채웠다. 그는 가게 안으로 잠시 몸을 피해 비교적 덜 오염된 공기를 몇 번 마실 수 있어서 기뻤다.

돌아오기로 결정해서 다행이었다. 알고 보니 수도꼭지에서

물이 빠른 속도로 똑똑 떨어지게 틀어놓고 세면대를 막아 놓았다. 아침이면 홍수가 났을 것이다.

하워드는 나이가 들어 정신이 없어서가 아니라 진과 만날 생각에 정신이 팔려서 집중력이 흐려진 거라고 생각했다. 그의 마음은 친구 여동생의 관심을 끌려고 배터시에서 템즈강에 뛰어들어 반대편 강둑까지 헤엄쳐 간 청년과 다를 게 없었다. 그가 고달픈 세월의 증거를 마주할 때는 면도를 하느라 어쩔 수 없이 거울에 비친 얼굴을 볼 때뿐이었다.

그는 장미 꽃다발을 자욱한 안개로부터 보호하기 위해 신문지로 싸서 밀봉된 꾸러미처럼 포장한 다음 건물에 딱 붙어서 벽을 짚어 길을 찾으며 다시 출발했다. 그런 다음 최근 빈집으로 돌아가는 대신 맥주를 한 잔 마시며 저녁 시간을 보냈던 모퉁이 술집을 지나쳤다. 창문에 불이 밝혀져 있고 광택이 나는 목재와 반짝이는 황동 인테리어가 밝고 환영하는 분위기를 자아냈다. 혼자 온 몇몇 손님이 험악한 날씨를 무시하거나 견디면서 술을 마시고 있었지만, 하워드는 그가 약속한 시간이 다가왔다가 멀어지는 동안 걱정하며 기다릴 진만을 생각하며 흔들림 없이 앞으로 나아갔다.

스트랜드에 도착하니 경찰관들이 호루라기를 불면서 신호등 앞에 서서 기다리는 보행자들이 안전하게 길을 건널 수 있도록 차량을 통제하고 있었다. 버스와 택시들이 부르르 떨면서 구름 같은 디젤 배기가스를 뿜는 모습이 보인다기보다 그

소리가 들렸고, 사람들 틈에 섞여서 길을 건널 때 자동차들이 그의 다리에 내뿜는 뜨거운 숨결이 느껴졌다.

채링크로스역의 중앙 홀에는 수많은 사람들이 빽빽하게 서서 기다리고 있었는데 대부분 지친 퇴근길 직장인들과 쇼핑백을 잔뜩 든 크리스마스 쇼핑객들이었다. 교복을 입은 여학생여섯 명이 팔짱을 끼고서 여러 명이라는 자신감에 시끄럽게 소리를 지르며 뱀처럼 지나갔다. 유령 같은 안개의 소용돌이가 열린 아치를 통해 역 안까지 뚫고 들어왔기 때문에 실내이면서도 실외인 듯 이상한 분위기가 흘렀다.

하워드는 헤이스행 5시 18분 기차가 지연되어 아직 승강장에 서 있다는 사실을 알고 의기양양해졌고, 꽃을 가지러 가길 잘했다고 스스로를 칭찬하면서 아무 소득도 없이 꽃만 놓고 왔으면 얼마나 기분이 나빴을까 상상했다. 가끔은 패가 그냥 딱 맞아떨어졌다.

기차가 가까워질수록 더욱 서두르게 만드는 이상한 다급함 때문에 하워드는 개찰구를 서둘러 통과했다. 허둥대는 움직임, 호각 소리, 문을 쾅 닫는 소리가 출발이 임박했음을 알렸으므로 하워드는 뒤쪽 차량에 뛰어올라 좌석 틈에 설 공간을 찾았다.

그는 신문지로 싼 꽃을 머리 위 짐칸에 조심스럽게 올려놓고 얼굴을 감싼 손수건을 푼 다음 손수건 올에 낀 숯처럼 까만 입자를 보며 얼굴을 찌푸렸다. 기차가 요동을 치더니 움직이기 시작했다. 승객들이 안도의 미소를 교환하며 눈썹을 치켜 올렸다. 드디어. 하워드는 주머니를 더듬어 벨벳 상자의 딱딱한 형체를 느끼면서 진이 상자를 열었을 때 팔찌를 알아보고 기뻐하는 표정을 상상했다. 아주 늦지는 않을 것이다.